John Burnside, geboren 1955 in Schottland, gehört zu den bedeutendsten zeitgenössischen Autoren Großbritanniens. Für sein Werk aus Lyrik und Prosa erhielt er zahlreiche Preise, unter anderem den Corine-Belletristikpreis des ZEIT-Verlags, den Petrarca-Preis und den Spycher-Literaturpreis.

Außerdem von John Burnside lieferbar:
Lügen über meinen Vater
Wie alle anderen
Ashland & Vine. Roman
Haus der Stummen. Roman
Die Spur des Teufels. Roman
Glister. Roman

Besuchen Sie uns auf www.penguin-verlag.de und Facebook.

John Burnside

IN HELLEN SOMMERNÄCHTEN

ROMAN

Aus dem Englischen
von Bernhard Robben

PENGUIN VERLAG

Die englische Originalausgabe erschien 2011 unter dem Titel
»Summer of Drowning« bei Jonathan Cape, London.

MIX
Papier aus verantwortungsvollen Quellen
FSC® C014496

Verlagsgruppe Random House FSC® N001967

PENGUIN VERLAG

1. Auflage 2018

Umschlag: Hafen Werbeagentur
Umschlagmotiv: © Nicolo Sertorio / GettyImages
Satz: Buch-Werkstatt GmbH, Bad Aibling
Druck und Bindung: GGP Media GmbH, Pößneck
Printed in Germany
ISBN 978-3-328-10171-0
www.penguin-verlag.de

Dieses Buch ist auch als E-Book erhältlich.

Vor Freunden behaupte ich, die Malerei gehe in Wahrheit auf Narziss zurück, auf diesen jungen Mann, der, so die Dichter, in eine Blume verwandelt wurde. Und es ist eine zutreffende Geschichte, ist die Malerei doch die Blume unter den Künsten. Denn was will sie anderes, als mit Hilfe ihrer Disziplin die Oberfläche jenes Teiches zu umarmen, der unser Bild spiegelt?

Leon Battista Alberti,
Della Pittura – Über die Malkunst, 1435

Das Studium des sichtbaren Universums beginnt damit, so könnte man behaupten, dass wir unsere Augen gebrauchen. Zu aller Anfang aber gibt es etwas, was man einen Akt des Glaubens nennen könnte – des Glaubens daran, dass das, was unsere Augen uns zeigen müssen, bedeutsam ist.

Arthur Stanley Eddington,
Die Naturwissenschaft und die Welt des Unsichtbaren, 1929

Ende Mai 2001, etwa zehn Tage nachdem ich ihn zuletzt gesehen hatte, wurde Mats Sigfridsson einige Kilometer von hier aus dem Malangenfjord gezogen. Es heißt, er sei bei Skognes ins Wasser gegangen und zurück zur Anlegestelle bei Straumsbukta getrieben worden, also nicht weit von dort, wo ich wohne – und ich rede mir gern ein, das Meer hätte Erbarmen mit dem schmächtigen Jungen gehabt, den es tötete, hätte ihn schon heimgetragen, als ein Fischer in der Sommerdämmerung den auffälligen, fast weißen Haarschopf entdeckte und den Leichnam mit gebotener Sorgfalt, Trauer und routiniertem Geschick ans Ufer brachte. Auf halbem Weg nach Kvaløya und der Fahrrinne, in der die großen Kreuzfahrtschiffe und Frachter aus Tromsø hinaus aufs offene Meer fahren, fand man im Fjord ein dahintreibendes Boot, das, wie sich später herausstellte, einen knappen Kilometer weit von Mats' Haus sicher vertäut gewesen war. Letzteres schien daraufhin zu deuten, dass er es gestohlen hatte, nur war dies keine einleuchtende Erklärung, da als Dieb wohl niemand so wenig infrage kam wie Mats Sigfridsson und kein Mensch auch nur erahnen konnte, was der stille, gut erzogene Junge mitten in der Nacht auf dem Wasser gesucht haben mochte. Das Ganze blieb ein Rätsel, und jeder hegte eine eigene Theorie, warum Mats in diesem Boot gewesen war und was er vorgehabt haben könnte. Die einen redeten von Selbstmord: Das Schuljahr war zu Ende, und wie ich selbst hatte Mats gerade alle Prüfungen abgelegt, die über seine Zukunft entscheiden würden – für jeden Achtzehnjährigen eine anstrengende Zeit; doch er hinterließ keinen Abschiedsbrief, und es gab auch keine

Anzeichen dafür, dass er in den Wochen zuvor deprimiert gewesen wäre. Wenn überhaupt etwas anders gewesen war, dann hatte er eher glücklicher als sonst gewirkt. Einige Erwachsene meinten, da sei bloß ein dummer Streich schiefgelaufen, eine der jugendlichen Eskapaden, auf die sich Jungen in seinem Alter aus unerfindlichen Gründen gern einlassen – niemand aber, der Mats kannte, schenkte dieser Theorie Glauben. Ein paar Gleichaltrige in der Stadt munkelten von einem Verbrechen, nur hatte kein Mensch auch bloß die geringste Ahnung, warum irgendwer ein Interesse daran gehabt haben sollte, einem Jungen wie Mats Sigfridsson etwas anzutun.

Was mich betrifft, so hatte ich keine eigenen Theorien – jedenfalls damals nicht. Mats ging in meine Klasse, und ich hatte ihn immer gemocht, auch wenn wir uns nicht besonders nahegestanden hatten. Vor allem mochte ich sein bleiches Struwwelpeterhaar und das seltsam schiefe Lächeln, das er aufsetzte, wenn Lehrer eine Frage stellten, die er nicht beantworten konnte. Er hing ständig mit seinem Bruder Harald zusammen, fast als wären sie Zwillinge. Die Leute behaupteten, sie seien unzertrennlich, sogar ununterscheidbar, dabei war Harald ein Jahr jünger, und es fiel in Wahrheit niemandem schwer, sie auseinanderzuhalten. Ihre zwillingsartige Ähnlichkeit war eine Illusion; eine Illusion, die sie bewusst förderten, weil sie einander gleich sein *wollten.* Aus Gründen, die nur sie allein kannten, mussten sie identisch sein. Und natürlich waren sie auch zusammen, als ich sie zum letzten Mal sah, damals, am Grunnlovsdag. Sie sahen sich den Umzug auf der Sjøgata an und standen auf der anderen Straßenseite mitten in einem Meer norwegischer Flaggen – zwei weißhaarige Jungen, deren Augen dem Umzug auf exakt die gleiche Weise folgten, deren Hälse sich im gleichen Rhythmus reckten und deren Köpfe sich im gleichen Rhythmus drehten, wodurch sie seltsam mechanisch wirkten, beinahe wie Automatenmenschen auf einem altmodischen Jahrmarkt. Sie fielen immer auf, und selbst in der Menge schienen sie stets allein in ihrer eigenen Welt zu sein, einer Welt, zu der sonst niemand Zutritt hatte. Nur waren sie an diesem Tag nicht allein und eigentlich auch nicht mehr zusammen, denn wo einst zwei gewesen waren, da waren nun drei: Mats, Harald und jene andere, *Maia.* Natürlich wusste ich, wer sie war; sie ging seit einiger Zeit in Haralds Klasse, kam aber eigentlich nur zur Schule, wenn ihr der Sinn danach stand, bis sie schließlich gar nicht mehr auftauchte, und ich konnte auf Anhieb erkennen, dass sie, so unwahrscheinlich dies auch klang, mit ihnen *zusammen* war. Das überraschte mich, selbst wenn es offensichtlich kein Zufall war, dass sie ebendort standen, drei, wo nur zwei sein sollten, drei, die in all dem Rot, Blau und Weiß untergingen und wieder auftauchten, und ich weiß noch, wie sehr ich mich damals darüber gewundert habe.

Noch hatte ich allerdings keinen Grund zu der Annahme, dass sie den Jungen Böses wollte. Das war eine Woche vor Mats' Tod und etwa einen Monat, ehe Kyrre Opdahl anfing, seine verrückte *Huldra*-Geschichte zu erzählen – also gab es nicht den geringsten Anlass, schlecht von dem Mädchen zu denken. Ich fand es nur merkwürdig, dass sie mit diesen beiden schönen, weißhaarigen Jungen zusammen war, und ich weiß noch, dass ich mich fragte, was die drei wohl zusammengeführt hatte. Dabei habe ich Maia keineswegs unterstellt, dass sie irgendwelchen Unfug plante – damals nicht. Nicht an jenem Tag und auch nicht danach, als Mats starb. Ich nahm auch nicht an, dass sie bewusst bösartig war; ich fand nur, dass irgendwas an ihr nicht ganz stimmte. Sie war zu dunkel, zu aufmerksam, zu *solide.* Diese Jungen glitten in ihrem eigenen, selbst gesponnenen Traum durch die Welt und kümmerten sich um nichts anderes: Sie waren weder hochbegabt noch sportlich, begeisterten sich für nichts Bestimmtes. Mag sein, dass sie ein wenig wild waren, aber wild wie Tiere – wie Pferde vielleicht –, nicht wild wie manche aus ihrer Schule, die Verrücktes anstellten, um aufzufallen oder um zu beweisen, dass sie sich einen Dreck um all die Leute scherten, die sich einen Dreck um sie scherten. Von denen gab es in unserer Schule so einige, Möchtegernrebellen, die nicht wussten, was sie taten, überdrehte Vampire und Gruftis. Nur gehörten Mats und Harald nicht zu dieser Clique, ebenso wenig aber gehörten sie zu diesem dunklen, leidenschaftlichen Mädchen. Daher fiel es mir auf, dieses seltsame Dreiergespann – bloß dachte ich mir nichts dabei, und bald zogen sie weiter, verschwanden in der Menge, die für die Parade herbeigeströmt war an diesem kältesten, verschneitesten Unabhängigkeitstag seit Jahren. Drei statt zwei und definitiv zusammen. Natürlich hatte ich keine Ahnung, dass die Jungen zur Zeit der Mittsommerfeuer tot sein würden, erst Mats und dann, zehn Tage später, sein kleiner Bruder, unerklärlicherweise in einem Meer ertrunken, das zu ruhig war, zu still und viel zu gleichgültig, um sich für sie zu interessieren.

Ich habe Harald in den Tagen nach Mats' Tod nicht gesehen. Die Schulzeit schien mir schon lange vorbei zu sein, und wir Schüler wohnten über die ganze Insel verstreut, warteten auf die Examensergebnisse und fragten uns, was wohl als Nächstes geschehen würde. Ich fuhr nicht oft nach Tromsø und hielt auch zu keinem aus der Schule Kontakt; ich war viel zu froh, Klassenzimmerintrigen und Teenagergeschwätz hinter mir lassen zu können. Außerdem hatte ich nie viel dafür übrig gehabt, bei Freundinnen zu übernachten oder am Samstagnachmittag mit anderen Mädchen herumzuziehen, um mir Make-up oder Schuhe anzusehen. Ich ahnte, wie schmerzlich es für Harald gewesen sein musste, seinen Bruder auf diese Weise zu verlieren, nur konnte ich nicht glauben, dass er sterben *wollte*, und bis heute halte ich seinen Tod nicht für Selbstmord. Er ertrank bei stiller See, genau wie Mats, was seltsam ist, aber nicht bedeutet, dass er sich absichtlich umgebracht hat. Hinterher sagte Kyrre Opdahl – zu mir, und sicher auch zu jedem, der ihm zuhören wollte –, *sie* hätte Schuld, die *Huldra,* aber das ist lächerlich. Es gibt keine *Huldra.* Etwas Ungewöhnliches ist passiert, nur gibt es dafür eine Erklärung. Irgendwas Psychologisches. Es lässt sich nicht einmal belegen, dass Harald Maia überhaupt gesehen hat, damals, in den zehn Tagen, ehe er sich mitten in der Nacht aus dem Haus schlich und im Dämmerlicht an den Strand lief; und ebenso wenig lässt es sich belegen, dass sie etwas mit seinem Weggang zu tun gehabt hat.

Trotzdem muss gesagt werden, dass etwas Eigenartiges vor sich ging. Die Wiesen lagen still, der Himmel war klar und das Meer ruhig, gerade so wie in jener Nacht, in der sein Bruder ertrank, weshalb es für Harald keinen Grund zu sterben gab. Genau genommen hatte keiner von ihnen dafür einen Grund. Weder Mats noch Harald und gewiss nicht Martin Crosbie, der gar nicht erst hätte hier sein sollen. Jeder weiß das, und obwohl die meisten Leute für alles Mögliche eine Erklärung gefunden und sich das, was sie nicht erklären konnten, aus dem Kopf geschlagen haben, weiß ich, dass wir immer noch daran denken, wir alle, wenn wir allein sind, wenn wir in Gedanken die Abfolge der Ereignisse durchgehen und uns das Unmögliche zu erklären versuchen – und ich weiß, es setzt uns noch zu, nicht nur mir, sondern uns allen, da keiner dieser Tode durch Ertrinken einen Sinn ergibt. Niemand hätte dort draußen sterben sollen, nicht unter diesen Bedingungen, nicht zu dieser Jahreszeit. Wie vor ihm Mats, verschwand Harald in einer stillen, mondhellen Nacht auf reglosem Meer, und das Boot – man entdeckte das Boot in Kvitberg, wo es nahe beim Strand lag, als wartete es auf Haralds Rückkehr, dasselbe Boot, das Mats genommen hatte, vom selben Nachbarn gestohlen – befand sich in ausgezeichnetem Zustand. Darüber hinaus gab es für Harald ebenso wenig einen Grund, dort draußen zu sein, wie es ihn für Mats gegeben hatte, keinen Grund hinauszurudern, bis er allein auf dem offenen Meer war, und keine Erklärung dafür, warum er den Tod fand. Eigentlich gab es für nichts von all dem eine Erklärung. Nicht für Mats, nicht für Harald, nicht für Martin Crosbie. Vor allem aber gab es keine Erklärung dafür, warum Kyrre Opdahl gemeinsam mit dem Mädchen verschwinden sollte, das er so hasste, keinen Grund dafür, dass sich die beiden auf dem Weg von unserem Haus zum Strand in nichts auflösten und nur einige Flecken im Gras hinterließen, bei denen es sich um Asche oder Staub gehandelt haben könnte. Eine Spur, die der Regen fortspülte, ehe sie jemand sehen konnte – nur *ich* habe sie gesehen, und ich sehe sie in Gedanken auch jetzt noch vor mir, eine dünne Spur am Wiesenrand, die sich im prasselnden, dunklen Regen auflöste, ehe ich recht erkennen konnte, was es war. Also ja, wir werden alle noch von dem geplagt, was letztes Jahr geschah, auch wenn wir nicht mehr darüber reden, doch setzt es mir mehr zu als den meisten, weil ich sah, was ich sah, und darüber nicht sprechen kann.

Das war vor zehn Sommern. Der Sommer meines achtzehnten Lebensjahres; der Sommer, in dem mein toter Vater sich meldete und dann wieder in jenem Schweigen verschwand, aus dem er aufgetaucht war; der Sommer der Geister und Geheimnisse; der letzte Sommer, in dem ich mich für eine Spionin Gottes hielt. Ein langer, weißer Sommer der Geschichten, die unmöglich jemand glauben konnte, Geschichten, die wir alle akzeptierten, obwohl wir wussten, dass sie von Anfang bis Ende erlogen waren. Der Sommer, in dem die *Huldra* ihrem Versteck entstieg, wo immer das auch sein mochte, und drei Männer ertränkte, einen nach dem anderen, im stillen, kalten Wasser des Malangenfjords. Heute, da sonst niemand mehr über die Ereignisse jenes Sommers redet, bleibt bloß noch eine Geschichte, und die kann ich nicht laut erzählen, da sie zu einer anderen Welt gehört. Auf diese Welt habe ich nur einen flüchtigen Blick geworfen; doch wollte ich versuchen, über das zu reden, was ich gesehen habe, hielten mich die Leute in der Stadt für so verrückt wie Kyrre Opdahl – und vielleicht bin ich das auch. Denn selbst wenn ich nicht glaube, was Kyrre über die Ertrunkenen erzählt hat, weiß ich doch, dass etwas Schreckliches geschehen ist, und ich weiß auch, dass ich sah, was ich sah, an jenem Tag, an dem Kyrre und Maia verschwanden. Die Leute in der Stadt würden behaupten, es seien doch nur eine Reihe unseliger Zufälle gewesen, denn ihnen liegt vor allem daran, eine endgültige Erklärung für diese Geschichte zu finden – allerdings hatte Kyrre ja schon immer behauptet, dass Stadtleute dumm sind. Sein Leben lang verblüffte und enttäuschte es ihn, dass die Menschen in seiner Umgebung alles so wörtlich nahmen: Sie stellten sich Trolle als stämmige, sauertöpfische Monster vor, die unter Brücken hausten und entlaufene Ziegen fraßen; sie stellten sich die *Huldra* als eine hübsche Frau vor, die im roten Kleid auf den Wiesen tanzte und nur auf eine Gelegenheit wartete, junge Männer zu umgarnen und ins Verderben zu locken. An so etwas glaubten die Stadtleute nicht, natürlich nicht, weshalb sie sich auch über die alten Geschichten lustig machten und gar nicht begriffen, dass sich für einen wahren Gläubigen wie Kyrre nichts derart simpel verhielt. Doch *ich* begriff es, *ich* wusste es. In Kyrres Haus lauerten Schatten in den Falten jeder Decke, dort huschte ein unmerklicher Schauder über das Wasser im Glas, über die Sahne in der Schüssel auf dem Tisch, überall taten sich winzige, fast unendlich kleine Schlupflöcher der Verheerung im Gefüge der Wirklichkeit auf, eine Verheerung, die aufkommen konnte und einen fand, wie der erste Windstoß eines Unwetters den Ruderer auf offenem Meer findet. Kyrres Haus barg Erinnerungen an reale Vorkommnisse, an lang verstorbene Knechte und Schulmädchen, die vor fünfzig Jahren bei Tagesanbruch losgezogen und schwachsinnig heimgekehrt waren – schwachsinnig für den Rest ihres Lebens, von etwas Unbenennbarem gestreift, in den Köpfen ein Flügelschlag, eine Windbö dort, wo Gedanken hätten sein sollen. Kyrre glaubte an diese Dinge, doch hatten sie nichts mit Ungeheuern oder Feen gemein – und nun merke ich, dass ich auch daran glaube. Wenn ich aber in der Stadt nicht darüber reden will oder wenn ich mich zu Mutter an den Esstisch setze, sie mich anschaut und weiß, dass etwas anders ist – etwas, das sie, wie sie erstaunt bemerkt, nicht dingfest machen kann –, wenn ich niemals und niemandem Kyrres Geschichten erzählen will, dann nicht etwa, weil ich mich ihretwegen schäme. Nicht einmal, weil ich fürchte, die Stadtleute könnten behaupten, ich sei so verrückt wie jener alte Mann, der vor Jahren den Verstand verlor und verschwand. Ich für meinen Teil glaube nicht, dass Stadtleute dumm sind – wenigstens sind sie nicht dümmer als andere Menschen. Ich weiß nur, sie gehören einer Welt an, die Geschichten aber einer anderen. Irgendwo dazwischen gingen fünf Seelen verloren, und die *Huldra* verschwand, wenn ich auch nicht mit Sicherheit behaupten kann, dass sie alle wirklich verschwunden sind, weshalb ich immer wieder dahin zurückkehre, wo ich sie zuletzt gesehen habe, um dort nach Spuren Ausschau zu halten, die es gegeben haben muss, irgendwann einmal, vor langer Zeit, Spuren, die längst verschwunden sind.

Dinge sehen

In dem Moment, in dem ich aufwachte, wusste ich, dass irgendwas nicht stimmte. Ich hatte ein Gefühl, wie es einen manchmal beim Aufwachen überkommt, eine unbestimmte Furcht, die im Traum beginnt und sich dann, wenn die Nachtlogik schwindet, für kurze Zeit zu einem dunklen, lauernden Schatten verhärtet, ehe sie in nichts als Tageslicht und Märchenklischee zerfällt. Ein Phantomzustand, ein Fantasiegebilde, ein Kniff, mit dem der Verstand sich selbst täuscht, wenn man zu viele Geschichten gehört hat. Ein Anflug von Aberglauben, realer als alles andere, realer und überzeugender, bis man endgültig aufwacht und sein Gefühl absurd findet. Einen Moment lang meinte ich, mich zu fürchten, und ich wusste nicht genau, wo ich mich befand. Dann hörte ich unten Stimmen und begriff, es war Samstagmorgen in unserem grauen, sonnenbeschienenen Haus über den Wiesen, einem Haus, das im Laufe der Jahre zu einer Metapher geworden war – zu einer Metapher, vielleicht auch einem Talisman – für eine gewisse Lebensart, ein grau gestrichenes Holzhaus, das man weltweit an Galeriewänden in Oslo, London und New York, auf seltenen, sehr teuren Landschaftsbildern der für ihre Zurückgezogenheit berühmten Malerin Angelika Rossdal sehen kann – einer Frau, die mit ihr zwar keine Ähnlichkeit hat, aber dennoch meine Mutter ist.

Weil Stimmen zu hören waren, Stimmen aus dem Esszimmer direkt unter meinem Bett, musste es irgendwann nach elf Uhr sein, da Mutters Freunde – Mutters *Freier* – um diese Zeit ins Haus kamen, so wie jede Woche, bei jedem Wetter, an schönen Tagen mit dem Wagen aus Mjelde oder Kvaløysletta, bei

Schnee auf Skiern, stets pünktlich, stets mit Geschenken: Saatpäckchen oder junge Pflanzen von Harstad, dem weiter oben am Strand eine Gärtnerei für alpine Pflanzen gehörte, Bücher und Zeitungsausschnitte von Ryvold, unserem handzahmen Gelehrten, der wie Kyrre Opdahl seine Zeit mit dem Sammeln von Geschichten verbrachte – wenn auch, wie es damals schien, aus ganz anderen Gründen. Rott, in gewisser Hinsicht Mutters Liebling in dieser fröhlichen Schar abgewiesener Liebhaber, brachte Konfekt mit und Bonbons oder edle Teesorten aus seinem Laden in Tromsø. Sie alle kamen nie mit leeren Händen, und sie hatten auch immer eine Geschichte parat, ein bisschen Tratsch und Klatsch oder in der gerade vergangenen Woche gesammelte Neuigkeiten aus der Gegend, deren Einzelheiten sie sich sorgsam gemerkt hatten, damit sie bei Tee und Gebäck etwas zu erzählen wussten. Sie waren ausnahmslos gute Männer, und mir war keiner direkt zuwider, doch mied ich ihre Gesellschaft, wenn irgend möglich. Jeder für sich genommen war anständig, ja sogar bemerkenswert, zusammen aber stimmten sie mich traurig, nicht weil sie ein elenderes Leben als andere Menschen führten, sondern weil sie so *verliebt* in meine Mutter waren, jeder auf seine Weise, und weil so offensichtlich keiner erwartete, je erhört zu werden.

Ich setzte mich auf und sah zum Wecker auf dem Nachtschränkchen: exakt elf Uhr fünfundfünfzig. Sie waren also seit fast einer Stunde da, und ich war noch im Haus, dabei hätte ich längst unterwegs sein sollen. Meist verbrachte ich die Samstagvormittage mit Kyrre Opdahl und träumte in seiner unaufgeräumten Küche über einem Becher Kaffee vor mich hin, während er an irgendeiner alten Wanduhr oder einem Außenbordmotor herumbastelte, an Sachen, die niemand sonst reparieren konnte, oder ich war draußen beim Bootshaus, wo er den Fähren und Frachtern nachsah auf ihrer Route zum Nordkap und nach Russland, oder bei seiner kleinen Sommerhütte, seiner *Hytte*, während er sauber machte, sie für die nächsten Mieter herrichtete – eigentlich kam es nicht darauf an, wo ich mich aufhielt, solange ich nicht *hier* war. Ich blieb gewöhnlich fort, bis die Freier wieder gegangen waren, und dann, wenn ich heimkam, tat ich, als wäre nie jemand im Esszimmer gewesen. Von den Eindringlingen würde keine Spur mehr zu sehen sein: Mutter würde das Geschirr abgeräumt und die Krümel vom Tisch gewischt haben, ehe sie nach oben in ihr Atelier ging, um an dem zu arbeiten, was immer sie gerade malte, und ich hatte das Haus erneut ganz für mich. In Flur und Esszimmer und auf der Treppe war es wieder vollkommen still, unnatürlich still. Still, leer und scheinbar unkontaminiert.

Die Freier. Das war mein Name für sie, nicht ihrer: *Freier*, wie die Männer im griechischen Mythos, gekommen, um Penelope zu betören, zu bezirzen oder auch nur, um lang genug auszuharren, während ihr Gatte auf weindunklen Meeren umherirrte und sich mühte, den Weg nach Hause zu finden. Als ich noch klein war, hatte Mutter mir die Geschichte vorgelesen, diese und auch die anderen klassischen Sagen von Helden, Wikingern und den siebten Söhnen siebter Söhne, die sie so sehr liebte – ich glaube, es amüsierte sie ein wenig, als das Leben anfing, die Kunst zu imitieren, und diese Männer begannen, sie mit Geschichten und Geschenken zu hofieren, geduldige Männer, die in diesem subarktischen Land jahrelang darauf gewartet hatten, dass jemand wie sie zu ihnen kam. Angelika Rossdal. Die bekannte Malerin, die der großen weiten Welt den Rücken gekehrt hatte und in den Norden gekommen war, um als Einsiedlerin auf einer abgelegenen Insel zu leben, eine Malerin, aber auch eine unglaubliche Schönheit, eine, auf die sie alle hier ihr Leben lang gehofft hatten, um sich nun hoffnungslos in sie zu verlieben. Manche Männer, die im Laufe der Jahre unser Haus besuchten, waren verheiratet, manche kamen einen Monat lang oder zwei zu den Teepartys am Samstagvormittag, um dann, von Mutters Schönheit und Reserviertheit betrübt, wieder ihrer Wege zu ziehen. Doch die Kerntruppe – Harstad, Ryvold und Rott – schaute jede Woche vorbei, komme, was da wolle, um unerlösbar verzaubert an ihrem Tisch zu sitzen; Romantiker der alten Schule, die einzig fürchteten, dass ihre Gebete erhört werden könnten. Zur Kerntruppe zählten ausschließlich Junggesellen der einen oder anderen Art, und sie stammten alle nicht von hier. Es waren Männer, die aus den unterschiedlichsten Gründen beschlossen hatten, im hohen Norden zu leben, sei es aus Schüchternheit oder aus einem übertriebenen Verlangen nach Ruhe oder weil sie vor irgendwelchen tiefer im Süden erhörten Gebeten geflohen waren. Mutter tat nichts, um sie zu ermutigen, doch muss ich sagen, dass sie ebenso wenig tat, um sie zu entmutigen. Im Gegenteil, nie verriet sie irgendwem, was sie empfand oder nicht empfand. Sie servierte Tee und Kuchen und hörte ihren Besuchern zu, wie sie miteinander darin wetteiferten, Geschichten vorzutragen, die ihre Zustimmung finden könnten, wehrte gelegentliche Versuche ab, sie in intimere Gespräche zu verwickeln – und wenn sie gingen, machte sie sich wieder an die Arbeit, als hätte es keine Unterbrechung gegeben.

In jenem Sommer fand dieses Ritual bereits seit Jahren statt – so lange schon, dass es zu einem festen Bestandteil unseres Lebens geworden war –, und ich glaube, Mutter überraschten die Aufmerksamkeiten nicht nur, sie verwirrten sie auch ein wenig, so wie es Penelope ergangen sein musste, als ihre Bewunderer immer weiter warteten, Tag um Tag, Jahr um Jahr, während sie bei Licht ihr großes Tuch webte und bei Dunkelheit das Gewebte wieder löste.

Und doch, bedenkt man, wie sehr sie diese mysteriöse Frau faszinierte, wie begierig sie waren auf ihre Ansichten zu Malerei, Literatur und zum Leben im Allgemeinen, so war es interessant – zumindest für mich –, dass keiner von ihnen je fragte, was für einen Platz denn *ich* im großen Lebensplan einnahm. Mutter war eine alleinstehende Frau mit einer Tochter im Teenageralter, dennoch wurde nie gefragt, wer mein Vater war oder wo er sich gerade aufhielt – und das fand ich schon seltsam, auch wenn ich wusste, dass, *hätten* sie gefragt, Mutter nichts gesagt hätte. Schließlich hatte sie selbst mir nie mehr als nur das absolut Notwendige erzählt. Als ich noch kleiner war, antwortete sie mir irgendwann auf meine vielen Fragen, sie habe auf einer Party in Oslo einen Mann kennengelernt – dessen Namen, sagte sie, sei nicht weiter von Belang –, und sie sei kurz mit ihm zusammen gewesen, doch sei er dann unerwartet nach Argentinien gezogen und der Kontakt mit ihm abgebrochen. Laut dieser Version der Ereignisse verließ sie der Mann, um seinen eigenen Interessen zu folgen, weshalb Mutter zum Besten aller Beteiligten beschloss, mich allein zu erziehen – und ich nahm ihre Geschichte für bare Münze, so merkwürdig dies auch klingen mag. Natürlich machte es mir eine Weile zu schaffen, dass sie mir seinen Namen nicht sagen wollte, doch in diesem Punkt blieb sie unerbittlich, und wenn Mutter einmal einen Entschluss gefasst hat, kann kein Mensch auf der Welt sie umstimmen. »Das ist alles lange her«, hätte sie gesagt. »Außerdem geht es uns doch gut, oder nicht?« Und ich musste zugeben, dass es uns tatsächlich gut ging. Einmal hörte ich die Freier über mich reden, darüber, wie schwierig es doch für mich sein müsse, im Schatten einer solch bemerkenswerten

Frau aufzuwachsen, und einen langen Nachmittag grübelte ich über ihre Worte nach, ehe ich entschied, dass das, was sie gesagt hatten, schlichtweg Unsinn war. Ich hielt mich nicht für jemanden, der im Schatten meiner Mutter aufwuchs. Ich lebte in meiner eigenen Welt, die Mutter für mich vorbereitet, mir dann aber überlassen hatte, damit ich sie nach meinen eigenen Wünschen formte. Mutter lebte so, wie sie es wollte, und ich habe immer gewusst, dass die Arbeit für sie an erster Stelle stand, doch genau das gab mir die Freiheit, so zu leben, wie *ich* es wollte, und selbst zu entscheiden, was für *mich* an erster Stelle stand; außerdem habe ich nie daran gezweifelt, dass sie recht hatte. Uns ging es gut. Wir hatten das Haus, wir hatten sogar eine ganze Insel, also genügend Raum und Ruhe, unser Leben nach eigenem Gutdünken zu führen, ohne uns von irgendwem etwas vorschreiben zu lassen; darüber hinaus waren wir mehr oder weniger unabhängig und durchaus in der Lage, uns um uns selbst zu kümmern. Wir brauchten nichts von niemandem.

Mutter brauchte nicht nur nichts von anderen Menschen, sie waren ihr mehr oder weniger egal, so sehr ging sie in der eigenen Arbeit auf. Sie suchte keine Gesellschaft, tolerierte sie nur – und im Laufe der Jahre hatte sich eine feste und für sie befriedigende Routine entwickelt, die ihr ein Minimum an menschlichem Kontakt mit einer leicht zu kontrollierenden Gruppe von Männern gewährte. Samstags, von elf Uhr vormittags bis zwei Uhr mittags, kamen die Freier, saßen im Esszimmer, tranken Tee, aßen Kuchen, den Mutter in einem Geschäft in Straumsbukta bestellt hatte, musterten einander aufmerksam über den Tisch hinweg – und *redeten.* Ohne Unterbrechung, unermüdlich, verstummten eigentlich nie, wechselten sich nur ab oder redeten querbeet durcheinander, um ihre Geschichten zu spinnen, um Theorien und Ergreifendes auszubreiten, während Mutter zuhörte und sich willkürlich Einzelheiten, Fragmente und Informationsbrocken herauspickte, die sie stillschweigend für später aufbewahrte. Ich ertrug es nicht. Meist verdrückte ich mich, ehe sie eintrafen, und Mutter wusste Bescheid, doch machte es ihr nichts aus, solange ich mich nicht allzu demonstrativ verhielt. Da ich gestern jedoch die halbe Nacht aufgeblieben war und am Fenster gesessen hatte, um stundenlang in die erste Mittsommerdämmerung hinauszustarren, hatte ich an diesem Morgen verschlafen. Die Freier hatten es sich längst bequem gemacht, der Tee war serviert und das dänische Porzellan gedeckt, Sandwiches und Petits Fours, Waffeln und Schokoladenkekse waren angerichtet, und an ihrem Ehrenplatz stand die große Weidenmotivschale mit den Cremeschnitten, die Rott so liebte. Ich sah ihn vor mir: pferdegesichtig, langhaarig, stets mit angedeutetem Lächeln, ein alt gewordener, Fischerpullover tragender Schuljunge, der mit unverhohlenem Vergnügen zusah, wie Mutter ihren Vorrat an Leckereien ausbreitete. Rückblickend wird mir klar, dass Mutter tatsächlich in Rott verliebt gewesen ist, wenigstens ein bisschen, wenn auch nicht so, wie man einen Freier liebt. Natürlich hielt sie diese Liebe geheim, da sie *alles* geheim hielt; das war so ihre Art. Und obwohl jeder Gast von den Cremeschnitten essen konnte, die sie am Samstagvormittag auftrug, waren sie in Wahrheit nur für Rott gedacht; ich bin mir sicher, die übrigen Freier wussten das. Ich bin mir sogar sicher, dass Mutter wollte, dass sie es wussten. Sie wollte sie mit ihrer freundlichen Fürsorge infizieren; sie wollte, dass alle ihn liebten – denn wenn je ein Mann Liebe brauchte, dann Rott.

Jetzt war es Mittag. Heute würde Kyrre Opdahl in seiner *Hytte* gleich unterhalb unseres Gartengrunds und des Birkenwäldchens sein, um sie für den ersten Gast des Jahres herzurichten, und er würde sich wundern, wo ich blieb. Ich hatte versprochen zu helfen. Ich half immer, nicht bloß, weil ich den törichten Alten gernhatte, sondern aus eigenen Gründen, und mir gefiel nicht, dass ich zu spät sein würde. Ich stand auf und trat ans Fenster, um nachzusehen, ob Kyrres Lieferwagen an seinem üblichen Platz gleich am Wegende bei der *Hytte* stand, die vom oberen Stockwerk unseres Hauses deutlich zu sehen war – und genau in diesem Augenblick, als ich über die Wiesen zum Strand schaute, begriff ich, dass es Sommer geworden war. Die Monate mit Schnee, dann Tauwetter, dann wieder Schnee endlich vorbei. Zuckerschnee, verwehter Schnee, schmutziger Schnee, der noch bis in die ersten Mittsommerwochen liegen blieb. Frühlingsschnee. Es gibt Leute, die es wegen der langen Winterdunkelheit unerträglich finden, so hoch oben im Norden zu leben, während andere die endlosen, spektakulären weißen Sommernächte der Schlaflosigkeit und wilden Fantastereien nicht ertragen. Doch für mich ist die Zeit des schmutzigen Schnees am schlimmsten, wenn der Himmel hell und klar, aber der Boden noch gefroren ist, ein falscher Sommer mit weißem Himmel und eisiger Erde, in dem nichts zu stimmen scheint. Wir haben einen Namen für die dunkle Jahreszeit und einen Namen für die weiße Mittsommerdämmerung, aber keine Bezeichnung für diese Zwischenzeit, obwohl sie jedes Jahr wiederkehrt, diese leichte, doch bezeichnende Ungehörigkeit auf dem Land, die sich im schlimmsten Fall zu schamlosem Spott steigert, fast, als trüge man zu einer Beerdigung ein rotes Kleid. In diesem Jahr hatte die namenlose Zeit von Schnee und griesgrämigem Licht zu lang gedauert, nun aber war sie vorbei, von einem auf den anderen Moment – und auch wenn die Veränderung nur minimal schien, war sie doch nicht zu leugnen. Ich öffnete das

Fenster. Die Frische war überwältigend. Die Nacht zuvor war frostig und still gewesen; nun hatte die Luft etwas Weiches, einen Duft von junger Süße, von Gras, Wildblumen und sich in den Wiesen sammelndem Bergwasser. Ich konnte Vogelgezwitscher hören und vom Wind gesiebtes Murmeln aus Mutters Garten, fern klingende Rufe aus den Wiesen unten bei der alten Fährstelle und ein tiefes Dröhnen von der jenseitigen Fahrrinne. Gartenvögel, Weidenvögel, Strandvögel; weit fort das Tuckern eines Motorboots; aus Richtung Mjelde, die Küste hinauf, ein Maschinengebrumm. Dieses überall einsetzende Treiben ist in den ersten Sommertagen immer eine Überraschung, die vielen Geräusche, und doch, geht man an ein Fenster und sieht hinaus, scheint es, als gäbe es draußen nur Licht und Weite. Dies ist die Zeit, in der Besucher zu Kyrre Opdahls Sommerhütte kommen, dem einzigen Gebäude, das von unserem Haus aus zu sehen ist, und an diesem Morgen sollten die ersten Gäste eintreffen. Weil sein Lieferwagen vor der *Hytte* parkte, wusste ich, dass der Alte bereits bei der Arbeit war, dass er putzte und sauber machte, seinen Willkommenskorb mit Kaffee, Teebeuteln und frischem Brot bereitstellte, Milch und etwas *Gjetost* in den kleinen Kühlschrank legte, nach dem Gas für den Küchenherd sah und den Stapel Scheite und Anmachholz prüfte. Und längst würde er sich meinetwegen Sorgen machen, denn ich war nicht gekommen, und dieser alte Mann fand immer einen Grund, sich Sorgen zu machen.

* * *

Ich zog mir Jeans und Pullover an, ging auf den Treppenabsatz, blieb stehen und lauschte. In meinem Zimmer hatte ich die Stimmen nicht erkennen können, aber hier, direkt über der Tür zum Esszimmer, hörte ich jedes Wort. Natürlich interessierten mich ihre Gespräche eigentlich nicht, doch irgendetwas an diesem Morgen war anders; ich verharrte ein, zwei Minuten und versuchte, den Grund dafür herauszufinden. Unter mir redete Harstad, gab Antwort auf etwas, das Rott gerade gesagt hatte.

»Daran ist nichts merkwürdig«, wies er ihn in ungewohnt scharfem Ton zurecht. Sonst klang seine Stimme eher sanft, allerdings drehten sich seine Gesprächsthemen üblicherweise auch um den Garten oder um irgendeine neue Pflanze, die er von einem an der Universität arbeitenden Freund erhalten hatte. »Selbst bei schönem Wetter sind die Strömungen da tückisch, das wissen wir doch.«

»Nur was um alles in der Welt hatte er mitten in der Nacht dort draußen zu suchen?«, fragte Mutter leise, um den Frieden zu wahren. »In einem gestohlenen Boot? Ganz allein?« Ich sah sie vor mir, wie sie sich in der versammelten Gruppe umschaute, die perfekte Gastgeberin von elf bis zwei, und dann gingen sie alle, fast auf die Minute genau. »Das ist doch etwas merkwürdig, Amund, findest du nicht?«

»Es heißt, er sei schon immer ein bisschen eigen gewesen«, sagte Harstad, »ein Einzelgänger …«

Mutter lachte über dieses Klischee, hakte aber nicht weiter nach. »Nun«, beschied sie, »warten wir ab, doch würde es mich nicht wundern, wenn mehr an der Sache ist, als der erste Blick vermuten lässt.«

Es folgte ein längeres, wenn auch nicht unangenehmes Schweigen. Manchmal senkte sich eine solche Stille über die Samstagsversammlungen, und Mutter zog sie gern ein wenig hin, genoss den Moment wie einen unerwarteten Segen. Sie liebte die Stille und misstraute allen, die sie unbehaglich fanden, was solche Gelegenheiten gefährlich machte für Leute wie

Rott, der unfähig schien, auch nur kurze Zeit still zu sitzen. Nach einigen Sekunden aber wurde das Schweigen – taktvoll und entsprechend feierlich – von einem der Männer im Raum gebrochen, von jemandem, der bislang nichts gesagt hatte. »Wo hat man ihn gefunden?«, fragte er, die Stimme kaum vernehmbar. Es war Ryvold. Er redete nicht viel, wenn er jedoch den Mund aufmachte, dann schwang in seinen Worten oder in der Art, wie er sie aussprach, gewöhnlich die Andeutung mit, dass er dem Gespräch hinterherhinkte, sein eigenes Tempo einhielt, nachdachte.

Erneutes Schweigen, dann antwortete Harstad: »Bei Straumsbukta. Nicht weit von dort, wo er wohnte. Allerdings nimmt man an, dass er von weiter oben heruntergetrieben wurde.«

Wieder breitete sich ungewohnte Stille aus, bis jemand – ich nehme an, dass es Mutter war – sich erhob und durchs Zimmer ging. Es folgte Geschirrgeklapper sowie das Geräusch eines Kessels, der aufgesetzt wurde, und obwohl das Gespräch nur einen Moment stockte, konnte ich bei dem Lärm im Hintergrund jetzt nichts mehr verstehen. Was ich gehört hatte, war durchaus spannend – offensichtlich war jemand ertrunken, und das mit einem gestohlenen Boot, was in einem Ort wie Kvaløya ziemlich erstaunlich war –, nur wusste ich damals nicht, von wem sie redeten, und die Geschichte an sich fand ich nicht interessant genug, um ihretwegen länger zu bleiben. Außerdem wollte ich nicht noch später zu Kyrre kommen. Ich hätte in die Küche gehen und mir Kaffee und Toast machen können, um noch eine Weile zuzuhören, bevor ich aufbrach – denn ich *war* neugierig, und von dem Geruch nach etwas Warmem, Buttrigem, der sich auszubreiten begann, wurde ich hungrig. Doch ich wusste, Kyrre würde unten in der Hütte zumindest heißen Kaffee für mich haben, und ich konnte davon ausgehen, dass er, egal, um was für eine Geschichte es sich auch handelte, ebenso gut wie jeder andere Bescheid wusste. Also schlich ich mich leise nach unten, hoffte, dass mich niemand hörte, stahl mich zur Haustür hinaus, lief durch den Garten und schloss das Tor. Dann eilte ich durch das Birkenwäldchen, das Mutter dort, zwischen Gartentor und Straße, angelegt hatte, hinaus in die Sonne und in die kühlen, saftigen Wiesen, die hinab zum Strand führten.

Ich besitze nur wenige Erinnerungen, die ich bereit wäre, meine eigenen zu nennen. Ich habe Schnappschüsse, Skizzen, Fragmente von Geschichten und unvollendete Anekdoten, doch passen sie nicht zusammen, und wenn ich sie zu erzählen versuche, klingen sie falsch, fast wie Erfundenes oder Geliehenes. Die ersten drei Jahre meines Lebens wohnten wir in Oslo, aber an diese Zeit kann ich mich nicht erinnern. Ich kenne nur diese Insel – Kvaløya auf dem siebzigsten nördlichen Breitengrad, hoch oben am Polarkreis, jenen Ort, den Mutter sich aussuchte, als sie entschied, alles zu ändern und mit ihrem Leben von vorn zu beginnen. In Oslo war sie recht erfolgreich gewesen, nicht so bekannt wie heute, aber auf dem besten Weg dahin. Damals hielt man sie vor allem für eine Porträtmalerin. Sie besaß eine große Wohnung, interessante Freunde und einen guten Ruf – genau das, was sie sich früher zu wünschen gemeint hatte. Eines Tages aber beschloss sie, zum Polarkreis zu ziehen. Dafür gab es eigentlich keinen Grund: Sie war nie zuvor dort gewesen, und sie kannte keine Menschenseele nördlich von Trondheim. Vielleicht aber ist sie, sobald sie den Entschluss gefasst hatte, genau deshalb hierhergekommen, an einen Ort, den sie nicht einmal dem Namen nach kannte, als sie die Karte auf ihrem Zeichenbrett ausbreitete und sich ansah, was damals für sie abgelegene, menschenleere Gegenden gewesen sein mussten: lang gezogene Archipele von Vogelschwärmen heimgesuchter Inseln, die weiße Weite der Finnmarksvidda, die ihr nur von alten Bildern und aus Kinderbüchern bekannten Fjorde und Küstenstädte. Eine Weile dachte sie daran, nach Røros zu ziehen, wo Harald Sohlberg lange gelebt hatte. Sohlberg war damals wie heute ihr Lieblingsmaler, von dessen Einfluss auf das eigene Werk sie erzählte, sooft sie Interviews gab (und die gab sie öfter, als es einer vermeintlichen Einsiedlerin anstünde). Letztlich aber schien ihr das wohl zu offensichtlich. Also entschied sie sich für Kvaløya, da es weit genug von allem entfernt lag, was sie kannte, und weil ihr – falls man wirklich glauben darf, was sie in Interviews erzählt – der Name gefiel. Es gibt noch andere Kvaløyas, aber dies ist die Insel, auf die ihre Wahl fiel, und als sie ankam, die Küste und das hohe, graue Haus mit Blick über den Malangen sah, wusste sie, sie würde nie wieder fortziehen. Ich muss sie auf dieser ersten Fahrt zu unserem neuen Heim begleitet haben, kann mich aber an nichts erinnern. Ich kann mich auch nicht daran erinnern, in Oslo gewohnt zu haben, und ich erinnere mich genauso wenig daran, aus der Stadt fortgezogen zu sein. Für mich ist es, als hätte ich nie irgendwo anders gelebt, und auf den wenigen Reisen, die wir nach Bergen, Oslo und einmal, als ich zwölf war, nach London unternahmen, kamen mir diese Orte ziemlich unwirklich vor.

Nein. Kvaløya, Tromsø, Sommarøy, Hillesøy, das sind für mich die wirklichen Orte, Heimatorte. Ich stelle mir Mutter an dem Tag vor, an dem sie entschied, in den Norden zu ziehen, stelle mir vor, wie sie die Landkarte studierte und laut Namen vorlas, als versprächen sie ihr eine Parallelwelt, wo alles ist, wie es schon immer war. Irgendwie verhält sich die Zeit hier anders; alte Geschichten dauern fort im Holz der Bootshäuser und Fähranleger, Zeit strömt dahin und versinkt in den Flecken von Sommergras und Weidenröschen, die entlang der Straßen wachsen. Man braucht nur den richtigen Tag zu wählen, das richtige Wetter, und man kommt im Morgenlicht an einen verborgenen Ort, an dem die Zeit lang vor der eigenen Geburt stehengeblieben war. Oder man biegt in einen schmalen Pfad durch die Wiesen ein und gelangt in jenes geheime Land, das diese Namen heraufbeschworen, irgendwo im Sonnenlicht der Sechziger. Natürlich existiert die Zeit noch – draußen in jener Welt, in der andere Menschen leben, doch ist sie nur eine Idee, etwas rein Theoretisches. Dort in der geschäftigen Welt ticken die Uhren, wir aber sind meist allein auf unserer Walinsel, und hier gibt es nicht viel, was auf die vergehende Zeit hinweist, nicht in weißen Sommernächten, nicht in der Winterdunkelheit. Deshalb hat sich Mutter für ebendieses graue Haus an ebendiesem Straßenabschnitt zwischen Mjelde und Brensholmen entschieden – sie wollte nicht unbedingt fern von anderen Menschen sein, sich aber von der Last der Zeit befreien, und das geht nur, wenn man allein lebt. Bis auf Kyrre Opdahls Haus haben wir als einzigen Nachbarn an diesem Küstenabschnitt eine winzige *Hytte,* eines dieser kleinen Sommerhäuser, wie man sie sich zum Jagen oder Angeln baut, eine *Hytte,* die jetzt Sommergäste gemietet haben, obwohl es eigentlich kein richtiges Haus ist, nur eine Kate, hingeduckt auf ihrem Streifen Gras und Unkraut am Strand. Sie steht viel näher am Meer als unser Haus, fast so nah wie der kleine Verschlag, in dem Kyrre sein altes Boot sowie verschiedene Ersatzteile und etwas Netzzeug aufbewahrt, und sie scheint, genau wie das Bootshaus, halb zum Wasser und halb zum Land zu gehören.

Ich liebe das Bootshaus. Es ist wie ein Tabernakel: Kyrre wendet ebenso viel Arbeit dafür auf wie für die *Hytte,* und er verpasst dem schmalen, verwitterten Boot jedes Jahr einen neuen Anstrich in Rot und Blau, nimmt den Motor auseinander, reinigt jedes einzelne Teil und hält alles makellos sauber, aber man sieht ihn nie damit auf dem Wasser. Dafür sei er zu alt, sagt er – dabei wirkt er kaum älter als fünfzig und ist fit wie ein Turnschuh. Ich glaube, er hat es sich einfach abgewöhnt, etwas aus reinem Vergnügen zu machen, und lässt sich nur Zeit für die Arbeit. Dabei hätte er sich längst zur Ruhe setzen können, und niemand weiß, was er mit dem Geld macht, das ihm seine diversen Geschäfte einbringen; allerdings wüsste er auch gar nicht, wie er immer sagt, was er ohne Arbeit mit sich anfangen sollte. Manchmal deprimiert es ihn, wenn es im Winter zu kalt für richtige Arbeit wird, aber im Sommer vermietet er diese *Hytte* sowie noch ein paar weitere Liegenschaften weiter oben an der Küste unweit von Brensholmen.

Sein eigenes Haus liegt, von hier nur einen kurzen Spaziergang entfernt, unsichtbar gleich hinter dem Birkenwald, ist aber auch kaum mehr als ein Lager mit einer Werkstatt, einem Haufen Kisten, Werkzeug und halb fertigen Apparaten, die sich von der Küche, in der er die meiste Zeit verbringt, über den Flur bis ins große, leere, eher dem Laden eines Schiffsausrüsters als einer Schlafkammer gleichenden Gästezimmer verteilen und die gewöhnlichen Details seines Alltagslebens so durchsetzen, dass sich das eine unmöglich vom anderen trennen ließe. Er sei jetzt alt, behauptet er, ist aber so geschäftig wie eh und je und ruht sich nie aus, es sei denn, was selten genug geschieht, er setzt sich mit mir hin, um Kaffee zu trinken und eine seiner Geschichten zu erzählen.

So geschäftig er sich auch gibt, ist er doch nie zu beschäftigt, um Mutter zu helfen, und sie verlässt sich in mancherlei praktischer Hinsicht auf ihn. Er liefert die Scheite für unseren

Ofen, hilft im Garten, repariert, was kaputtgeht, bringt unsere Lebensmittel und die Kunstutensilien, die sich Mutter aus Oslo oder Bergen per Schiff liefern lässt. Er war es auch, der mich während all meiner Schuljahre jeden Tag nach Tromsø fuhr, und ich sehe ihn noch vor mir, wie er, dieser wunderbare, verlässliche Mann mit kurz geschnittenem Haar und vogelartiger Gestalt, an jenem ersten Morgen vom Fahrersitz sprang und nach hinten um den Wagen eilte, um mir mit schwungvoller Geste die Tür zu öffnen, einem schüchternen Schulkind, das sich plötzlich in eine königliche Prinzessin verwandelt sah. Natürlich übertrieb er – bei seinem Anblick musste ich an den Gockel in meinem Bilderbuch denken –, doch merkte ich sehr wohl, wie stolz und würdevoll er war. Ein Mann mit einem Innenleben, dessen Selbstwertgefühl sich nicht auf den engen Winkel der eigenen Existenz beschränkte, sondern sich auf die Leben aller ausdehnte, die er kennenlernte, auch wenn sie die Bedeutung dieses Augenblicks nicht immer zu schätzen wussten. Zudem war er mein persönlicher Geschichtenerzähler, jemand, der mich während meiner gesamten Kindheit in etwa gleich starkem Maß bezauberte wie verängstigte.

Kyrres *Hytte* liegt unten am Strand, über die Straße und eine kurze Wegstrecke durch die dahinterliegende Wiese, doch ist sie von meinem Schlafzimmerfenster aus deutlich zu sehen, auch vom Treppenabsatz, auf dem ich damals meist saß, um Wacht über den Fjord zu halten und das Kommen und Gehen von Kyrres Mietern zu beobachten. Wenn Flut ist, sind es bis zum Meer nur wenige Meter, so dass ein Sommergast auf dem Rasen stehen und die Seeschwalben beobachten kann, wie sie über dem flachen Wasser schweben und auf ein silbriges Glitzern warten, das sie wie winzige Blitze in die Dünung hinabschießen, in die Wellen eintauchen und mit einem fest im Schnabel gehaltenen Mickerfisch wieder auftauchen lässt. Ich nenne die *Hytte* Kate, nicht Haus, weil sie so simpel ist: ein Wohnzimmer mit Ofen und einem Panoramafenster mit Blick auf den Fjord, eine winzige Küche, zwei schlichte Schlafzimmer mit Bett und hinten ein schmaler Kleiderschrank, da, wo immer Schatten ist und es selbst an den schönsten Tagen nach regennassen Wiesen riecht. Laut Kyrres Broschüre können bis zu zwei Erwachsene und drei Kinder in dieser *Hytte* schlafen, doch oft kommen die Sommergäste allein, meist Männer, die auf der Suche nach Ruhe in den Norden fahren. Gewöhnlich sind es Norweger, manchmal ist aber auch ein Engländer dabei oder ein Deutscher; und vor drei Jahren, während eines langen, nassen Julis, saß ein kanadischer Philosoph am Fenster mit Blick auf den Fjord, hörte den Regen auf das Dach prasseln und dachte an Kierkegaard. Jedenfalls hat Mutter das erzählt. Sie lernte ihn eines Nachmittags bei einem Regenschauer kennen und lud ihn zum Tee ein, doch hat er ihr, zu Mutters großem Vergnügen, erzählt, er sei zu beschäftigt.

Allerdings zählt es nicht zu Mutters Gewohnheiten, Kyrres Gäste zum Tee einzuladen, und so freute es sie vermutlich, dass der Philosoph ihr Angebot ausschlug. Natürlich dürfte es für sie eine neue Erfahrung gewesen sein, abgelehnt zu werden. Normalerweise war sie es nämlich, die ablehnte. Ablehnen, abschlagen, abweisen, sich weigern – das sind die Worte, die am besten Mutters Verhältnis zur Außenwelt beschreiben, nicht nur, was ihre Arbeit, sondern auch, was ihr persönliches Leben betrifft. Sie weigert sich ebenso standhaft, eine gefeierte Malerin zu werden, wie sie die Freier abweist, doch mögen die Weigerungen noch so endgültig klingen, bringen sie ihr stets nur größeren Erfolg und höhere Bildpreise ein. Ich glaube, anfangs überraschte sie das, denn ich weiß, ihr Rückzug war keineswegs geplant, aber es dauerte nicht lang, bis sie erkannte, wie sie dies zu ihrem Vorteil nutzen konnte. Und eigentlich vermag auch niemand zu leugnen, von welch zentraler Bedeutung für ihren künstlerischen Erfolg diese Abgeschiedenheit ist – die mythische Zurückgezogenheit, die äußerste Integrität. Ich weiß heute, dass die Freier, die damals in unser Haus kamen, sehr wohl wussten, dass es sie Woche um Woche, Jahr um Jahr nur deshalb zu Mutter zurückzog, weil ihr Herz nicht zu gewinnen war. Sie bewunderten ihre Bilder, so wie sie ihre Schönheit bewunderten – doch am meisten bewunderten sie, dass sie sich ihnen verweigerte. Ein Talent, das man für bloße Attitüde halten könnte, wäre da nicht die Tatsache, dass sie nichts mehr als *sich selbst* verweigerte – und *das* ist schon immer ihr größtes Geheimnis gewesen. *Darin* liegt ihre Macht. Sich von der geschäftigen Welt abzuwenden, mag bis zu einem gewissen Grade interessant sein – und sie wurde schließlich erst zu der Künstlerin, die sie heute ist, als sie Oslo verließ und in den Augen vieler Leute beruflichen Selbstmord beging –, doch sich selbst zu verweigern, das muss man beispielhaft nennen. Nichts zu werden, sich aus dem Bilderrahmen zu entfernen – das ist die höchste Form der Kunst. Mutter war dies stets bewusst, und die entsprechende Disziplin erfasste alles in ihrem Leben – sogar ihren Umgang mit Kyrres Sommergästen. Mutter hat schon immer eine Rolle gespielt, nur zeigt die Rolle, die sie spielt, ihr wahres Ich. Man braucht sich bloß ihr Werk anzuschauen, um das zu verstehen.

Während meiner Teenagerjahre machte ich mir Kyrres Gäste zum Hobby. Mit manchen freundete ich mich an und verbrachte dann und wann einen langen Nachmittag in dem Wohnraum mit Blick auf den Fjord oder auf dem winzigen Rasen zwischen *Hytte* und Strand, um mir bei einer Tasse Kaffee oder einigen

Flaschen Solo ihre Geschichten anzuhören; meist aber beobachtete ich sie in aller Stille und sah ihnen von fern zu, wie sie die arktische Landschaft oder die Einsamkeit genossen, deretwegen sie gekommen waren. Beobachtete sie oder – wie Kyrre fand – *spionierte* ihnen nach, was wohl die angemessene Bezeichnung war. Mehrere Jahre lang war ich damals also eine Spionin, eine Beobachterin des Lebens. Ich sah den Sommergästen von meinem Schlafzimmerfenster aus zu, verfolgte ihr Tun und Treiben mit dem Fernglas, das Mutter mir zu meinem dreizehnten Geburtstag geschenkt hatte, und versuchte herauszufinden, was sie wohl dachten. Manchmal machte ich mit dem Teleobjektiv meiner schicken Kamera, einem weiteren Geburtstagsgeschenk, sogar ein paar Fotos, hielt mich aber nie für aufdringlich oder indiskret, da mir bloßes Beobachten letzten Endes nur eine harmlose Aktivität zu sein schien, solange die Objekte meiner Neugierde nicht wussten, dass sie beobachtet wurden. Jedes Jahr trafen Gäste ein, und jedes Jahr entschied ich, welche für meine Beobachtungen infrage kamen und welche nicht. Mit Familien, die hier von Zeit zu Zeit Urlaub machten, gab ich mich nie ab; sie waren sowieso nur selten da und nutzten die *Hytte* meist bloß als Basislager, von dem aus sie nach Tromsø und auch weiter nach Norden fuhren oder am späten Vormittag mit Picknickkörben und Käschern zu Exkursionen nach Sommarøy aufbrachen. Sie interessierten mich nicht, ebenso wenig wie die Paare, die kamen und meinten, eine menschenleere Gegend gefunden zu haben, wo sie auf romantische Weise allein sein konnten. Nein, es waren die Einzelgänger, die ich spannend fand, jene, die das einzige Wunder suchten, an das sie glaubten; das Wunder, wenn die Zeit anhält oder sich doch zumindest den Sommer über verlangsamt und den so oft von der Uhr tyrannisierten Lebenden einen flüchtigen Blick auf spürbares Glück gestattet. Ich hatte diese Leute so gern, wie ich in jenen Tagen nur irgendwen gern hatte, und ich wünschte ihnen alles Gute. Das war auch der eigentliche Grund, warum ich ihnen nachspionierte. Ich wollte, dass sie glücklich waren.

* * *

Ich fand Kyrre Opdahl im kleinen Schuppen neben der *Hytte,* wo er Spinnweben und Vogelkacke von den Liegestühlen wischte, die er seinen Gästen bereitstellte, damit sie sich um drei Uhr morgens raussetzen und in der Mitternachtssonne lesen konnte. Was für ein Klischee! Er wusste, dass ich da war, natürlich wusste er das, aber er blickte nicht auf. Tat er nie. Er liebte dieses Spiel, so zu tun, als hätte er nicht bemerkt, dass ich zurück war, weshalb wir beide so tun konnten, als wäre ich nie fort gewesen. Eine sehr subtile Form der Höflichkeit, die allen, die ihn nicht kannten, bestimmt ziemlich seltsam vorkam. »He, he«, sagte ich und sah mich um, ob es für mich noch etwas zu tun gab, aber er war fast fertig.

Da blickte er auf. »Tag auch«, murmelte er, Streifen von Staub und Spinnweben im Gesicht. »Gutes Timing.«

»Echt?«

Er lächelte. »Wollte gerade Pause machen. Kommst eben rechtzeitig, um den Kessel aufzusetzen.«

Niemand wusste, wie alt Kyrre Opdahl war. Es schien ihn bereits seit Jahrhunderten zu geben, war er doch so fester Bestandteil der Insel, dass er nach Belieben in ihr verschwinden konnte – zumindest kam es mir so vor, als ich noch ein kleines Mädchen und er mein steter Begleiter war, ein Fels, ein bedachtsamer, hoffnungslos höflicher Wiedergänger aus einer anderen Zeit, schon damals alt, das Haar kurz geschnitten, die Augen von einem überraschenden Kohlegrau. Und mein Leben lang war er der Hüter der Geschichten. Manche Leute hielten ihn für einen absurden, abergläubischen Kerl, das traurige Überbleibsel einer Zeit, in der man sich um ein Feuer sammelte, um sich Geschichten von der *Huldra* zu erzählen, die der Erde oder den Meeresfluten in Gestalt einer unfassbar schönen Frau in einem roten Kleid entstieg, um sich jeden unaufmerksamen Mann zu angeln, der ihres Weges kam. Oder sie ängstigten Kinder mit Geschichten, die beinahe wahr schienen, Geschichten über den Fischer weit draußen auf See, der ein Baby im Netz fand und es an Bord holte, noch lebendig, in den Augen ein dunkles Glimmen, die Stimme so betörend, dass er, obwohl er wusste, wie wenig Gutes ihm diese Kreatur wollte, nicht anders konnte, als es mit heim zu nehmen. Nach einer Weile hörten die Leute auf, sich solche Geschichten zu erzählen, doch lässt sich derlei nicht gänzlich unterdrücken, und gelegentlich, während einer Gesprächspause oder wenn ein Paar schlaflos im Bett liegt, treiben Worte beängstigend weit hinaus in gefährliche Gefilde – eine Andeutung hier, eine halb spaßige Bemerkung dort, und ehe man es sich versieht, ist das Unheil so weit gediehen, dass alles anders wird. Die Augen eines Mannes gehen fremd, die Liebe einer Frau erkaltet, und ein Wort, ein Blick führt zu schrecklicher Gewalt oder dazu, dass man sich verlässt. Natürlich gibt es immer eine Erklärung, eine *rationale* Erklärung, tiefer aber, in den Nervenbahnen, im Blut, macht ihnen jenes andere Wissen zu schaffen – und Menschen wie Kyrre sind die Hüter dieses Wissens. Sie sind es, die die Türen zu den Geistern entriegeln, an die niemand glaubt; sie sind es, die in den frühen Morgenstunden durchs Haus wandern wie der Schlafwandler in einem alten Vampirfilm, der die Fenster gerade weit genug öffnet, um den Schrecken der Nacht hereinschlüpfen zu lassen.

Nicht alle Geschichten Kyrres waren alt. Für Menschen seines Schlags gab es keine alte Zeit – alles war gegenwärtig, alles kontinuierlich. Was heute geschah, im hellen Licht des Tages, gehörte einem ewigen Mysterium an, einer Geschichte, in der die Lebenden und die Toten, die Verrückten und die Normalen, die Realen und die Geister auswechselbar blieben – und an jenem Nachmittag, als wir zusammenhockten und Kaffee tranken, war die Geschichte, die er mir erzählte, zwar magisch, aber zugleich auch sachlich korrekt. Die Geschichte eines Jungen, den ich kannte, und eine Tragödie so alt wie die Erde selbst, eine Geschichte, in der es auf die Namen der Beteiligten kaum ankam. Damals wusste Kyrre nicht, wohin sie führte, doch während er erzählte, erinnerte ich mich an mein Gefühl beim Aufwachen, dieses Gefühl der Furcht, das ich allzu gedankenlos abgetan hatte. Irgendwas stimmte tatsächlich nicht, nur hatte ich nicht gewusst, was es war. Niemand hatte das.

Er begann erst, als wir in die *Hytte* gegangen waren, und selbst dann musste er geglaubt haben, mir bloß etwas zu meiner Unterhaltung zu erzählen. »Ich denke mal, von der Sache mit Mats Sigfridsson hast du schon gehört?«, fragte er, während er sich die Hände wusch.

Ich muss zugeben, in dem Moment setzte mein Herz einen Schlag lang aus. Ich wusste nicht, was mit Mats geschehen war, wusste aber, dass jemand ertrunken war, und es brauchte nicht viel, eins und eins zusammenzuzählen. Ich stellte den Kaffeebecher ab. »Was ist mit ihm?«

Kyrre drehte sich um. »Du hast also noch nichts davon gehört?« Seine Miene war gelassen, doch sah ich ihm an, dass er nachdachte, sich fragte, wie er weiter vorgehen solle.

Ich schüttelte den Kopf. »Nein«, sagte ich und versuchte, so neutral wie möglich zu klingen. »Was ist passiert?« Ich griff nach der Kaffeekanne und schenkte mir nach. Schließlich bedeutete mir Mats Sigfridsson nichts. Er war bloß ein Junge aus meiner Klasse. Er war kein Freund, erst recht nicht *mein* Freund; und falls ich überhaupt je an ihn dachte, dann nur, weil ich ihn ein bisschen seltsam fand. Es erschreckte mich, wenn ich sah, wie er, kaum von seinem Bruder getrennt, in einen merkwürdigen, apathischen Zustand verfiel, innerlich erschüttert und distanziert vom Rest der Welt, beinahe beängstigend allein. Und mir gefiel nicht, wenn ich mich in der Klasse umdrehte und ihn dabei ertappte, wie er mich anglotzte oder durch mich hindurchstarrte, als wäre ich Luft. Ich will dem nicht allzu viel Bedeutung beimessen, doch gab es Situationen, da sah ich ihn zufällig in einer der hinteren Ecken des Klassenzimmers hocken und mit abwesendem, leicht verwirrtem Blick in die Welt stieren, und in solchen Momenten vermutete ich in ihm eine verwandte Seele, denn er mochte die Stille und war auch gerne allein. Es stimmt, ich hatte nur selten mit ihm zu tun; trotzdem gab es Augenblicke, da begegneten wir uns mit Bedacht und eigenartiger, leicht besorgter Neugier – fast wie Waldtiere, die sich zufällig auf einer Lichtung treffen und aneinander vorübermüssen, wachsam, fasziniert und manchmal sogar ein wenig ehrfürchtig. Ich weiß nicht, was mich an ihm interessierte, und ich hatte nicht den geringsten Grund zu der Annahme, dass er ein mehr oder weniger ähnlich freundliches Interesse an mir hegte. Ich finde nur, er war ein Junge, der vielleicht begriffen hätte, wie ich die Welt sah, falls ich ihm je nahe genug gekommen wäre, sie ihm erklären zu können.

Natürlich rede ich hier nicht von so etwas wie einer Liebesbeziehung. Er fühlte sich nicht von mir angezogen und ich mich ganz bestimmt nicht von ihm. Tatsache ist, mit Anziehung hatte ich es damals sowieso nicht so, auch nicht mit all dem anderen, von dem Menschen meines Alters angeblich besessen sind. Mit fünfzehn, sechzehn hatte ich ein paar Beziehungen, die mir nahegingen, aber in diesem Sommer war davon keine Rede mehr, ebenso wenig wie jetzt davon die Rede ist: keine Liebesgeschichte, keine kleinen Geheimnisse und keine spätabendlichen Geständnisse am Telefon, auch keinen Sex. Ehrlich gesagt, dieses ganze Gerede von romantischer Liebe lässt mich kalt. Sie widert mich nicht gerade an, das nicht. Ich halte mich auch nicht für unterdrückt, einsam oder frigide, ich bin einfach nur nicht interessiert. Damals wurde ich den Gedanken nicht los, dass es sich dabei um einen Trick handelte – dass Liebe zu dem gehörte, was ich haben *sollte,* so wie ich sauberes, fülliges Haar oder eine neue Stereoanlage haben wollte. Eine Beziehung kam mir wie eines dieser Produkte vor, die man mir anzudrehen versuchte, und auch heute geht es mir ähnlich. »Ich habe noch nicht den Richtigen getroffen«, antworte ich meist, wenn man mich fragt, ob ich mit wem zusammen bin oder mich mit jemandem treffe, dabei bin ich eigentlich versucht, ihnen zu antworten, dass sie das nun wirklich überhaupt nichts angeht. Manchmal frage ich mich: Wie kommt es bloß, dass diese Leute sich so ungehemmt nach den intimsten Geheimnissen eines anderen erkundigen? Was soll ich darauf antworten? Was kann man darauf antworten? »Habe ich, nur bin ich mir nicht sicher, ob ich ihn liebe, und selbst wenn, gehe ich davon aus, dass es nicht lange hält.« Oder: »Nein, wir haben bloß Sex; wir treffen uns zweimal die Woche, um auf jene seltsame Weise miteinander rumzumachen, wie man es nun einmal tut, wenn man sich nicht in Ruhe lassen kann.« Übrigens habe ich beide Szenarien durchgespielt, wenn auch ein wenig skeptisch, doch konnte mich keines überzeugen. Also darf ich wohl mit Fug und Recht behaupten, dass ich mich nicht zu Mats hingezogen fühlte, und ich könnte nicht einmal sagen, dass ich ihn kannte – dennoch bekümmerte mich, dass er tot war, und einen seltsam, leicht verwirrten Moment lang kam es mir vor, als wäre mir etwas genommen worden.

Natürlich war Kyrre Opdahl kein Narr, und er musste gesehen haben, dass mir die Neuigkeit zu schaffen machte, doch war er eben auch ein geborener Geschichtenerzähler, und was er begonnen hatte, musste er zu Ende führen. Schließlich war es eine gute Geschichte, sogar eine echte Kriminalgeschichte – und im Nachhinein bin ich froh, dass es Kyrre war, der sie mir erzählte. Natürlich wusste er nicht viel mehr als Rott oder Harstad, und damals hatte er auch noch nicht angefangen, sich seine eigene, unheilvolle Erklärung der Ereignisse zurechtzulegen. Mats Sigfridsson war allein in einem Boot hinausgefahren; das Boot hatte ihm nicht gehört; und es war eine ruhige Nacht, weshalb es keinen ersichtlichen Grund dafür gab, warum er über Bord fallen sollte oder was immer sonst geschehen war. So viel wusste Kyrre, und das war nicht gerade viel. All das waren nur *Tatsachen.* Doch selbst damals – vielleicht, weil Kyrre sie erzählte – versprach die Geschichte mehr, als die bloßen Tatsachen andeuteten. Sie klang wie eine jener Erzählungen, aus denen früher Legenden gesponnen wurden, Erzählungen von Geistern, Seehundmenschen und Meerjungfrauen, allesamt düstere Warnungen vor dem, wozu Wälder, See oder Berge fähig waren, wenn man ihnen nicht genügend Respekt zollte. Wir verloren an jenem Tag kein Wort darüber, doch mussten wir beide daran denken: der ertrunkene Junge, die Ahnung, dass noch etwas offenblieb, das kleine Rätsel, das in sich den Kern eines größeren Mysteriums barg – wir sprachen es nicht an, aber wir wussten, dies war längst noch nicht alles.

Allerdings muss festgehalten werden, nicht Kyrre, sondern ich war es, die zuerst an Maia dachte – die sogar an jenem Nachmittag an sie dachte und sie aus der Menge am Grunnlovsdag ans Licht zerrte. Ein dunkeläugiges, spöttisches Mädchen mit dem unbekümmerten Schritt eines Wildfangs, schon immer Außenseiterin, eine, die kam und ging, wie es ihr passte, und die sich kein bisschen um irgendwen scherte. Eine unter all den im Grunde anständigen, zutiefst besorgten Kindern der Schule, die unübersehbar sorglos wirkte, ein Kobold von einem Mädchen, das irgendwie in die private Welt der Brüder Sigfridsson eingedrungen war und sich dort niedergelassen hatte, wohin zu gehen es niemandem sonst gestattet war. Ich war es, die zuerst an sie dachte; und auch wenn ich ihretwegen meine Zweifel hegte, auch wenn ich meinen Verdacht zu verdrängen suchte, war ich es, die sie in die Geschichte brachte, als ich Kyrre erzählte, ich hätte sie am Grunnlovsdag gesehen – und obwohl wir uns nicht lang mit diesem Detail aufhielten, hing er ihm doch einen Moment nach, diesem Keim einer neuen Geschichte, die sich bereits in seinem Hinterkopf zu formen begann, dort, wo alle Geschichten beginnen, schattenhaft und unbestimmt, der erste Schritt in einer Logik, die nichts mit Vernunft zu tun hat.

»Was also war so seltsam daran?«, fragte er. »Zwei Jungen und ein Mädchen – passiert schließlich nicht zum ersten Mal, dass sich Brüder ins selbe Mädchen verlieben ...«

Ich schüttelte den Kopf. »Nein, ich glaube nicht, dass es darum ging.«

»Worum dann?«

»Weiß nicht.« Ich blickte mich um, als könnte ich eine Antwort finden in diesem kleinen, holzverschalten Zimmer am Strand, dessen Fenster weit offen standen, so dass die erste

Sommerbrise und das Gekreisch der Seeschwalben und Austernfischer vom Meer hereindrang. »Ich war überrascht, sie mit ihnen zusammen zu sehen, aber bestimmt gibt es dafür eine ganz simple Erklärung, und sicher hat es auch nichts zu tun mit …» Ich dachte einen Moment nach. Was wollte ich sagen? Mit Sex? Liebe? Eine dieser Dreiecksgeschichten, wie man sie im Kino sieht?

Kyrre lächelte und tätschelte meine Hand. »Nun«, sagte er, »was es auch gewesen sein mag, der Junge hat jetzt seinen Frieden gefunden.« Er stand auf. »Außerdem«, fuhr er fort, »sind es nicht die Toten, mit denen wir Mitleid haben sollten.«

Ich nickte. »Armer Harald. Ich weiß gar nicht, wie er ohne Mats zurechtkommen wird.«

Kyrre erwiderte nichts, sammelte unsere Tassen ein, trug sie zum Spülbecken und holte dann die Kaffeekanne. »Immerhin ist er nicht allein«, sagte er dann, was mich verwirrte. Dachte er an Maia? Oder meinte er mich? Kyrre blickte auf die Küchenuhr an der Wand. »Frag mich nur, wo mein Gast bleibt. Er kommt für den ganzen Sommer, weißt du.«

»Ehrlich?« Das war eine Überraschung. Normalerweise blieben seine Gäste nur einige Wochen, höchstens einen Monat. »Bis wann?«

»Ende September. Er hat im Voraus bezahlt. Sagt, er braucht einen Ort, an dem er arbeiten kann, ein bisschen Frieden und Ruhe findet.«

»Was für Arbeit?«

»Hat er nicht gesagt.«

»Schade«, erwiderte ich. Ich war neugierig. So lange hatte meines Wissens noch niemand die *Hytte* gemietet. »Aber das ist doch gut, oder nicht?«

Kyrre nickte. »Hoffe ich doch«, sagte er, wohl, um das Schicksal nicht herauszufordern. Dafür kannte ich ihn lang genug. Er war der Letzte, den man dabei erwischt hätte, dass er etwas für gegeben hielt. Er machte sich Sorgen, um gegen Ärger gewappnet zu sein, und wenn es dann Ärger gab, nahm er nur als Bestätigung dafür, dass er sich nicht genügend Sorgen gemacht hatte. Er warf mir einen seiner bösen Blicke zu. »Kommt schließlich ganz darauf an, wie er so ist.« Ich lachte, und er tat, als wäre er beleidigt. »Man weiß ja nie«, sagte er. »Könnte ja auch ein Monster sein.«

* * *

Als ich gegen vier Uhr nach Hause kam, waren die Freier schon lang fort. Mutter hielt sich in ihrem Atelier auf, und im Haus herrschte jene Atmosphäre, wie sie manchmal aufkam, eine Atmosphäre, als wäre es, wenn nicht ganz verlassen, so doch nur von Phantomen bewohnt. Es ist eine Atmosphäre, die Mutter meiner Meinung nach bewusst heraufbeschwört, denn von dem Moment an, in dem ein Besucher vor unserem Tor steht, überkommt ihn dieses Gefühl, dass die Dinge nicht sind, was sie zu sein scheinen, ein Gefühl, als beruhte hier alles auf Illusion. Was durchaus nicht täuscht, denn ebendas ist es: eine Illusion, ein unwahrscheinliches Haus in einem unwahrscheinlichen Garten, beides in nördlicher Wildnis aus dem Nichts heraufbeschworen. Was immer Mutter schafft, ist ein Werk der Kunst, also ist alles *per definitionem* eine Illusion. Der Garten zum Beispiel. Nach sechs Monaten Kälte und Dunkelheit weckt sie ihn jedes Jahr wieder von den Toten auf, füllt, was verrottet war, mit Sträuchern, Mohn und bunten, einjährigen Pflanzen, die sie in dieser eisigen Erde zu wachsen und zu wurzeln nötigt. Viele tausend Kilometer weit fort von den alluvialen Ebenen und sonnenbeschienenen Terrassen, auf die sie gehören, damit es rot, orange und golden vor jenen Zaunpfosten und behauenen Steinen leuchtet, die den inneren, bestellten Bereich unseres Grundstücks von der absichtlich naturbelassenen Wildnis dort draußen trennen. So ist es heute, auch wenn nur mehr selten Besucher kommen, und so war es damals. Was sie vollbrachte, war stets ein Wunder, stets eine Illusion: Harstad schenkte ihr Töpfe mit arktischem Mohn und Steinbrechsetzlingen und sagte, sie eigneten sich viel besser für dieses Klima als die Exoten, die sie bevorzugte, doch Mutter lachte nur und ließ sich nicht beirren. Ihr war egal, was es kostete, sowohl an Geld wie an Arbeit. Sie wollte satte Farben, wollte riesige, knallige Blumenköpfe und zarte, süß duftende Pflanzen, die zu ziehen niemand sonst in unserer Gegend auch nur erwog – und durch Hingabe und schiere Willenskraft machte sie das Unmögliche möglich. In manchen Jahren wurden all ihre Pläne über Nacht durch einen heftigen Sturm oder Regenguss vereitelt, doch räumte sie dann nur die Beete frei und begann von vorn. Harvard sagte, unser einheimischer Mohn sei ebenso fein und schön wie Mutters Exoten, doch verstand er nicht, worauf es ihr ankam, wenn sie Jahr um Jahr im Garten Setzlinge pikierte und Stecklinge pflanzte, nie zufrieden, immer auf der Suche nach jener Blüte, die so kräftige, feuchtsatte Farben zum Leben erweckte, wie Mutter sie vor ihrem inneren Auge sah, Farben wie auf einem Gemälde von Sohlberg oder einem italienischen Altarbild. Sie wollte keine Blumen, die sich dem natürlichen Klima angepasst hatten – hätte sie im Mittelmeerraum gelebt, hätte sie sich ebenso bemüht, Steinbrech oder Enzian gedeihen zu lassen –, sie wollte, was am unwahrscheinlichsten war, wollte das Wundersame. So schön der Garten auch sei, gehe von ihm doch etwas aus, wie Harstad einst kühn bemerkte, das nicht ganz stimmig scheine.

Er schaffe, sagte er, eine so komplexe wie erschreckende Illusion. Ich bin mir sicher, dass Mutter sich freute, als sie seine Worte hörte, auch wenn sie zweifellos wusste, dass Harstad sie nicht als Kompliment gemeint hatte.

Das Haus ist ebenfalls eine Illusion, vielmehr eine Abfolge von Illusionen. Die Behauptung, sie lebe wie eine Einsiedlerin, wischt Mutter oft lachend beiseite und gibt vor, überrascht zu sein, wenn Interviewer nach ihrem einsamen Leben fragen. Die meisten Journalisten nehmen ihr Gegenüber gar nicht wahr, sagt sie, sie wiederholen nur, was in ihren Unterlagen steht, dabei sei es doch eine Tatsache, dass dieses Haus all jene Dinge und Besitztümer berge, die ihr wirklich wichtig sind. Die Möbel im Parterre sind bequem, die Küche gut bestückt, die Bilder an den Wänden sorgsam ausgewählt – Ausstellungsposter im Flur und entlang der unteren Treppe, Drucke und Zeichnungen von Leuten, die sie in Oslo und Bergen kannte –, und die Bücher in den Regalen sind exakt von jener Art, die man in einem Haus wie dem unseren erwartet, doch nichts davon ist wirklich überraschend, nichts in diesem unteren Stock gibt auch nur das Geringste über die Frau preis, die hier wohnt. Und selbst wenn es einem Besucher gestattet wird, die oberen Räume zu betreten, findet er dort kaum etwas von besonderem Interesse, jedenfalls nichts, was sich nicht auch sonst in irgendeinem beliebigen Künstler- oder Akademikerhaushalt in Tromsø oder Trondheim fände. Weitere Bücher säumen den langen Flur, der zu einer verschlossenen Tür im hinteren Teil des Hauses führt; noch mehr Plakate von Ausstellungen in Bergen und Oslo; ein paar antike Schiffskisten voll mit Kunstkatalogen und Reiseführern; ein dunkler Sessel aus Ulmenholz auf dem Treppenabsatz vor meinem Schlafzimmer mit Blick über Garten und Fjord. Der einzige Hinweis darauf, dass in diesem Haus eine

Künstlerin wohnt, ist das Gemälde, das über dem Sessel hängt, und dieses Bild blieb unvollendet.

Auf den ersten Blick ist es kein sonderlich beeindruckendes Bild. Professionell, aber nicht gerade typisch. Stünde es in einem Katalog, würde es vermutlich unter dem Titel »Studie eines jungen Mädchens« geführt, doch ist es, falls ich das sagen darf, für das Œuvre der Künstlerin wohl ein wenig bedeutsamer, als man vermuten könnte. Ein zufälliger Betrachter sähe darin gewiss nur das Porträt einer Dreizehnjährigen in einem gelben Kleid, das Gesicht dem Sommerhimmel zugewandt, das lange Haar beinahe silbrig und die Augen weit blauer, als sie es im wahren Leben gewesen sein können. Doch auch wenn das Bild unvollendet blieb und man geneigt ist, die Dargestellte für eine Verkörperung mädchenhafter Unschuld statt für das Bildnis einer bestimmten Person zu halten, wird ein sorgsamer Betrachter rasch erkennen, dass es sich bei dem Modell in Wahrheit um die Tochter der Malerin handelt. Natürlich könnte selbst der kenntnisreichste Betrachter unmöglich ahnen, dass dies Mutters letzter Versuch war, das Bildnis eines Menschen zu malen, begonnen und unvollendet gelassen drei oder vier Jahre, nachdem sie die Porträtmalerei angeblich für immer aufgegeben hatte. Ein Kenner ihrer Kunst fände es vermutlich interessant, wie deutlich dieses Bild jene gespenstischen, fast nicht auszumachenden Gestalten vorwegnimmt, die auf viel späteren Bildern hin und wieder auftauchen. Schatten in einer Landschaft möglicherweise, die dazu gehören wie die Bäume, das Gras auf den Weiden, die Steine am Strand und die genauso bedeutsam oder unbedeutend sind wie irgendeines dieser Elemente. Es stimmt, dieses unfertige Gemälde ist ein Werk des Übergangs, weniger letzter Versuch eines Porträts als erste Wiedergabe der menschlichen Gestalt als Idee, als etwas

Unspezifisches, beinahe Emblematisches. Soweit ich weiß, hat es Mutter nie etwas ausgemacht, dass dieses erste Phantom in ihrem Werk *mich* zum Vorbild nahm, so wie ihr offenbar auch nie der Gedanke kam, dass es *mich* beunruhigen könnte – und Tatsache ist, das hat es auch nie. Nicht so richtig. Früher einmal löste dieses Bild durchaus gemischte Gefühle in mir aus, nur sehe ich heute kaum hin, wenn ich auf mein Zimmer gehe, es verlasse oder mich in den alten Ulmensessel setze, den Mutter eigens für diesen Platz auf dem Treppenabsatz gekauft hat. An manchen Tagen sitze ich hier, blicke über die Wiesen auf das Wasser und glaube, allein auf der Welt zu sein. Wenn ich aber auf dem Treppenabsatz bin, ganz für mich, beachte ich das Bild kaum und sehe in dem Mädchen auch nicht länger mich, selbst wenn sich die Ähnlichkeit nicht leugnen lässt. Für Mutter ist alles Form, ein mögliches Sujet, das beobachtet und durch ihre Imagination verwandelt wird, und es gibt keinen Grund, warum ich anders darüber denken sollte.

Trotzdem weiß ich nicht, warum sie dieses halb fertige Bild aufbewahrt. Keines ihrer übrigen Gemälde hängt im Hauptteil unseres Hauses; sie werden ins Atelier am anderen Ende des Treppenabsatzes eingesperrt und hinter verschlossenen Türen gehalten, da, wo niemand sie sieht, bis sie eingepackt und von einem Mann abgeholt werden, der – laut Mutter – wie ein Mörder aussieht und außer mit ihr mit keinem Menschen redet. Dieser Mann, dessen Namen ich nie erfahren habe, arbeitet für Dag Fløgstad, den Galeristen, der Mutter sämtliche Arbeiten abnimmt, und so lang ich mich erinnern kann, kommt dieser Mann in unser Haus, fährt den weiten Weg von Oslo hierher und übernachtet unterwegs bei seiner Schwester in Mo I Rana. Er ist bloß ein Lieferant, und doch ist er der Einzige, dem es erlaubt ist, Mutters eigentliches Haus zu betreten, jenes Haus, das wie ein Kern in dem Traumhaus ruht, das sie sich darum herum geschaffen hat, und obwohl er nicht einmal ahnt, was für Privilegien er genießt, ist er für Mutter in gewisser Weise realer als die Freier, die jede Woche kommen, denen aber nie erlaubt wird, auch nur einen Fuß auf die Treppe zu setzen, geschweige denn durch die Tür ins Atelier vorzudringen. Das ist Mutters Höhle, ihr geheimer Ort, ein leerer, weiß gekalkter Raum mit einem einzigen, nach Norden weisenden Fenster, ohne Möbel bis auf eine Chaiselongue und ein paar wacklige Holzstühle – hier findet ihr wahres Leben statt.

Niemand außer mir. Und mir ist es auch nur zu besonderen Gelegenheiten gestattet. Einstmals, als ich nicht nur ihre Tochter, sondern für sie auch ein interessantes Sujet war, durfte ich jeden Tag kommen, und mit dem Blick auf das weite, nach Norden gerichtete Fenster musste ich stundenlang stillstehen, während sie daran arbeitete, mich in eine Idee zu verwandeln, in etwas, das endgültig sein und somit für immer währen würde; zumindest sah ich es damals so, als sie den Geist meiner selbst einfing und auf die Leinwand bannte. Ich habe keine Ahnung, warum das Bild nie beendet wurde: Eines Tages erklärte sie umstandslos, dass ich nicht mehr Modell zu stehen brauche, und als ich fragte, ob das Bild denn fertig sei, antwortete sie, das sei es nicht. Nicht ganz. »Irgendwas klappt nicht. Ich muss es eine Weile liegen lassen und mache mich später noch mal dran.«

Sie wirkte ruhig, und ich hatte keinen Anlass, an ihren Worten zu zweifeln, dennoch spürte ich, dass sie mir nicht die ganze Geschichte erzählte. »Warum?«, fragte ich. »Was stimmt damit nicht?«

Sie lächelte. »Es ist alles bestens. Ich brauche nur eine Pause.«

Anfangs hatte ich mich nicht gerade darum gerissen, ihr Porträt zu sitzen, doch als sie das Bild nun beiseiteräumte, konnte ich meine Enttäuschung nicht verbergen – und auch nicht dieses Gefühl im Hinterkopf, irgendwie versagt und nicht dem Bild entsprochen zu haben, das sie gesucht hatte. »Und?«, fragte ich. »Kann ich es sehen?«

Sie schüttelte den Kopf. »Noch nicht. Erst wenn ich herausgefunden habe, woran es liegt, und auch dann erst, wenn es fertig ist.«

Nur wurde es nie fertig, und soweit ich weiß, hat sie auch nie wieder daran gearbeitet. Es war ihr letztes Porträt – zumindest das letzte bis zu jenem Sommer, in dem sie in einigen raschen Sitzungen die *Huldra* malte –, und es blieb monatelang im Atelier, fortgesperrt in einen Schrank, zu dem sie allein den Schlüssel besaß. Eine Zeit lang fragte ich mich, was schiefgelaufen war, und nahm an, es liege irgendwie an mir, doch schien sie nicht weiter daran zu denken, und am Ende jenes lang vergangenen Sommers hatte ich das Bild schon fast vergessen. Mutter nicht. Ich bin mir ziemlich sicher, dass sie es nicht wieder angerührt hat, und selbst ein flüchtiger Blick verrät, dass es alles andere als fertig ist. Der Hintergrund wurde vollständiger als die dargestellte Person ausgearbeitet, doch auch unter den Sommergräsern und Wildblumen herrscht der Eindruck vor, es fehle etwas, das auf Anhieb offensichtlich und doch zugleich subtil ist. Man sieht, dass irgendwas nicht stimmt, nur was genau, das lässt sich unmöglich sagen – und ebendies macht das Bild so beunruhigend. Das Mädchen – nicht ich, sondern das Mädchen, das Mutter sich für dieses bestimmte Werk vorstellte – hat ein mehr oder minder vollendetes Gesicht, und man sieht, dass es unter dem grauen Kleid ein Hemd oder eine rostrote Bluse trägt, doch ihm fehlen die Hände, und es fügt sich nicht recht in die Umgebung, während darumherum, in der Luft und in den Wiesenpflanzen zu seinen Füßen, mehrere Dutzend Lücken und unfertige Striche zu erkennen sind, die den Eindruck erwecken, als wäre dies weniger ein unfertiges Bild – das, fände man nur die nötige Zeit, noch vollendet werden könnte – als ein Versuch, das unfertige und erschreckend vergängliche Gewebe der Dinge selbst wiederzugeben, ein Versuch, wissentlich oder unbewusst, den Betrachter sehen zu lassen, dass *nichts* von Dauer ist. Ein recht gewöhnlicher, fast schon banaler philosophischer Gedanke – einer, den Mutter niemals auch nur in Worte gefasst hätte –, aber ziemlich verstörend, wenn er sichtbar gemacht wird in einem Bild, das auf den ersten Blick doch nur das Porträt eines jungen Mädchens zu sein scheint. Besonders verstörend, vermute ich, wenn man selbst Modell saß und die eigene Mutter die Malerin ist. Und ich muss nicht nur daran denken, dass Mutter dieses Werk aus einem bestimmten Grund unvollendet ließ – ohne sich je die Mühe zu machen, mir diesen Grund zu erklären –, sondern auch daran, dass sie es später, in den dunklen Stunden des folgenden Winters, als ich in der Schule war, herausgeholt und auf den Treppenabsatz gehängt hat, direkt vor meine Tür, was sie gleichfalls aus einem bestimmten Grund tat, den sie nur teilweise verstand, dessen Logik sie dennoch nicht widerstehen konnte. Mir fiel das Bild gleich auf, noch am selben Abend, als ich aus Tromsø nach Hause kam, und ich wollte spontan nach unten laufen und Mutter danach fragen, tat es aber nicht. Ich verweilte gerade lang genug, um in dem seltsamen Bild zu erkennen, dass Mutter, als sie es an diesen sorgsam ausgesuchten Platz hängte, mir ein Geschenk machte, das sie nicht erklären, mir aber ebenso wenig vorenthalten konnte. Ein düsteres Geschenk, mag sein, nichtsdestotrotz ein Geschenk. Als sie mich eine Stunde später zum Abendessen rief, verloren wir beide kein Wort darüber, da es keines dieser Geschenke war, über die man redete oder für die man sich gar bedankte. Manche Geschenke sind so. Man gibt sie stumm und nimmt sie stumm entgegen, fast, als wollte man sie verheimlichen, und auch wenn sie noch so unerklärlich und seltsam sein mögen, werden sie doch niemals wieder erwähnt.

* * *

Den Rest des Tages verbrachte ich damit, mir Bildbände anzusehen. Ich wusste, dass Mutter arbeitete, und wollte sie nicht stören. Also aß ich eine Kleinigkeit, um bis zum Abendessen über die Runden zu kommen, das es um sieben, vielleicht aber auch erst um neun geben würde, suchte mir dann aus den Regalen im Flur einen Armvoll Bücher zusammen – Harriet Becker, Christian Krohg, Robert Robinsons *Captured by the Norwegians* – und zog mich damit auf mein Zimmer zurück. Bilder anzuschauen war eine Angewohnheit, die ich mir in jenem Sommer zulegte. Dabei kümmerte mich das Genre nicht. Fotografien, Illustrationen oder die Reproduktionen alter Meister. Ich hätte auch gern gelesen, aber das ging nicht. Sooft ich einen Versuch machte, fing ich an, mich zu fragen, was aus meinem Leben werden sollte. Welche Universität, welche Studienfächer, welche Laufbahn. All die typischen Fragen für jemanden in meinem Alter – Fragen, die mich nicht im Mindesten interessierten, aber plötzlich sehr drängend schienen. Ich hatte angestrengt für die Schule gearbeitet und war immer eine gute Schülerin gewesen, doch jetzt, nach Jahren mit Büchern und Prüfungsvorbereitungen, konnte ich einfach nicht mehr lesen, weil ich nicht mehr wusste, wie man liest, ohne sich Notizen zu machen. Ich konnte mir nur noch Bilder ansehen – und es gab abertausend Bilder. Mutter besaß eine riesige Sammlung illustrierter Bücher: Monografien über ihre Lieblingsmaler, Prachtbände über die Geschichte der Druckkunst und Fotografie, mehrere Regale voll alter Kinderbücher mit wunderbaren Illustrationen, Kunstbücher auf Norwegisch, Englisch oder Französisch, Bücher in Sprachen, die ich nicht einmal dem Namen nach kannte. Die Romane, Lyrikbände und ledergebundenen Dramen von Ibsen bewahrte Mutter unten auf, und an grauen Winternachmittagen sah ich sie oft zusammengerollt auf einem Sessel, versunken in *David Copperfield* oder *Die Wildente,* aber die Regale, die beide Wände am Treppenabsatz säumten, von meinem Zimmer auf der einen bis zur Tür zum Atelier auf der anderen Seite, enthielten fast nur Bildbände. Wahrscheinlich wollte Mutter sie in der Nähe haben, um tagsüber rasch etwas nachschlagen zu können. In diesem Sommer arbeitete ich mich fast durch die gesamte Sammlung, nahm fünf, sechs Werke auf einmal aus dem Regal, blätterte langsam darin herum und studierte Bilder von viktorianischen Weihnachtsfeiern und holländischen Höfen, Stillleben mit Austernschalen und halb geschälten Zitronen, farbintensive Selbstporträts, Landschaften und anatomische Studien. Ich wusste nicht, wonach ich suchte, doch gab es Momente, in denen ich spürte, dass ich kurz davor war, *etwas* zu finden – natürlich nicht die Antwort auf eine spezifische Frage oder einen Fingerzeig, was ich mit meinem Leben anfangen könnte, aber etwas, das sich mit Worten nicht fassen ließ, ein innerer Wetterumschlag, eine neue Atmosphäre oder Stimmung, die es mir erlaubte, diese Dinge zu meinen Bedingungen zu erwägen. Denn so ungern ich auch ernstlich darüber nachdachte, wusste ich doch, dass es eine Zukunft geben würde, und ich würde darin eine Rolle übernehmen müssen. Nur wollte ich mich erst damit befassen, wenn ich so weit war, und ich weigerte mich zu tun, was man von mir erwartete. Ich wollte mich frei entscheiden. Heute gibt es Augenblicke, in denen ich fast mit einer Art Bewunderung auf jenes Mädchen zurückblicke, das ich damals war, wenn auch nur, weil es auf vielerlei überraschende Weise wusste, um wie viel schwerer eine freie Entscheidung fällt, als man gemeinhin vorgibt.

Die Zeit verging rasch, und es wurde acht Uhr, ehe Mutter auftauchte, um uns etwas zu essen zu machen und mich zu fragen, wie mein Tag gewesen war. Wir hatten uns seit dem Abend zuvor nicht mehr gesehen, was nicht ungewöhnlich war, doch merkte ich ihr an, dass sie etwas beschäftigte. Kaum waren wir mit dem Essen fertig, verschwand sie wieder im Atelier, vermutlich für eine weitere lange Nacht: Sie arbeitete an etwas Großem, und obwohl sie kaum darüber redete, kannte ich sie gut genug, um die Anzeichen zu deuten und als Erstes mit dem wie besessenen, schlaflosen, geistesabwesenden Zustand zu rechnen, der sie bis zum Ende ihrer Arbeit anspornen würde, und danach, wenn sie sicher wusste, dass das Werk getan war, mit den sich anschließenden ein, zwei Tagen Ernüchterung und Ruhelosigkeit – einer Stimmung, die sie stets zu verbergen trachtete, auch wenn es ihr nie recht gelang.

Das machte mir jedoch nichts aus. Früher, als ich noch jünger war, hatte es das getan, aber jetzt sah ich sie gern so beschäftigt, weshalb ich ihr sagte, dass ich den Tisch abräumen und abwaschen würde, damit sie sich gleich wieder an die Arbeit machen könnte. Sie lächelte. »Danke«, sagte sie. Ich liebte dieses Lächeln. Es war nicht das prachtvolle Lächeln, das sie den Freiern oder den zwei, drei Journalisten vorbehielt, die in unser Haus kamen. Nein, in diesem Lächeln lag nichts Angestrengtes, keine Zurückhaltung. Es war einfach nur ein Lächeln.

»Ist schon in Ordnung«, ergänzte ich. »Ich weiß ja, wie beschäftigt du bist.«

Sie nickte. »Und du?«, fragte sie. »Was machst du?«

Ich wollte zurücklächeln, aber mir fiel das Lächeln nicht leicht, und ich konnte es auch nicht besonders gut. Als ich noch klein war, hat sie oft lauthals über mich gelacht und schockiert getan angesichts meiner Ernsthaftigkeit – auch wenn ich vermute, dass sie es nur für eine Phase hielt, die ich bald hinter mir lassen würde. Sie hatte nicht damit gerechnet, dass ich so blieb. »Ich mache den Abwasch«, sagte ich.

»Und danach?«

Ich schüttelte den Kopf – und dann lächelte ich, wenn auch nur ein bisschen, da mich die Vorstellung, wie ich den Rest des Tages verbringen würde, glücklich machte. »Nichts«, sagte ich – und dann sagte ich es noch einmal, da ich nicht diesen Tag meinte, nicht allein die nächsten Stunden, sondern etwas, was ich mir noch nicht recht zusammenreimen konnte, obwohl ich wusste, dass es dort war, irgendwo in meinem Hinterkopf. Eine neue Möglichkeit. Ein Versprechen. »Ich werde mich in einen Sessel setzen und absolut gar nichts tun.«

Als die Küche eine Stunde später sauber und aufgeräumt war, ging ich wieder nach oben zu meinen Bildbänden, im Kopf diese Ahnung eines Versprechens – und da geschah es, dass ich Martin Crosbie zum ersten Mal sah. Es muss gegen zehn Uhr gewesen sein, und weil wir *Midnattsol* hatten, sah ich ihn ziemlich deutlich, obwohl ich, vielleicht wegen des Lichts, vielleicht auch, weil er so offensichtlich fehl am Platz wirkte, einen Moment lang glaubte, ihn mir bloß einzubilden. Er stand an dem Gartentor, das den inneren, bestellten Garten von den Wiesen dahinter trennt, und schaute zum Haus hinauf, als meinte er, es eigentlich kennen zu müssen, könne sich aber nicht mehr recht daran erinnern. Natürlich war er mit der echten *Midnattsol* nicht vertraut, und er durfte auch kaum mit ihrer Wirkung auf ihn gerechnet haben, aber bestimmt hatte er von der Mitternachtssonne gehört – wer nicht? –, doch auch wenn man noch so viel darüber liest, man ist nie darauf vorbereitet. Außerdem ist die Bezeichnung irreführend. *Mitternachtssonne* lässt an einen goldenen, lang anhaltenden Sonnenuntergang denken, aber so ist sie eigentlich nie. *Weiße Nächte* trifft es schon eher, fasst es aber noch zu eng: Diese Mittsommernächte können blau sein, rotgolden oder silbergrau, je nach Wetterlage und auch, wie Mutter gern behauptet, je nach Stimmung des Beobachters. An jenem Abend damals war es nach dem ersten richtigen Sommertag frisch und kühl, und es herrschte eine stille, silbrig weiße Dämmerung, die alles in gespenstisches Licht tauchte: Geisterhafte Pfade wanden sich an unserem Haus vorbei zum Strand, als würden sie wie aus ferner Vergangenheit für eine Nacht wieder sichtbar; geisterhafte Vögel schwebten über dem glasigen Wasser des Fjords; geisterhafte Wiesen erstreckten sich kilometerweit in jede Richtung. Jeden Grashalm und jeden Blumenstängel umgab quecksilbriges Licht, so wie quecksilbriges Licht das Laub auf jenen alten Fotografien umgab, die ich mir eben erst angesehen hatte. Es wäre leichtgefallen, auch Martin Crosbie für einen Geist zu halten, hatte er doch nichts Tatsächliches an sich, sah man einmal von seiner unerwarteten Anwesenheit ab, hier, an einem Ort, wo er nicht sein sollte, und selbst seine Anwesenheit wirkte so provisorisch wie das Gespinst einer Sommernacht, das jeden Moment zerfallen und vergehen konnte, ehe ich auch nur ausgemacht hatte, was genau es eigentlich war. Der Eindruck währte nur einen Moment, dennoch kam mir Martin Crosbie auf den ersten Blick wie ein Mensch ohne Substanz vor, nicht so sehr Geist wie Illusion, ein Trugbild, an das er selbst kaum glaubte. Es war, als wäre er nur durch Zufall ins Sein gestolpert, erst wenige Augenblicke zuvor, und wäre nun irgendwas zwischen einer optischen Täuschung und einem Mann, der kurz davor stand, erneut zu verschwinden, weshalb seine sich gerade erst ausprägenden Gesichtszüge bereits wieder zerflossen.

Er war jedoch keine Illusion. Er war nicht einmal ein Geist. Ich hatte ihn nie zuvor gesehen, wusste aber, wer er war; ebenso wie ich durch das Wenige, was Kyrre über ihn gesagt hatte, wusste, woher er kam und wohin er, zumindest vorläufig, gehörte. Nur wusste ich nicht, was er hier zu suchen hatte und weshalb er mit einer so bekümmert oder doch ungläubig wirkenden Miene zu unserem Haus hinaufstarrte, dass ich mich vor lauter Mitgefühl fast veranlasst sah, zu ihm hinauszugehen. Was ich nicht tat. Ich spürte, dass er mich nicht gesehen hatte, obwohl er das Haus nicht aus den Augen ließ. Reglos und auf dem Treppenabsatz halb verborgen nutzte ich die Gelegenheit, ihn genauer zu mustern. Er war groß und schlank, um die dreißig, schätzte ich, mit fahlem, sandfarbenem Haar und Goldrandbrille. Wäre Mutter bei mir gewesen, hätte sie gesagt, er sehe sensibel aus, zart, nur spürte ich, da war noch mehr, etwas, das mit meinem ersten Eindruck von ihm zu tun hatte, diesem Eindruck, dass er verloren wirkte, verletzt, beinahe wie ein aus dem gewohnten Lebensraum gestromertes Tier, das sich zwischen Hinterhöfen, Drahtzäunen und Autos ausgesetzt fand, ein aus der Deckung gescheuchtes Waldgeschöpf ohne Möglichkeit, sich zu verstecken. Stimmt, die Gesichtszüge waren zart, doch von einer Zartheit, wie man sie von manchen Tieren kennt, von Rehen etwa oder Füchsen. Es war eine Zartheit, wie sie gleichsam natürlich zu einem besorgten Wesen gehört, die Zartheit von jemandem, der stets ein wenig mehr erwartet, der ausharrt, fürchtet oder hofft – was für ihn vermutlich so ziemlich dasselbe war. In früherer Zeit gab es Menschen, die zum Horizont gehörten – Kyrre hatte mir davon erzählt –, und da sie besser als alle anderen Menschen sehen konnten, machte man sie zu Beobachtern; ruhige, gedankenverlorene Wachposten, die wussten, was kommen würde, dessen Bedeutung aber nie ganz begriffen; Himmelsbeobachter, die über Sternbilder berichteten, sie aber nie zu deuten wussten. Martin Crosbie war einer von diesen Menschen.

Ich war ihm nie zuvor begegnet, wusste aber, er war Kyrres Sommergast. Er hatte diesen verwirrten, leicht abwesenden Blick des kürzlich Eingetroffenen, und es wurde zudem rasch deutlich, dass er nach etwas suchte, was ihn in dieser neuen Landschaft aus Wasser und Licht verankerte, dass er sich nicht so sehr davon zu überzeugen versuchte, hierher zu gehören, als davon, dass ein Dazugehören überhaupt möglich war. Er brauchte einen Zugang zu alldem hier, und er musste geglaubt haben, unser Haus – ein Haus, das er, wie er sich eingeredet haben musste, schon einmal gesehen hatte, sei es in einer Tourismusbroschüre oder als Tuschezeichnung in einem alten Reiseführer – könnte den Brennpunkt für etwas bieten, was ansonsten kaum mehr als ein Traum wäre. Eigentlich jedoch wollte er etwas wiedererkennen, nur fürchte ich, dass er damals nicht wusste, wie stark ein Déjà-vu-Erlebnis in diesem Teil der Welt selbst für Menschen sein kann, die hier ihr ganzes Leben verbracht haben.

Ich hatte diesen Blick übrigens schon öfter gesehen. Leute, die herkommen, können es meist nicht verkraften: das Licht, den Himmel, die tiefe Stille. Liest man darüber in Geografiebüchern, hört es sich nach nichts Besonderem an: eine kleine Insel, vielmehr eine Inselkette, die von Tromsø im Osten bis Hillesøy im Westen reicht, mit Kvaløya in der Mitte, drei Inseln, zu einer zusammengefasst, fast wie ein Kleeblatt. Unser südlichstes Blatt hat die meisten Bewohner. Auf der Karte sieht es wie ein fliegender Engel aus, doch es ist nur eine von vielen Inseln im Polarkreis, gesäumt von nicht sonderlich aufregenden Küstensiedlungen – Straumsbukta, Skognes, Mjelde, Bakkejord und Sandvik – rund um ein ruhiges, nahezu verlassenes Landesinnere aus Wäldern und flachen Bergen, in dem man vereinzelt Herden scheuer, zugewanderter Elche findet, auch wenn hier zudem noch etwas Älteres, der Sprache nicht recht Zugängliches haust. Die einzige befahrbare Straße führt durch die zersiedelten, seewärts ausgerichteten Dörfer bis hinauf zur Fähre in Brensholmen oder zu den weißen Stränden von Sommarøy, ehe sie im geheimnisvollen Hillesøy endet. Dort kann man Rentiere und auch unsere arktischen Orchideen entdecken, die ich viel zarter und schöner finde als die exotischen Blüten im Blumenladen. Geht der Sommer zu Ende, kann man da auch Moltebeeren sammeln; Mutter sagt, nichts schmecke so gut wie diese Moltebeeren, so wie es auch keinen prächtigeren Anblick gebe als das von hinter Hillesøy aus gesehene Nordlicht, da, wo die Insel den knapp einem Dutzend Häusern den Rücken zukehrt und ins Dunkel ausläuft.

Einen Fremden kann dieser Ort allerdings überwältigen. Er ist nicht so dramatisch, auch nicht so postkartenschön wie die Fjorde im Westen; er wirkt einfach nur karg und leer und nachts so still und weit, dass er selbst die größten Pragmatiker dazu bringen kann, an Geister zu glauben. Hier, auf dem siebzigsten nördlichen Breitengrad, kommt es nicht selten vor, dass Besucher sich zu Anfang einige Tage lang fragen, warum sie überhaupt gekommen sind. Sie haben sich für diese Reise entschieden, haben Tickets für die diversen Fähren gekauft oder sind zweitausend Kilometer über Land gefahren, um sich von Kyrre Opdahl eine primitive *Hytte* zu mieten, und plötzlich wissen sie nicht mehr, warum sie das eigentlich auf sich genommen haben. Während sie die Reise planten, während sie auf dem Schiff fuhren oder ihr Flugzeug in Tromsø zur Landung ansetzte, hatten sie noch gewusst, warum sie kamen, hatten die Gründe gekannt, die sie sich ausgedacht und beiläufig in Gesprächen wiederholt haben, jene Gründe, die all dies sinnvoll machten; doch in der weißen Nacht verflüchtigten sich diese Gründe.

So muss es auch für Martin Crosbie gewesen sein. Alles war ungewohnt, und nach der ersten schwachen Ahnung des Wiedererkennens erschien ihm unser Haus ebenso fremd wie alles andere. Nichts war, wie er es sich vorgestellt hatte – und wie so viele Besucher vor ihm begann er zu vermuten, dass es hier rein gar nichts gab. Kvaløya war eine Fata Morgana, nichts sonst, die gesamte Inselkette eine Illusion. Wie er da an seinem ersten Abend an unserem Gartentor stand, wird er angenommen haben, er habe eine weite, lang ersehnte Reise umsonst gemacht, sei den weiten Weg gefahren, um im Nichts zu landen. Mir schien er eine ganze Weile dort zu stehen, unser Haus anstarren und zu hoffen, es möge real sein, dabei waren es vermutlich nur zwei, drei Minuten – und obwohl ich auf dem Treppenabsatz gut sichtbar sein musste, war doch unverkennbar, dass er mich nicht entdeckt hatte. Solange er dort verharrte, starrte er mich direkt an und sah doch nichts. Nichts und niemanden. Dann drehte er sich um und ging den Weg zurück, ohne sich noch einmal umzuschauen – und unwillkürlich kam mir der Gedanke, dass in ihm bereits der Verdacht keimte, nichts von dem, was er in seinem Leben je gesehen hatte, ob hier oder irgendwo sonst, sei real gewesen.

Ein Sommermorgen. Ich habe gerade einen langen Spaziergang quer über die Wiesen hinab zum Strand gemacht und auf dem ganzen Weg gespürt, wie allein ich bin, nun, da alle fort sind. Mutter ist natürlich noch hier und malt wie eh und je in ihrem Atelier – perfekt, still, wunschlos glücklich. Sie hat lang und hart gearbeitet, um diesen Zustand zu erreichen, und auch wenn der Rest der Welt glaubt, sie habe ihn schon vor einiger Zeit erlangt, weiß ich, dass sie gerade erst dort angekommen ist. Ich weiß es, weil ich sie mein Leben lang beobachtet habe, auch schon, bevor ich wusste, was ich tat, und nun, da ich sie so gut kenne, beginne ich zu begreifen, was sie das Erlangen dieses Zustands gekostet hat. Seltsam ist nur, dass ich ebenfalls dort bin, an exakt demselben Ort, in exakt demselben Zustand, und ich kann allen Ernstes behaupten, dass es mich nichts gekostet hat. Dazu kam es vor zehn Jahren in jenen hellen Sommernächten, in der so viele ertranken, und fast alles, was seither passiert ist, widerfuhr nicht mir, sondern jemand anderem. Mir geschah bloß, dass ich mich eines Tages entschied, unsichtbar zu werden. Nicht wie Mats und Harald zu gehen, auch nicht wie Martin Crosbie, der so weit von daheim fortfuhr, um sein recht theatralisches Verschwinden zu inszenieren. Nein: Ich bin auf diesen Wiesen geblieben, am Ufer des Malangenfjords, wo ich schon immer war, und ich habe überhaupt nichts getan; zumindest nichts anderes, als mich für das Leben zu entscheiden, das ich nun führe, ein Leben, von dem manch einer sagen würde, es sei keines. Keine Karriere, kein Ehemann, kein Liebhaber, keine Freunde, keine Kinder. Ich bin auch keine Künstlerin wie Mutter, jedenfalls keine Künstlerin herkömmlicher Art. Ich bewirke nur, dass Dinge geschehen, doch es sind *Dinge allein* um ihrer selbst willen, und ich würde niemals so tun, als hätte ich etwas zu sagen. Ich schaue einfach über die

Wiesen, über das Wasser, und ich passe auf. Keine Ahnung, wo ich die Worte zuerst gehört habe – vielleicht bei einer Shakespeare-Aufführung –, doch erinnere ich mich, wie ergriffen ich davon war, von diesen Worten, die für mich in keinerlei weltlichem Kontext stehen, Bruchstücke aus einem Theaterstück oder einem Roman, in dem sie vorkamen: *Spione Gottes.* Absurd, das gebe ich gern zu, doch bleibt für mich der Eindruck, dass diese Worte mich präzise beschreiben. Ich bin eine Spionin Gottes. Ich glaube nicht an Gott, zumindest nicht auf die übliche Weise, doch denke ich, dass ich aus einem bestimmten Grund hier bin, und der ist aufzupassen. Zu beobachten. Es gab einmal einen mexikanischen Stamm, dessen Mitglieder jede Nacht abwechselnd den Untergang der Sonne beobachteten, um dann im Dunkeln Wacht zu halten, bis sie wieder aufging – und sie setzten nie voraus, dass die Sonne wiederkehren würde, sie fanden es nie selbstverständlich. Sie hielten abwechselnd Wache, und sie glaubten, der wahre Grund, weshalb die Sonne jeden Tag wiederkehre, habe weder mit der Schwerkraft zu tun oder damit, wie die Erde sich um ihre Achse drehte. Sie dachten, es sei allein ihre Aufmerksamkeit, die sie zurückholte – und ich lebe Tag und Nacht in einem ähnlichen Zustand der Aufmerksamkeit, einer leichten, komfortablen Aufmerksamkeit, die keinerlei Zweck kennt. Mutter findet sie gewiss merkwürdig, muss sie doch unwillkürlich aus allem, was sie hört oder sieht, etwas Neues machen. Ich dagegen spüre keinen Wunsch, irgendwas zu machen, irgendwas zu schaffen. Ich bin nur schlicht und einfach eine Zeugin, eine ungebundene, lebenslange Spionin.

Allerdings war ich damals eine andere Art Spionin. In jenen Tagen beobachtete ich Leute, und das vor allem, weil sie mir ein Rätsel waren. Ihre Sehnsüchte, ihre Ängste, was sie sich wünschten und womit sie davonzukommen hofften, die Geschichten, die sie erzählten, und jene, die sie sich nicht erzählten – all das fand ich merkwürdig, weshalb ich sie, da ich sie verstehen lernen wollte, von Weitem mit dem Fernglas oder durch das Teleobjektiv meiner Kamera beobachtete. Vielleicht aber wollte ich auch verstehen lernen, warum ich nicht so war wie sie. Sie hingen an Dingen, für die ich keine Verwendung hatte, nahmen die Welt wortwörtlich und schienen das, was sie haben wollten, nur deshalb zu wollen, weil dies nun einmal die vorgeschriebenen Objekte des Begehrens waren. Ich schätze, genau *das* interessierte mich damals, nur habe ich deshalb nicht spioniert, jedenfalls nicht ausschließlich deshalb. Der eigentliche Grund, warum ich die Menschen beobachtete, warum ich zur Spionin wurde, war die Überzeugung, dass mit mir etwas nicht stimmte, und ich wollte wissen, was es war. Ich wollte verstehen, warum ich überhaupt nichts wollte.

In jenem Sommer glaubte ich noch, Spionieren sei ein Spiel, das ich spielte, weil ich die Menschen so traurig und so amüsant fand, insbesondere Kyrres Gäste. Natürlich – schließlich war ich achtzehn – gefielen mir die traurigen Seiten mindestens so gut wie die amüsanten, falls nicht besser. Nur Martin Crosbie wollte ich nicht bespitzeln, zumindest nicht, nachdem er mir an unserem Gartentor erschienen war. Den genauen Grund dafür hätte ich nicht nennen können, doch war da etwas in seinem Gesicht, das mich drängte, ihn in Ruhe zu lassen, etwas Verborgenes, das ich nicht verstand, aber deutlich sah, auch schon an jenem ersten Abend, als er zu meinem Fenster hinaufblickte, mich direkt anschaute und doch niemanden bemerkte. Am nächsten Morgen war mir nicht danach, ihn vom Treppenabsatz aus dabei zu beobachten, wie er zwischen Auto und *Hytte* hin und her ging und Kisten mit Flaschen und Lebensmitteln ins Haus trug. Ich wollte nicht wissen, was in den Tüten war, die er aus dem Kofferraum holte, oder welche Bücher er las. Ich wollte gar nichts über ihn wissen. Nur hatte ich die halbe Nacht nicht geschlafen, und ich langweilte mich, außerdem kam es mir gar nicht wie spionieren vor, als ich zum Fernglas griff, um es erst auf die Wiesen zu richten und dann langsam, einen Meter nach dem anderen, über die leuchtenden Wogen von Sommergras zu Martin Crosbies Auto wandern zu lassen, das mit offenen Türen auf dem Platz stand, den Kyrres Lieferwagen gestern eingenommen hatte und in dessen Kofferraum und Wageninnern sich Gepäck unterschiedlichster Art stapelte. Durch das Fernglas konnte ich einen Teil des Inhalts der Kisten und Tüten erkennen: Da gab es jede Menge Bücher und fast ebenso viele Flaschen diverser Formen und Größen, eine Kameratasche, einen Haufen CDs, und ihr Besitzer – ich kannte seinen Namen, weil Kyrre ihn tags zuvor genannt hatte, als er mir von der eigenartigen Vereinbarung erzählte, die er eingegangen war mit diesem Mann, der den ganzen Sommer bleiben wollte –, ihr Besitzer also, dieser Martin Crosbie, sah bei Tageslicht irgendwie anders aus, wacher und auch deutlich substanzieller, als er bei Nacht gewirkt hatte. Er arbeitete rasch, und obwohl einige Kisten ziemlich schwer aussahen, trug er sie scheinbar mühelos ins Haus – und die ganze Zeit redete er offenbar mit sich oder sang vor sich hin wie ein Kind, das mit sich beschäftigt ist und nicht ahnt, dass es beobachtet wird. Während er den Kofferraum ausräumte, hielt er nur einmal inne, setzte eine Kiste auf dem Autodach ab, zog eine kompakte, dunkle Flasche hervor und nahm einen kräftigen Schluck, ehe er weitermachte. Das war der einzige Moment, in dem er zu singen aufhörte, jener Moment, als er trank, und durch das Fernglas sah ich, wie sich sein Gesichtsausdruck einen Augenblick lang veränderte, wie er eine ernste, leicht gequälte Miene aufsetzte, als dächte er an etwas, an das er sich lieber nicht erinnert hätte. Gleich darauf arbeitete er wieder und sang erneut vor sich hin – und auch wenn es sich noch so sentimental anhören mag, muss ich gestehen, dass er mir leidtat. Er wirkte wie ein Kind – so unbekümmert und zugleich so fest entschlossen, nicht wieder an das zu denken, was ihm irgendwie zu schaffen machte. Als schließlich die letzte Kiste in der *Hytte* war, schlug er die Wagentüren zu und schloss ab, was natürlich absurd war an einem Ort wie diesem, und ich sah ihn erst etwa eine Stunde später wieder, als er ins Auto stieg und davonfuhr.

* * *

Drei Stunden vergingen. Ich saß mit einem Stapel Bücher auf dem Treppenabsatz und hob nur gelegentlich den Blick, wenn mich eine Lichtveränderung ablenkte oder sich langsam eines der großen Kreuzfahrtschiffe heranschlich, die in die Bucht von Tromsø glitten, sich ans ferne Fjordufer hielten und lautlos vor dem dunklen, bergigen Hintergrund von Malangseidet dahinzogen. Ich wartete nicht auf Martin Crosbie, ich spionierte ihm auch nicht nach, doch schaute ich zufällig auf, als er über den Weg zur *Hytte* fuhr, und ich fand, es war nichts dabei, einen Blick durch das Fernglas zu werfen und zuzusehen, wie er ausstieg und aufs Neue anfing, Tüten und Kisten auszuladen, die diesmal aus dem Laden in Eidkjosen stammten. Er musste mehrmals gehen, um alles ins Haus zu schaffen: Offenbar hatte er beschlossen, seine Vorräte aufzustocken. Später, als er nicht daheim und ich interessiert genug war, mehr über ihn wissen zu wollen, sah ich nach, was er an jenem Tag gekauft und in den Schränken der *Hytte* verstaut hatte: Dörrware, Gläser mit Sild und eingelegter Roter Bete, Flaschen mit Kochsoßen,

Großpackungen Reis und Nudeln, Dosen mit Suppe und Gemüse und in Folie eingeschweißte Packen Ringnes-Bier. Praktisches für jemanden, der ein einfaches Leben führen wollte, jene Art Lebensmittel, wie sie sich die Menschen hier oben schon seit Jahrzehnten als Vorrat anlegten, doch hatte er auch noch andere Sachen gekauft – seltsame, unwichtige Dinge, die ich damals ganz rührend fand. Eine Regionalzeitung und einen Stapel Kindercomics. Eine Schachtel Importpralinen. Eine rote Geranie im Topf – ein einsamer Farbklecks, um die *Hytte* ein wenig freundlicher zu gestalten. Und ich denke, er glaubte ernsthaft, dies sei genug: ein ausreichender Vorrat an Lebensmitteldosen, ein paar Leckereien, ein Haufen Bücher und CDs, eine hübsche Topfblume. Das und ein ganzer Sommer voller Frieden und Stille. Allerdings würde es nicht lange dauern, bis er sich eingestehen musste, dass er keine Ahnung gehabt hatte, wie wahre Stille ist, dass er nicht auf die wehmütigen Laute vorbereitet war, die Tag und Nacht mit dem konstanten Licht hereinsickerten. Zweifellos hatte er geglaubt, Stille sei angenehm, ein Tonikum für die Seele, ein Refugium, Zuflucht vor dem, was er zurücklassen wollte. Nur hatte er keine endlosen, von leisem Gemurmel und fernen Rufen erfüllte Weiten erwartet, die er so beiläufig betrat wie ein glückloser Mann, der in ein Haus voll Geister spaziert und nichts Ungewöhnliches bemerkt, hin und wieder aber von zufälligen Veränderungen in der Atmosphäre aufgeschreckt wird, von feinen, doch bedeutsamen Verschiebungen in der Beschaffenheit des Lichts und in der Eigenart der Hintergrundgeräusche. Es war, als hätte jemand bloß minimal den Radiosender verstellt, dem er schon ein Leben lang zuhörte, und während der nächsten Tage, in denen er sich vor der Welt zurückzog und ich versuchte, meinem Entschluss treu zu bleiben, ihn nicht weiter auszuspionieren, nahm er nach und nach andere Geräusche wahr, andere Stimmen von einem Sender, der bislang nicht einmal existiert hatte.

Ich habe *wirklich* versucht, ihm in diesen nächsten Tagen nicht hinterherzuspionieren, und ich weiß nicht, warum ich meine Meinung änderte und hingegangen bin mit dem Gedanken, nur den Kopf durch die Tür strecken und Hallo sagen zu wollen. Das muss am Donnerstag gewesen sein, ein warmer, ruhiger Tag, wenn ich mich recht erinnere, nur der Hauch einer Brise, die vom Fjord herüberwehte, und die Seeschwalben flitzten nur wenige Meter vom Strand entfernt über die Wellen, wie gebannt von dem, was für sie ein komplexes Puzzle aus Licht und Bewegung sein musste, ein endlos sich veränderndes Gewirr aus Grau, Silber und Salzblau, das sie in den langen weißen Tagen bis zur Mitternachtsdämmerung von Moment zu Moment neu deuten mussten. Ich hatte gelesen, dass sie ihr ganzes Leben so verbrachten, dass sie der Sommersonnenwende folgten, von Südargentinien Mitte Dezember bis zu diesen verstreuten Inseln hier im Juni, Juli, Geschöpfe der weißen Nächte, die beständiges Sonnenlicht brauchten, um ihre Beute im hellen Wasser aufspüren zu können. Ich liebte sie. Sie waren die schönsten Vögel an diesem Küstenabschnitt, doch das allein war es nicht, was mich faszinierte. Ich liebte an ihnen, dass sie völlig konzentriert waren und sich nicht ablenken ließen, dass sie scheinbar unermüdlich nach dem winzigsten Anzeichen für einen lebendigen Silberstreif im wogenden Geflimmer der Flut Ausschau hielten. Und dann, wenn sie entdeckten, was sie suchten, stürzten sie sich so rücksichtslos in die Tiefe, verschwanden so vollständig im Wasser, dass es aussah, als kehrten sie nie zurück, nur um gleich darauf wieder aufzutauchen und mit dem glitzernden, wundersamen Fang davonzuflitzen.

Ich blieb einen Moment stehen, um aufs Meer hinauszusehen. Die Luft war vollkommen klar, der Himmel von einem sanften, diesigen Blau, und den Strand entlang schwebten Vögel an ihren angestammten Plätzen, je einer über seinem sonnenbeschienenen Revier. Ich schaute mich um. Für mich war es unvorstellbar, dass dieser Ort jemand anderem gehörte, selbst wenn hier Sommergäste wohnten; zu sehr war er Teil meiner inneren Landkarte, die ich im Kopf mit mir herumtrug. Jemand hatte mitten auf den Rasen einen Liegestuhl gestellt, und im Gras daneben lag ein Teller mit einem halb gegessenen Croissant, doch wirkte der kleine Garten verlassen. Anfangs zog zweifellos auch der leere Stuhl meine Aufmerksamkeit auf sich, weshalb ich Martin Crosbie nicht bemerkte, der abseits in einem zweiten Liegestuhl vor Kyrres altem Bootshaus saß und mich beobachtete. Der seltsame *Marie Celeste*-Eindruck, der von diesem Ort ausging, hatte mich getäuscht, dieser absurde und ein wenig sentimentale Eindruck, jemand sei hier gewesen und wieder gegangen, womöglich, um niemals wiederzukehren. Und aus irgendeinem Grund löste dieser Gedanke ans Verschwinden ein seltsames, doch keineswegs unvertrautes Gefühl in meiner Brust und Kehle aus, ein Gefühl, das ich nicht recht benennen konnte, auch wenn es etwas mit Gerechtigkeit zu tun hatte, vielleicht auch mit einer irgendwie gearteten Erfüllung, so als wäre mir klar, dass ein Versprechen entgegen aller Erwartung eingehalten worden war.

Dieses Gefühl dauerte nicht länger als ein, zwei Sekunden – dann drehte ich mich um und sah ihn einige Schritte rechts von mir am Bootshaus sitzen. Er saß mit dem Rücken zur Tür und hatte bei meiner Ankunft allem Anschein nach in einem Buch gelesen. Mich überraschte, dass ich ihn dort nicht sofort bemerkt hatte. Er machte den Eindruck, als hätte er *mich* von Anfang an gesehen, und es war ihm anzumerken, dass er mich interessiert – vielleicht sogar ein wenig amüsiert – gemustert hatte und sich fragte, wie lange es wohl dauerte, bis mir aufging, dass ich keineswegs allein war. Jetzt aber, da es mir klar wurde, schien er sich plötzlich ein wenig zu schämen, so als hätte *ich* ihn dabei ertappt, wie er *mir* nachspionierte. Allerdings war seine Scham nur gespielt, und um dies deutlich zu machen, beugte er sich mit theatralischer Geste vor und nahm sich einen Moment Zeit, sich etwas zu überlegen, von dem er bereits wusste, dass er es mir sagen würde. Dann, als lüde er mich ein, an einer Unterhaltung teilzunehmen, die er bereits in seinem Kopf begonnen hatte, bemerkte er: »Hier steht, April sei der übelste Monat.«

Ich warf einen Blick auf das Buch in seiner Hand. Der Einband war nicht zu sehen, doch kannte ich die Zeile und schüttelte den Kopf. »Finde ich nicht.«

»Hier steht …«

»Januar«, unterbrach ich ihn und ließ mich auf sein Spiel ein, ohne zu wissen, warum. Dann schwieg ich einen Moment und tat, als müsste ich nachdenken. »Ja«, sagte ich schließlich, »Januar, keine Frage.«

Er lächelte. »Warum?«

»Dunkel. Kalt. Schneewehen auf dem Fensterbrett«, antwortete ich. Das Spiel machte mir nichts aus, falls es denn eines war. Damals fand ich es ziemlich harmlos – und vielleicht habe ich mich darin ja auch nicht völlig getäuscht. Andererseits mag es überraschen, wie harmlos jemand aussehen kann, der am Strand sitzt und Gedichte liest.

»Klingt schön«, sagte er.

»Ist es auch«, erwiderte ich. »Bis man irgendwohin gehen muss.«

Er überlegte einen Augenblick. »Stimmt«, sagte er dann. »Aber treibt Flieder aus der toten Erde?«

Ich tat, als dächte ich darüber nach, und schüttelte erneut den Kopf. »Kein Flieder«, sagte ich. »Nicht im Januar.«

Er lachte, auch wenn ich fand, dass es ein wenig traurig klang. Nur ließ sich bei Martin Crosbie nie leicht sagen, wie echt seine vorgeblichen Gefühle waren. Ich glaube, er hatte lang und hart daran gearbeitet, harmlos zu wirken, und ein bisschen Trauer nützte ihm sicher noch mehr als die Gedichte. »Und was ist mit April?«, fragte er.

»Was soll damit sein?«

»Ist der April *übel*?«

»Nein«, sagte ich. »Der April ist eisig. Genau wie die vorhergehenden fünf Monate. Hier fängt es erst im Mai an zu tauen.«

»Und dann ist es – so wie jetzt ...« Er blickte zum Himmel auf. »Was in gewisser Weise auch ziemlich übel ist, fürchte ich.«

Unwillkürlich runzelte ich die Stirn. »Übel?«

Er musterte mein Gesicht, als dächte er, ich hielte geheimes Wissen zurück, das er brauchte, um an seiner neuen Wohnstatt überleben zu können. Es war ein merkwürdiger Blick, sanft, aber ein wenig vorwurfsvoll, zumindest misstrauisch, ein Blick, der mich beinahe beleidigte, allerdings nur beinahe. Obwohl ich ihn noch gar nicht kannte, hatte ich doch bereits erraten, dass Martin Crosbie kein Mensch war, der beleidigte, da er ein ziemlich kompliziertes System von Gesten und stimmlichen Nuancen entwickelt hatte, das ihm half, Derartiges zu vermeiden; zudem sah ich es ihm an, auch wenn ich lang brauchte, bevor ich den Grund dafür erkannte. Schließlich sagte er bloß: »Es ist so weiß«, als wäre dies eine ausreichende Erklärung.

Ich nickte. »Stimmt, es ist Sommer.«

»Sommer?« Aus seinem Mund klang es wie eine völlig neue Idee. »Ich schätze, das ist es. Aber es ist noch mehr. Ich fühle mich anders ... seltsam ...« Er dachte eine Weile darüber nach, dann blickte er mich an, als hätte er eine wissenschaftliche Beobachtung gemacht, die er mir nun erklärte, eine, die unter Umständen ziemlich bedeutsam war. »Ich fühle mich mir selbst fremd«, sagte er. »Meine Hände fühlen sich anders an. Ich klinge *anders.*« Er lachte verlegen, was ihn ebenso zu überraschen schien wie mich. »Ich klinge anders, wenn ich rede. Wenn ich mich bewege. Alles ist hier fremd. Ich finde mich kaum zurecht.«

Nun war es an mir, ihn zu mustern – und zum ersten Mal fielen mir die dunklen Ringe um seine Augen auf. »Ach, ja.« Urplötzlich packte mich ein Anfall gänzlich ungewollten Mitleids – und ich unterstellte ihm sofort, dass seine ganze Scharade nur darauf abgezielt hatte. »Ich schätze, Sie können auch nicht schlafen.«

Er nickte und kniff die Augen ein wenig zusammen, sagte aber nichts. Er wirkte müde, doch litt er nicht nur unter Schlaflosigkeit, und einen Moment lang meinte ich, eine leichte Alkoholfahne zu riechen. Mir fielen die Flaschen ein, die er aus dem Auto geholt hatte, und ich sagte mir, dass er nicht der erste Sommergast wäre, der dem Suff verfiel, weil er sich einige Stunden Schlaf versprach – und wer wollte ihm das zum Vorwurf machen? Jeder auf diesen Inseln weiß, was einem der schlaflose Verstand vorgaukeln kann, denn wir haben hier alle schon Panik geschmeckt, auch wenn wir es nicht zugeben. Ehrlich gesagt, ich würde keinem Menschen trauen, der sie nicht kennt.

Doch obwohl sich Martin Crosbie ein wenig eigenartig benahm, kam er mir nicht betrunken vor; vielmehr schien er *woanders* zu sein, in einer anderen Welt oder einer anderen Zeit – und im Nachhinein verstehe ich, dass es ihm an jenem Tag gelang, eine tapfere Miene aufzusetzen, weil er, als ich auftauchte, wohl tatsächlich kurz davor gewesen war, in Panik auszubrechen. Er hatte versucht, sich mit dem Buch abzulenken, und mag sein, er hatte sich auch ein, zwei Drinks gegönnt, doch wuchs tief in ihm panische Angst – Angst vor der Weite, Angst vor der Zeit. Vor allem vor der Zeit. Wie sie anders zu vergehen beginnt, wenn man eine Weile sitzt und alles langsamer wird, bis es sich anfühlt, als könnte sie jeden Moment stehen bleiben. Wie sie sich an einem Sommermorgen oder in der weißen Dämmerung sammelt und dann aussetzt, so dass man die Uhr anstarren möchte, bloß um sicherzugehen, dass der Sekundenzeiger sich noch bewegt. Wie sich diese uralte Panik hinter den Augen anstaut – und wie einen dann, wenn jemand vorbeikommt und alles gerade in Stillstand zu erstarren droht, absurde Dankbarkeit überkommt, die man verzweifelt zu verbergen versucht, damit man nicht allzu trottelig oder hilfsbedürftig wirkt. Nun, an dem Tag damals sorgte *ich* für die Unterbrechung, und einen Augenblick lang wusste ich es auch, so wie ich wusste, dass Martin Crosbie meine Anwesenheit für einige Sekunden völlig vergessen hatte. Erst als er das Buch beiseitelegte, offen und mit dem Einband nach oben, damit es ihm nicht die Seite verschlug, schien er mich wieder zu bemerken – und dann lächelte er, ein sanftes, beinahe rührselig wirkendes Lächeln, wie man es ansonsten für Babys und exzentrische Haustiere parat hält. Mir fiel auf, dass es sich bei dem Buch gar nicht um die Gedichte von T. S. Eliot, sondern um eine englische Übersetzung von Ibsens *Der Volksfeind und andere Stücke* handelte. Martin Crosbie richtete sich in seinem Stuhl auf und sagte etwas, ebenso zu sich selbst wie zu mir, doch konnte ich ihn nicht verstehen. Keine Ahnung, wieso. Er sprach mit leichtem Akzent, Yorkshire, möglicherweise auch Schottisch – Mutter hätte es gewusst –, aber der Akzent war nicht das Problem, und unter normalen Umständen verstand ich Englisch mühelos. Nein, er war nicht wegen des Gesagten schwer zu verstehen, sondern wegen seiner Art zu reden. Es war, als wäre er von den eigenen Worten nicht überzeugt und wollte sie, noch während er redete, wieder tilgen, als wünschte er, es gäbe eine andere Möglichkeit, das auszudrücken, was ihn beschäftigte. Er sprach leise und zugleich seltsam unscharf, fast wie jemand, dessen Stimme aus einem schlecht eingestellten Radio dringt und der Worte spricht, die von weit her zu kommen scheinen oder durch ein dichtes, statisch aufgeladenes Medium, durch Wasser etwa oder durch eine Trennwand.

»Nun«, sagte ich, hatte aber wirklich nicht vorgehabt, es zu sagen; ich wollte überhaupt nichts sagen, da der billige Trick mit dem Buch mich etwas verärgerte. Meine Antwort war nur ein Reflex, der vertuschen sollte, dass ich ihn nicht verstanden hatte. »Da geht es Ihnen nicht allein so. Jeder fühlt das hier hin und wieder. Ryvold sagt, dieses erste Sommerlicht fordere etwas von uns ein …«

»Ryvold?« Wegen seiner Lektüre hatte er vermutlich geglaubt, ich zitiere einen berühmten norwegischen Schriftsteller und nicht unseren Ortsphilosophen.

»Siegfried Ryvold«, sagte ich und lächelte höflich, um meinen Ärger zu überspielen. Warum hatte er getan, als läse er *The Waste Land*? Was *sollte* das? Bloß ein weiteres Paniksymptom, ein blöder Versuch zu spielen und sich einzureden, es ginge ihm gut? »Einer unserer Nachbarn.«

»Ach.« Er musterte mich einen Moment lang, wenn auch diesmal nicht so ausgiebig, dass es unhöflich gewirkt hätte. »Ein Nachbar«, wiederholte er, sobald der Moment vergangen war, und schaute über die Wiesen zu unserem Haus, dann übertrieben nach links und rechts, als suchte er nach weiteren Anzeichen für menschliche Besiedlung. Doch von der *Hytte* aus ist unser Haus das einzig sichtbare Gebäude. »Sind Sie denn auch eine Nachbarin?«

»Wie bitte?«

»Woher sind Sie gekommen?«, fragte er. »Sind Sie …?« Er suchte nach Worten, fand sie, schien aber nicht gänzlich davon überzeugt, als er sie aussprach. »Sind Sie – aus der Gegend?«

Ich schüttelte den Kopf, was befremdlich war, denn wenn jemand aus dieser Gegend stammte, dann ich. Natürlich sah ich selbst mich aber nicht so. Das tut niemand. Es sind stets andere Leute, die »aus der Gegend« stammen. »Ich komme aus dem grauen Haus«, sagte ich. »Gleich da oben …« Fast hätte ich mich umgedreht und mit dem Finger darauf gezeigt, doch hielt ich mich zurück. Mir war wieder eingefallen, wie er an unserem Gartentor gestanden hatte, um zum Fenster am Treppenabsatz hinaufzustarren; und irgendwas an dieser Erinnerung ging mir gegen den Strich, so als wäre ich nun diejenige, die dumme Spielchen trieb.

»Ach«, sagte er. »Natürlich.« Er lachte leise wie zu sich selbst, und ich fragte mich aufs Neue, ob er betrunken war oder Drogen genommen hatte. »Einen Moment lang dachte ich schon, Sie wären wie Botticellis Venus den Wellen entstiegen.«

Ich lächelte, auch wenn ich mir nicht ganz sicher war, ob er nur Spaß gemacht hatte. Martin Crosbie überraschte mich; außerdem war ich etwas verlegen. Und natürlich hätte ich wissen müssen, dass er – was? Mit mir flirtete? Die ersten Züge in einem Spiel machte, dessen einzig mögliches Ergebnis, ob nun mit mir oder welch anderem Spieler auch immer, längst feststand? Hätte ich gewusst, wie er war, hätte ich nichts mehr gesagt, doch war ich immer noch im Spiel gefangen, einem Spiel, das mir zugleich schäbig und auf perverse Weise interessant schien, da ich nicht wusste, wie ich damit aufhören sollte. Ich war also, um es anders auszudrücken, ebenjene Unschuld vom Lande, die ich so verzweifelt nicht zu sein versuchte, und wehrte ab. »Nein«, sagte ich. »Ich bin schon immer hier gewesen.«

Er saß da und sah mich an – betrachtete mich wieder einen Augenblick zu lang, fast, als wäre ich ein Bild in einem Museum. Dann lächelte er, als wollte er sich entschuldigen und mir zu verstehen geben, dass er wisse, wie seltsam, ja, wie ungehobelt er sich benehme, mir aber auch deutlich machen, dass er nichts Böses beabsichtige und dass er, egal, welchen Eindruck er sonst vermittle, es doch zumindest ernst meine. »Das sehe ich«, sagte er. »Ich dachte nur …« Er blickte mich prüfend an, dann stand er auf. »Darf ich Ihnen eine Tasse Tee anbieten?«, fragte er.

Ich schüttelte den Kopf. »Ich kann nicht bleiben«, sagte ich, obwohl ich nirgendwo anders bleiben wollte, und das wussten wir beide. »Ich muss zurück.«

Er nickte. Er glaubte mir nicht, spürte aber offensichtlich mein Unbehagen und wollte sich nicht aufdrängen. »Nun, es war mir ein Vergnügen, Ihre Bekanntschaft zu machen«, sagte er und bedachte mich mit einem seltsamen, fragenden Blick, ehe er sich plötzlich erhob und mir die Hand hinhielt. »Ich heiße Martin«, fuhr er fort. »Martin Crosbie.«

Ich wollte seine Hand nicht schütteln, doch ich tat es. Die Finger waren kalt und trocken wie gefrorenes Papier. Mich selbst stellte ich nicht vor. Ich weiß nicht, warum.

Er lächelte angesichts meines Schweigens, hielt mich aber nicht für unhöflich, und sein Lächeln sollte mir signalisieren, dass ich ihn nicht beleidigt hatte, auch wenn er wusste, dass mir dieser flüchtige körperliche Kontakt unangenehm gewesen war. Einen Augenblick lang unterstellte ich, dass etwas in ihm sich darüber freute, mir Unbehagen bereitet zu haben. »Tja«, sagte er, »ich mache mich besser wieder an die Arbeit.« Er verzog das Gesicht. »Ist noch viel zu tun.«

Ich nickte. »Schön, Sie kennengelernt zu haben«, sagte ich. Ich meinte es nicht, aber das sagt man so.

Martin Crosbie lächelte und hob die Hand, als wollte er mir nachwinken. »Finde ich auch«, sagte er und schaute mich weiterhin aufmerksam an, doch gerade, als ich mich umdrehen wollte, sah ich einen besorgten Ausdruck über sein Gesicht huschen, so als fürchtete er, im letzten Moment könne noch etwas schiefgehen, könne es irgendeinen alltäglichen Zwischenfall geben, eine Unannehmlichkeit, die sich vermeiden ließe, wenn er nur wachsam genug bliebe. Ich war fünf, sechs Schritte weit fort, als er wieder die Stimme erhob. »Kommen Sie auf einen Tee vorbei«, sagte er. »Wenn Sie mal ein bisschen Zeit haben.«

Ich schaute mich um. Er beobachtete mich immer noch mit diesem seltsamen, besorgten Ausdruck im Gesicht. »Danke«, erwiderte ich.

Erneut bewegte er die Hand, und eine Sekunde lang glaubte ich, er würde tatsächlich winken. »Egal, wann«, sagte er. »Ich bin den ganzen Sommer hier, und Sie wissen, wo Sie mich finden.«

Ich nickte. Ich hatte nicht vor, auf einen Sprung bei ihm vorbeizukommen, wollte aber auch nicht unhöflich sein. An das, was damals war, erinnere ich mich durch den Schleier dessen, was später geschah, und ich muss mir immer wieder sagen, dass ich an jenem Tag noch nichts gegen ihn hatte. Das kam erst später. Trotzdem, auch wenn ich meine Nachmittage nicht damit verbringen wollte, Tee mit Martin Crosbie zu trinken, glaube ich schon bei unserer ersten Begegnung gespürt zu haben, dass unsere Leben in den kommenden Wochen parallel verlaufen würden – parallel, ohne sich je zu berühren, doch grausam ineinander verschlungen.

Verschlungen mag ich nicht. Ich mag's unberührt. Es gibt zu viel Berührung auf der Welt. Zu viel *Verschlungenheit.* Vielleicht stimmt es ja, dass wir alle aufeinander angewiesen sind, dass alles in der Welt auf alles angewiesen ist – doch sind wir ebenso auf die Zwischenräume angewiesen. Wir brauchen diese Freiräume, denn im Raum liegt die Ordnung. Deshalb mag ich Landkarten; sie erkennen die Lücken zwischen den Dingen an und erheben stummen Protest gegen jene, die glauben, allein Verbindungen seien wichtig, gegen Menschen, die sich an andere wenden, nur um sie zu berühren, selbst wenn sie gar nicht berührt werden wollen, gegen Menschen, die unerwartete Briefe an völlig Fremde schreiben, nur weil sie glauben, das werde von ihnen erwartet.

Ich weiß nicht mehr genau, wann der erste Brief eintraf, aber ich erinnere mich noch, dass es etwa zu der Zeit gewesen sein muss, als Martin Crosbie kam. Beides passierte so knapp hintereinander, dass die Vorfälle für mich heute zusammenhängen, als hätte das eine das andere ausgelöst, obwohl es natürlich überhaupt keinerlei Verbindung gab. Ich weiß noch, dass ich Martin mehrere Tage lang nicht gesehen hatte – später erfuhr ich, er war an jenem Abend ins Bett gegangen, um sechsunddreißig Stunden durchzuschlafen, was vermutlich das allerletzte Mal gewesen war, dass er genügend Schlaf bekam –, und wenn ich zurückdenke, kann ich mir vorstellen, dass das, was ihm später widerfuhr, viel mit der Schlaflosigkeit zu tun hatte, die in jener ersten Woche seines Aufenthalts einsetzte. Er wurde beeinflussbar. Das wurden wir alle. Dazu kommt es hier hin und wieder. Und was den Brief angeht, bin ich mir *sicher,* dass er etwa zu der Zeit eintraf, als wir uns zum ersten Mal länger unterhielten, vielleicht auch kurze Zeit danach, also muss es gegen Ende der ersten Sommerwoche gewesen sein, und der Schock war groß genug – der Schock und die Ablenkung –, mich mehrere Tage in Atem zu halten. Mit einem Mal wollte ich nicht mehr spionieren, da mir war, als würde jemand mich beobachten, und auch wenn ich zugeben muss, dass ich vielleicht überreagierte, konnte ich damals die Angst nicht abschütteln, dass mich dieser Jemand für den Rest meines Lebens beobachten wollte. Mich beobachten und sich einmischen. Menschen mischen sich gern ein. Sie denken immer, sie müssten irgendwas *tun*.

Ich bekomme auch heute nicht oft Post, doch dürfte damals jeder Brief ein Ereignis gewesen sein – meist allerdings kein freudiges. Ich mochte Briefe nicht, und das Telefon mochte ich noch weniger – wer will schon mit jemandem reden, den er nicht sehen kann? Selbst wenn man sich direkt gegenübersitzt, fällt Reden schließlich schwer genug. Ein Junge aus meiner Klasse hat mir einmal eine Notiz geschickt, ich war vierzehn, und auch Mutter neigt dazu, mir Sachen per Post zu schicken – Überraschungsgeschenke und Postkarten –, doch kann ich mich nicht daran erinnern, selbst je einen Brief geschrieben zu haben. Ich habe dem Jungen nicht geantwortet – ich ging davon aus, dass er mir nur aus Spaß geschrieben hatte –, und auch wenn ich manchmal auf dem Küchentisch kleine Zeichnungen und Cartoons ablege, zusammen mit einer kurzen Nachricht, um Mutter wissen zu lassen, dass ich ausgegangen bin, musste ich noch nie einen Briefumschlag adressieren. Ehrlich gesagt, ich bin skeptisch gegenüber jeder Kommunikation mit der Außenwelt. Die meiste Post kommt natürlich für Mutter, und falls sie nicht gerade von Fløgstad ist, lässt sie die Briefe oft tagelang, gar wochenlang ungeöffnet liegen. Vielleicht habe ich meine Einstellung von ihr. Wie dem auch sei, ich hätte jedenfalls den Brief spontan fast in den Mülleimer geworfen und ihn vergessen. Er hatte nichts mit dem Leben zu tun, das ich führte. Er hatte auch nichts mit dem Leben zu tun, das ich führen wollte, und war im Grunde eine Zumutung. Trotzdem konnte ich ihn nicht einfach fortwerfen; also las ich ihn mit wachsendem Widerwillen und nicht geringem Ärger bis zu Ende, um dann noch einmal von vorn zu beginnen, wohl weil ich hoffte, ich hätte etwas falsch verstanden und das Ganze würde sich als Irrtum entpuppen. Denn es *war* ein Irrtum, jedenfalls soweit es mich betraf.

Der Brief – ein einziges weißes Blatt unliniertes Papier in einem glatten, cremefarbenen Umschlag – kam von einer Frau in England, die behauptete, mit meinem Vater zusammenzuleben. Ich war nicht da, als er abgegeben wurde, und da er an mich adressiert war, hatte Mutter ihn auf dem Küchentisch liegen gelassen. Noch während ich ihn las, wusste ich, dass sie, obwohl der Brief gänzlich unerwartet kam, nie danach fragen oder sonstwie auf etwas anspielen würde, was sie allein für meine Privatangelegenheit hielt. In dieser Hinsicht hat sie es schon immer sehr genau genommen. Sie ist ein Mensch mit endlosen, tief sitzenden Skrupeln, die vor allem von dem Grundsatz bestimmt werden, dass sie, um jenen Raum in Anspruch nehmen zu können, den sie für sich und ihre Arbeit braucht, den Menschen in ihrer Nähe gleich viel oder auch mehr Raum zugestehen muss. Das ist nicht bloß eine Frage von leben und leben lassen, sondern ein viel subtilere, viel austariertere. Ständig ändert sich der Raum, den sie für sich braucht, und der, den sie gewährt; zudem reagiert sie nie gleichgültig auf irgendwas, findet aber Vergnügen am Verheimlichen ohne konkreten Anlass und genießt die Momente, wenn etwas unbemerkt, gar ungesehen durchschlüpft. Ein Brief aus England, der aus heiterem Himmel eintrifft, muss sie neugierig gemacht haben, doch verlor sie kein Wort darüber, und ich bin mir sicher, dass sie ihn, sobald sie sah, dass er an mich adressiert war, auf den Tisch gelegt und beschlossen hatte, nicht mehr daran zu denken.

Überraschend aber, zumindest im Nachhinein, ist die Tatsache, dass der Brief nicht viel preisgab und bei dieser ersten Gelegenheit auch nichts von mir verlangte – jedenfalls nicht direkt. Dennoch traf mich sein Inhalt wie ein Schock, denn nach achtzehn Jahren erfuhr ich nun von der Existenz meines Vaters und von seinen gegenwärtigen Lebensumständen; dies zudem von jemandem, der im sachlichen, distanzierten Ton einer neuen Brieffreundin schrieb, die nicht recht wusste, wie sie ein heikles Thema anschneiden sollte. Die Adresse auf dem Umschlag war mit der Hand geschrieben, der Brief selbst getippt, was ich unter den gegebenen Umständen merkwürdig fand. Genannt wurde der Name meines angeblichen Vaters – Arild Frederiksen, ein Name, der mir seltsam vertraut vorkam – und im Weiteren erklärt, dass er während der letzten achtzehn Jahre kreuz und quer die Welt bereist habe, erst als Auslandskorrespondent, dann als Reiseschriftsteller, jetzt aber krank sei, und die Verfasserin des Briefes – sie hatte mit »Kate Thompson« unterschrieben – wolle mich dies wissen lassen, wobei sie abschließend hinzufügte, sie hoffe, ich würde es nicht aufdringlich finden, dass sie mir aus diesem Anlass schrieb, und dass ich, auch wenn sie für mich eine Fremde war, in ihr doch eine wohlmeinende Fremde sehen möge.

Eine wohlmeinende Fremde. Sehr komisch. Wie konnte diese Frau glauben, sie meine es gut mit mir, wenn sie einen derartigen Brief schrieb und ihn aus heiterem Himmel an eine völlig Unbekannte schickte? Und was genau wollte sie eigentlich von mir? Natürlich ging ich davon aus, dass sie etwas wollte, sonst hätte sie nicht geschrieben. Und sie musste auf meine Neugier gesetzt haben, Neugier auf einen Vater, den ich nie kennengelernt hatte, ebenso wie sie offenbar gehofft hatte, dass ich auf eine Weise antwortete, die es ihr erlaubte, mir zu sagen, worum es bei diesem Etwas eigentlich ging. Sicher, ich hatte mich jahrelang gefragt, wer mein Vater sein mochte, und als ich klein war, hatte ich mir eingeredet, ihn eines Tages zu finden und heim zu Mutter zu bringen, obwohl Mutter mir immer wieder gesagt hatte, er sei nach Südamerika gezogen und sie wolle gar nicht, dass er zurückkomme, da sie mit mir glücklich sei, glücklich damit, wie wir beide lebten und nur taten, wonach uns der Sinn stand, und niemanden außer uns brauchten. Sooft ich nach ihm fragte – wo er jetzt lebe, wie er heiße und warum er fortgegangen sei –, hatte sie mir dieselbe Geschichte erzählt, eine auf das Wesentliche reduzierte Geschichte, frei von schmückendem Beiwerk: Er sei einen Sommer lang in Oslo gewesen, sie hätten sich eine Weile gekannt, doch sei er schließlich fortgezogen, etwa zu der Zeit, als sie schwanger wurde, worüber sie sich durchaus nicht beklage, da sie glücklich sei und hoffe, ich sei ebenfalls glücklich mit dem, wie es nun einmal war. Sie hatte mir nie etwas Greifbares erzählt, nichts, woran ich mich halten konnte, und ich hatte sie nicht weiter bedrängt. Als ich noch kleiner war, gab es eine Zeit, in der ich wirklich Antworten wollte. Ich stellte meine wenigen Fragen immer und immer wieder und bekam stets aufs Neue dieselbe vage Geschichte vorgesetzt, bedrängte Mutter aber nicht, *bestand* auf keinen Antworten, anfangs wohl, weil sie so entschlossen wirkte, und später, weil mir klar wurde, dass es mich einfach nicht mehr interessierte. Soll heißen, ich hatte aufgehört zu fragen, weil ich nicht geneigt war, etwas wissen zu wollen, das sie mir mit solchem Nachdruck nicht zu sagen gedachte. Ich vertraute ihr, und wenn sie so fest entschlossen war, mir nicht die ganze Geschichte zu erzählen, dann musste sie ihre Gründe haben. Außerdem hatte ich alles, was ich benötigte, und in meinem Hinterkopf nagte dieser abergläubische Gedanke, dass auch nur ein Tropfen mehr das Fass zum Überlaufen bringen könnte. Schon mit sieben Jahren wusste ich, wer ich war und was ich brauchte – und vielleicht war das entscheidend. Vielleicht lehrte mich Mutter ebendiese eine Lektion, die mir ein Selbstvertrauen schenkte, wie wir es nur gewinnen, wenn uns genommen wird, was einmal wesentlich gewesen zu sein schien. Ich finde das fair. Ich lernte, ohne Vater zu leben, und war dabei ganz glücklich, denn ich *brauchte* keinen Vater – zumindest brauchte ich jenen Vater nicht, den mir der Zufall beschert hatte. Außerdem ist dies keineswegs die Geschichte einer armen Seele, die um eine anständige Kindheit und den üblichen, festen Zusammenhalt von Familie und emotionaler Unterstützung gebracht worden war. Ich habe eine wirklich glückliche Kindheit und Jugend gehabt, und es gibt für mich keine alternative Geschichte, die mir lieber gewesen wäre. Heute bin ich übrigens ebenso glücklich, ziemlich auf die gleiche Weise und aus den gleichen Gründen – eine Frau, die mehr oder minder allein lebt, Tochter einer Mutter, deren erste Liebe ihre Arbeit ist und dies auch bleibt, sowie eines Vater, der für sie eigentlich nie existierte. Ich war zufrieden mit dem, was ich hatte, und wenn ich etwas in dem Leben, wie ich es bis dato gelebt habe, ändern könnte, dann würde ich zu jenem Augenblick zurückkehren und diesen Brief und damit all das, was er nach sich zog, in ein Mittsommernachtfeuer werfen und zusehen, wie er in Rauch aufgeht.

Ich habe den Brief aber nicht ins Feuer geworfen – und obwohl ich keine Zeile mehr davon las, konnte ich in den nächsten drei Tagen an nichts anderes denken. Ich überlegte, eine kurze und höfliche Antwort zu schicken, in der ich Kate Thompson mitteilte, dass ich kein Interesse an der munteren Korrespondenz hätte, die ihr offenbar vorschwebte, und erwog, ob ich ihr schreiben sollte, dass ich, jedenfalls soweit es mich betreffe, keinen Vater hätte, aber das tat ich auch nicht. Ich dachte daran, mit dem Brief zu Mutter zu gehen, und ich frage mich heute, warum ich es unterließ, doch ebenso wenig, wie ich in die Pläne dieser wohlmeinenden Fremden verwickelt werden wollte – fröhliche Wiedervereinigung, Vergebung, Sündennachlass –, wollte ich Mutter damit ablenken. Sie hatte den Brief schließlich gesehen, mich in den folgenden Tagen aber nicht gefragt, von wem er war oder was darin stand, was ich nur als Hinweis darauf deuten konnte, dass man solche Briefe am besten ignoriert. Und genau das habe ich getan. Ich wollte diesen Brief nicht, und da ich nicht wusste, was ich damit anfangen sollte, legte ich ihn beiseite und versuchte mir einzureden, er sei niemals eingetroffen. Ich bin mir nicht sicher, was ich mir davon versprach, doch versteckte ich den Brief sorgfältig an einem Ort, wo Mutter ihn nicht finden konnte – und wartete. Mir lag nicht daran, grausam zu sein, aber ich spürte auch keinerlei Verlangen, in diese Sache hineingezogen zu werden, also beschloss ich zu glauben, dass sich diese Kate Thompson mit meinem Schweigen als angemessene Reaktion auf eine Nachricht abfand, die ich nie zu erhalten gewünscht hatte.

* * *

Es ist Mittsommernacht. Im ganzen Land werden Freudenfeuer angezündet, und man trifft sich im Süden am Ufer eines Fjords oder geht in Narvik oder Mosjoen zu einem offenen Platz, um wie jedes Jahr das Fest von Leben und Licht zu feiern. Das werde ich auch tun, hier auf dieser Insel im weißen

Norden, von der die meisten noch nicht einmal gehört haben, fahre dreißig Kilometer die Küste entlang, um mit einer Handvoll Nahezu-Nachbarn, Fast-Fremden oder wer auch immer sich einfinden mag ein Ritual zu begehen. So habe ich es stets gehalten und werde es weiterhin tun, solange ich hier bin, womöglich für den Rest meines Lebens. Natürlich weiß ich, dass mein früheres Ich diese Vorstellung ein wenig seltsam fände, doch habe ich mich nun einmal so entschieden und bin meist ganz glücklich mit dem Gedanken, für immer hierzubleiben – auch wenn *glücklich* nicht genau das Wort ist, das ich suche. Jedenfalls bin ich glücklich genug an Abenden wie diesem, obwohl es ohne Kyrre Opdahl nicht so ist wie früher und wohl auch nie mehr sein wird. Kyrre war es, der mich zum ersten Mal zu einem dieser Feuer mitnahm, und es war Kyrre, der mir jene Geschichten erzählte, die mich stärker als alles andere an diesen Ort binden. Also nehme ich an, es ist seine Schuld, dass ich trotz allem, was geschah, für immer hierher gehöre. Damals dürften auch Mats und Harald Sigfridsson noch hier gewesen sein, gespenstisch, weiß im Feuerlicht, etwas abseits vom Rest der Gruppe, in einer nur von ihnen selbst bevölkerten Welt – und jeden Mittsommer denke ich, dass die Ereignisse jenes Jahres nie stattgefunden hätten, wären sie nur am Leben geblieben. Maia wäre nie zur *Huldra* geworden, und Kyrre hätte nicht den Verstand verloren; Martin Crosbie wäre mit ein paar Bildern und Storys heimgefahren, um seinen Sommer am Polarkreis zu einer Art Liebesgeschichte umzudichten, an die er mit ein wenig Zeit und Mühe vielleicht auch geglaubt hätte. Und ich? In diesen letzten zehn Jahren bin ich manchmal, wenn der Zufall mich dorthin führte oder ich nichts Besseres zu tun hatte, am nächsten Morgen zur Feuerstelle zurückgegangen und habe der Asche zugesehen, wie der Wind sie aufstob, verwirbelte und über die Wiesen davontrug oder den Strand entlang, dorthin, wohin Dinge verschwinden, wenn sie mit dieser Welt fertig sind. Ich weiß nicht, warum ich das tue, falls ich nicht nach etwas suche. Nach einem Zeichen vielleicht oder der Erinnerung an ein Wort, eine Geste, die mir damals entging – aber vielleicht will mein Blick auch nur der Aschefahne folgen in der Hoffnung, jene Lücke im Gewebe der Welt zu entdecken, in der unwillkürlich verschwindet, wer von den alten Geschichten verdammt wurde, ob er nun an sie glaubte oder nicht.

In jenem Jahr musste Mutter in den Tagen vor Mittsommer mehr als gewöhnlich arbeiten. Sie hielt sich dabei an keine Regeln, aber das hatte sie ja noch nie getan; manchmal verschwand sie stunden-, gar tagelang und tauchte nur wieder auf, um Essen zu machen oder sich einen Kaffee aufzubrühen, den sie dann ins Atelier trug; immerhin sorgte sie dafür, dass ihre Mahlzeiten möglichst mit meinen zusammenfielen, was allerdings nicht jedes Mal klappte. Als ich noch kleiner war, hat sie peinlich genau darauf geachtet: Sie war da, wenn ich sie brauchte, und arbeitete nur, wenn ich schlief oder mich in der Schule aufhielt. Später dann, als ich zum Teenager heranwuchs, begann sie, sich ihren eigenen Zeitplan zuzulegen, und hatte oft nicht die leiseste Ahnung, was draußen in der Welt geschah. Das Atelier befindet sich im hinteren Teil des Hauses mit Blick über den Garten und zu den behauenen Steinen gleich dahinter; da gibt es keine Menschen und nichts zu sehen außer dem Birkenwald sowie die niedrigen, mit Kiefern bewachsenen Hügel, so dass Mutter dort völlig abgeschnitten ist, absolut allein in absoluter Stille. Mir macht das jedoch nichts aus; mir genügt meine eigene Gesellschaft. Ich sitze gern in der Küche mit einem Sandwich, einem Glas Milch und schwelge in dem manchmal aufkommenden Gefühl, der letzte Mensch auf Erden zu sein.

Sah man einmal vom Samstagvormittag ab, kam niemand in unser Haus, der nicht bestellt worden war oder einen Termin hatte, und falls jemand unangemeldet erschien, musste er unten auf der Straße parken, gleich neben der kleinen Garage, in der Mutters Wagen stand, den sie nur selten benutzte. Das war in jenem Sommer nicht anders, der mir sogar noch stiller vorkam, noch weltentlegener, da die Schule vorbei war und ich, was meine Zukunft betraf, keine Ahnung hatte, wirklich nicht die geringste Ahnung, nicht einmal den Ansatz dessen, was man einen Plan nennen könnte. Die Zeit, wie man sie mit Uhren, Kalendern und täglichen Routinen misst, war mehr oder weniger abgeschafft, ersetzt durch ein langsames, langwährendes, angenehmes Dahintreiben, das nichts von mir verlangte, weshalb ich genau das tat, wonach mir der Sinn stand. Ich lebte in der Gegenwart, und die Gegenwart war ein köstliches, scheinbar endloses Zwischenreich.

Ich brachte mehrere Tage mit der Überlegung zu, was Kate Thompson wohl als Nächstes tun würde. Mir war unklar, ob sie auf Anregung von Arild Frederiksen oder nur mit dessen Zustimmung geschrieben hatte, und ich fragte mich, wie krank er tatsächlich war, ja, ob er überhaupt wusste, was sie getan hatte. Für mich handelte es sich bei dem Brief um eine – gelinde gesagt – nicht sonderlich willkommene Einmischung in mein Leben, und ich wusste nicht recht, wie ich darauf reagieren sollte. Sollte ich antworten, oder würde sie das nur ermuntern, die Angelegenheit weiterzuverfolgen? Sollte ich Mutter davon erzählen? Sie hatte nichts zu dem Brief gesagt, doch was würde sie sagen, wenn ich die Sprache darauf brachte? Mein erster Impuls riet mir, dieser wohlmeinenden Fremden zu schreiben und sie aufzufordern, mich in Ruhe zu lassen, doch sicher war das reine Zeitverschwendung. Ich denke, ich hätte mich mit Mutter beraten können, und sie hätte bestimmt jede meiner Entscheidungen unterstützt, aber darum ging es ja gerade: Ich wollte keine Entscheidung treffen. Es war nicht fair, dass ich zu einer Entscheidung gedrängt wurde, hatte ich diese Frau doch auf keine Weise in meine Welt gebeten. Ich wollte nur, dass man mich in Ruhe ließ, eine simple Tatsache, eine, auf die ich immer wieder zurückkam: *Es war nicht fair.* Ich interessierte mich nicht für Arild Frederiksen, empfand keine Spur jener Neugierde, auf die Kate Thompson vermutlich baute, und ich wollte nicht einmal daran denken, worum man mich im nächsten Brief bitten könnte – denn natürlich wusste ich, dass man mich irgendwann um etwas bitten würde. Die ganze Nacht dachte ich an den Brief, und auch am nächsten Vormittag – während ich ständig darauf wartete, dass Mutter ihn erwähnte –, doch dann, bei einem einsamen Mittagessen in der Küche, entschied ich, dass ich diesen plötzlich aufgetauchten Vater und dessen Damenbekanntschaft in die Welt der Butzemänner und Phantome verbannen würde, in jene Welt, mit anderen Worten, in die sie rechtens gehörten, um sie dann zu vergessen.

Das war natürlich naiv. Ich denke, das hatte ich damals sogar begriffen, doch sah ich keine andere Möglichkeit, zumindest keine, mit der ich mich abfinden konnte. Wenn ich auf den Brief antwortete, wenn ich mit Mutter darüber redete, wenn ich überhaupt irgendwas tat, erkannte ich die Existenz dieses Mannes in meinem Leben an, und dagegen wehrte ich mich. Also saß ich in der Küche und aß ein Weißbrotsandwich mit Hühnerfleisch und Tomate, danach einen Apfel und etwas *Gjetost* und war fest entschlossen, mir den Brief aus dem Kopf zu schlagen. Eine Zeit lang hörte ich Radio, dann holte ich meine Kameratasche, setzte mich an den Esstisch und putzte die Linsen langsam und sorgfältig mit einem weichen Antistatiktuch. Es muss gegen zwei gewesen sein, als Mutter in der Tür auftauchte. »Viel zu tun?«, fragte sie in neutralem, leicht neugierigem Ton. Möglicherweise hatte sie es sarkastisch gemeint, doch ging ich nicht davon aus. Sie gehört nicht zu den Leuten, die finden, alle Welt habe ständig zu arbeiten, nur weil sie es tut. Im Gegenteil. Eigentlich hätte ich ein bisschen Druck von ihrer Seite gebrauchen können – die Schule war vorbei, und ich sollte irgendwas wegen meiner Zukunft unternehmen, rührte aber keinen Finger. Vielleicht wäre es besser gewesen, sie hätte mir auf gute, altmodische Weise von Mutter zu Tochter ins Gewissen geredet, doch etwas mit meinem Leben anzufangen, aber das war nicht ihre Art. In den Augen der meisten Menschen galt sie als erfolgreiche Frau, vielleicht sogar in den eigenen Augen, doch bedeutete Erfolg ihr etwas anderes, etwas, das eher mit Freiheit als mit Geld oder Ruhm zu tun hatte; trotzdem glaube ich nicht, dass sie in ihrem Leben jemals zielgerichtet gehandelt hat, ausgenommen damals, als sie in den Norden zog. Und als sie mich bekam, natürlich. Sie achtete stets darauf, mir unmissverständlich deutlich zu machen, dass ich gewollt gewesen war: Sie hatte sich für mich entschieden, und alles, was sie tat, was sie seit dem Tag meiner Geburt getan hatte, zielte darauf ab, mir das Leben so angenehm wie möglich zu gestalten. Sie arbeitete, damit ich keine falschen Entscheidungen zu treffen brauchte, damit ich mich nicht überstürzt für etwas entscheiden und dann so tun musste, als wäre *dies* das Bett, in dem ich zu liegen wünschte.

Ich legte die Kamera auf den Tisch. »Eigentlich nicht«, sagte ich. »Und du?«

Der Hauch von Sarkasmus in meiner Stimme ließ sie lächeln, dabei hatte ich nichts dergleichen anklingen lassen wollen. »Ich sollte was tun«, sagte sie, »aber um halb drei kommt dieser Journalist.« Sie schaute aus dem Fenster. »Falls er sich nicht verfährt.«

»Was für ein Journalist?«

Sie blickte wieder zu mir herüber, und in ihrem Gesicht deutete sich so etwas wie Überraschung an, vielleicht auch eine Spur Ärger. »Der Amerikaner«, antwortete sie. »Ich habe dir doch gesagt, dass er kommt …«

»Ich glaube nicht …«

»Doch, habe ich«, beharrte sie, kam in die Küche, und ich hörte, wie sie Wasser in den Kessel füllte und ihn aufsetzte. Ihre Stimme übertönte das Rauschen. »Er kommt extra aus New York«, fuhr sie fort, »weiß der Himmel, warum.« Dann stand sie wieder in der Küchentür und musterte mich aufmerksam. »Ich habe dir von ihm erzählt«, sagte sie, doch sah ich ihr an, dass sie nicht mehr überzeugt war.

»Weiß nicht«, antwortete ich, dabei war ich mir ziemlich sicher, dass sie keinen Journalisten erwähnt hatte.

Sie seufzte. »Jedenfalls«, sagte sie und ließ mit einer übertriebenen Geste der Resignation den Kopf sinken, ehe sie zurück in die Küche kam, »muss ich mit ihm reden, will ihn aber nicht mit hinauf ins Atelier nehmen …« Ihre Stimme verklang, und ich hörte, wie sie Geschirr aus dem Schrank nahm und den Tisch deckte.

»Kein Problem. Ich wollte sowieso noch einen Spaziergang machen.«

Sie kam zur Tür. »Du musst ja nicht gleich aus dem Haus gehen, ich dachte nur …«

»Nein, ich brauche frische Luft«, erwiderte ich und griff nach der Kamera. »Vielleicht mache ich ein paar Bilder.«

Sie lächelte. »Na ja, wenn's dir nichts ausmacht. Er hat wirklich einen ziemlich weiten Weg hinter sich.«

Darüber hätte ich fast gelacht. Normalerweise führte sie sich vor einem Interview nicht so auf. Schmeichelte es ihr, dass der Mann den weiten Weg von New York zu uns gemacht hatte, nur um sie zu sehen? Oder war da noch etwas anderes? Es schien so leicht, in den Mythos zurückzufallen, den sie um sich geschaffen hatte, nämlich dass sie die Einsamkeit vorziehe, tagelang kein Wort rede, ganz versunken in ihrer Kunst sei – doch ich glaube, sie genoss diese Gespräche, auch wenn sie vorgab, sie seien ihr eine Last. Interviewer betonten stets, wie großzügig sie war, und wiesen gern darauf hin, wie viel Zeit ihnen diese notorische Einsiedlerin gewährt und wie ausgiebig sie ihre Frage beantwortet hatte, doch verhinderte der Mythos, dass sie begriffen, um wie vieles mehr ihr diese Gespräche bedeuteten, als sie durchblicken ließ. Wenn die Interviewer mit ihren Tonbändern und Notebooks wieder gingen, bedankten sie sich stets für die so freigebig gewährte Zeit und schienen nie zu bemerken, dass ihnen gar nichts gewährt worden war. Mutter hatte sich vielmehr etwas genommen. Nicht viel – was sie sich nahm, war sorgsam bemessen, und die selbstgesetzte Grenze wurde nie überschritten –, doch nahm sie sich genug, um davon auf unerklärliche Weise gestärkt zu werden, so dass sie oft, kaum waren die Besucher verabschiedet, in ihr Atelier eilte und sich vor dem nächsten Morgen nicht wieder blicken ließ. So funktionierte es für sie dann und wann, dabei kam es nicht darauf an, was die Interviewer gesagt oder mit welchen Herausforderungen sie Mutter konfrontiert hatten. Nein, entscheidend war, was *sie* gesagt oder gedacht oder eben nicht gesagt hatte während dieser langen Gespräche, die ihr eine neue Richtung eröffneten. Interviews gestatteten es ihr, sich hin und wieder selbst zu überraschen, und deshalb erklärte sie sich dazu bereit. Es gab keinen anderen Grund, auch wenn ich mir manchmal wünschte, es gäbe ihn.

Es war ein lauer, herrlicher Tag; und vom Malangenfjord wehte eine leichte Brise landeinwärts. Ich ging über die Wiese gleich unterhalb des Hauses, entschied mich dann aber für den schmalen Pfad, der westlich vorbei an Kyrres *Hytte* und am Ufer eines kleinen Bachs entlang zum Strand hinabführte. Dieser Streifen Sand und angeschwemmter Kiesel gehörte zu meinen Lieblingsplätzen, und ich ging hin, wenn ich mich langweilte, wenn ich unglücklich war oder nachdenken musste. Nirgends gefiel es mir besser, vielleicht, weil ich mich hier am einsamsten fühlte, so weit fort wie nur irgend möglich von der Welt der Schule, der Stadt und von anderen Menschen mit Sorgen und Problemen wie den meinen. Ich war nämlich nicht gern unter Leuten, erst recht nicht unter solchen meines Alters. Ich wollte nicht an das Profane erinnert werden, das ihnen so wichtig schien. Bei mir übernachteten deshalb auch keine Freundinnen wie sonst bei Mädchen meines Alters, schlicht, weil ich keine Freundinnen hatte, und ich ging in Tromsø weder Kleider noch Make-up einkaufen, weil mich derlei nicht interessierte. Manchmal trieb es mich zu Kyrre Opdahls Haus, und ich saß eine Weile bei ihm, während er eine Uhr oder irgendein Maschinenteil reparierte und dabei von früher redete oder Geschichten aus einer Zeit erzählte, in der wir beide noch nicht auf der Welt gewesen waren: Überlieferungen von Trollen, Wichteln und Wassergeistern, aber auch Klatsch und Tratsch, den er in seinem Leben steten Beobachtens und Hörensagens aufgeschnappt hatte – Fetzen und Bruchstücke unverlässlicher Geschichten über die Walfangtage auf Andøya, Erinnerungen an die Nazibesatzung, angeblich wahre Berichte über mit Fischschuppen oder Bocksfüßen geborene Kinder. Meist hatte ich sie natürlich schon einmal gehört, doch bekam ich nie genug davon, da sie immer ein wenig neu waren und sich ständig änderten. Die meisten Menschen hielten sie für amüsant, nahmen sie aber nicht ernst. Kyrre schon – und ich glaube, auf gewisse Weise auch Ryvold. Der Unterschied war nur, dass Ryvold in ihnen den Schlüssel zu versteckter Bedeutung sah. Die alten Geschichten seien wahr, sagte er, nur faktisch eben nicht korrekt. Für ihn war das was Philosophisches, Theoretisches. Kyrre aber zählte eher zu den Fundamentalisten. In seinen Geschichten waren die Teufel so wahrhaftig wie alles andere, dort gab es immer etwas Grässliches, Erstaunliches, verborgen hinter einer Fassade, die sich die Menschen schufen, um in deren Schutz jene Bräuche zu praktizieren und Gebete zu sprechen, die Sterblichen ein Gefühl der Sicherheit geben; mir hat stets der Augenblick gefallen, in dem sie die Oberfläche durchbrechen und niemand mehr weiß, wie die Illusion von Ordnung noch länger aufrechterhalten werden kann.

Das war es vermutlich, was mir an der *Huldra*-Geschichte gefiel, zumindest zu Beginn. Ich weiß nicht, wann Kyrre sie zum ersten Mal erzählt hat, doch weiß ich, dass es lange vor jenem Sommer gewesen sein muss, in dem die beiden Jungen ertranken und er von Maia wie besessen war. Damals erzählte er sie bereits seit Jahren, kam immer wieder darauf zurück, so wie auf all seine Geschichten, variierte sie mit jedem Erzählen ein wenig, setzte hier neue Details hinzu, verschob dort die Gewichtung, doch war der grundlegende Handlungsstrang immer derselbe: Ein junger Mann geht im Wald oder am Strand spazieren, trifft dort auf ein unfassbar schönes Mädchen und verliebt sich – nun, vielleicht begehrt er die junge Frau auch nur so sehr, dass er sich einredet, verliebt zu sein. Er ist ihr zumindest dermaßen verfallen, dass er ihr überallhin folgt, ihr gänzlich ausgeliefert und anfangs auch überglücklich, da er glaubt, sie würde seine Liebe erwidern. Sie lächelt, lockt ihn zu sich, führt ihn unter die Bäume oder am Strand entlang – und doch könnte er, wenn er nur hinsähe, erkennen, dass sie eine Illusion ist und keine Substanz hat. Von vorn betrachtet, ist sie vollkommen schön, absolut begehrenswert, doch gelänge es ihm nur, hinter die schöne Maske zu sehen, würde er entdecken, dass in ihrem Rücken eine bestürzende Leere klafft, ein winziger Riss im Gewebe der Welt, durch den alles ins Nichts fällt. Aber er sieht kaum hin – so wie er auch erst, als es bereits zu spät ist, entdeckt, dass dieses Mädchen, diese Geliebte, eigentlich ein scheußlicher Troll mit einer widerlich hässlichen Fratze und einem Kuhschwanz unter dem leuchtend roten Kleid ist. Das sieht er natürlich erst, als sie ihn bereits zu einem entlegenen, einsamen Platz gelockt hat, dorthin, wo das Chaos lauert: düstere Felsen, wilde Tiere, eine kalte, schnelle Unterströmung.

Die Geschichte ist perfekt, wenn auch ein Klischee, und da es in ihr letztlich um das Chaos geht, war sie schon immer Kyrres Lieblingsgeschichte, die düsterste, die beste, jene, die er am häufigsten und mit größtem Vergnügen erzählte. Sie ist zudem sehr bezeichnend, denn Kyrres Erzählungen hatten alle eines gemein: Welche Form wir der Ordnung auch geben, wie kompliziert sie auch immer aufgebaut sein mag, bleibt sie letztlich doch eine Illusion, weshalb irgendwann irgendwas aus dem Hintergrundrauschen und dem Schatten vortritt und infrage stellt, woran wir so entschlossen glauben. Zumindest ist es so in seinen Geschichten – im wahren Leben ist dieses Etwas stets da und wartet, dem direkten Blick verborgen, nur darauf zu erwachen. Eine Redewendung, ein Makel, ein unausgesprochener Wunsch – es braucht nicht viel, die Schleusentore zu öffnen und das Chaos einzulassen. Damals war das nicht meine Ansicht – es war die von Kyrre –, heute ist sie es. Ich weiß nicht, ob die *Huldra* real existiert, aber ich weiß, dass es sie gibt und dass sie früher oder später ans Tageslicht tritt und sich den nimmt, um dessentwillen sie gekommen ist.

* * *

Ich war nur einige Stunden von daheim fort, doch in dieser Zeit war etwas geschehen. In dem Moment, in dem ich ins Haus trat, konnte ich Mutter und den Journalisten hören und nahm zunächst an, dass Angelika Rossdal eines ihrer typischen Interviews gab, jenes, in dem sie von Sohlberg redete und Diderot über Chardin zitierte, erst auf Französisch – ich hatte es sie so oft sagen hören, dass ich es auswendig aufsagen konnte –, um es dann auf Norwegisch zu wiederholen, auf Englisch oder in welcher Sprache auch immer gerade geredet wurde. *Ne recherche pas la virtuosité de trompe-l'œil, mais rend perceptible la vie silencieuse des objets* – genau, das war's. Sie würde erklären, weshalb ihr so viel daran lag, dass Chardin sich nicht mit bloßer Virtuosität zufriedengegeben, sondern von sich gefordert hatte, das stille Leben in den Dingen zu finden, jenes, das dem Maler das Wesentliche offenbart. Sie hatte wirklich keine Ahnung, wie man ein Interview führte, und sonnte sich in dieser Tatsache, während der Feuilletonist oder Kritiker ihr gegenübersaß, höflich zuhörte, bis man irgendwann ein Ende fand, um dann an seinen Schreibtisch zurückzukehren und die Geschichte über die schöne, weltentrückte Einsiedlerin im eisigen Norden zu schreiben, die er von Anfang an schreiben wollte. An jenem Tag schienen sie der gewohnten Routine zu folgen, saßen im Esszimmer bei Tee und Gebäck und redeten über naheliegende Fragen – und da ich das stets unterhaltsam fand, blieb ich kurz stehen, um zuzuhören.

»Ich bin wegen des Lichts gekommen«, sagte Mutter gerade. »Aus keinem anderen Grund. Ich wollte in diesem Licht arbeiten, mehr nicht.«

»Wirklich? Das war Ihr einziger Grund?« Die Stimme des Mannes klang heller, und ich glaube, auch jugendlicher als erwartet, weshalb ich mir einen schlanken, jungenhaften Journalisten vorstellte, dessen blondes Haar ein klein wenig zu lang war und der, um älter zu wirken, einen Bart oder eine dicke schwarze Brille trug. Was jedoch meine Aufmerksamkeit weckte, was mich beunruhigte, das war der Ton selbst. In ihm schwang eine Vertrautheit mit, eine Wärme, die ich nie zuvor vernommen hatte. Der Mann redete wie mit jemandem, den er mochte, einer Freundin, vielleicht auch einer Geliebten. Jedenfalls klang er überhaupt nicht wie ein Journalist. Einen Moment herrschte Stille, und ich stellte mir vor, wie sie sich anschauten, womöglich lächelten, zwei Menschen, die beschlossen hatten, sich einen Spaß zu gönnen.

»Ganz genau«, erwiderte Mutter. »Es war das Licht, das mich herführte, das Licht und die Farben.« Dann wieder Stille, ehe sie ernsthaft fortfuhr. »Es gibt Farbnuancen, die wir nur im Norden sehen können. Kirschrot, Blattgrün, Aschblau, die sind hier anders. Im Sommer offenbart das Licht um Mitternacht oder am frühen Morgen eine Tiefe, wie man sie im Süden nie zu Gesicht bekommt. Erst seit ich im Norden lebe, weiß ich Sohlberg wirklich zu schätzen. Ich habe ihn schon immer gemocht, fand aber, er übertreibe und male absichtlich etwas zu unwirklich.« Sie lachte. »In gewisser Weise tut er das natürlich auch«, fuhr sie fort, und in dem Moment kam mir der Gedanke, dass sie flirtete. Mit den Freiern hatte sie nie so geredet. Nicht einmal mit Ryvold. Erst recht nicht mit Ryvold. Sie flirtete – sie beide flirteten –, und auch wenn ich das Gesicht des Mannes nicht sehen konnte, wusste ich, dass er lächelte. Sie mochte ihn, und er mochte sie, und nach nur kurzer Zeit war das Interview, das sie zusammengeführt hatte, zwar noch ein Interview, aber zugleich auch ein Spiel, über dessen Konsequenzen sie nicht nachdenken wollten. »Vielleicht sind alle Genies ein wenig zu unwirklich …«

»Der Ansicht sind Sie?«

»Hm?«

»Dass Sohlberg ein *Genie* ist?«

»O ja.«

»Nun, er hat seine Stärken, aber eigentlich …«

Mutter liebte das. All dies war ein Spiel, selbst die ziemlich geläufige Kritik – Sohlberg sei interessant, ja vielleicht sogar bedeutend, doch könne man ihn wohl kaum ein Genie nennen –, und sie genoss es, sie fühlte sich so wohl wie schon seit Jahren nicht mehr. Zumindest nicht, solange ich sie kannte. »Er ist nicht konsistent«, sagte Mutter, »aber nur das Mittelmaß ist *konsistent.* Sehen Sie sich doch nur *Vinteraften* von 1909 an. Oder *Weg Sagene.* Erinnern Sie sich? Das blaugraue Haus im Schnee?«

»Ja, die gleiche Farbe wie dieses Haus …«

»Genau.«

»Also deshalb sind Sie gekommen?« Er spielte, aber es fühlte sich auch so an, als machte er eine Entdeckung.

Mutter lachte. »Genau«, sagte sie noch einmal.

»Also sind Sie nicht hergekommen, um allein zu sein?«

»Ganz und gar nicht«, erwiderte Mutter. »Hier geht es ruhiger zu, da gebe ich Ihnen recht. Und ich arbeite besser, wenn es ruhig ist, aber das dürfte Sie wohl kaum überraschen, oder?« Mutter schwieg einen Moment, und ich konnte spüren, wie sie die Ohren spitzte. Ich hatte ziemlich still gestanden, hatte kaum geatmet, war mir aber sicher, dass sie nun auf etwas lauschte.

Und wenn nicht auf etwas, dann auf jemanden. Sie schwieg noch einige Sekunden, schien ihre Vermutung bestätigt zu finden und begann dann wieder zu reden. Diesmal aber klang ihre Stimme anders. »Allerdings«, sagte sie, »lebe ich nicht allein. Meine Tochter wohnt auch hier. Das tust du doch, nicht wahr, Liv?«

Ich ging durch ins Esszimmer. Sie saßen am Tisch, doch fehlte das übliche Brimborium, Teekanne, Kuchen, die Butterkekse, sorgsam auf unserem besten Geschirr arrangiert, die Schale mit den Zuckerstückchen – all das war fortgeräumt, und sie tranken Wein, wie ich überrascht bemerkte. Ich sah Mutter an; ihre Augen leuchteten, und sie wirkte entspannter, als ich sie seit Wochen gesehen hatte, doch ich wusste, dass sie nicht betrunken war. Mutter trank nur selten, auch wenn sie zum Weihnachtsessen stets eine Flasche Wein holte und mitten auf den Tisch stellte, allerdings wohl vor allem zur Zierde. Wir tranken jede nur ein Glas, und den Rest benutzte Mutter am nächsten Tag zum Kochen. »Gibt es einen besonderen Anlass?«, fragte ich.

Mutter lachte. »Trink ein Glas«, sagte sie. »Mr. Verne hat den Wein mitgebracht …«

Der amerikanische Journalist stand auf. Er war hochgewachsen, hatte kurzes, vorzeitig ergrautes Haar und ein langes, schmales Gesicht, das den jugendlichen Ton seiner Stimme Lügen strafte. »Nennen Sie mich Frank«, sagte er und streckte mir die Hand hin. Er lächelte. »Sie müssen Liv sein.« Ich schüttelte die Hand, und er setzte sich. »Ihre Mutter hat mir schon viel von Ihnen erzählt.«

Das war natürlich gelogen, und ich hatte keine Ahnung, warum er es notwendig fand, mir etwas vorzumachen. »Das wage ich zu bezweifeln«, erwiderte ich.

Mutter lachte. »Ich fürchte, Liv kennt mich ziemlich gut. Sie weiß, dass ich nur über meine Arbeit rede. Stimmt's, Liv?«

Ich nahm ein Glas aus dem Schrank und schenkte mir Wein ein, setzte mich aber nicht hin. »Mehr oder weniger«, sagte ich und wandte mich an Frank Verne. Er war kein sonderlich gut aussehender Mann, aber auf eine Weise attraktiv, die ich nicht ganz begriff. Es hatte irgendwas mit seinen Augen zu tun; sie strahlten eine ruhige Verlässlichkeit aus, die nicht im Mindesten sanft oder naiv wirkte, und der seinem Gesicht zugrunde liegende Ausdruck verriet über jedes Lächeln und höfliche Interesse hinaus, dass er ein Mann war, dem das Leben nichts in den Weg stellte, mit dem er nicht auch fertig wurde. »Aber«, sagte ich, »um darüber zu reden, sind Sie ja auch hergekommen, nicht wahr, Mr. Verne?«

»Mehr oder weniger«, konterte er und lächelte, doch merkte ich, dass er mich musterte und herauszufinden versuchte, was ich vor ihm verbarg. Denn natürlich verbarg ich etwas. Es konnte gar nicht anders sein. Jeder Mensch verbirgt etwas; der einzige Unterschied besteht darin, wie lange man braucht, es herauszufinden. Darüber dachte ich damals nach. Ich sah ihm an, dass er sich dieser simplen Tatsache bewusst war, und mir ging der Gedanke durch den Kopf, dass er mich sicher entweder rätselhaft oder enttäuschend finden würde, da ich nichts zu verbergen hatte. Zumindest nichts, was ihn interessierte. »Allerdings gebe ich mir auch große Mühe, *mein Sujet* kennenzulernen.« Er warf Mutter einen Blick zu. »Als Person, und nicht nur, weil eine bestimmte Tätigkeit ausgeübt wird.«

Mutter lächelte. »Ach, da geben Sie sich keine Mühe«, sagte sie. »Bei mir dreht sich eigentlich alles nur um Arbeit.«

Frank Verne nickte. »Wir werden sehen.«

Frank Verne blieb bis zum späten Abend. Er saß immer noch mit Mutter im Esszimmer, redete und trank Wein, als ich mich schon längst entschuldigt hatte und nach oben gegangen war. Dafür gab es eigentlich keinen Grund; es schien ihnen durchaus zu gefallen, dass ich mich in ihrer Nähe aufhielt, ihrem Wortwechsel zuhörte und mich manchmal sogar einmischte, doch fühlte ich mich nicht wohl dabei. Sie waren mir zu nah, zu plötzlich vertraut, und das fand ich peinlich, aber noch peinlicher war mir, dass sie für das Vergnügen ihrer Gesellschaft einen Zeugen zwar nicht gerade zu brauchen, sich aber doch über ihn zu freuen schienen. Sie waren zwei, die sich lange nicht mehr auf die übliche, ein wenig närrische Art glücklich gefühlt hatten, und jetzt, da sie es waren, wollten sie ihr Glück mit der ganzen Welt teilen. Nur war ich hinsichtlich der ganzen Welt alles, was sie hatten. Sie tranken Wein, dann setzte Mutter Kaffee auf und holte Kuchen, aber so lang blieb ich nicht mehr. Mir gefiel es nicht, Stellvertreterin der ganzen Welt zu sein, weshalb ich mir einen Armvoll Bücher aus den Regalen am Treppenabsatz holte und mich auf mein Zimmer verzog. Ich konnte sie noch hören, wie sie unten miteinander redeten und lachten, und ich muss zugeben, dass mir der Klang von Frank Vernes Stimme gefiel – zumindest aus der Distanz. Viel näher sollte sie mir nicht kommen. Ich wollte ihn nicht *sehen,* wenn er lachte, wollte die Bewegungen seiner Hände nicht sehen, wenn er etwas erklärte, und als Mutter ihn schließlich zur Tür brachte, freute es mich, dass er endlich ging. Weniger freute mich allerdings, als ich hörte, wie er Mutters Einladung annahm, am nächsten Tag zum Essen zu kommen, da ich wusste, ich würde den ganzen Abend dabei sein müssen, wenn sie über Kunst und Bücher redeten und vorgaben, nicht miteinander zu flirten, oder was immer es war, was sie da taten – und das bedeutete natürlich auch, dass ich mich den ganzen Abend so benehmen musste, als wäre derlei nichts Ungewöhnliches. Nur war es das. Etwas geschah, und auch wenn ich nicht wusste, was es war, wurde mir doch klar, dass das Leben nicht so weitergehen konnte wie bisher. Frank Verne, Kate Thompsons Brief, der Schulabschluss – was auch immer, und mochte es in meinen Augen noch so geringfügig sein, es konnte eine ganze Kette von Ereignissen in Gang setzen, die vielleicht alles änderten. Nur wollte ich nicht, dass sich irgendwas änderte. Ich wollte, dass alles blieb, wie es war. Keine Briefe, keine Journalisten, keine ertrunkenen Jungen, keine *Zukunft.* Nur die Gegenwart und das, woran ich mich erinnern wollte. Denn gut erinnern heißt auszuwählen, woran man sich erinnert, und niemand kann einen zwingen, sich an etwas zu erinnern, das man eigentlich fürs Vergessen ausgewählt hat.

* * *

Kyrre Opdahl tauchte tags darauf gegen Mittag mit seiner Werkzeugtasche auf. Er kam zur Hintertür und rief, wie er es immer tat, ehe er ins Haus trat: »Der Handwerker ist da.«

Ich war auf dem Weg in die Küche und beeilte mich, ihn im Flur abzufangen, um ihm Bescheid zu geben, dass Mutter im Atelier arbeitete. Ich erwähnte mit keinem Wort, dass Frank Verne ebenfalls dort war, erst recht nicht, dass er sogar zum Abendessen blieb, aber Kyrre meinte, es sei in Ordnung, er brauche nicht mit Mutter zu reden, er sei nur gekommen, den Trockner zu reparieren. Ich hatte nicht mit Kyrre gerechnet, sein Besuch überraschte mich, und Mutter hatte mir gegenüber auch nichts davon gesagt, dass etwas kaputtgegangen war, weshalb ich überlegte, wie ich mit der Situation umgehen sollte. Früher, als ich klein war, kam Kyrre regelmäßig ins Haus, schaute auf eine Tasse Kaffee vorbei und brachte eine Schüssel Beeren oder Möweneier mit, aber dann ist zwischen ihm und Mutter etwas passiert, und er hörte auf, so oft zu kommen. Was geschehen ist, weiß ich nicht – es hat jedenfalls keinen Streit, keinen unangenehmen Vorfall gegeben –, nur scheinen sie, als ich zwölf, dreizehn Jahre alt war, eine zwar freundschaftliche, doch seltsam formelle Übereinkunft getroffen zu haben, die zu nur ihnen bekannten Bedingungen ein neues, nicht mehr so zwangloses Regime mit sich brachte. Anfangs machte es mir ein wenig zu schaffen, dass Kyrre nicht mehr so oft vorbeischaute, doch fand ich mich bald damit ab; zudem stand es mir frei, jederzeit zu ihm zu gehen, wenn ich Lust auf einen Schwatz oder eine Tasse Kaffee hatte. Trotzdem blieb eine gewisse Verlegenheit, und ich fürchtete stets, Kyrre irgendwie und ganz unbeabsichtigt zu kränken. »Ich setze gerade Kaffee auf«, sagte ich. »Magst du auch eine Tasse?«

»Mach dir meinetwegen keine Umstände«, sagte er.

»Das Wasser kocht schon.« Plötzlich fühlte ich mich verlegen. Frank Verne war oben, in Mutters Allerheiligstem, und obwohl er nur gekommen war, um das Interview zu Ende zu führen, verstieß er gegen jene Etikette, die für alle galt, die dieses Haus betraten, und deren unausgesprochene Regel besagte, dass oben keine Besucher gestattet waren. Ein- oder zweimal hatte sich Harstad die Hände waschen müssen, nachdem er Mutter im Garten geholfen hatte, und es wäre für ihn viel bequemer gewesen, das obere Bad oder die Spüle in der Küche zu benutzen, doch hatte er sich stets die Mühe gemacht, das winzige Becken der unteren Toilette direkt neben dem kleinen Vorratsraum zu benutzen, in dem Mutter ihre Rechen und Pflanztöpfe aufbewahrte. Soweit ich mich erinnern konnte, gab es seit all den Jahren, die wir in diesem Haus lebten, nur eine

Ausnahme von der Regel, und die betraf den Lieferanten von Fløgstad, der höchstens einmal im Jahr kam und wie ein zielstrebiger, muskelbepackter Geist arbeitete, nie eine Einladung zu einer Tasse Kaffee oder einem Mittagessen annahm, sich nie auf etwas einließ, das man ein Gespräch nennen konnte, und so bedächtig wie stetig zwischen Lieferwagen und Atelier hin- und herging, um die eingewickelten Gemälde eines nach dem anderen nach unten zu tragen und im eigens dafür ausgestatteten Wagen fachgerecht zu verpacken, damit sie auf der langen Fahrt gen Süden keinen Schaden nahmen.

Es machte mich also verlegen, dass Frank Verne direkt über unseren Köpfen auf Mutters Sofa hockte und ihr mit seiner sanften, viel zu intim klingenden Stimme Fragen stellte – und deshalb fühlte ich mich, während ich Kaffee machte, hin- und hergerissen zwischen dem Wunsch einerseits, diese Tatsache zu verheimlichen, und dem Drang andererseits, Kyrre davor zu warnen, dass jeden Moment ein Fremder auftauchen konnte. Ich war verunsichert und hatte zugleich ein schlechtes Gewissen, denn ich wusste, wie sehr es den alten Mann verletzen würde, wenn er erführe, dass ich ihm etwas verschwieg. Nachdem ich Tassen und einen Teller mit dänischen Keksen bereitgestellt hatte, wandte ich mich schließlich zu Kyrre um, der mit der Werkzeugtasche zu Füßen am Fenster stand, und weil ich nicht wusste, was ich sagen sollte, sagte ich das eine, was ich nicht hätte sagen sollen. »Weiß Mutter, dass du kommst?«

Kyrres Antwort war ein schiefes Lächeln. »Ja«, sagte er dann. »Ich wollte schon seit Tagen kommen …«

»Oh, sie hat mir gar nichts gesagt …«

»Na ja, wir haben auch keine feste Zeit vereinbart. Nichts Genaues jedenfalls.«

»Verstehe. Na ja, wenn du willst, könnte ich sie holen. Sie ist in ihrem Atelier.« Einen Moment dachte ich noch nach und entschied mich dann. »Sie hat gerade Besuch, aber der wird nicht mehr lang bleiben.«

Das überraschte ihn natürlich, doch ließ er es sich kaum anmerken, und er erlag auch nicht der Versuchung, nach dem Namen des Besuchers zu fragen. Was unter den gegebenen Umständen eine ziemliche Leistung war. »Ach, lass mal«, sagte er rasch. »Stör sie nicht, ich mach mich lieber an …«

»Es ist nur ein Journalist«, sagte ich, was schließlich der Wahrheit entsprach, auch wenn ich bereits wusste, dass es nicht die ganze Wahrheit war. Und wenn doch, dann bedeutete sie nicht, was man gewöhnlich mit *nur ein Journalist* meinte. Journalisten waren nichts Ungewöhnliches in diesem Haus, doch stets auf das Wohnzimmer oder den vorderen Tagesraum beschränkt, von dem aus man den besten Blick auf den Garten hatte. Nur erklärte Mutter sich diesmal nicht bloß damit einverstanden, Frank Verne in ihr Atelier zu lassen, sie gewährte ihm auch noch einige andere subtile, unerhörte Privilegien, und ich wollte nicht, dass Kyrre davon etwas mitbekam.

Er schüttelte den Kopf. »Ich mache mich direkt an die Arbeit«, sagte er, »und verschwinde dann wieder. Muss sowieso noch ein paar Sachen unten an der Küste erledigen.«

Er trank den Kaffee aus, griff nach seiner Werkzeugtasche, und ich folgte ihm auf die andere Hausseite zum unaufgeräumten, nach Erde riechenden Gartenzimmer, in dessen hinterster Ecke der Trockner stand, umgeben von Tontöpfen und Abfallsäcken. Dies war auch ein Raum, den Außenstehende nur selten zu Gesicht bekamen, und er zeigte eine Seite von Mutter, die Journalisten nie erwähnten. Hier herrschte ein heilloses Durcheinander, ein Chaos wie daheim bei Kyrre, und ich glaube, er fühlte sich hier auch am wohlsten, wenn er kam, um uns auszuhelfen. In diesem Zimmer stand alles Notwendige, hier stapelte sich das Brennholz für die Tage, an denen es so kalt war, dass wir nicht einmal zum Holzstapel hinausgehen wollten. Hier war es auch, wo Mutter auf einem alten, mit Kübeln, leeren Saatpackungen und Häuflein getrockneten Torfs übersäten Tisch gleich hinter der Tür Pflanzen umtopfte oder verzog. Kyrre bahnte sich einen Weg durch das Labyrinth und machte sich ans Werk. Eine Zeit lang sagte er kein Wort, brummelte nur vor sich hin, murmelte Unverständliches und stieß seltsame, kurze, fast lautlose Pfeiftöne aus. Ich hörte zu. Oben blieb es ruhig. Und als müsste er sich einen großen Ruck geben, begann Kyrre schließlich zu reden. Er gab sich bei jeder Gelegenheit gern bedeutungsschwer, doch hatte er es diesmal tatsächlich mit einer wahren Tragödie zu tun. »Schreckliche Sache, das mit Harald Sigfridsson«, sagte er. Mittlerweile lag er auf den Knien und stierte in die Trockentrommel.

»Was für eine Sache?«, fragte ich, doch ehe er antwortete, wusste ich, was er sagen würde.

»Hast du noch nichts davon gehört?« Er schien überrascht, dabei bestand dazu eigentlich kein Grund. Wenn im Sommer die Schule aus war, sahen Mutter und ich manchmal tagelang keinen Menschen, weshalb unsere einzigen Informationsquellen die Gäste der samstäglichen Teeparty waren. Kyrre blickte auf. »Harald ist ertrunken«, sagte er. »Genau wie sein Bruder.«

Irgendwie hatte ich gewusst, was er sagen würde, das schwöre ich, trotzdem schockierte es mich, als ich die Worte tatsächlich aus seinem Mund hörte. Weil es natürlich unmöglich war: Zwei Brüder ertrinken in nur wenigen Tagen Abstand. Wie konnte das passieren? Was hatte das zu bedeuten? »Nein«, sagte ich, »das geht nicht …« Plötzlich war mir, als müsste ich in Tränen ausbrechen – was mich erst recht schockierte, da mir diese Jungen nichts bedeuteten. Ich hatte sie kaum gekannt. Das Vorgefallene hätte für mich nur eine lokale Tragödie sein dürfen, Anlass zu etwas Neugierde und für jenes beiläufige Mitleid, das wir für die Hinterbliebenen empfinden. Es hätte nichts Persönliches sein sollen. »Wann ist es passiert?«

Kyrre schüttelte den Kopf, doch konnte ich nicht sagen, ob vor Kummer oder weil es ihn überraschte, wie weltabgeschieden wir hier oben lebten. »Vor zwei Tagen.«

Ja, ich muss gestehen, ich war schockiert, und das nicht nur angesichts des Geschehenen, sondern auch, weil ich so lange nichts davon geahnt hatte. Ich hätte nicht einmal zu sagen gewusst, ob die Männer des Beerdigungsinstituts Harald schon zurechtmachten, den Leichnam wuschen, ihm die besten Kleider anzogen und Make-up auftrugen, damit die Trauernden ihn in bester Erinnerung behielten. Oder begrub man ihn in einer geschlossenen Kiste? Durchaus möglich – ich hatte keine Ahnung, wie man Menschen bestattete. Ich hatte noch keinen gekannt, der gestorben war. Würde man Harald neben seinem Bruder beerdigen? Ich wusste nicht, ob Mats' Begräbnis schon vorüber war; vielleicht lag er noch in der Leichenhalle und musste weitere Untersuchungen über sich ergehen lassen. Ich wusste nicht, wie dergleichen ablief, wusste zumindest nicht, was im echten Leben geschah. Was ich wusste, hatte ich aus dem Fernsehen. Ich konnte mir Frau Sigfridsson vorstellen, wie sie im Haus umherging, von einem Zimmer ins nächste, und sich die Schätze ihrer Jungen ansah – sie nicht berührte, sie nur ansah, als könnte sie ihre Tode durch Zauberei oder bloße Willenskraft rückgängig machen, solange sie alles nur so beließ, wie es am letzten Lebenstag der Jungen war. Sie ging umher, nahm Notiz von dem, was sie sah: Arbeiten, die sie in der Schule angefertigt hatten, als sie noch klein waren,

Bücher, die sie gelesen, CDs, T-Shirts und alte Tagebücher, die sich mit den Jahren angesammelt hatten, Briefmarkenalben oder Sammelkarten, die einen Ehrenplatz auf dem Regal oder dem Schreibtisch einnahmen und nie mehr fortgeräumt worden waren. Der Haufen Schuhe und abgetragener Sneakers unten im Schrank. Die alten Comichefte unter dem Bett. Ich konnte sie im Licht des Schlafzimmerfensters stehen sehen wie eine Frau auf einem alten holländischen Bild, und ich konnte mir ausmalen, wie unerträglich es für sie sein musste, die verlorene Zärtlichkeit, die Banalität dieser gewöhnlichen Besitztümer. Doch war es unecht, eine Filmszene, einer jener typischen Momente, in denen der Beamte, der die Mutter des Opfers gerade darüber informiert hat, dass ihr Kind tot in einem flachen Grab im Wald gefunden worden war, sie beobachtete und darauf wartete, dass die Nachricht zu ihr durchsickerte. »Ich verstehe das nicht«, sagte ich. »Das ergibt doch keinen Sinn. Sie können nicht beide …«

Kyrre schüttelte den Kopf. »Auf genau die gleiche Weise«, sagte er. »Sogar mit demselben Boot. Man sollte doch meinen …« Er verstummte und blickte durch das Seitenfenster hinaus auf den Malangenfjord. Das Wasser schimmerte silbrig, war hier und dort, wo eine leichte Bö darüberhin huschte, von vereinzeltem Grau durchzogen. »Irgendwas stimmt da nicht«, sagte er. »Das ist nicht recht.« Er musterte mich, als nähme er an, ich könne erraten, was er als Nächstes sagen wollte. Das konnte ich nicht, oder wenn doch, wollte ich nicht, dass der Gedanke in meinem Kopf Gestalt annahm, weil es mir lächerlich und zudem irgendwie obszön schien, das Vorgefallene in ein Märchen verwandeln zu wollen. »Irgendwas ist mit diesen Jungen passiert«, sagte er nach einer Weile. »Da steckt mehr dahinter …«

Ich schüttelte den Kopf. »Nein«, sagte ich, denn jetzt wusste ich genau, worauf er hinauswollte. Das war eine seiner beliebtesten Redewendungen, wenn er die Zügel der Fantasie schießen ließ und die Welt, in der wir lebten, mit der alten, angeblich verschwundenen Welt verknüpfte, der Welt der Magie und der Geister, in der nichts so war, wie es schien, und in der in jeder fortgeworfenen Keksdose oder leeren, am Strand angespülten Flasche eine unbekannte Kraft steckte. Normalerweise kümmerte mich das nicht – meist gefielen mir seine alten Geschichten, und selbst als Kind wusste ich, dass sie eine Aufgabe erfüllten – eine, die damit zu tun hatte, wie wir Zeit wahrnahmen, und mit dem, was wir für selbstverständlich hielten –, an diesem Nachmittag aber ertrug ich es nicht. Ich schloss die Augen, als wollte ich seine Stimme ausblenden, und im selben Moment verstummte er. Ich wartete noch kurz, dann schaute ich ihn an. »Das ist schrecklich«, sagte ich.

Er erwiderte nichts, doch merkte ich ihm an, wie überrascht er war – und ich wusste, er hatte mich falsch verstanden. Nur wie genau, das wusste ich nicht. Vielleicht glaubte er, ich hätte was mit Harald gehabt oder täte nur, was sich gehörte, doch lag mir nichts daran, es herauszufinden oder ihn aufzuklären. Aus Respekt vor den Toten wollte ich nur, dass wir nicht weiter auf diese Weise über sie redeten, vielleicht aber – und ich bin mir sicher, dass Kyrres Vermutungen in diese Richtung gingen – hatte mich auch eine plötzliche, unangebrachte Furcht gepackt. Irgendein Aberglaube. Wieder musste ich an Frau Sigfridsson denken, und ich fragte mich, was sie wohl tat, nun, da ihre Jungen tot waren. Mats und Harald waren nichts Außergewöhnliches gewesen, in dieser Hinsicht unterschieden sie sich kaum von mir. Sie hatten keine besonderen Charaktereigenschaften gehabt und keinen Ärger gemacht; eine Zeit lang würde man sich an sie erinnern, um sie dann still zu vergessen. Eigentlich kannte niemand sie gut genug, um sie betrauern zu können – und auch in dieser Hinsicht waren sie mir gar nicht so unähnlich. Der einzige Unterschied zwischen uns war der, dass ich keinen Bruder hatte. Ich sagte mir, dass Frau Sigfridsson sie nicht vergessen würde, allerdings war ihr auch niemand geblieben, der sie von ihrer Trauer ablenken konnte. Einen Mann hatte sie nicht mehr und keine weiteren Kinder – was mir ebenfalls beunruhigend vertraut vorkam. Ich fragte mich, was Mutter wohl empfunden hätte, wenn *ich* ertrunken wäre. Wie würde sie es hinnehmen? Würde sie weiterhin in unserem grauen Haus inmitten ihres exotischen Gartens wohnen können? Würde es am Samstagmorgen nach wie vor Teepartys geben? Würde sie weiterhin eine Welt malen, die mich von ihr genommen hatte?

Kyrre beobachtete mich, den Blick starr auf mein Gesicht gerichtet. »Ich kann gar nicht glauben, dass du noch nichts davon gehört hast«, sagte er. »Alle reden darüber.« Er schnaubte und machte sich wieder an die Arbeit. »Auch wenn sie es natürlich nicht verstehen.«

»Was nicht verstehen?«

Er sah nicht auf. Er hatte etwas Interessantes im Trockner entdeckt. »Sie halten es für einen Zufall«, sagte er mit hohl widerhallender Stimme. »Sie denken, es sei nur ein Unglück.« Er hob den Kopf, und seine Stimme hörte sich wieder normal an. Ein alter Mann, der redete. »Sie begreifen nicht, dass diese Jungen *auserwählt* wurden.«

»Wurden sie nicht«, sagte ich, und es ärgerte mich, dass er wieder bei seinem Lieblingsthema war. »Das ist einfach blöd.«

Er musterte mich mit seltsam verletztem Blick, doch als er antworten wollte, ertönte irgendwo über uns ein Lachen. Nicht aus dem Atelier, wie ich gleich merkte. Vom Treppenabsatz. Erneut ließ Kyrre den Kopf sinken und begann, in seiner Werkzeugtasche zu kramen.

»Ich sag ihr, dass du da bist«, sagte ich, rührte mich aber nicht von der Stelle, und einige Sekunden später hörte ich, wie sich die Haustür öffnete und wieder schloss. Im selben Moment sagte Mutter etwas, und Frank Verne lachte erneut – ein überraschend lautes, tiefes, keineswegs nur höfliches Lachen. Es war das Lachen von jemandem, der glücklich war und dem es nichts ausmachte, dass man es ihm anmerkte. So glücklich, dass er vielleicht nicht gewollt hätte, wenn es jemand hörte, nur war ich mir da nicht sicher. Nicht bei diesem Mann. Er war kein Freier, sondern etwas anderes. Etwas *Gefährliches.* Kyrre musste es auch gehört haben, denn er behielt den Kopf unten und tat, als wäre er beschäftigt. Er wollte nicht, dass ich sein Gesicht sah – dabei hätte ich nicht sagen können, ob er seine Eifersucht verbergen wollte, seine Enttäuschung oder seine Verlegenheit darüber, dass ein Mann gerade, als wäre es das Normalste auf der Welt, mit der Frau, die Kyrre schon seit über einem Jahrzehnt stumm anbetete, aus der Tür und fortgegangen war.

* * *

An diesem Abend aßen wir zusammen im Esszimmer: Mutter, Frank Verne und ich. Tagsüber waren sie über die Wiesen spaziert, und Mutter hatte ihm stolz den Garten gezeigt, über das Wetter geredet und das Licht, die Farben, ihre frühe Karriere und die Ruhe, die sie im Norden fand. Ich sah sie von meinem Beobachtungsposten auf dem Treppenabsatz den Strand entlanggehen und versuchte, aus ihren Gesten, ihrer Körpersprache zu erraten, was tags zuvor zwischen ihnen vorgefallen war. Denn etwas war vorgefallen. Was es war, wusste ich nicht, doch fand ich es beunruhigend, dass meine Mutter sich im

Verlauf nur eines einzigen Tages auf so subtile Weise verändert hatte. Sie wirkte glücklicher, entspannter, nicht mehr so konzentriert. Es war, als wäre dieser Frank Verne gar kein Fremder, sondern ein alter Freund, den sie nach Jahren der Stille und Einsamkeit aufs Neue kennenlernte. Kam sonst jemand zum Interview, redete sie stets offen über ihre Arbeit und ihre Ideen, doch redete sie, um des Redens willen, als wollte sie sich hinter Worten verstecken. Ich glaube, da sie es nicht über sich brachte, jemanden zu täuschen, überschüttete sie ihre Besucher mit Anekdoten und Theorien, bis ihnen keine andere Wahl blieb, als auf jene Geschichten zurückzugreifen, die sie von Anfang an schreiben wollten. Nichts von dem, was sie sagte, war sonderlich aufschlussreich. Aus irgendeinem Grund aber stellte dieser Frank Verne für sie eine Herausforderung dar. Sie wollte ihm etwas erzählen, das er in seinem Artikel verwenden konnte, wollte sich ihm öffnen. Das Problem war nur, dass es nichts herzuzeigen gab. Sie war tatsächlich, was sie tags zuvor zu sein behauptet hatte: eine von ihrer Arbeit besessene Malerin, die außer ihrem Garten und ihren Büchern keine Interessen besaß. Es gab nichts sonst – und wenn doch, wusste ich nichts davon.

Sie gingen lang spazieren – es war ein warmer, klarer, sehr stiller Tag, obwohl Regen vorhergesagt worden war –, dann kehrten sie über die Wiesen zum Haus zurück. Ich sah sie kommen und konnte erkennen, wie nahe sie sich waren, wie vertraut, allein daran, wie sie nebeneinander hergingen, daran, wie Mutter ihn ansah, wie ihre Körper aufeinander zudrifteten und sich wieder entfernten, sich beinahe berührten und voneinander lösten, das Ganze ein Spiel, das sie spielten, weil es ihnen gefiel, das sie in die Länge zogen, nur um zu sehen, wohin es führte. Ich beobachtete sie vom Fenster aus – und wollte nichts damit zu tun haben. Ich war mir nicht sicher, in was ich fürchtete hineingezogen zu werden – ich glaubte nicht, dass es dabei um eine Affäre ging, um Sex, was vielleicht naiv war –, doch war ich auch nicht so dumm zu glauben, ich könnte irgendwie daran teilhaben. Außerdem hatte ich wegen Kyrre Opdahl ein schlechtes Gewissen. Ich wusste nicht, warum es ihn verstörte, als er sah, dass Mutter mit Frank Verne ausging, doch wusste ich, dass es ihn verletzt und einige Mühe gekostet hatte, seinerseits aus dem Haus zu gehen, ohne mir zu zeigen, wie sehr er darunter litt. Nur *warum*? Ich wusste, wie gern er Mutter hatte, konnte aber nicht glauben, dass er im üblichen Sinne eifersüchtig war, da ich nicht annahm, dass seine Gefühle für Mutter *so* weit gingen. Er hatte immer so getan, als stünde er über diesen Dingen; außerdem hatte er von Beginn an alt auf mich gewirkt, ganz unabhängig von seinem Äußeren. Nicht alt wie ein alter Mann, sondern alt wie die behauenen Steine in Mutters Garten, alt wie das Wetter oder die Gezeiten – alt und zugleich beständig, unveränderlich, Teil der Landschaft, Teil der Natur. In diesem Sinne war er zu alt, um so etwas wie einer Schwärmerei zu erliegen, auch zu alt, um eifersüchtig zu sein – doch begriff ich, warum er beunruhigt oder misstrauisch reagierte, schließlich wusste ich, wie weltabgewandt er lebte und wie wenig er von den Männern hielt, denen Mutter jeden Samstagvormittag Tee servierte. Anders gesagt, ich unterstellte ihm nur die nobelsten Absichten – und deshalb hatte ich ein schlechtes Gewissen. Ihm gegenüber, aber auch mir gegenüber, da ich es mir nicht ausgesucht hatte, an jenem Geheimnis teilzuhaben, das mir von Mutter und Frank Verne aufgedrängt worden war und das mir verriet, dass es bei seiner Anwesenheit um mehr als bloß um ein Interview ging.

Sie hatten also ihren Spaziergang gemacht, waren aber irgendwann am Nachmittag auch einkaufen gewesen, und als sie aufgeregt in die Küche kamen, beunruhigend familiär und einander vertraut, dachte ich: *wie ein Paar* – und so kamen sie mir auch vor, wie ein Paar, das sich seit Jahren kannte. Sie hatten geräucherte Forelle und anderen Fisch vom Markt besorgt, Wein, einen Schokoladenkuchen und den unvermeidlichen *Gjetost,* diesen süßen, kräftigen Käse, der Ausländern immer vorgesetzt wird, zusammen mit der Geschichte, wie man Kinder damit entwöhnte, da er gleich nach der Muttermilch das Beste auf der Welt sei, oder auch, dass Brot und *Gjetost,* vielleicht noch ein Glas *Akevit* dazu, üblicherweise das erste und letzte Mahl in einem Haus waren. Allerdings bin ich mir nicht sicher, wie üblich das tatsächlich ist. Vielleicht hat Mutter es nur erfunden. Das macht sie manchmal, nicht nur für Gäste, sondern einfach so. Sie lebt erst seit fünfzehn Jahren im Norden, tut aber gern, als wäre sie schon immer hier gewesen. Es hätte mich nicht überrascht, hätte es an diesem Abend Rentiereintopf gegeben oder Walfleisch, um unserem Gast traditionelle arktische Kost vorzusetzen – und wie sich herausstellte, lag ich gar nicht so falsch. Erst später, als es wieder still im Haus war, ging mir allerdings auf, dass sie sich für dieses Mahl entschieden hatten, weil es für Ausländer kaum auszusprechen war, weil sie so mit dem Wort spielen und es sich wie ein Pfand für irgendetwas zuschieben konnten – ein Pfand für ihre neue Freundschaft, vielleicht auch für eine unerwartete Romanze. An diesem Abend interessierten sie sich nicht für das Essen; sie wollten reden. Oder vielmehr spielen. *Sjørøye* erlaubte ihnen beides.

»Also, wie heißt der Fisch noch mal?«, fragte Frank Verne, als Mutter ihn auftrug.

»*Sjørøye.*«

Er versuchte, das Wort auszusprechen, scheiterte aber so kläglich, dass ich es für absichtlich hielt.

Sjørøye, wiederholte Mutter, sah mich an und lächelte. Ihr lag daran, mich einzubeziehen, weshalb sie mir aus irgendeinem Grund leidtat. Frank Verne versuchte es erneut, dann lachten beide. Mutter wandte sich an mich. »Was meinst du? Ein hoffnungsloser Fall, oder?«

Ich lächelte, dabei wäre ich am liebsten einfach gegangen. »Übung macht den Meister«, sagte ich.

Frank Verne wandte sich an mich. »Sagen Sie's noch einmal.«

»*Sjørøye.*«

Er versuchte es erneut und bekam es fast richtig hin.

»*Sjørøye*«, korrigierte ich.

»Und was heißt das übersetzt?«

Ich wandte mich an Mutter. Ich hatte keine Ahnung.

»Saibling«, antwortete sie, was mich überraschte. Bestimmt hatte sie das Wort vorher nachgeschlagen.

Frank Verne lachte. »Ach so. Das macht es einfacher.« Da er offenbar spürte, dass er das Spiel bis an seine Grenzen und darüber hinaus getrieben hatte, wandte er sich wieder an mich. »Und, Liv«, sagte er, »wie lebt es sich hier draußen so?«

»Gut«, antwortete ich und wusste, was nun kommen würde. Für junge Leute nicht viel los. Langweilte ich mich denn nie? Womit vertrieb ich mir die Zeit? Hatte ich einen Freund? Mich störte das nicht. Ich hatte mich damit abgefunden, und die Antworten kamen fast automatisch.

»Ehrlich?«, sagte er. »Ich kann mir nicht vorstellen, dass hier viel los ist …«

»Sie wären überrascht«, erwiderte ich fast ein wenig zu schnell. Ich warf meiner Mutter einen Blick von der Seite zu. »Hier passieren allerhand seltsame Dinge«, fuhr ich fort, »aber das ist eine lange Geschichte. Sie sollten mal mit unserem Nachbarn darüber reden …«

Frank Verne sah Mutter an, als ob er etwas sagen wollte, blieb aber stumm. Dann drehte er sich erneut zu mir um. »Seltsame Dinge?«

Ich nickte.

»Was zum Beispiel?«

»Na ja«, sagte ich, »gerade sind zwei Brüder verschwunden …« Ich wollte schon weiterreden, als ich spürte, wie angespannt Mutter auf die Erwähnung der Sigfridssons reagierte. Offenbar hatte sie es von Harald gehört, wenn auch nicht von mir, und ich glaube auch nicht, dass sie Kyrre getroffen hatte. Vielleicht hatte sie mit irgendwem in einem der Geschäfte in Kvaløysletta geredet. Und ich merkte ihr an, dass sie, was immer sie auch darüber wusste, nicht allzu glücklich mit diesem Gesprächsthema war.

Frank Verne spürte gleichfalls ihre Veränderung, ignorierte sie aber. Wie hätte er auch anders können? Schließlich wollte er weder abweisend wirken noch meine Gefühle verletzen. »Was meinst du mit *verschwunden?*«

Mutter stand auf. »Ständig verschwinden irgendwelche Leute«, sagte sie, während sie zum Schrank ging, um noch eine Flasche Wein zu holen. »Wenigstens das machen sie richtig.«

Frank Verne wirkte überrascht. Vielleicht fand er sie, wenn auch nur einen Augenblick lang, ziemlich hartherzig. Nicht gegenüber den ertrunkenen Jungen, sondern mir gegenüber. Hartherzig auf vorgeblich ironische Weise natürlich, in der aber auch eine Warnung mitschwang, und es war deutlich, dass er kurz nicht wusste, was er sagen sollte – diesen einen Moment lang sahen wir beide zu, wie Mutter die Flasche hervorholte, sie entkorkte und auf den Tisch stellte. Dann setzte sie sich wieder.

»Ist dir je aufgefallen, dass es in diesen alten Geschichten immer ums Verschwinden geht?«, sagte sie und wechselte das

Thema, ohne das Thema zu wechseln. »Jemand tritt hinaus ins Mondlicht und ist plötzlich fort …«

»Aber das ist nicht eine dieser Geschichten«, wandte ich ein.

Mutter schaute mich an. Die Warnung war nicht länger zu übersehen, auch wenn sie nur in ihrem Blick lag und ich nicht glaubte, dass Frank Verne etwas davon mitbekam. Als sie weiterredete, tat sie es in einem unbeschwerten, angenehmen, leicht geheimnisvollen, doch auch spöttischen Ton. »Bist du dir sicher?«

Ich sagte nichts dazu, schaute nur Frank Verne an. Er wirkte überrascht und *interessiert,* als dächte er, über etwas gestolpert zu sein, eine Offenbarung oder gar ein Geheimnis, das Mutter beinahe gegen ihren Willen preisgegeben hatte. Allerdings wüsste ich nicht zu sagen, ob sein Interesse als Journalist oder in irgendeiner anderen Funktion geweckt worden war. Ich glaube, Mutter spürte es ebenfalls, und vielleicht hatte sie denselben Gedanken – der für sie unter der Überschrift *Zweifel* daherkam –, stieß sie doch ein leises, trauriges Lachen aus, ein Lachen, das Mitgefühl mit Kyrre Opdahl verriet, mit seinen Sagen, seinem Aberglauben, aber auch mit all jenen, die seine verrückten Ideen teilten. »Es ist *immer* eine dieser Geschichten.« Ihr Blick ruhte auf mir, dann wandte sie sich an Frank Verne. »Die Winter sind lang«, sagte sie und füllte sein Glas wieder auf, »und die Sommer schlaflos; da wird von Zeit zu Zeit jeder mal verrückt.«

* * *

Sobald der Anstand es erlaubte, ging ich zu Bett und lag eine Weile einfach nur da, um dem Geräusch ihrer Stimmen zu lauschen, die sich unter das dünne, seltsam wohlige Windrauschen im Dachgesims über mir mischten. Es war eine kühle, weiße Nacht und kein weiterer Laut zu hören. Eine Weile muss ich wohl eingenickt sein, doch wurde ich wieder wach, als Mutter

Frank Verne ins Gästezimmer führte, und ich hörte mit aus Kummer und Verblüffung gemischten Gefühlen zu, wie sie ihm erklärte, was er als Gast wissen musste. Ihre Stimme war nur ein Flüstern, weshalb ich die Worte selbst nicht verstehen konnte, doch wusste ich, was gesagt wurde, und hörte hin und wieder auch ein leises, zustimmendes Murmeln von Frank Verne. Wo das Bad war, dass er sich bitte einfach nehmen solle, was er brauche, sollte er früh wach werden, und wo mein Zimmer lag, damit er mich nicht unnötig störte. Ich wusste all das, obwohl wir in der Zeit, in der wir dort wohnten, nie einen Gast über Nacht gehabt hatten, und ich konnte mir die beiden vorstellen, wie sie zögerlich und ein wenig verlegen in der Tür standen, möglicherweise versucht, sich anders zu benehmen, aber von der Tatsache daran gehindert, dass *ich* da war, nur wenige Schritte entfernt, dass ich wach war, vielleicht zuhörte oder ihre Anwesenheit auch nur spürte. Und dann, als alles gesagt worden war, was gesagt werden musste, hörte ich, wie Mutter ihm eine gute Nacht wünschte und die Tür zum Gästezimmer sich schloss. Einen Moment später fiel auch die Tür zu Mutters Zimmer zu, die gewöhnlich offen stand, und im Haus wurde es still, sah man einmal von einem gelegentlichen Knarren ab, wenn Frank Verne nebenan auf und ab ging und sich fragte, was hätte sein können.

* * *

Einige Zeit später wurde ich plötzlich wach. Ich hörte nichts, spürte aber ihre Anwesenheit – Mutter und ihr Journalist, die in separaten Betten lagen, in geschlossenen Zimmern, von mir nur durch eine Wand getrennt, doch eigenartig vertraut und von magnetischer Anziehungskraft. Rasch stand ich auf, zog mich an und eilte, ohne mir erst einen Kaffee zu machen, nach draußen an die kühle Luft. Das stille, klare Ende der Nacht war angebrochen, kein Windhauch wehte, und über mir schimmerte ein seltsames Weiß, eine weiße Nacht jener Art, wie sie die alten Bilderbücher zeigten, die Kyrre mir, als ich noch kleiner war, jedes Jahr zu Weihnachten geschenkt hatte. Es war eine Welt, die für mich früher stets die *übernatürliche* gewesen war – nicht übernatürlich im Sinne dunkler Wälder oder einer felsigen Wildnis, in der Trolle lebten, eher von der Art: Romantischer, silberhaariger Junge trifft Geistermädchen am Strand. Eine Welt, in der alles schön und dem Untergang geweiht, zugleich aber eigenartig beruhigend war. Warum, wusste ich nicht, nur dachte ich an jene Geschichten stets mit einer gewissen Zärtlichkeit zurück und erinnerte mich, sie auch als Kind schon seltsam tröstlich gefunden zu haben. In den Geschichten besaßen alle einen Doppelgänger oder eine gespenstische Geliebte auf der anderen Seite einer ungenannten, unbestimmbaren Grenze, einer, die man auf keiner Land- oder Seekarte fand, über die aber von der einen zur anderen Seite reger Verkehr herrschte. Reger Verkehr und endlose Verwandlung – ich glaube, das hat mich so angezogen. Die Art, wie eines zu anderem wurde, wie eine Hand, die über das Wasser eines Sees dahinglitt, eintauchte und, wenn auch nur für einen Augenblick, die Kühle oder geisterhafte Ruhe einer angrenzenden Welt fühlte. Nicht dass ich an Geister und Trolle glaubte, und mich interessierten auch keine hübschen Prinzen oder siebte Söhne, nein: Was mir an dieser bebilderten Welt gefiel, war das, was sie über die Welt sagte, die ich bereits kannte – dass sie nämlich keineswegs so fest gefügt war, wie man mich glauben machen wollte, dass sie sich um mich herum veränderte, ständig neue Gestalt annahm. Für ein Kind hatte das etwas Verlockendes, zumindest hat es das für mich gehabt. In all den Jahren, in denen ich aufwuchs, bestand stets die Möglichkeit, dass die Welt mich überraschte, dass ich eines Morgens aufwachte und alles genauso vorfand, wie es tags zuvor gewesen, und es zugleich doch vollkommen anders war.

Ich machte mich auf den Weg zum Strand. Es tat gut, allein zu sein. Unbemerkt zu sein. In einer solchen Nacht wäre Mutter normalerweise in ihrem Atelier, und falls sie zufällig nach hinten raus aus dem großen Fenster schaute, sähe sie grünliches Landlicht über den behauenen Steinen und dem Birkenwald, nicht aber dieses silbrige Uferlicht. Das war es, was sie tun sollte. Sie sollte im Atelier stehen und das nächste Bild für die nächste Ausstellung malen; sie sollte sich ganz und gar ihrer Arbeit widmen. Frank Verne sollte wieder in Tromsø sein, und Mutter sollte ihn in jenem Augenblick vergessen haben, in dem er sich verabschiedete, so wie sie uns alle vergaß, sobald sie die Tür zum Atelier hinter sich schloss und sich allein in dem aufhielt, was mir längst ihr natürlicher Lebensraum zu sein schien. Sie hätte diesen Fremden nicht in unserem Haus übernachten lassen sollen, hätte nicht in der Tür mit ihm stehen und eine Möglichkeit erwägen sollen, die keine war. So war Mutter nicht. Nicht in Wirklichkeit. Wäre sie, wer sie *wirklich* war, würde sie jetzt vor einem neuen Bild stehen, ihm zuhören und nicht an irgendeinen Mann denken. Zuhören, aufmerksam sein, nichts zwischen sich und ihre Arbeit kommen lassen. So hatte sie es beschrieben, einmal, einer Frau, die von Tromsø herüberkam, um sie für eine Regionalzeitung zu interviewen. Sie hatte sich große Mühe gegeben, es genau zu erklären, wie alles vom Warten abhing, vom Zustand extremer Bereitschaft, das Bild kommen zu lassen, und wie schwer es ihr fiel, *nicht* zu denken, *nicht* zu wählen, *keine* Entscheidung über ihr Tun zu treffen. Sie hatte es alles sorgfältig erklärt, was hieß, dass Mutter diese Journalistin gemocht haben musste, da ihr wirklich daran gelegen hatte, von ihr verstanden zu werden – und ich weiß noch, wie amüsiert sie reagierte, als Ryvold am folgenden Samstag den Artikel mitbrachte und die Frau ihre Erklärungen entweder vergessen oder beschlossen hatte, sie mit keinem Wort in ihrem Artikel zu erwähnen. Stattdessen hatte sie über die nordische Landschaft geschrieben, über ihre Einflüsse und wie mutig es von Mutter gewesen war, die Stadt zu verlassen, um hier draußen allein zu wohnen. Ständig schrieben sie darüber, was für eine Einsiedlerin sie war, doch schien es ihr nichts auszumachen. Damals glaubte ich, mit diesem neuen Journalisten, diesem Amerikaner würde es nicht anders sein und dass Rott, Ryvold und die anderen sich eines Samstagvormittags mit Mutter bei Tee und Cremeschnitten über das lustig machen würden, was er da geschrieben hatte.

Ich folgte dem Weg hinab durch den zwischen Mutters Garten und den Wiesen gelegenen Birkenwald und überquerte anschließend die Küstenstraße. Es war eine ruhige Nacht, aber so ruhig sie auch war, ging auf dieser Straße doch stets ein leichter Wind, eine mit dem Geruch nach Meeresnebel und *Kråkebolle* gesättigte Luftströmung, die wie ein Fluss die Insel von einem zum anderen Ende durchflutete. Ich erinnere mich, wie mir dieses Windband über das Gesicht flatterte, als ich mich an der Straße nach eventuellem Verkehr umschaute. Dann lief ich über die erste Wiese und hielt mich abseits vom schmalen Pfad, der hinab zu Kyrres *Hytte* führte, da Martin Crosbie nicht denken sollte, dass ich ihm nachspionierte. Das Gras war trocken, aber so dicht und üppig und mit Wildblumen und Schatten durchflochten, dass ich anfangs langsamer wurde wie eine Badende, die im Wasser einen Sog spürt – und genau das war der Moment, in dem ich am anderen Ende der Wiese das

Mädchen sah, wie es vom Strand heraufkam. Ich hatte es erst nicht bemerkt, und einen Augenblick lang dachte ich, meine Fantasie spielte mir einen Streich – schließlich bin ich in diesen hellen Sommernächten so anfällig wie jedermann für die wunderlichen Überspanntheiten, die ich aus Kyrres alten Geschichtenbüchern kannte. Gleich darauf aber wurde mir klar, dass es Maia war. Ich hatte sie seit dem Grunnlovsdag nicht mehr gesehen, als sie mit den Jungen der Sigfridssons dem Umzug der Turniertänzer und der durch den Maischnee gleitenden amerikanischen Oldtimer zugeschaut hatte; auch davor hatte ich sie monatelang nicht gesehen, wusste aber sofort, wer sie war. Wäre ich ihr zufällig in einem Geschäft auf der Storgata begegnet, hätte ich überlegen müssen, hätte in Gedanken zurückgehen und einen Namen aus der Liste jener Mädchen meiner Klasse suchen müssen, die ich jahrelang ignoriert hatte, doch hier draußen, in diesem Meer aus Gras und Schatten, erkannte ich sie sofort. Auf mich wirkte sie, wie sie es schon immer getan hatte, und ich dachte daran, wie ich ihr einmal auf dem Flur begegnet war, wenige Tage bevor sie von der Schule abging, ein Mädchen mit kurzem Haar, federndem, burschikosem Schritt und einem leichten Schwung, der besagte, dass sie bereit war, es mit der ganzen Welt aufzunehmen. Ich weiß noch, wie traurig mich ihr Anblick an jenem Tag stimmte, denn auf mich zumindest hatte dieser burschikose, gespielt raue Schwung genau die gegenteilige Wirkung gehabt. Er ließ ihre Angst sichtbar werden, und jeder, der sie nur ein wenig aufmerksam musterte, konnte erkennen, wie aufgesetzt diese scheinbare Lebhaftigkeit war. Sie hatte an jenem Tag gelächelt, nur war mir aufgefallen, dass sie die Fäuste geballt hielt, und ihr magerer, vogelleichter Körper kam mir eher unterernährt als schlank vor. Was nicht überraschte, dachte man an die Geschichten, die man sich über ihr Zuhause erzählte. Sie tat nur draufgängerisch – und an jenem Abend, als sie so schwungvoll aus dem Nichts auftauchte, an einem Ort, an den sie offensichtlich nicht gehörte, dachte ich, dass sie sich ebenso aufgesetzt wie damals benahm, was ich nun erst recht erbärmlich fand, da sie annehmen musste, dass niemand sie sah. Und aufs Neue tat sie mir leid, denn auch wenn ich nicht davon ausging, dass sie am Grunnlovsdag zu Mats und Harald gehört hatte, auch wenn sie wie jemand ausgesehen hatte, der in die private, flachshaarige Welt der Jungen eingedrungen war, nahm ich doch an, dass sie etwas für sie empfunden hatte, eine Zärtlichkeit oder auch eine wirre, romantische Verliebtheit, die nur bedeuten konnte, dass sie sich um ihrer selbst willen so aufgesetzt benahm, dass ihr Benehmen eine Art Schmerz oder Trauer verhehlte.

Natürlich konnte ich mir nicht vorstellen, was sie verhehlte – und vielleicht war das der Grund, weshalb ich stehen blieb und mich dann abwandte, damit unsere Wege sich nicht kreuzten. Wäre ich weitergegangen, hätten wir uns mitten in diesem Meer aus Gras und Schatten getroffen, und das wollte ich plötzlich nicht. Ich wollte mich nicht aufdrängen, wollte sie nicht wissen lassen, dass ihr aufgesetztes Benehmen gesehen und durchschaut worden war, also blieb ich stehen und ging zwar nicht gerade in die Hocke, beugte mich aber doch so weit hinab, dass mein Kopf auf einer Höhe mit den hohen Gräsern war. Zugleich änderte ich die Richtung und lief, immer noch gebückt, zum Westrand der Wiese, wo sich der Grund zu einem kalten, schwarzen Bach absenkte, dessen Ufer beiderseits dichte Schleier einer staubblütigen, wasserliebenden Pflanze bedeckten, die Mutter schon oft für jene kleinen botanischen Studien und Stillleben gemalt hatte, die sie von Zeit zu Zeit zum eigenen Amüsement anfertigte. *Enghumleblomst* – ein komplizierter Name für eine derart weit verbreitete Pflanze. Die botanische Bezeichnung lautet *Geum rivale,* was sie als Verwandte jener prächtigen roten und goldenen Blumen ausweist, die in Mutters Sonnengarten wachsen, nur während jene Pflanzen in warmen, trockenen Kalkboden gehören, zeigt die einheimische Variante des Nelkenwurz stets Wasser und dicken, feuchten Schlamm an.

Eine Zeit lang kam es mir wie ein Spiel vor. Wie Verstecken etwa – eines dieser Spiele, auf die sich Kinder aus Spaß und Ernst mit anderen Kindern einlassen, Spiele, die sie, auch wenn sie nicht sonderlich viel für sie übrig haben, dennoch mitspielen müssen. Ich war mir sicher, dass Maia mich nicht gesehen hatte, da ich sie, auch als ich ihr in halb gebückter Haltung auswich, im Blick behielt – zumindest hatte ich das angenommen. Dreißig Sekunden lang, vielleicht auch länger, sah ich ihr zu, wie sie schwungvoll vom Strand den Hang hinauflief, das Gesicht leicht zur Seite gewandt, die Arme etwas angehoben, als ertastete sie sich einen Weg durch ein Kraftfeld – und dann, wenige Millisekunden später, war sie nicht mehr da. Ich habe keine Ahnung, wie es passiert ist. Ich habe sie nicht stolpern und hinfallen sehen; es gab keinen Moment, in dem sie mich bemerkt und sich ihrerseits gebückt hätte, um von mir nicht mehr gesehen zu werden, nein, in einem Augenblick war sie da, im nächsten verschwunden. Einfach lächerlich. Abrupt blieb ich stehen, richtete mich auf, suchte das dichte Gewoge von Gras und Wildblumen nach ihr ab und scherte mich nicht mehr im Mindesten darum, ob sie mich sehen konnte. Aber sie blieb verschwunden. Es war, als hätte sich die Erde aufgetan und sie verschlungen oder mir jemand einen Trick vorgeführt, wie im Kino, wenn den Filmemachern nichts Besseres einfällt, das Publikum zu betören oder zu verblüffen: Gerade noch da, im nächsten Moment fort, dabei hatte es keine Veränderung, keinen Übergang von hier nach dort gegeben, kein Verschwinden. Ich sah nach links in Richtung *Hytte* und rechnete damit, sie neben Martins Auto auftauchen zu sehen oder auf dem Weg gleich dahinter, doch da war niemand. Ich wartete auf eine Bewegung, gar ein schallendes Gelächter irgendwo im dichten Gras zwischen mir und der Stelle, an der ich Maia zuletzt gesehen hatte, denn es hätte mich nicht überrascht, hätte sie die ganze Zeit gewusst, dass ich dort war und nur so getan, als sähe sie mich nicht. Aber nichts geschah. Es war, als wäre sie nie dort gewesen – und nach einer Weile beschloss ich dann auch, dass sie es tatsächlich nie gewesen war. Es musste eine Illusion gewesen sein, eine optische Täuschung, die es mir erlaubt hatte, jene eine Person heraufzubeschwören, die den Schlüssel zum Rätsel in Händen hielt. Weshalb ich mich offenkundig blenden ließ, nicht von einem Mädchen oder einem Phantom, sondern von meiner eigenen Sensibilität und einer verstörten Zuneigung zu zwei traurigen weißblonden Jungen, von deren Vorhandensein ich bis zu diesem Augenblick nichts geahnt hatte.

* * *

Mutter war nicht die Einzige, die kein Wort mehr über die Jungen der Sigfridssons verlieren wollte. Sicher, die Leute redeten über die Ereignisse jenes Sommers, fragten sich laut, wie es zu einer solchen Tragödie kommen konnte, doch hielten sie sich nie lang mit diesem Thema auf. Sie schufen in ihren Leben Raum für unerklärliche Ereignisse, allerdings nur gerade genug, um dieses Rätsel dort unterzubringen und es dann, versehen mit einem Quäntchen Trauer und dem, was den Jungen vielleicht sonst noch gebührte, wieder zu vergessen. Natürlich handelte es sich nicht um die übliche Art des

Vergessens: Irgendwas war immer da, dort am äußersten Rand ihres Bewusstseins, so wie der Friedhof am Rand der Stadt liegt, die Grabsteine in ordentlichen Reihen aufgestellt, Namen und Daten in Goldbuchstaben gefasst und auf diese Weise in den nicht durch erzählen zu erfassenden Raum jüngster Geschichte verbannt. Der Einzige, der von dem Vorgefallenen nicht lassen konnte, war Kyrre Opdahl – die Jungen seien *geholt* worden, sagte er; in dieser Sache sei noch nicht das letzte Wort gefallen; es sei das Werk der *Huldra* – soweit ich wusste, trug er diese Theorie allerdings niemandem vor außer mir. Er sagte nicht, wer die *Huldra* war, auch wenn ich glaube, dass er damals längst zwei und zwei zusammengezählt hatte. Und was mich selbst betraf, so dachte ich nur, das sei eben typisch Kyrre. Nichts von dem, was er sagte, erklärte das Geschehene, weshalb ich für mich immer noch nach Antworten suchte. Ich hatte Maia mit den Jungen gesehen, aber das könnte bloßer Zufall gewesen sein, und selbst wenn es keiner gewesen war, machte ich mir zu jenem Zeitpunkt eher Sorgen um Maia, als dass ich mich vor ihr gefürchtet hätte. Mir war zu Ohren gekommen, dass sie nach Haralds Tod von zu Hause fortgelaufen war und sich irgendwo da draußen herumtrieb; und die Fragen, die mich plagten, drehten sich um die gewöhnlichen Tatsachen ihres alltäglichen Lebens. Wo war sie? Wo schlief sie? Was aß sie? Womit verdiente sie Geld? Ich konnte mir ungefähr denken, warum sie aus dem Haus ihrer Mutter fortgelaufen war, nur *wohin,* das blieb ein Rätsel. Dass ihr jemand ein Bett oder eine Mahlzeit anbot, fand ich unvorstellbar. Dass sie jemand bei sich aufnahm, konnte ich mir ebenso wenig vorstellen. Nur einen weiteren Tod durch Ertrinken, den fand ich vorstellbar. Ihren. Ich konnte mir auch einen dummen Todespakt unter Teenagern vorstellen, den zwei leicht zu beeinflussende Jungen und ein verwirrtes, ungeliebtes Mädchen eingegangen waren, und nun, nach dem Tod der beiden Jungen, stellte ich mir vor, wie Maia irgendwo an der Küste im Fjord trieb und die Flut erneut ein gestohlenes Boot umspülte, das Kilometer weit fort, leer, nahezu reglos, auf dem Meer dümpelte, ein Meer, so still und ungestört wie die Oberfläche eines leeren Spiegels.

* * *

Es gab Sommer, in denen staunten Kyrre Opdahls Gäste darüber, wie warm es hier oben im eisigen Norden werden konnte. Sie kamen mit Pullovern und Thermosocken, erwarteten ein kaltes, karges Land – und waren enttäuscht, wenn sie sich am Strand in T-Shirt und Sandalen spazieren gehen oder in der Tiefkühltruhe im Geschäft in Straumsbukta nach Himbeereis suchen sahen. Für uns war das anders. Unsere Winter waren dunkel und lang, weshalb wir uns oft schon weit vor Frühlingsbeginn wie unter Hausarrest fühlten. Stieg aber das Thermometer auf zwanzig, gar dreißig Grad, und das Land zwischen Strand und Wiesen war mit Enzian und *Jåblom* übersät, fiel es uns sogar nachts schwer, im Haus zu bleiben. Manchmal schien die Welt da draußen so weit und hell und die Erinnerung an die winterliche Dunkelheit so stark, dass wir einfach hinausgehen und an den Strand oder über die Wiesen laufen und uns den Kopf mit Licht füllen mussten. Daheimzubleiben und zu lesen oder fernzusehen, das wäre, als säße man im Foyer eines Theaters und läse das Programm, während nur wenige Schritte entfernt auf einer hell erleuchteten Bühne das Stück aufgeführt wurde.

Manchmal – manchmal aber regnete es auch tagelang ohne Unterbrechung. Manchmal regnete es so heftig, dass ich hören konnte, wie die Regentropfen vom Dach abprallten, ein monotones, doch seltsam angenehmes Geräusch, das mich einlullte, nicht unbedingt in den Schlaf, aber doch in einen Wachdämmer versetzte, der jenem Zustand nicht unähnlich ist, in den sich Meditierende versetzen können, eine Art körperliches Schweben, das mit einer erhöhten Aufmerksamkeit für die subtilsten Details bei Klängen und Farben einhergeht. An solchen Tagen saß ich stundenlang in meinem Zimmer oder im Sessel auf dem Treppenabsatz, tat nichts, dachte an nichts und war frei von jeglichen Vorsätzen. Ja, selbst die Frage, was ich mit meinem Leben anfangen wollte, kümmerte mich nicht, wenn ich Teil dieser abstrakten Strömung von Aufmerksamkeit war, die nicht nur mich, sondern alles um mich herum erfasste. Ich hörte nicht dem Regen zu, ich hörte gar nichts und achtete auf nichts, fand mich selbst in dieses Geräusch aber *eingeschlossen,* war untrennbar von ihm und auch von allem, was es erfasste und formte – und dann, plötzlich, nach drei, vier Stunden, in denen sich nichts auf irgendeine spürbare Weise geändert hatte, musste ich aufstehen und nach draußen vor die Tür, egal, wie stark es regnete. Es war keine Ruhelosigkeit, die mich hinauszog, keine Ungeduld mit dem Wetter, eher ein Gefühl, bis zum Überquellen angefüllt zu sein, nach draußen gehen und etwas von dieser Spannung ableiten zu müssen, die sich in meinen Händen und hinter meinen Augen aufgebaut hatte. Saß ich eben noch im Sessel mit einem ungelesenen Buch im Schoß, lief ich im nächsten Augenblick bereits in Mantel und Stiefeln die Treppe hinab, ohne mich erinnern zu können, etwas entschieden zu haben, und der Wind blies mir durch die offene Tür den frischen, kalten Geruch nach Regen ins Gesicht.

So war es auch, einige Tage nachdem Kyrre mir von Harald erzählt hatte: Ich hatte den ganzen Vormittag dagesessen und einem Regen zugehört, der nie mehr enden zu wollen schien, hatte es dann nicht länger ausgehalten, mir den Mantel angezogen und war hinaus in die nasse Welt und über die Wiesen hinab zum Strand gelaufen. Ich glaube, ich habe an Mutter und Frank Verne gedacht, vielleicht auch an das, was den Jungen der Sigfridssons passiert war, weshalb ich Martin Crosbie erst im allerletzten Augenblick entdeckte. Seit unserem Gespräch hatte ich ihn zwar dann und wann über die Wiesen spazieren sehen, trotzdem aber kaum mehr einen Gedanken an ihn verschwendet, und ich muss gestehen, dass ich an jenem Tag, als ich in dem dichten, herrlichen Regen ans Meer lief, fast vergessen hatte, dass es ihn gab. Folglich war ich ziemlich verblüfft, als ich aufblickte und ihn da mitten auf dem Weg stehen sah – und ich spürte, dass es ihn amüsierte, mich wieder einmal überrascht zu haben. Er ließ sich seine Gefühle anmerken, begriff dann aber, oder meinte doch zu begreifen, dass irgendwas nicht stimmte, woraufhin sich seine Haltung änderte. »Hallo«, sagte er. Ich erwiderte seinen Gruß, obwohl ich eigentlich keine Gesellschaft wollte. Martin Crosbie lächelte, doch nahm ich in diesem Lächeln zu viel Mitgefühl wahr, zu viel vermeintliche Kameraderie. »Was treiben Sie nur hier draußen in diesem Regen?«, fragte er.

»Dasselbe könnte ich Sie fragen.«

Das ließ ihn erneut lächeln. Ich dachte, wäre ich ein wenig mädchenhafter gewesen, hätte ihm das besser gefallen. Etwas kindlicher. Er wollte jemand Jüngeren, damit er sich entsprechend benehmen und sich für erwachsen halten konnte. Das dachte ich damals jedenfalls. »Ach, mir macht der Regen nichts aus«, sagte er. »Ich freue mich fast darüber.«

»Wirklich?«

»Er erinnert mich an zu Hause.« Martin Crosbie lächelte.

»Außerdem bin ich dieses Licht noch nicht gewohnt. Ich habe nicht geahnt, dass ich so viel wahrnehmen würde; es ist wirklich überwältigend.«

»Tja«, erwiderte ich, zurück auf vertrautem Terrain. »Dass Sie schlecht schlafen, hab ich ja schon bei unserer letzten Begegnung vermutet.« Ich dachte daran zurück. War er damals betrunken gewesen? Übermüdet? Ein wenig von beidem? »Das Problem ist hier nicht gerade selten.«

Er schien verwirrt. »Welches Problem?«

»Schlaflosigkeit.«

»Ach was«, sagte er und wirkte ehrlich überrascht, obwohl offensichtlich war, wie schlecht er schlief. Ich sah es seinen Augen an. »Nein, das ist es nicht. Ich schlafe schon, jedenfalls hin und wieder, aber selbst wenn es mir gut geht, schlafe ich nicht besonders. Ruhe bekomme ich zumindest genug. Nur …« Er brach ab und blickte zum Himmel auf. »Ich weiß nicht. Es ist so seltsam. Dieses Licht. Dabei habe ich Bescheid gewusst. Habe es sogar erwartet. Nur eben anders.« Er lächelte und wiegte den Kopf. »Eigenartig, nicht? Da kann man eine Beschreibung in einem Buch lesen oder einen Film sehen und wird doch von allem überrascht.«

»Von allem?« Ich fragte mich, was ihn noch überrascht hatte.

»Eigentlich überrascht mich aber nicht das Licht oder die Gegend«, sagte er, als könnte er meine Gedanken lesen, »sondern ich mich selbst. Die Art, wie ich hier bin. Dabei weiß ich, ehrlich gesagt, nicht einmal genau, ob ich tatsächlich hier bin. Vielleicht träume ich dies alles nur …«

»Machen Sie sich mal keine Sorgen«, erwiderte ich. »Würden Sie dies alles nur träumen, wäre ich jemand in Ihrem Traum, und ich kann Ihnen versichern, ich bin leibhaftig da.«

Er lachte leise. Eine Spur Traurigkeit klang in diesem Lachen mit, so als suchte ihn eine Erinnerung an glücklichere Zeiten heim. »Das antwortet Alice auch Zwiddeldum«, sagte er. »In *Alice im Wunderland.* Oder war es in *Alice hinter den Spiegeln*? Ich bringe die immer durcheinander.«

Er warf mir einen fragenden Blick zu, doch ich schüttelte den Kopf. Ich wusste, was er meinte – nicht in *Wunderland,* sondern in *Hinter den Spiegeln* trifft Alice auf Zwiddeldum, und Zwiddeldei beginnt zu weinen, als die beiden ihr den unter einem Baum schlafenden Roten König zeigen und behaupten, Alice sei nur eine Gestalt im Traum des Königs. Was ich immer komisch fand, weil ich wusste, ich hätte nicht geweint. Keine Träne. Ich wusste, ich war echt, so wie Alice hätte wissen sollen, dass, falls denn überhaupt jemand träumte, sie diejenige war, die sich all dies erdachte, den Roten König, die Krähen, die dummen, übergroßen Jungen, den Wald, in dem nichts einen Namen besaß. Die waren in *ihrem* Traum – und *das* hätte ihr zu denken geben sollen. Ich mochte die *Alice*-Bücher, kannte *Wunderland* aber besser, zumindest gefiel es mir besser als das Buch mit den Schachfiguren und gespiegelten Dingen. Mit Lewis Carroll habe ich Englisch gelernt; ich habe seine Bücher gelesen, Mutter hat sie mir erklärt, und ich habe sie viele Male gehört. Schon von klein auf wurde mir daraus vorgelesen, und zwar aus einer in England gekauften Ausgabe, einem alten, illustrierten, von Ward, Lock & Co. 1916 veröffentlichten Buch, aus dem Mutter immer und immer wieder las, bis ich ganze Abschnitte Wort für Wort kannte und sie zu ihrer Freude auswendig aufsagte. Es ist Jahre her, seit ich zuletzt einen Blick hineingeworfen habe. All diese Bücher meiner Kindheit, Geschichten aus der ganzen Welt, Märchen aus Frankreich und Spanien, die Schlacht der Kauravas mit den Pandavas in einer wunderschön illustrierten Ausgabe des *Mahabharata,* die Mutter in einem Secondhandladen in Lincoln fand, die alten norwegischen Legenden von Trollen und gespenstischen Frauen – es ist Jahre her, doch erinnere ich mich noch an die Bilder in dem alten *Alice*-Buch, an die verrückten Tiere in ihren komischen Kostümen. Vater Martin mit Anglerstiefeln und blauem Pullover, der einen überrascht dreinblickenden Aal auf der Nasenspitze balanciert, die Froschlakaien mit Dreispitz und rosarotem Frack. Ich erinnerte mich und wollte das sagen, war mir aber nicht sicher, ob ich wirklich verstand, was Martin Crosbie meinte, denn diese Alice-Geschichten hatten nie bewirkt, dass ich mich verträumt oder unwirklich fühlte. Ganz und gar nicht.

»Nun«, sagte ich mit einem Blick in den Regen. »*Dies* ist wohl kaum ein Traum.« Mir war klar, wie lahm das klang, nur wusste ich nicht, was ich sonst sagen sollte: Ich fand, auf einer gewissen Ebene sollte es ein Spiel bleiben, all dies Gerede von Träumen und vom Verschwinden, und doch hätte ich in dem Moment kaum zu sagen vermocht, ob es auch stimmte.

Er nickte, erwiderte aber nichts. Stattdessen drehte er sich um und schaute mit einem seltsam rätselhaften Lächeln auf den Fjord hinaus. Da ging mir auf, dass er recht hatte, dass Schlaflosigkeit tatsächlich nicht sein Problem war. Sein Problem hatte nichts mit dem Licht oder dieser Gegend zu tun, auch nicht damit, dass er so weit von daheim fort war. Er hatte dieses Problem bereits gehabt, ehe er herkam, und plötzlich begriff ich, dass er mehr über dessen wahre Natur wusste, als er zugeben wollte. »Sicher haben Sie recht«, sagte er. »Trotzdem bin ich irgendwie davon überzeugt, dass es nur die kleinste Anstrengung bräuchte, um dahinzuschwinden, auf diese Wiese hinauszugehen und sich einfach in Luft aufzulösen.«

»Ja«, erwiderte ich. Das Wort »Anstrengung« beunruhigte mich. »Aber warum sollten Sie das wollen?«

Er wandte sich wieder mir zu – und wechselte im selben Moment in eine andere Gemütsverfassung, in eine Art duldsame Normalität. »Tut mir leid. Ich rede Unsinn. Das mache ich ziemlich oft.«

Ich schüttelte den Kopf. Er gab sich tapfer, aber ich merkte ihm an, wie verschreckt er war. Natürlich fand er das peinlich, nur gab es da was im Hintergrund, und weil er es spürte, musste er es kleinreden. Dieses Gefühl kannte ich, auch wenn es für mich sicherlich leichter zu ertragen war. Meist hatte es mit Hören zu tun – im heftigen Wind hört man draußen auf den Wiesen oder am Strand alles Mögliche. Stimmen, die aus der Nähe rufen, seltsam flüchtige Tierlaute im Gras; ein weinendes Baby nur einen Steinwurf weit entfernt in einer Sandverwehung oder tief im Schatten, dort, wo man es nie finden würde, wie lang und angestrengt man auch danach suchte. Manchmal hörte ich diese Geräusche tagelang; manchmal drangen sie während einer dieser weißen Nächte sogar ins Haus und weckten mich plötzlich aus meinem Halbschlummer – am lautesten aber waren sie unten am Strand, da, wo die *Hytte* auf ihrer in den Fjord hinausragenden Landzunge steht, ein Ort, der sich für Seeschwalben und Austernfänger eher eignet als für eine menschliche Behausung. Ich konnte mir denken, dass er da unten allerhand hörte, im Wind und in der Stille, wenn der Schlaf nicht kommen wollte und es ihm um drei Uhr morgens im Sommerlicht gelang, sich einzureden, dass er bestimmt nie wieder schlafen würde. Es würde Zeiten geben, in denen er wirklich glaubte, dass er eine schauderhafte Kreatur mit eigenem Leben, eigenen Absichten hörte; selbst in jenen hellen, klaren Nächten, die in Touristenbroschüren so idyllisch beschrieben werden, ließ sich ein merkwürdiges Rascheln hören, ein fernes Pfeifen, ein unbestimmter Gesang draußen über dem Wasser. Ich habe mein

Leben lang hier gewohnt und bin mir nun sicher, dass ich nie mehr fortziehen werde, doch manchmal erwischt es mich immer noch. Es gibt Nächte, in denen ich zutiefst davon überzeugt bin, nie wieder schlafen zu können, und ich höre Geister am Fenster, die meine Verdammnis herbeisingen. Ich weiß nicht, was ich ohne sie anfangen würde. »Sie müssen auf sich Acht geben«, sagte ich. »Ehrlich, es braucht eine Weile, sich an diese weißen Nächte zu gewöhnen.«

Er stieß ein kurzes, hartes Lachen aus, dann machte er eine abwehrende Geste. »Ach was, mir geht es gut. Ganz bestimmt. Ich war schon immer ein wenig ...« Er dachte einen Moment nach, gab dann aber auf, die richtigen Worte zu suchen. Er lächelte. »Langweilen Sie sich denn nie?«, fragte er. »Viel zu tun gibt es hier doch nicht ...«

»Nein, ich langweile mich nie.«

»Und was *tun* Sie dann so?« Er strahlte – ein gezwungenes, künstliches Strahlen. »Bestimmt haben Sie irgendwo einen Freund, oder?«

Ich schüttelte den Kopf. »Nein«, sagte ich. »Haben Sie eine Freundin?«

Er lachte – und da wirkte sein Strahlen beinahe echt. »Tja«, sagte er. »Wir können hier nicht endlos herumstehen und nass werden. Warum kommen Sie nicht auf eine Tasse Tee zu mir?«

»Geht nicht«, sagte ich. »Vielleicht ein andermal.«

»Ach, bitte«, beharrte er. »Ich habe auch Kuchen.« Er lächelte immer noch, doch lag ein Ernst in seinem Blick, der mich ins Schwanken brachte. Natürlich wollte ich keinen Tee mit ihm trinken. Allerdings war ich mir in diesem Moment nicht mehr sicher, was ich eigentlich von ihm hielt: Da war eine Abneigung, gewiss, nur konnte ich nicht leugnen, dass ich mich zu fragen begann, ob er nicht doch ein lohnendes Objekt für meine Beobachtungen wäre. Ich glaube, schon damals spürte ich, dass da etwas in seinem Charakter war – ein eigenartiger Makel, womöglich auch ein extremes Begehren, eine Sentimentalität, die er nur verbergen konnte, weil sie so unwahrscheinlich schien – und das interessierte mich. Interessierte mich immerhin so sehr, dass ich nachzugeben begann, nicht ihm, doch einer möglichen Geschichte. »Na ja«, sagte ich, »lang bleiben kann ich nicht …«

»Das macht nichts«, sagte er, und es war nicht zu übersehen, wie sehr er sich freute, dass ich seine Einladung angenommen hatte. Er gestattete sich sogar ein leises, glückliches Lachen, trotzdem spürte ich, dass da noch mehr war. Einsamkeit vielleicht oder Angst – und auch wenn ich es nicht erklären kann, überfiel mich, während er sich umdrehte und zurück zu seinem Häuschen am Strand ging, fast eine Art Vorahnung, dass ihm etwas Schlimmes zustoßen würde und er in einem dunklen Winkel seines Hirns bereits wusste, was auf ihn zukam.

* * *

Martin Crosbie stand zu seinem Wort; er hatte tatsächlich Kuchen, sogar aus England mitgebrachte Butterkekse und eine Schachtel Gebäck, all das schon auf dem Tisch bereitgestellt, als hätte er jemanden erwartet – und vielleicht hatte er das auch. Vielleicht hatten wir uns gar nicht zufällig getroffen. Vielleicht hatte er mich den Weg herunterkommen sehen und war in den Regen geeilt, um mich abzufangen. Bloß warum? Warum dieser Aufwand, nur damit ich kam und Tee mit ihm trank? Während wir in der Tür der *Hytte* standen und unsere nassen Mäntel abstreiften, sah ich hinüber zum gedeckten Tisch am Fenster, und ich weiß noch, dass ich dachte, wenn Martin Crosbie zu der Sorte Mensch gehört, die mit sich allein nicht gut zurechtkommt, dann hat er einen großen Fehler begangen, als er nach Kvaløya kam – was nur verrät, wie ahnungslos ich war. Er tat mir nämlich leid, jedenfalls ein wenig. Ihm lag so viel daran, ein guter Gastgeber zu sein, und er war so aufmerksam und rücksichtsvoll, als wir uns setzten, dass er sich bestimmt genauso steif und unbehaglich fühlte wie ich mich selbst. Das Problem war nur, dass er, sobald wir drinnen waren, nicht mehr viel zu sagen hatte, weshalb wir lang einfach stumm dasaßen und versuchten, nicht allzu verlegen dreinzublicken. Als ich mich auf der Suche nach einem möglichen Gesprächsthema umblickte, entdeckte ich ein Buch auf dem Tisch. Es war dasselbe Stück von Ibsen, das er in der Hand gehalten hatte, als er vorgab, T. S. Eliot zu lesen, allerdings nicht dieselbe Ausgabe. Diese hier war in Norwegisch. *En folkefiende.*

Ich schaute ihn überrascht an. »Sie sprechen Norwegisch?«

Einen Moment schien er verwirrt, dann fiel ihm auf, dass ich zum Buch hinübersah. »Ach das«, sagte er und lächelte – entschuldigend, wie ich fand. »Ich bin dabei, es zu lernen.«

»Zu lernen?« Diesmal war ich diejenige, die lächelte. »Mit Ibsen?«

»Warum nicht? Er ist ein Meister der Sprache, oder nicht?«

»Sicher«, sagte ich, »aber *En folkefiende* ist wohl kaum das beste Buch, um damit anzufangen.« Wir hatten das Stück in der Schule durchgenommen; die Sprache war klar, für einen Anfänger aber viel zu schwierig. »Haben Sie nichts Einfacheres?«

Langsam schüttelte er den Kopf. »Ich habe *Rosmersholm* und das da, beide aus einem Laden unweit eines Gletschers irgendwo in den Fjorden im Westen.« Er beugte sich vor und griff nach dem Buch. »Ich habe es auf Englisch gelesen«, fuhr er fort. »Und jetzt versuche ich, es im Original zu verstehen. Ich lese es, dann schreibe ich mir die Wörter heraus, und dann …« Er schlug das Buch auf den letzten Seiten auf und hielt es hoch wie ein Schauspieler bei der Probe. »›*Sagen en den*‹«, las er vor, »›*ser I, at den staerkeste mand i verden, det er han, som står mest alene.*‹« Er schaute mich an und gab sich keine Mühe, seinen Stolz zu verbergen. Der Akzent war grauenhaft. »Also, das heißt – ›Ihr seht, der ist der stärkste Mann der Welt‹ – damit ist er gemeint, Stockmann – ›der allein steht.‹« Er lächelte. »Stimmt's?«

Ich nickte, um ihm zu zeigen, wie beeindruckt ich war – und das war ich tatsächlich. Es war die seltsamste Art, eine Sprache zu lernen, von der ich je gehört hatte, nur glaubte ich nicht, dass ihm wirklich daran lag, Norwegisch zu können. Er spielte ein Spiel, vertrieb sich die Zeit – und was wäre besser, sich die Zeit zu vertreiben, als diese unbeholfene, mühselige Art zu lernen? »Aha«, sagte ich, »*En folkefiende* hat Ihnen also gefallen. Nehme ich jedenfalls an, da Sie es bis zu Ende gelesen haben. Und was ist mit *Rosmersholm?*«

Er gab erst keine Antwort, dann schlug er das Buch zu und lehnte sich auf seinem Stuhl zurück. »Ich hab's noch nicht angefangen«, sagte er. »Ist es gut?«

»Ich mag's«, antwortete ich, »aber mein Lieblingsstück ist *Vildanden.*«

Seine Miene hellte sich auf. »*Die Wildente.*«

»*Exakt!*«, rief ich. »Sie kennen es?«

»Ich hab's gelesen, aber nur auf Englisch.«

Ich lachte. Er schien zu glauben, es zähle irgendwie nicht richtig, wenn er den Text auf Englisch las, wohl aber, wenn er das Original Wort für Wort durcharbeitete und sich seine Version zusammenschusterte – inklusive aller Missverständnisse und der schlechten Aussprache.

»Das hole ich mir als Nächstes. Wenn es Ihr Lieblingsstück ist, muss es das beste sein.« Er wirkte jetzt glücklich, auch wenn seiner Zufriedenheit etwas Merkwürdiges anhaftete, etwas spürbar Fiebriges. Er schaute sich um. »Möchten Sie noch ein wenig Tee?«

Ich schüttelte den Kopf.

»Noch einen Kuchen?«

»Ich bin satt, danke.«

Er stand auf und ging in die kleine Küche zum Kühlschrank neben der Tür. »Ich habe *Solo* da«, sagte er. »Falls Ihnen das lieber ist.«

Ich gab keine Antwort, jedenfalls nicht sofort. Während wir uns unterhielten, hatte ich eine Zeit lang meine Vorahnungen vergessen, jetzt aber kehrten sie zurück, und ich spürte deutlicher als zuvor, dass etwas Schlimmes bevorstand. Nur wusste ich nicht, was es war, und eine Zeit lang zweifelte ich, ob Martin Crosbie dieses Schlimme widerfahren oder er jemand anderem Schlimmes antun würde – jemandem, der so ahnungslos und verzweifelt war wie er selbst. Er öffnete den Kühlschrank und nahm eine Flasche heraus. »Möchten Sie eine *Solo*?«

Ich mochte *Solo* nicht besonders – das Getränk war mir zu süß –, doch aus Gründen, die wohl etwas mit Mitleid zu tun hatten, vielleicht auch mit Angst, wollte ich sein Angebot nicht ausschlagen. Übrigens ängstigte ich mich nicht vor ihm: Ich hatte eher Angst *um* ihn, da sich in diesem Augenblick eine gänzlich unerwartete Verzweiflung auf seinem Gesicht zeigte. Verzweiflung und auch Furcht. Er fürchtete sich vor etwas – nur wusste ich nicht wovor, und vielleicht wusste er es selbst nicht. »Danke«, sagte ich. »Gern.«

* * *

Ich war nicht zu Hause, als am nächsten Morgen der zweite Brief kam. Frank Verne war inzwischen wieder abgereist. Er war nur jene eine Nacht geblieben und hatte sich mit Mutter dann noch einmal in Tromsø getroffen, ehe er dahin zurückfuhr, wohin er gehörte, um seinen Artikel zu schreiben. Ich fragte mich, wie Mutter seine Abreise aufnehmen würde, hätte mir aber keine Sorgen zu machen brauchen. Nur Stunden später steckte sie wieder im Atelier, vergrub sich in ihre Arbeit und tat, als wäre nichts passiert. Natürlich begriff ich später, dass ich mich irrte, als ich glaubte, Frank Vernes Abreise würde sie nicht weiter berühren, doch damals wusste ich davon nichts. Was Mutter tat, stellte ich nie infrage – und ich fürchte, ich glaubte, ein Recht dazu zu haben; schließlich war ich ihre Tochter. Eine absurde Einstellung, was mir damals allerdings nicht klar war. Trotzdem muss ich zugeben, dass ich mir um Kyrre Opdahl größere Sorgen als um Mutter machte, weshalb ich an jenem Morgen zu ihm lief, um ein altes Kinderbuch zurückzubringen, das er mir geliehen hatte. Ich hatte es monatelang behalten, nicht um darin zu lesen, sondern um mir die Bilder anzusehen, die eine perfekte, traditionelle Weihnacht mit Kerzen, Stechpalmenkranz und Melone tragenden Laternenanzünder auf kalten, grauen Straßen zeigten, kurz bevor der erste Schnee fiel. Es hieß *Peters Jul*, ein dänisches Buch aus der Mitte des neunzehnten Jahrhunderts; Kyrre hatte mich eines Tages in seinem Haus darin blättern sehen und darauf bestanden, dass ich es mitnahm.

»Vergiss die Verse«, sagte er. »Die sind nicht weiter wichtig, aber die Bilder lohnen sich.« Er lieh mir gern Bücher, da er wusste, wie ich es liebte, mir die alten Illustrationen anzuschauen, aber auch, weil er wollte, dass ich Interesse an der Kunst um ihrer selbst willen entwickelte, nicht nur, weil ich die Tochter einer Malerin war. »Du hast für so etwas ein gutes Auge«, sagte er oft, wenn er ein paar alte Bücher oder Drucke beim Herumwühlen in einer der großen Wäschekisten in seinem leer stehenden Zimmer gefunden hatte. »Schau sie dir an und sag mir, was du davon hältst.«

Dieses leer stehende, halbdunkle Zimmer war für mich seit frühester Kindheit etwas Besonderes. Es war groß und steckte wie die verborgene Räuberhöhle in einem alten Zauberermärchen voll seltsamer Schätze. Kyrre Opdahl lebte schon lang allein, und über die Jahre hatte er haufenweise merkwürdigen, manchmal auch schönen Ramsch gesammelt – alte Maschinenteile und Uhrenlaufwerke, gewiss, aber die waren nur der Anfang. In diesem leer stehenden Zimmer, das ich nach Belieben durchstöbern durfte, fand ich Kisten mit altem, handbemaltem oder mit dicken Lamettastreifen behängtem Weihnachtsbaumschmuck; es gab Fahrpläne für lang vergessene Fähren, Gläser mit Nägeln und ungewöhnlichen Muttern oder Schrauben, die fortzuwerfen er nicht übers Herz brachte, ein Gewirr aus Kupferkabeln und alten Angelleinen, Schuhkartons mit Puppen und Puppenköpfen aus der Zeit, als er noch Spielzeug machte und reparierte. Es gab Glasscheiben und Blechbüchsen mit Angelhaken und Ködern; in einer reichlich mitgenommenen Wäschekiste lag ein Stapel sonnengebleichter Alben und vergilbter Briefumschläge, randvoll mit alten Zeitungsausschnitten und körnigen Schwarzweißfotos von Leuten, die ich nie zuvor gesehen hatte, deren Namen aber vermutlich mit einigen Namen auf dem alten Friedhof in Tromsø übereinstimmten; Menschen mit uralten, derart tief gekerbten und verwitterten Gesichtern, dass sich kaum sagen ließ, ob sie Frauen oder Männern gehörten, stocksteif dastehende Jungen, die im Sonntagsanzug in die Kamera blickten und sich Mühe gaben, blasiert zu wirken, hübsche Mädchen, die zu alten Schwestern oder Tanten heranwuchsen. Das Beste aber war das lange Regal mit Kinderbüchern, von denen einige selten und sicher auch wertvoll, andere stockfleckig und ziemlich zerfleddert waren. Ohne Rücksicht auf ihren Zustand standen sie Seite an Seite, und Kyrre schienen sie alle gleich wichtig zu sein, wenn auch nicht *so* wichtig, dass es ihn störte, wenn ich eines mitnahm und manchmal wochen-, ja monatelang behielt. Allerdings war ich zu jung, um zu begreifen, wie wichtig sie ihm wirklich waren. *Peters Jul* blieb nicht das beste Buch, das er mir auslieh, doch fand sich darin das wunderschöne, grauweiße Bild einer Straße mit Kirchturm und schneebedeckten Dächern, in dem winzige Figuren auf einem Feld von makellosem Weiß ihren alltäglichen Beschäftigungen nachgingen, unbekümmert, isoliert und immun gegen den Gang der Zeit.

Ich glaube, das war es, was ich an diesen Büchern liebte: Sie kannten keine Zeit.

»Ach«, sagte er, als er das Buch in meiner Hand sah, und tat überrascht, weil ich daran gedacht hatte, es ihm zurückzubringen. Ich wusste, er hielt die Bücher nicht für Leihgaben, und ich achtete stets darauf, sie in gutem Zustand wieder bei ihm abzuliefern. »*Peters Jul.*« Er nahm mir das Buch ab, hielt es auf Armeslänge von sich und betrachtete liebevoll den Einband. »Hat es dir gefallen?« Wie der komische Opa in einem alten Film schob er sich die Brille auf die Nasenspitze, schlug das Buch auf und begann zu lesen:

»Det er den danske moder,
hvem bagen bliver sendt;
og, hvorom vi vil bede,
det ved hun vist omtrent ...«

Er verstummte. »Erinnerst du dich?«

»Nar hun blot den vil vise
sin datter og sin pog,
da bliver rigt og proegtigt …«

Ich schüttelte den Kopf. »Du hast mir doch gesagt, ich bräuchte die Reime nicht zu lesen.«

»Hab ich das?«

»Ja.«

Er schielte mich ernst über den Buchrand an. »Und du hast natürlich genau das getan, was dir gesagt wurde«, erwiderte er. »Wie immer.«

Ich lächelte. »Natürlich, du weißt doch, dass ich mich an deinen Rat halte.«

Er spitzte die Lippen und fuhr fort:

»Hvert billed I vor bog,
og, dersom hun vil laese
den simple, ringe sang,
ja, sa far verset vinger
ved hendes stemmes klang;
thi end bestadnig gaelder
de gamle, gyldne ord…«

»Ich weiß noch, wie deine Mutter dir das vorgelesen hat«, sagte er. »Da warst du sehr klein.«

»Quatsch, weißt du nicht.«

Die Worte platzten mir etwas zu scharf heraus, aber ihm schien es nichts auszumachen. Er lächelte. »O doch. Als du zum ersten Mal zu mir gekommen bist. Sie hat schon immer eine schöne Stimme gehabt, deine Mutter.«

Ich glaubte ihm wirklich kein Wort, da ich mich nicht daran erinnern konnte, dass Mutter mir Kinderbücher vorgelesen hätte, nur englische Klassiker wie Lewis Carroll und Dickens' Weihnachtsromane. Und wenn sie auf Norwegisch vorlas, entschied sie sich stets für Erwachsenengeschichten über Wikinger oder griechische Sagen und Mythen aus ihrer eigenen Bibliothek. Sie hat mich nie wie ein Baby behandelt, hat nie rührselige alte Reime über Mutter und Kind zitiert. »Warum sollte sie mir aus einem dänischen Buch vorlesen?«, fragte ich. »Das ist für sie doch viel zu sentimental …«

Er ließ das Buch zuschnappen. »*Akkurat*«, sagte er, »aber sie hat es trotzdem gelesen.«

In diesem Moment war ich versucht, ihn zu fragen, was denn zwischen ihnen vorgefallen war, damals, als er aufhörte, so oft in unser Haus zu kommen, doch schien er plötzlich in Gedanken versunken. In Gedanken oder Erinnerungen. »Was ist?«, fragte ich.

Er schaute mich an. »Hm?«

»Du musstest an was denken …«

»Ach so«, er lächelte und schüttelte den Kopf. Nicht traurig. Kein bisschen traurig, dachte ich. »Nein, jedenfalls an nichts Bestimmtes. Es ist nur … ich sehe sie immer vor mir, wenn ich diese Verse lese.« Seine Augen strahlten, und er sah so glücklich aus wie schon lange nicht mehr. So glücklich wie ein betagter gläubiger Mann, der am Sonntagmorgen aus der Kirche kommt. »Diese alten, goldenen Worte haben ihre Kraft bis heute behalten.«

Ich wiegte den Kopf. »Du hast mir doch gesagt, ich soll den Text nicht lesen«, erwiderte ich – und schämte mich im selben Moment, als hätte ich irgendwas Blasphemisches gesagt.

Er aber hatte mich gar nicht gehört. »Ich weiß es noch, als wäre es gestern gewesen«, sagte er, und ich merkte ihm an, dass er in Gedanken bei Mutter war, weit fort, in einer anderen Zeit, an einem anderen Ort, doch hatte ich meine Gelegenheit verpasst, und jetzt war ich mir nicht einmal mehr sicher, ob ich es wirklich wissen wollte.

* * *

Als ich nach Hause kam, lag auf dem Küchentisch ein kleines, adrettes, auf herkömmliche Weise in dickes, braunes Papier geschlagenes und mit einer weißen Schnur umwickeltes Päckchen, darin ein Buch: *Zu Fuß nach Patagonien* von Arild Frederiksen. Es enthielt keine Widmung, doch lag zwischen Buchdeckel und schlichtem, dunklem Vorsatzblatt ein Umschlag mit einer einzigen, getippten Seite von Kate Thompson. Ganz wie der vorherige Brief, nur mit dem Unterschied, dass sie in diesem Schreiben fragte – derart behutsam formuliert, dass sie überhaupt nichts zu erbitten schien –, ob ich nicht in Betracht ziehen könnte, besagten Arild Frederiksen zu besuchen, der immer noch im Krankenhaus liege. *Ich weiß, dies kann nicht einfach für Sie sein,* schrieb Kate Thompson, *und ich erwarte auch nicht, dass Sie alles stehen und liegen lassen und gleich hereilen, doch würde es ihm wirklich sehr viel bedeuten, wenn Sie bald kommen könnten. Ich besorge Ihnen auch gern eine Unterkunft und komme natürlich für die Flugkosten auf; es liegt ihm wirklich viel daran, dass Sie ihn besuchen.*

Ich steckte den Brief zurück in den Umschlag und legte ihn wieder ins Buch. Eigentlich war ich nicht besonders überrascht. Ich hatte von Anfang an gewusst, dass dies irgendwohin führen würde, und was läge näher als ein Treffen? Mich überraschte nur, dass die Bitte so bald kam, vor allem, wenn man bedenkt, dass ich auf Kate Thompsons ersten Brief gar nicht geantwortet hatte. Und noch stärker überraschte mich ihre Annahme, dass ich meinen Vater sehen *wollte*, dass ich zumindest neugierig auf ihn war, darauf, was für ein Mensch er wohl sein mochte. Ich war aber gar nicht neugierig. Nicht im Mindesten. Ich wollte nichts über ihn wissen. Ich drehte und wendete das Buch. Es war ein schweres, in Leinen gebundenes Werk mit einer Deckblattillustration, die einen Vogelschwarm – was für Vögel, konnte ich nicht erkennen – über einer weiten, leeren Landschaft zeigte; auf der Innenseite des hinteren Einschlags entdeckte ich ein Schwarzweißfoto des Autors. Arild Frederiksen war ein jungenhafter, selbstbewusster Mann um die dreißig – zumindest war er das einmal gewesen – mit schmutzigblondem, ziemlich langem, aus dem Gesicht gekämmtem Haar, eine Frisur, die mich an Aufnahmen von französischen Intellektuellen aus den sechziger Jahren erinnerte. Er lächelte nicht, wirkte aber auch nicht sonderlich ernst. Am ehesten sah er noch wie jemand aus, der sich bemühte, nicht bei dem Gedanken zu lachen, dass er für ein Autorenfoto posieren sollte. Nur war das nicht weiter wichtig angesichts der offenkundigen Ähnlichkeit, die ich in seinem Gesicht mit jenem Gesicht entdeckte, das mir tagtäglich aus dem Spiegel entgegensah, und mit einem leisen Anflug von Entsetzen wurde mir klar: Es bestand kein Zweifel daran, dass er mein Vater war. Nicht der geringste Zweifel, und deshalb habe ich den Brief Mutter gezeigt.

* * *

Mutter war im Garten. Seit Frank Vernes Abreise hatte sie beinahe unablässig gemalt, doch gönnte sie sich jetzt eine Pause im lang gezogenen Steingarten an der Haussüdseite, zupfte Unkraut und genoss die Sonne. Eine mit sich und der Welt zufriedene Frau. Der Steingarten war ihr Lieblingsort, vielleicht weil es so viel Zeit und Mühe gekostet hatte, ihn anzulegen. Hier wuchsen die schönsten Blumen in einem Pflanzschema, das sich vom warmen, schwefligen Gelb und Gold über das Orange des Türkenmohns und der Steingartenrosen zum Feuerrot und Purpur der Prunkwinde erstreckte. In manchen Jahren zerstörte der Wind diesen Effekt, und es hielten sich in den tiefsten Nischen der Kalksteinplatten nur Andeutungen und Ahnungen ihrer Farbtöne, doch obwohl Mutter so viel im Atelier arbeitete, war der Garten in diesem Jahr perfekt. Heute, da ihre Vorlieben sich geändert haben, wachsen bei uns mehr alpine Pflanzen, winziger Steinbrech von hohen Geröllfeldern und arktischer Mohn, der in kühlen Winkeln zwischen den Steinen gedeiht. Aber hin und wieder lässt sich auch noch der eine andere auffällige, selbst ausgesäte Exot blicken und hält sich einige Wochen, ehe er wieder in die Erde versinkt, um nie mehr gesehen zu werden. Samen können jahrelang in diesem Boden überdauern und die richtigen Bedingungen für ihre Entwicklung abwarten, weshalb Mutter und ich heute oft gemeinsam nach überraschenden Blüten Ausschau halten und uns beim Frühstück oder Morgenkaffee darauf aufmerksam machen. Das ist eine große Veränderung gegenüber früher, dabei könnte ich nicht genau sagen, wann sie eingesetzt hat, auch wenn ich mir im Nachhinein ziemlich sicher bin, dass sie irgendwas mit den Vorfällen in jenem Sommer zu tun hat. In dem Jahr fanden wir zusammen, obwohl es schien, als würden wir alles andere und alle anderen verlieren. Frank Verne, Kyrre Opdahl, die Freier. Auch das, was man bei mir für Unschuld hielt und bei ihr für Schönheit. In meinen Augen blieb sie allerdings schön wie eh und je, wenn auch ihre Schönheit nun, da sie wie eine echte Einsiedlerin lebt, von anderer Art ist. Eine private Schönheit, die dem nicht unähnlich ist, was ich für meine private Art gewonnener Unschuld halte.

Ich fand einen großen, breiten Felsbrocken am Ende einer

Reihe von Steinen, die wie eine Bergkette *en miniature* von Ost nach West quer durch den Garten bis hinab zu den behauenen Steinen beim Birkenwald verlief. Es war der wärmste Platz im Garten, und ich saß oft hier, vor allem an Tagen, wenn es nach einem Schauer noch warm war und der Geruch nach frischem Regen und Lehm in der Luft hing. Mutter bewegte sich zwischen den Steinen, zupfte Unkraut aus dem Kies und hielt hin und wieder inne, um eine verblühte Blüte abzuknipsen. Zum Schutz vor der Sonne trug sie einen großen Schlapphut, der aussah, als würde er seit Generationen von der Mutter an die Tochter weitervererbt – noch eine Illusion, ich weiß, denn ich war dabei gewesen, als sie ihn sich in einem schicken Modeladen in London gekauft hatte, damals, auf jener Reise zu meinem zwölften Geburtstag. Aber so war es immer mit den Sachen, die Mutter gehörten. Sie wirkten älter, sobald sie von ihr benutzt wurden: Kleider, Bücher, Schmuck, sogar ihre Pinsel und Farbtuben nahmen eine schattenhafte, strohgelbe Patina an, wie Dinge, die man zu lange in der Sonne ließ. Es war eines der kleineren Wunder, die um sie herum geschahen, Wunder, die außer mir niemand bemerkte. Sie borgte sich eine meiner Blusen für einen Tag, und wenn ich sie zurückbekam, sah sie irgendwie anders aus, hatte einen Goldton im Gewebe, diesen Hauch von verflossener Zeit. Kam ein Kunstbuch mit der Post und roch nach Leim und neuem Papier, entdeckte ich es eine Woche später auf dem Küchentisch, auf subtile Weise derart verändert, dass es aussah, als läge es bereits seit Jahrzehnten dort.

Ich wusste nicht, wie ich das Gespräch beginnen sollte, das ich mit ihr führen musste, also tat ich, was ich damals meist tat: Ich blieb einen Moment in bedeutungsvolles Schweigen gehüllt sitzen, dann begann ich ohne Umschweife. Mutter war daran gewöhnt. Meist fand sie es amüsant, was ich ebenfalls wusste, doch auch das machte keinen Unterschied. Ich gehe immer noch so vor, gelegentlich, weil ich einfach nicht gut darin bin, um den heißen Brei herumzureden. »Weißt du noch, wie ich dich vor Jahren gefragt habe, ob du meinen Vater geliebt hast?«

Sie blickte von ihrer Arbeit auf und betrachtete mich mit einem argwöhnischen Lächeln. »Das weiß ich noch«, erwiderte sie dann und schien noch etwas sagen zu wollen, also wartete ich einen Augenblick, doch es kam nichts mehr. Sie richtete sich auf und legte bedächtig, ja übertrieben sorgfältig die Hacke auf den nächstgrößeren Stein. Dann schenkte sie mir, immer noch lächelnd, ihre volle Aufmerksamkeit. Nun war es ein ermunterndes, wenn auch vielleicht kein einladendes Lächeln. Sie war bereit, sich anzuhören, was ich zu sagen hatte, und sie wollte, dass ich das wusste, selbst wenn ich ihr ansehen konnte, dass sie es vorgezogen hätte, die Sache auf sich beruhen zu lassen.

»Du hast gemeint, das sei etwas gewesen, woran du nicht gedacht hättest«, sagte ich.

Sie nickte.

»Ich habe damals nicht verstanden, was du damit gemeint hast«, sagte ich, als bäte ich sie, mir noch einmal ein mathematisches Problem zu erklären, das ich nicht begriffen hatte.

»Tja … Bis du danach gefragt hast, habe ich nie daran gedacht. Und hätte ich es getan, wäre die Antwort ›nein‹ gewesen.«

»Du hast ihn nicht geliebt?«

»Nein, habe ich nicht, aber ich habe auch nicht darüber nachgedacht, bis du mich gefragt hast.«

»Hast du denn überhaupt jemals jemanden geliebt? Ich meine …«

Sie lachte. »Ich weiß, was du meinst«, sagte sie. »Und die

Antwort lautet ›ja‹, früher einmal, vor sehr, sehr langer Zeit habe ich jemanden geliebt.« Sie beugte sich vor, und ich dachte, sie wolle mir die ganze Geschichte mit all ihren traurigen oder schönen Einzelheiten erzählen, doch sie blieb stumm.

»Was ist passiert?«, fragte ich deshalb nach einem Moment.

»Nichts, eigentlich«, sagte sie. »Es hat nicht sehr lang gehalten, und ich bekam keine Gelegenheit herauszufinden, was ich wirklich dachte …« Sie lächelte erneut und stand dann auf. »Ich wollte mir gerade einen Kaffee machen. Möchtest du auch eine Tasse?«

Ich nickte. Ich wusste, dass sie mir nicht ausweichen wollte – im Gegenteil, sie wollte mir zu verstehen geben, dass sie unser Gespräch ernst nahm, ihm das entsprechende Gewicht beimaß und es nicht so überstürzt anging, wie ich es tat. Dies sollte eine ernsthafte Unterhaltung werden, und auch wenn sie dazu keine Lust hatte, wusste sie doch, dass ich dieses Gespräch brauchte. Vielleicht wollte sie einen Augenblick nachdenken oder mit ihren Gefühlen ins Reine kommen, aber das wusste ich nicht, weil ich einfach keine Ahnung hatte, was sie dachte oder fühlte und ob sie überhaupt irgendetwas dachte oder fühlte, wenn sie nicht malte. Sie setzte den Hut ab und sah zum Himmel auf. »Das gute Wetter hält sich«, sagte sie, dann ging sie voraus in die Küche und setzte den Kessel auf.

Das Wort, das am häufigsten fiel, wenn man sich in jenen Tagen über Mutter unterhielt, war *schön.* Und es stimmte: Obwohl ich sie jeden Tag sah, konnte es mich immer noch überraschen, wie schön sie war, selbst wenn sie nächtelang nicht geschlafen hatte. An jenem Tag sah sie müde aus, doch kam es darauf nicht an. Sie war nicht schön wie Frauen in Modezeitschriften, sondern auf eine Art, die von Müdigkeit eher noch betont wird, und selbst für mich war damals unübersehbar, dass sie mit dem Alter nur noch schöner werden würde. Und obwohl sie wusste, wie andere sie sahen, obwohl jeder Zeitungsartikel, der über sie geschrieben wurde, erwähnte, wie schön sie war, dachte sie nie daran. Ihr fehlte diese Aura von manch schönen Menschen, die oft angesehen werden: Sie hielt nie inne, um sich in einem Spiegel zu betrachten oder sich mit jenen zu vergleichen, die sie so offen bewunderten. Unter ihren Arbeiten gab es kein Selbstporträt, und soweit ich wusste, hat sie auch nie eines begonnen. Sie besaß Regal um Regal mit Büchern über Porträtmalerei, und viele ihrer Lieblingsmaler – Tizian, Rembrandt, sogar Sohlberg – haben sich immer wieder selbst zum Thema gemacht, doch glaube ich nicht, dass ihr je dieser Gedanke gekommen ist.

Sie sagte nichts mehr, bis der Kaffee aufgegossen war. Dann stellte sie zwei Tassen auf den Tisch, platzierte die Kanne exakt in der Mitte dazwischen und setzte sich. Anschließend schaute sie aus dem Fenster, lächelte über etwas im Garten oder vielleicht draußen auf dem Fjord und wandte sich dann mir zu. »Ich nehme an, es geht um die Post, die du bekommen hast«, sagte sie. In ihrer Stimme schwang kein Gefühl mit; sie gab sich ganz sachlich, doch verstand ich das nicht als Gleichgültigkeit. Vielmehr wusste ich, dass sie die Ruhe bewahren und es mir leichter machen wollte. Ich sollte wissen, dass es ihr nichts ausmachte – der erste Brief, den ich geheim gehalten hatte, und all das, was aufgrund des in ihm Gelesenen geschehen sein mochte –, nicht aber, dass es ihr *egal* war. Sie griff nach der Kaffeekanne und begann, uns einzuschenken. »Was will er?«, fragte sie dann fast zu ruhig.

»Der Brief ist nicht von *ihm*«, antwortete ich. »Er kommt von einer Frau namens Kate Thompson. Ich glaube, sie lebt mit ihm zusammen.«

»Aha.«

»Sie hat mir ein Geschenk geschickt …«

»Was für ein Geschenk?«

Ich schüttelte den Kopf. »Ein Buch.« Ich sagte nicht, dass es ein Buch von Arild Frederiksen war, doch bin ich mir sicher, dass sie es erriet. Sie beugte sich vor, stützte sich mit den Ellbogen auf dem Tisch ab, umschmiegte die Kaffeetasse mit beiden Händen und führte sie an die Lippen. »Und jetzt will sie, dass ich ihn besuche«, fuhr ich plötzlich fort, obwohl ich gar nicht vorgehabt hatte, davon zu erzählen. Ich wollte eigentlich nichts überstürzen – doch spürte ich gleich, dass sie mit etwas Ähnlichem gerechnet hatte. »Offenbar geht es ihm nicht gut. Er liegt im Krankenhaus. Sie glaubt, es könnte helfen … wenn ich ihn besuche.«

»Ich verstehe. Und was hast du gesagt?«

»Gar nichts«, erwiderte ich und war ein wenig schockiert, weil sie annahm, ich hätte auf Kate Thompsons Brief geantwortet, ohne zuvor mit ihr darüber zu reden – denn ich fand es in Ordnung oder doch fast in Ordnung, den Brief selbst geheim zu halten, aber stillschweigend darauf zu antworten, wäre mir wie Verrat vorgekommen. »Ich habe ihr nicht geschrieben; ich wollte nicht …«

Sie neigte leicht den Kopf zur Seite und sagte »Ja«, unterbrach mich, um mir zu zeigen, dass sie mich verstand, dann musterte sie mich mit einem liebevollen und überraschend zärtlichen Blick. Es lag etwas wie Mitleid in diesem Blick, nur war es nicht genau Mitleid, aber auch nicht *bloß* Zärtlichkeit. »Weißt du, du musst *irgendwas* antworten. Alles andere wäre unhöflich.«

Ich lachte. »Unhöflich?«

»Ja. Egal, wie du dich entscheidest, einfach ignorieren kannst du den Brief nicht …«

»Warum denn nicht? Er hat mich schließlich achtzehn Jahre lang ignoriert, oder nicht?«

Darauf gab sie keine Antwort. Sie blickte beiseite, als wollte sie mir Zeit geben, mich wieder zu fassen – dabei war ich gar nicht verärgert, und ich glaube auch nicht, dass ich aufgebracht geklungen habe. Und wenn doch, war das nicht beabsichtigt, denn ich hatte nur das Offensichtliche festgestellt. Sie setzte die Tasse ab und lehnte sich zurück. »Offenbar hat er dich nicht selbst gebeten«, sagte sie nach einer Weile, »sondern diese Frau, diese Kate Thompson.«

»Stimmt«, erwiderte ich. »Aber er ist es, der im Krankenhaus liegt …«

»Und wo ist dieses Krankenhaus?«

»In England.«

»Da lebt er jetzt?«

»Ja, aber …«

»Das überrascht mich«, sagte sie. »Ich hätte nicht geglaubt, dass er *da* mal enden würde.« Sie dachte einen Moment nach, dann blickte sie auf. »Es liegt ganz an dir«, sagte sie. »Wenn du ihn in England besuchen willst, ist das für mich in Ordnung …«

»Ich will aber nicht hin …«

»Vielleicht wäre es ganz gut«, fuhr sie fort, ohne direkt zu widersprechen, auch wenn sie gleichsam an mir vorbeiredete, ein wenig zu sanft, wie ich fand – und ich merkte, dass sie ihre Entscheidung bereits getroffen hatte, nicht dass ich unbedingt fahren sollte, sondern dass sie mir keinesfalls im Weg stehen würde. In ihren Überlegungen schien es keinen Platz dafür zu geben, dass ich mit meinem kranken Vater vielleicht nichts zu tun haben wollte. Nachdem sie mir nahezu alles über ihn verschwiegen hatte, die bloßen Tatsachen seiner Existenz und ihrer kurzen gemeinsamen Zeit ausgenommen, schien sie nun fast darauf zu drängen, dass ich zu einer vermeintlich bedeutungsvollen Begegnung mit einem Fremden aufbrach, da sie annahm, mein mangelndes Interesse sei nur vorgetäuscht, um ihre Gefühle nicht zu verletzen.

»Wie könnte es etwas Gutes sein?«, fragte ich jetzt verärgert, was ich auch nicht verheimlichen konnte. »Ich kenne ihn ja nicht einmal – und ich will ihn auch gar nicht kennenlernen.«

»Er ist krank«, sagte sie.

»Mir egal«, sagte ich. »Er bedeutet mir *nichts*. Überhaupt nichts.«

Mutter legte eine Hand auf meinen Arm. »Ist ja schon gut«, sagte sie. »Reg dich nicht auf …«

»Tu ich doch gar nicht. Es ist nur …«

»Pssst.« Sie tätschelte sanft mein Handgelenk. »Ist ja alles in Ordnung. Ich war bloß …« Sie dachte kurz nach, dann nahm sie die Hand fort. »Es ist okay, wenn du nicht fahren willst«, sagte sie, »allerdings finde ich, dass du seiner Freundin schreiben und ihr Bescheid geben solltest.« Sie lehnte sich zurück, weg von mir. »Wenn nicht ihr zuliebe, dann doch dir zuliebe.«

* * *

Den Rest des Nachmittags ließen wir uns treiben und wichen dem noch unerledigten Thema aus – bis Mutter kam, in der Tür zu meinem Zimmer stehen blieb und offensichtlich vorhatte, im Vorbeigehen noch wenigstens eine Sache klarzustellen. Ich blätterte gerade in einem Buch über die Geschichte der russischen Revolution, was sie zweifellos unpassend fand – das Buch lag aufgeschlagen auf einer Seite mit einer körnigen Fotografie, die etwa zehn tote, steif und halb aufrecht im Schnee liegende

Bolschewiken zeigte –, und sie beugte sich einen Moment über das Bild, während sie vermutlich darauf wartete, dass ich das Buch zuklappte. »Ich wollte nicht sagen …« Dann brach sie ab und überlegte kurz. »Du musst nicht fahren, natürlich nicht. Es ist allein deine Angelegenheit. Ich wollte nur sagen, wenn du fahren willst, dann ist das für mich in Ordnung.«

»Das ist nicht *allein* meine Angelegenheit«, sagte ich. »Das geht uns beide an, würde ich mal behaupten.«

»Nun ja, es geht mich etwas an, dass er dich sehen will«, erwiderte sie leise.

»Wir wissen nicht, ob er mich sehen will«, sagte ich. »Vielleicht ist das allein ihre Idee. Schließlich hat sie geschrieben.«

»Egal, es kommt nicht darauf an, wessen Idee es war. Ich will nur nicht, dass irgendwer *hierher* kommt.«

Ich seufzte, da ich es zunehmend schwierig fand, ihr zu verheimlichen, dass ich langsam die Geduld verlor. »Er liegt im Krankenhaus, und allem Anschein nach ist er zu schwach zum Reisen.«

»Bist du sicher? Hat sie das geschrieben?«

Ich war mir nicht sicher, nicht so ganz, da mir Kate Thompson keine Einzelheiten über seine Krankheit mitgeteilt hatte, aber das wollte ich Mutter nicht sagen, weshalb ich lieber schwieg. Ich zuckte nur mit den Achseln und wandte mich wieder dem Buch mit den russischen Fotografien zu. Hinter der Reihe Toter stand eine Gruppe von acht bis zehn ähnlich gekleideter Männer – Ledermantel, Schiebermütze – und posierte für die Kamera. Ich fragte mich, ob sie die Mörder oder ob sie Bolschewiken waren, die ihre toten Kameraden nach einem Gemetzel gefunden hatten.

»Überrascht es dich wirklich, dass er nach all der Zeit seine Tochter kennenlernen will?«

»Er hat mich bislang nicht sehen wollen«, sagte ich. »Was ist jetzt anders?«

Mutter wiegte den Kopf, doch konnte ich nicht sagen, ob sie nicht mit dem übereinstimmte, was ich über meinen Vater gesagt hatte. »Er ist krank«, sagte sie dann und blickte sich im Zimmer um, als suchte sie etwas. Ich spürte, dass es nichts Bestimmtes war, kein spezifisches Möbelstück, kein Bild an der Wand oder Buch im Regal, sondern ein allgemeiner Eindruck, eine Atmosphäre. Das Gefühl, daheim zu sein, hierher zu gehören. Mutter liebte unser Haus – das Haus, das sie geschaffen hatte –, liebte es mehr als alles andere auf der Welt. Es war ihr so wichtig wie ihre Arbeit, war eine Verlängerung der Arbeit, jener Teil ihrer Kunst, der einschloss, was die Kunst ausschloss: ihre Tochter, ihre Freunde, ihren Besitz. Im Atelier wurde sie zur heimatlosen Einzelgängerin, das hatte sie oft genug gesagt, und ich wusste, es stimmte. Alle übrigen Sorgen wurden beiseitegewischt, wenn sie sich an die Arbeit machte, alle Verbindungen mit der Außenwelt gekappt. Hielt sie sich allein in dieser inneren Welt auf, wurde sie tatsächlich zu einem Niemand.

Sie drehte sich zum Fenster um, wobei das Licht vom Fjord über ihr Gesicht fiel, und sie schien zu finden, wonach sie gesucht hatte. Dann wandte sie sich erneut zu mir um und bedachte mich mit einem stillen Blick unerschütterlicher Zuneigung, der mich auf der Stelle beruhigte. Einen Moment lang war es mir ganz egal, ob ich meinen Vater kennenlernte oder nicht. »Du solltest hinfahren«, sagte Mutter schließlich. »Finde etwas über ihn heraus. Nicht um seinet-, sondern um deinetwillen.«

»Du wiederholst dich.«

»Ich weiß«, sagte sie, »aber es stimmt.«

»Mir ist das nicht wichtig«, sagte ich, doch merkte ich ihr an, dass sie mir nicht glaubte.

Mutter schüttelte den Kopf. »Bilde dir nicht ein, dass dein Vater einfach verschwunden ist und uns sitzen gelassen hat …«

Das beleidigte mich – obwohl ich genau daran gedacht hatte. »Tu ich nicht.«

»Hat er auch nicht.«

»Ach?« Ich schaute sie an. »Und was *hat* er dann getan?«

Sie musterte mein Gesicht, und ich sah, dass sie herauszufinden versuchte, ob ich nicht doch aufgebracht und verwirrt war, so wie sie es von Anfang an vermutet hatte. War ich nicht. Ich scherte mich nicht im Mindesten darum, und ich wollte, dass sie das wusste. Sie sollte wissen, dass ich niemand anderen in meinem Leben brauchte, dass ich glücklich mit uns war, auf meine Weise glücklich, und das Letzte, was ich wollte, war ein neu gefundener Vater, erst recht keinen bettlägerigen in einem fernen Krankenhaus. Sie gestattete sich ein leises Lächeln – kein versonnenes, aber auch kein nur verständnisvolles Lächeln. »Ich bin mir ziemlich sicher«, fuhr sie fort, »dass er damals versucht hat, Schlimmeres zu verhüten.«

»Ach ja? Und was soll das sein?«

Sie blieb nur noch lang genug, um zu sagen, was sie zu sagen hatte. »Sich nicht zu rühren«, sagte sie, zögerte kurz, ihr Gesicht ernst, damit ich merkte, dass dies nicht bloß Spaß war, dann wandte sie sich ab, und ich hörte, wie sich ihre Schritte über den Treppenabsatz in Richtung Atelier entfernten.

* * *

Früher haben die Menschen geglaubt, jemand – oder etwas – behielte sie im Auge. Manche haben gedacht, es seien Götter oder Engel, andere stellten sich ihre toten Vorfahren vor, die sie von jenseits des Grabes beobachteten; jedenfalls fühlte man sich sicher in dem Wissen, dass man gesehen wurde. Möglicherweise wurde über sie geurteilt, aber ihnen wurde auch vergeben. Es war ein kindlicher Glaube, und manchmal war ihnen das bewusst, aber sie hingen ihm trotzdem an, weil sie wollten, dass stimmte, was sie sich erhofften. Sie wollten sich als jemand verstehen, der von einem unbekannten Aussichtspunkt aus im Auge behalten wurde, so fühlten sie sich realer. Der göttliche Blick sollte jene Blicke aufwiegen, denen sie Tag für Tag ausgesetzt waren, Blicke, durch die sie sich weniger real fühlten. Sie wussten, sie wurden gedemütigt von der Art und Weise, wie andere Menschen sie sahen, nur machte ihnen das nichts aus, da sie jeden Tag, Minute um Minute, durch den Himmel aufgewertet wurden. Natürlich irrten sie sich. Niemand beobachtet uns. Niemand behält uns im Auge – zumindest niemand, der geneigt wäre, uns zu vergeben.

Ich denke nicht, dass Martin Crosbie annahm, beobachtet zu werden – nun, vielleicht war genau das sein Problem. In einem Wetter, einem Licht, das ihn sich selbst fremd werden ließ, war er seinen Gewissheiten zu fern; und ich glaube, er begann, sich unwirklich zu fühlen. Manchmal kann das ein Segen sein, war es für ihn aber nicht – und ich fürchte, so weit fort von daheim begann er, sorglos mit seinen Geheimnissen umzugehen. Als ich zum ersten Mal vermutete, dass er ein Geheimnis hatte, rechnete ich jedoch mit etwas, das es mir erlauben würde, ihn zu verstehen – und nach unserer seltsamen Begegnung spürte ich, dass ich ihn verstehen *wollte*. Vielleicht habe ich ihm überhaupt nur deshalb nachspioniert. Von Anfang an hatte ich ihn verstehen wollen, zumindest wollte ich das Geheimnis kennenlernen, das er verbarg, wenn auch aus Gründen, die mir selbst nicht ganz verständlich waren, die aber irgendwas mit der Tatsache zu tun hatten, dass er so verloren wirkte.

Es könnte jedoch auch sein, dass ich nur nach einer Ablenkung suchte. Ich wollte nicht an die Briefe denken und vermied es weiterhin, mich zu fragen, was ich künftig mit meinem Leben anfangen wollte. Ich brauchte etwas, was mich beschäftigte – und mit dem Spionieren kannte ich mich aus. Allerdings glaube ich nicht, dass es *nur* das war. Rückblickend verstehe ich, dass bei unserer Party mit Tee und *Solo* irgendwas passiert sein musste. Irgendwas ließ Martin Crosbie bei dieser Begegnung auf eine Weise interessant werden, die ich mir zuvor nicht vorstellen konnte. Anfangs hatte ich ihn gemieden, weil er so verloren wirkte und so offen; jetzt faszinierte er mich, weil ich glaubte, er habe ein Geheimnis, nur lag es daran nicht, wie sich später herausstellte, was ich aber noch nicht wissen konnte. Ich bin mir nicht einmal sicher, ob ich es heute wirklich weiß. Schließlich hätte er alles sein können. Ein trauriger Fall, ein Perverser, ein hoffnungsloser Romantiker, auch jede beliebige Kombination daraus hätte erklärt, was ich zwei Tage später in der *Hytte* fand.

Ich lief über unseren Pfad hinab zu den unteren Wiesen, als ich ihn ins Auto steigen, oben am Wegende wenden und in Richtung Straumsbukta davonfahren sah. Er hatte mich nicht entdeckt, da war ich mir sicher. Sonst hätte er gelächelt oder gewunken, vielleicht sogar angehalten und gefragt, ob ich mitkommen wolle, da er uns zweifellos für Freunde hielt. Das waren wir aber nicht. An jenem Tag war ich nicht aus dem Haus gegangen, um ihn zu besuchen, ich hatte nicht einmal vorgehabt, zur *Hytte* zu gehen. Ich ging bloß spazieren, vertrieb mir die Zeit. Erst als ich ihn fortfahren sah, kam mir etwas in den Sinn, woran ich zuvor gar nicht gedacht hatte, und wenige Minuten später stand ich mit leicht schlechtem Gewissen vor der Tür zum kleinen Sommerhaus. Ich sage, mit *leicht* schlechtem Gewissen, weil ich angenommen hatte, dass die Tür verschlossen sein würde, und das wäre es dann gewesen. Nur war die Tür nicht verschlossen – und *das* war ungewöhnlich. Die meisten Sommergäste behielten die gleichen Sicherheitsmaßnahmen wie draußen in der weiten Welt bei, aus Gewohnheit, schätze ich, oder weil sie sich nicht vorstellen konnten, dass es einen Ort gab, der keine Sicherheitsmaßnahmen verlangte, weshalb ich nicht damit gerechnet hatte, die *Hytte* betreten zu können. Aber kaum bot sich die Chance, öffnete ich die Tür in der Annahme, dass Martin Crosbie noch eine Weile unterwegs sein würde, und schlüpfte hinein. Als ich den Türknauf probierte, hatte ich noch ein leicht schlechtes Gewissen gehabt, jetzt aber kannte ich überhaupt keine Gewissensbisse mehr und war nur noch neugierig auf das, was ich finden würde. Was, wie mir inzwischen natürlich klar ist, bedeutete, dass ich damit rechnete, *etwas* Interessantes zu finden. Eine Andeutung, eine Spur, vielleicht nicht die ganze Geschichte, doch einen Hinweis darauf, was eigentlich Martin Crosbies Geheimnis war.

Drinnen war die Hütte sauber und aufgeräumt, gerade so, wie schon zwei Tage zuvor. Das hatte mich vorgestern überrascht, und es überraschte mich heute wieder, da ich erwartet hatte, dass Martin Crosbie in seinem häuslichen Leben unordentlich, gar chaotisch war. Ich hätte nicht sagen können, warum ich das annahm, nur dass er mir auf unbestimmte Weise irgendwie schludrig vorkam, wie ein Mann, der nicht recht wusste, was er tat oder dachte – und das war seltsam, da sämtliche Hinweise in eine andere Richtung deuteten. Er war am ersten Tag gut vorbereitet hergekommen, das Auto mit allem beladen, was man für einen längeren Aufenthalt an einem Ort wie diesem brauchte; und wenn ich mich jetzt umsah, verblüffte mich, dass hier offensichtlich jemand mit einer peniblen, schlichten, fast mönchischen Einstellung zum Leben wohnte.

Kein schmutziges Geschirr im Becken, kein Fettspritzer um den Herd, keine leeren Flaschen oder Gläser mit Schaumrändern auf dem Tisch, keine Papierstapel oder ungelesenen Zeitungen auf dem Boden. Eigentlich war die Topfpflanze auf dem Tisch der einzige Hinweis darauf, dass die *Hytte* bewohnt wurde, aber auch etwas, was mir bei meinem letzten Besuch nicht aufgefallen war – ein Computer.

Ein Computer. Das überraschte mich, und mir wurde klar, dass ich so gut wie nichts über diesen Mann wusste. Was er tat, woher er kam, ob er verheiratet war oder sonst wie in einer festen Beziehung steckte – ich wusste keines der grundlegenden Dinge, die man auf einer Party schon in den ersten fünf Minuten durch die beiläufigste Unterhaltung erfahren hätte. Da war ich, eine Spionin in Martin Crosbies zweitem Zuhause, und ich wusste so gut wie nichts über ihn, kannte nur seine Vorliebe für Bücher und seine bizarre Weise, eine fremde Sprache zu lernen. Ich ging zum Laptop und schaltete ihn ein. Ich rechnete damit, dass der Zugang geschützt sein würde, dass ich ohne ein Passwort nichts zu sehen bekam, doch lohnte sich der Versuch – eine Passwortanfrage erschien, ich brauchte aber nur die Eingabetaste zu drücken. Der Hintergrund zeigte das beruhigende Bild einer herbstlichen Waldlandschaft mit rotgoldenen Blättern. Die üblichen Icons tauchten auf, dazu ein paar mit »Temp« und »Pics«‹ bezeichnete Ordner. Ich setzte mich und klickte den Temp-Ordner an, aber der war leer; dann klickte ich auf *Pics,* und eine lange Reihe mit Dateinamen erschien. Als ich die erste Datei mit einem Doppelklick öffnete, wurde ein Bild sichtbar, das den ganzen Bildschirm füllte.

Es war das Foto eines Mädchens mit weißem Hemd oder weißer Bluse und einem Faltenrock, etwa mein Alter, vielleicht ein bisschen jünger. Sie posierte nicht für die Kamera. Die Aufnahme war kein Familienschnappschuss, nichts dergleichen, und mir wurde sofort klar, dass Martin Crosbie die Aufnahme ohne Wissen des Mädchens gemacht hatte. Das Bild war von guter Qualität – gestochen scharf; nichts verriet, dass es mit einem Zoomobjektiv aus großer Entfernung aufgenommen worden war, doch überzeugte mich irgendwas an dem Bild, dass das Mädchen nicht gewusste hatte, was da vor sich ging. Die junge Frau wirkte zu natürlich, zu versunken in den Anblick eines Geschehens gleich rechts von ihr, außerhalb des Bildrahmens. Sie war hübsch, hatte dunkelbraunes, zu einem Bubikopf geschnittenes Haar, eine Frisur, die ihren schlanken, eleganten Hals betonte. Der Hintergrund ließ vermuten, dass sie sich in einem Park oder einem öffentlichen Garten befand, und ich war spontan davon überzeugt, dass sie nicht nur nicht wusste, dass sie fotografiert wurde, sondern auch, dass sie für Martin Crosbie eine Fremde war, jemand, den er gesehen und eher beiläufig fotografiert hatte. Also war er ein Spion, genau wie ich.

Oder nicht? Ich schloss die Datei, öffnete die nächste, und da war sie wieder, an einem anderen Ort, in anderen Kleidern, auf dem nächsten Schnappschuss wieder ein wenig anders – und schlagartig wurde mir klar, dass Martin Crosbie ganz und gar nicht so war wie ich. Für ihn war diese junge Frau niemand, den er beobachtete, sondern jemand, den er begehrte. Ich öffnete eine Datei nach der anderen und fand sie an verschiedenen Orten, in verschiedenen Posen – und dann, nach etwa einem Dutzend Dateien, tauchte ein neues Mädchen auf, ein wenig jünger, mit hellem, fast blondem Haar und einem blassen, fast gehetzt wirkendem Gesicht. Ich betrachtete sie eine Weile, dann hielt ich inne – in dem Ordner waren über zweihundert Dateien, und ich war mir ziemlich sicher, dass sie alle Mädchen wie jene zeigten, die ich gerade gesehen hatte, Mädchen zwischen vierzehn und zwanzig, die ohne ihr Wissen von Martin Crosbies Kamera festgehalten worden waren, während sie im Park spazieren gingen oder von der Schule nach Hause heimkehrten, Mädchen in Sportsachen oder Schuluniform, Blondinen, Brünette, Rothaarige, Mädchen, die an jemand anderen, etwas anderes dachten, als Martin Crosbie einen Augenblick ihrer Existenz festhielt, um ihn seiner Bibliothek geheimer Bilder hinzuzufügen. Es waren keine unanständigen, keine verbotenen Bilder, trotzdem stellten sie eine Form von Diebstahl dar. Es war *Diebstahl,* keine Spionage; diese unschuldig wirkenden Fotos sollten den Mädchen etwas nehmen, und auch wenn ihnen das nicht gelang – für Martin Crosbie konnte ein Gelingen gar nicht infrage kommen, ein Gelingen hätte ja das Ende seiner Suche bedeutet –, war ihre Absicht eindeutig.

Plötzlich ging mir auf, wie dumm ich gewesen war. Wie naiv. Denn obwohl ich Martin Crosbie nie mit einer Kamera gesehen hatte, fühlte ich mich manchmal beobachtet, und mir war längst aufgefallen, wie er mich ansah. Wie er mit mir scherzte, seinen Charme spielen ließ, Andeutungen machte. Dieser Computer enthielt aberhundert nur mit einer Abfolge von Zahlen und Buchstaben gekennzeichnete Bilder. Ich nahm an, dass ich die aktuellsten Fotos am Ende der Liste fand, also scrollte ich nach unten zum allerletzten Bild und öffnete es. Dann öffnete ich die vorletzte Datei, die davor und so weiter, bewegte mich rückwärts, bis ich endlich ein Gesicht sah, das nicht meins war. Es gab acht Bilder von mir, die meisten offenbar am selben, leicht verhangenen Tag fotografiert. Auf jedem trug ich meinen grauen Pullover und hatte das Haar zum Pferdeschwanz zusammengebunden. Die Fotos waren zweifellos mit großer Sorgfalt und Vorsicht aufgenommen worden und auch – das war nicht zu übersehen – mit derselben Sehnsucht, demselben Verlangen, ein intimes Detail einzufangen, durch das ich *ihm* gehörte, so wie er diese anderen Mädchen zu seinen Mädchen gemacht hatte, zumindest für ein, zwei Sekunden, vielleicht auch für länger, wenn er sie dann wieder ansah, später, allein. *Allein.* Dieser Gedanke war unerträglich – und beinahe ehe ich wusste, was ich tat, löschte ich um meinetwillen, aber auch all den anderen Mädchen zuliebe erst eine Datei, dann die nächste, dann diejenige davor, bis der Ordner leer war. Ich löschte sie eine nach der anderen, langsam und ruhig, wie jemand, der eine Routinearbeit erledigt, gegen die er nichts hat, die er aber auch nicht besonders gern macht, dann leerte ich den elektronischen Papierkorb, damit Martin Crosbie sie nicht einfach zurückholen konnte. Zumindest nicht so ohne Weiteres. Selbst damals wusste ich, dass nichts endgültig von einer Festplatte gelöscht werden kann, und ich musste davon ausgehen, dass er Sicherungskopien besaß, doch löschte ich die Dateien nicht bloß um des Löschens willen, ich schickte ihrem Besitzer auch eine Nachricht. Dabei fühlte ich mich ziemlich ruhig und hatte mich unter Kontrolle. Erst als ich fertig war, merkte ich, dass ich weinte, große, unschöne Tränen, die mir übers Gesicht rollten und auf die Tastatur tropften, wo sie kurz glitzernd verharrten, ehe sie zwischen den Buchstaben zerrannen. Ich stand auf, wischte mir über die Augen und blieb einen Moment stehen, blickte hinaus auf den Malangenfjord. Es war kein Laut zu hören, keine Bewegung über dem Wasser zu sehen – zumindest anfangs nicht. Dann entdeckte ich die Seeschwalben, erst eine, dann noch eine, wie sie über den Wellen schwebten und nach Anzeichen von Leben Ausschau hielten. Ich schloss die Augen. Ich versuchte mir einzureden, dass ich nichts Verbrecherisches gesehen hatte, nicht einmal etwas Sexuelles, und dass es mich eigentlich nichts weiter anging.

Schließlich hatte er mich nicht angefasst, es waren nur Bilder. Da ich ihn kaum kannte, hatte er mich auch nicht enttäuscht; sein trauriges kleines Geheimnis konnte mir egal sein. Das redete ich mir ein, und ich versuchte, mich davon zu überzeugen, ehe ich mich umdrehte und aus der *Hytte* rannte. Die Tür ließ ich weit offen, damit Martin Crosbie wusste, dass jemand während seiner Abwesenheit hier gewesen und sein Geheimnis kein Geheimnis mehr war.

* * *

Die folgenden Tage waren trist und wolkenverhangen. Das Land lag still da, und der Himmel war von einem kühlen, verwaschenen Grau, weshalb man meinen konnte, der Sommer ginge jeden Augenblick zu Ende, nur war es nicht kalt, und der Regen hörte meist rasch wieder auf, ideales Wetter also zum Wandern. An Tagen wie diesen entschieden sich nur wenige Leute für Spaziergänge am Strand oder über die Wiesen, lieber besuchten sie Freunde und saßen am Küchentisch, tranken Kaffee und unterhielten sich. Nun, da Frank Verne abgereist und das Wetter umgeschlagen war, ließ Mutter sich kaum noch blicken. Kam sie zu den Mahlzeiten oder auf einen Kaffee aus ihrem Atelier, redete sie weder über meinen Vater noch über die Briefe, tat, was sie zu tun hatte, in nahezu vollständigem Schweigen, und machte sich wieder an die Arbeit. Mich kümmerte das nicht. Ich hatte es endlich aufgegeben zu fragen, was aus mir werden sollte – meine vermeintliche Zukunft kam mir plötzlich wie ein besonders perfider Trick vor, auf den ich allzu lange hereingefallen war –, und ich richtete mich auf einen langen, einsamen Sommer ein, in dem ich den Flug der Seeschwalben beobachteten und mit einem Buch oder mit meinem Fernglas auf dem Treppenabsatz sitzen würde, während die Welt um mich herum ihren Lauf nahm. Ich gab mir größte Mühe, nicht an Martin Crosbie zu denken – auch wenn ich rückblickend sehe, dass diese Veränderung irgendwie mit dem zusammenhing, was ich über ihn herausfand. Natürlich sagte ich mir immer wieder, dass es nichts mit mir zu tun hatte, wenn er junge Mädchen fotografierte und die Bilder auf seinem Computer speicherte. Ich sagte mir, dass es kein Verbrechen war. Er war kein echter Perverser wie jene, über die man in der Zeitung las, kein Kinderschänder, wie man sie aus abschreckenden Erzählungen kannte; er war nur ein Fantast. Außerdem schienen die Mädchen in seiner Sammlung alle in ihren späten Teenagerjahren zu sein, was hieß, dass er zumindest dem Buchstaben des Gesetzes nach nichts Unrechtes tat. Mir gefiel nicht, dass er Fotos von mir besaß, Fotos, in die ich nicht eingewilligt hatte, aber daraus konnte ich ihm kaum einen Vorwurf machen, hatte ich mich doch ähnlich gegenüber vielen von Kyrres Sommergästen verhalten. Dass ich seine Bilder anders fand – meine dienten schließlich bloß Beobachtungszwecken –, bedeutete nicht, dass ich es über mich brachte, ihn deswegen zur Rede zu stellen. Ich war mir nicht einmal sicher, ob ich es wollte. Was er tat, hatte nichts mit mir zu tun – selbst wenn ich im Nachhinein feststellen musste, dass die Bilder für mich etwas verändert hatten. Mir war, als hätte ich etwas verlegt; das beunruhigte mich – und doch war mir zugleich, als wäre ich von einem unsichtbaren Einfluss befreit, der mir seit Wochen, seit den Vorbereitungen auf die Abschlussprüfungen, zu schaffen gemacht hatte.

Frank Verne war halb um die Welt weit fort, zurück bei seinen Abgabeterminen in New York oder wo auch immer er herkam, und das Haus war wieder friedlich, doch hielt ich es drinnen nicht aus. Ich ging nie weit und mied die *Hytte* – es gab genügend Wege und Wildpfade, die zum Strand führten, und die Wiesen waren weitläufig und leer, so dass ich keine Mühe hatte, jemandem auszuweichen; zudem lebten hier nur wenige Menschen. Es heißt, wenn man nach Norden zieht, beginnt man, die Mitmenschen schätzen zu lernen, da man so weit oben nie weiß, wann man einmal auf einen Nachbarn oder Passanten angewiesen ist – und ich denke, das stimmt, doch stimmt auch, dass man andere Menschen besser zu schätzen weiß, wenn man sie nur selten sieht. Die meisten von uns, zumindest die meisten Bewohner dieser Insel, sind gern mit sich allein, und darin sind wir gut. Außerdem schätzen wir bei anderen Menschen ein gewisses Taktgefühl, etwa jenes Gespür, das zwei Wanderer an den Tag legen, die, wenn sie sich zufällig begegnen, mit dieser Situation fertig werden müssen, ohne dass sie sich beleidigen oder sich von der Aussicht, einige Zeit in Gesellschaft des anderen zu verbringen, die Laune vermiesen lassen. Sehe ich in der Ferne einen Wanderer, finde ich meist eine Möglichkeit, von meiner Route abzuweichen, ohne es aussehen zu lassen, als änderte ich absichtlich den Weg, und oftmals verfolgt der Fremde die gleiche Strategie, so dass wir einander auf scheinbar ganz natürliche Weise vermeiden, obwohl wir doch ein höchst komplexes Spiel treiben. Als ich in der darauffolgenden Woche gut drei Kilometer von unserem kleinen Hausstrand entfernt Ryvold am Meer traf, war ich zu abwesend, zu gedankenverloren – vielleicht auch zu verloren darin, eben von jenen Gedanken frei zu sein, die mich so lang geplagt hatten –, dass ich, fast wie damals, als ich Martin Crosbie im Regen traf, beinahe mit ihm zusammenstieß. Was ärgerlich hätte sein können, glaube ich, wäre es jemand anderes gewesen. Ich kannte Ryvold nicht besonders, obwohl er eine distanzierte, eher beiläufige Zuneigung für mich zu hegen schien – ich schätze, das

Wort, das hier am besten passt, ist *onkelhaft* – und sich an jenem Tag ehrlich über unser Zusammentreffen freute. Ob ich mich ebenso freute, hätte ich nicht zu sagen gewusst, aber ich ärgerte mich auch nicht, und aus dem einen oder anderen Grund verpassten wir die entsprechende Gelegenheit, uns nach dem ersten höflichen Wortwechsel zu trennen, so dass wir zusammen weitergingen, redeten, verstummten, dann wieder redeten, wie zwei alte Freunde, die sich zufällig getroffen haben und merken, dass sie sich eigentlich doch ganz wohl miteinander fühlen. Ich denke, wir haben uns damals tatsächlich wohl miteinander gefühlt, und ich war durchaus nicht unglücklich, ihn getroffen zu haben – zugleich aber hatten wir nichts gemein, keine Freunde oder Interessen, keine Erinnerungen. Nichts außer – nach einer Weile – Mutter, und Ryvold war ein zu taktvoller, rücksichtsvoller Mensch, um dem allzu weit nachzugehen.

Also unterhielten wir uns über Kunst – was natürlich die Möglichkeit bot, über jene eine Person zu reden, die uns beiden nahestand, ohne tatsächlich über sie zu reden. Wie sich herausstellte, kannte Ryvold sich ziemlich gut auf diesem Gebiet aus – möglicherweise war er selbst ein gescheiterter Künstler, was seine Faszination für Mutter erklären mochte –, und sobald er einmal davon anfing, konnte er interessant darüber erzählen. Wie immer war er allerdings ein wenig zu theoretisch, zu abstrakt. Wenn ihm ein Bild gefiel, *gefiel* es ihm nicht nur; er wollte dann auch alles daran verstehen, wollte es aus jeder nur erdenklichen Perspektive betrachten und es mit allem in seinem Kopf verbinden, mit dem ganzen byzantinischen System seines Wissens und seiner Gedanken. Was hieß, dass er die Dinge komplizierter machte, als gut für sie war. Dennoch bedeutete er für mich an jenem Tag eine Ablenkung, und genau die brauchte ich. Offenbar hatte er vor unserer Begegnung darüber nachgedacht, wie Kunst überhaupt erst entsteht, was für ihn eine ernste Frage war, eine, der er mangels eines anderen gemeinsamen Themas eine Weile mit mir nachging.

»Leon Battista Alberti meint, Narziss habe die Malerei erfunden«, sagte er, »und fragt: ›*Was will Malerei denn anderes, als mit Hilfe ihrer Disziplin die Oberfläche jenes Teiches zu umarmen, der unser Bild spiegelt?*‹« Wir waren am Ufer stehen geblieben, blickten über den Fjord und mussten wie zwei Sonntagsmaler ausgesehen haben, die ohne Staffelei an den Strand gekommen waren. Ryvold las einen Kiesel auf und versuchte, ihn über das Wasser hüpfen zu lassen, doch versank der Stein mit einem lauten, etwas vulgär klingenden Plumpsen. Ryvold lachte über sich.

Aus Höflichkeit stimmte ich in sein Lachen ein. Ich wollte mir auch einen Kiesel suchen und ihn halb über die Bucht schleudern, fürchtete aber, dass Ryvold, wenn ich es tat und mir der Wurf gelang, glauben könnte, ich wollte ihn vorführen. »Ich bin mir nicht sicher, ob ich das verstehe …«

»Nun«, fuhr er fort, »es ist seltsam. Es gibt viele Theorien über den Ursprung der Malerei. Die Griechen glaubten, sie entspringe einem um eine Schattenkontur gezogenen Strich, den man zieht, wenn jemand geht, den man liebt, damit man später etwas hat, das an ihn erinnert. Alberti ist der Einzige, der diese Entdeckung Narziss zuschreibt.« Er bückte sich, um einen weiteren Kiesel aufzuheben. »Also«, sagte er dann, »warum Narziss?« Er stellte die Frage und bückte sich erneut, um einen besseren Wurfwinkel zu erzielen – seinem Ton merkte ich an, wie wichtig ihm das war. Das mochte lächerlich sein, trotzdem gefiel es mir. Ich fand es altmodisch, so als befolgte man eine nur noch undeutlich erkennbare Tradition. Er holte aus und warf den Stein – und diesmal hüpfte er fünf-, vielleicht sechsmal über das Wasser, ehe er unterging, leise, irgendwo weit draußen. Ryvold richtete sich auf und sah dem Stein mit unverhohlenem Stolz nach. Dann wandte er sich zu mir um. »Und? Was denken Sie?«

Ich dachte gar nichts, doch schien es plötzlich wichtig, die Frage ebenso ernst zu nehmen, wie er es tat. »Nun, Narziss verliebte sich in sein eigenes Spiegelbild …«

Ryvold nickte, dann widersprach er mir. »Ja, aber er *wusste* nicht, dass es sein Spiegelbild war. Zumindest anfangs nicht. Ovid erklärt ziemlich ausführlich, Narziss habe erst nicht mal geahnt, dass er sich selbst sah. Er liebte, was er sah, und begriff erst später, dass er selbst es war, den er liebte. Er sah sich im Teich, zusammen mit all dem Übrigen, dem Himmel, den Bäumen, der Welt um ihn herum. Und vielleicht war er deshalb so glücklich – er hatte geglaubt, allein zu sein, eine Welt zu sehen, die von ihm getrennt war, eine Welt anderer Dinge, plötzlich aber erkennt er, dass er selbst *in* dieser Welt ist. Er ist real. Zuvor hatte er nicht gewusst, dass er real war …«

Ich schüttelte den Kopf. »Darüber weiß ich nichts. Es kommt mir ein bisschen weit hergeholt vor.«

Er nickte. »Natürlich, aber nur deshalb, weil wir die Geschichte von Narziss stets für eine Geschichte jugendlicher Eitelkeit und Selbstliebe gehalten haben. Nur darf man nicht vergessen, dass es Narziss war, der Echo abwies, weil sie ihm stets wiederholte, was er gerade erst gesagt hatte. Sie war ständig mit ihm einer Meinung – was doch die ideale Frau für jemanden sein müsste, der in sich selbst verliebt ist –, aber davon wollte Narziss nichts wissen.« Er griff sich einen neuen Kiesel, einen großen, flachen, fast schwarzen Stein, und ließ ihn über das Wasser hüpfen – und nun, da es ihm gelungen war, fühlte ich mich frei, es ihm gleichzutun. So führten wir unser absurdes Gespräch weiter und ließen Steine über den Fjord springen.

»Na ja«, sagte ich, »vielleicht will er Echo nicht, weil er zu viel von sich selbst hält.« Ich erinnerte mich an die Geschichte; Mutter hatte sie mir vor Jahren vorgelesen, und wir hatten auch in der Schule darüber geredet, uns aber an die übliche, psychoanalytische Deutung gehalten. »Vielleicht weist er sie zurück, weil er auf jemand Besseren wartet …«

»Und wer sollte das sein?«

»Er selbst.«

Ryvold lachte. »Aber das kam später. Als er den schönen jungen Mann sieht und sich verliebt, ohne zu wissen, dass er selbst dieser Mann ist. Anfangs weiß er nicht, wer das ist, findet die Wahrheit jedoch später heraus – was jedem anderen gewiss peinlich gewesen wäre. Jedem, der nicht so allein war. Und erst als er die Wahrheit entdeckt und sieht, dass sein *Ich* ein Objekt in der Welt ist so wie alle anderen Objekte auch, wird er zum Maler. Denn zum ersten Mal ist er Teil der Welt, und Kunst ist seine Möglichkeit, sich dies zu bestätigen. Eine Möglichkeit auszudrücken, dass er in der Welt ist, in ihr und von ihr. Echo, die ihm die eigenen Worte nachspricht – das war nur ein trauriger Witz, eine Parodie. Jetzt ist er jedoch vom Unvorhersehbaren umgeben. Jetzt ist alles überraschend, also ist er nun natürlich auch sterblich. Wäre er getrennt von der Welt geblieben, hätte er ewig leben können. Das hatten ihm die Götter bei der Geburt ja auch versprochen. Doch nun, da er sich selbst sieht und weiß, dass er Teil der Welt ist, muss er sterben …«

Plötzlich dachte ich an Mats und Harald. »Und er fällt ins Wasser«, sagte ich und blickte Ryvold an. Dachte er auch an die Jungen?

Er hörte die Frage in meiner Stimme, ließ den Kiesel aus der Hand fallen und betrachtete mich – doch merkte ich ihm an, dass er nicht wusste, worin eigentlich die Frage bestand.

Er hatte nur den anderen Ton in meiner Stimme gehört, die Jungen aber völlig vergessen – sie vielmehr hinter sich gelassen und der faktischen Welt überantwortet. Hier war alles reine Theorie, und ihn überraschte der Blick in meinem Gesicht. Dann aber meinte er mich zu verstehen und begann zu erklären. »Er fällt nicht ins Wasser. Er fällt ins eigene Spiegelbild. Denn er beugt sich vor, um sich genau zu sehen, und sich beugen heißt fallen. Er hätte sich zurücklehnen, Abstand nehmen können, um die größeren Zusammenhänge zu sehen – und das machen Maler ja auch, zumindest wenn es gute Maler sind. Meinst du nicht?«

Ich nickte, wollte aber nicht, dass er meiner Miene den Gedanken an die toten Jungen ablas. Ich wollte, dass er blieb, wo er war, in seiner theoretischen Welt, dort, wo er zu viel dachte. »Und so«, sagte ich, »wurde er zur Blume, zur Narzisse.«

Wieder lachte Ryvold. Es war ein gutes Lachen, und mir fiel auf, dass ich es in unserem Haus viel zu selten gehört hatte. »Zu einer Blume, ja. Er wurde in eine Blume verwandelt, und das ist eine Form der Unsterblichkeit. Es hätte aber auch irgendwas anderes sein können – eine Blume, ein Schwan, ein Reh –, darauf kommt es nicht an. Wichtig ist allein die Verwandlung. Niemand kann ewig leben. Selbst die Götter sterben. Aber man kann sich verwandeln, und nur das treibt die Welt voran.«

»Und was hat das nun mit Malerei zu tun?«, fragte ich, und diesmal war es eine ernst gemeinte Frage. Plötzlich wollte ich wirklich verstehen, was in seinem Kopf vorging, wusste ich doch, dass es auf eine seltsame, berührende Weise mit Mutter zu tun hatte.

Ryvold schaute mich an, dann wandte er sich ab und blickte über das Wasser. Bei jedem anderen hätte es romantisch gewirkt, wie ein theatralischer Akt, aber bei ihm war es nur – er selbst. Er schien überhaupt kein Gespür für sich zu haben. Es war, als existierte er nicht, zumindest nicht als Mann, als wäre er rein theoretisch, bloß eine Reihe von Fragen und Behauptungen wie ein Buch über Farben oder Perspektive. »Ich weiß nicht«, sagte er schließlich. »Ich weiß nur, dass Narziss einen Moment lang sieht, was er liebt.« Er wandte sich wieder zu mir um und verzog das Gesicht zu einem schüchternen, leicht verlegenen Lächeln. »Tut mir leid. Manchmal falle ich in meine Professorenrolle. Offenbar kann ich nicht dagegen an.«

Ich schüttelte den Kopf. »Macht nichts. Ich find's interessant.«

Er lächelte. Unser Gespräch hatte mit Mutter zu tun, das konnten wir beide jetzt sehen, und wir wussten auch, dass wir beide es wussten. Von Anfang an hatten wir über sie geredet. Ryvold behielt sein Lächeln bei, doch wurde es sanfter, und von einem Moment auf den anderen lag darin etwas Trauriges. »Es dauert nicht lang«, sagte er. »Narziss fällt in sein Spiegelbild und wird zur Blume, nur haben wir damit überhaupt nicht gerechnet.« Er dachte kurz nach. »So ist das mit Geschichten. Sie erinnern uns daran, dass alles möglich ist. Alles ändert sich, alles kann zu allem anderen werden – und daran ist nichts Übernatürliches.«

Da fiel mir Kyrre Opdahl ein. Dieses viele Nachdenken wäre nichts für ihn gewesen, aber der letzten Bemerkung hätte er auf seine Weise zugestimmt. Das heißt, er hätte ihr zugestimmt und gleichzeitig Bedenken angemeldet. Er würde einen Hinweis, eine Bestätigung dafür brauchen, dass die Welt, wie immer sie auch sonst sein mochte, eigenartiger war, als wir ihr zubilligten. Eigenartiger – und gefährlicher. Ich las einen letzten Kiesel auf und ließ ihn übers Wasser hüpfen. »Hängt davon ab, was Sie unter übernatürlich verstehen«, sagte ich.

Einige Zeit verging. Ich erinnere mich nicht, wie lang jene Phase anhielt, denn im Nachhinein kann man sich ja nie daran erinnern, wie lange ein Zeitraum dauerte, in dem nicht viel geschah. Natürlich passierte etwas, wenn auch nichts Nennenswertes, und kein Vorfall reichte aus, mir das Gefühl zu nehmen, dass ich auf etwas wartete. Nur wusste ich nicht auf was. Es hätte etwas rein Persönliches sein können – weitere Neuigkeiten von Kate Thompson, noch ein Gespräch mit Mutter über die Frage, ob ich nach England fahren sollte –, doch glaube ich nicht, dass es darum ging. Damals nicht. Vielleicht wartete ich darauf, dass noch ein Junge ertrank. Vielleicht hatte es etwas mit Martin Crosbie zu tun, ich wusste es nicht. Ich wusste nur, dass die Geschichte, die mit Mats' Ertrinken begonnen hatte, noch nicht zu Ende war, dass da noch mehr kommen würde. Dabei dachte ich eigentlich nicht an Maia, obwohl ich sie unten am Strand einmal kurz gesehen und mich gefragt hatte, wie sie wohl zurechtkam. Ich glaube, damals tat sie mir noch leid – manchmal wenigstens. Allerdings habe ich den Eindruck, dass mir in jenem seltsamen Sommer alle irgendwie leidtaten: die Jungen, Mrs. Sigfridsson, Kyrre Opdahl, Ryvold. Sie taten mir leid, und ständig wartete ich darauf, dass etwas geschah. Etwas, das die Geschichte zu Ende brachte, das eine Erklärung für das Rätsel bot – auch wenn ich gar nicht hätte sagen können, was eigentlich so rätselhaft war.

Irgendwann in dieser trägen, grauen Zeit traf Frank Vernes Artikel ein. Wenn ich mich recht erinnere, war Mutter überrascht, den Beitrag so bald zu sehen, und irgendwas muss sie beunruhigt haben. Ich war dabei, als die Post kam, und ich sah zu, wie sie das Päckchen öffnete, ein Hochglanzmagazin herausnahm und sich zum Lesen an den Küchentisch setzte. Was sie erwartet hatte, wusste ich nicht, doch wurde bald offensichtlich, dass irgendwas nicht stimmte. Natürlich ist Mutter stets in der Lage gewesen, ihre wahren Gefühle zu verbergen – so sehr sogar, dass ich jahrelang vermutet hatte, sie habe überhaupt keine Gefühle außer der Leidenschaft für ihr Werk und eine unbestimmte Zuneigung für ihr einziges Kind –, doch war da ein Moment, ein winziges Aufleuchten von irgendwas in ihrem Gesicht, als sie das dicke, schön gestaltete Kunstjournal schloss und mit einem Lächeln zu mir aufblickte.

»Meine Güte, was mache ich hier bloß«, sagte sie. »Dafür habe ich nun wirklich keine Zeit.«

Ich sah sie an. »Was ist?«, fragte ich. »Was steht drin?«

Sie erhob sich – und mir fiel auf, dass sie die Zeitschrift in der Hand behielt, statt sie wie üblich auf dem Küchentisch liegen zu lassen. »Ach, nichts Besonderes.« Mutter war wirklich gut, fast überzeugend, trotzdem merkte ich, da war etwas, irgendwo hinter der Fassade. Natürlich irrte ich mich in meiner Vermutung: Damals dachte ich, dass sie ihn vermisste, dass seine Worte sie aufgewühlt hatten, schließlich war sie in diesen Mann halb verliebt gewesen. Sie hatte es so gut geschafft, diesen Frank zu vergessen, hatte in den Tagen seit seiner Abreise nicht ein einziges Mal seinen Namen erwähnt, und soweit ich wusste, gab es zwischen den beiden auch keinen Kontakt. Daher nahm ich an, dass dieser Artikel – den er ihr offenbar persönlich per Eilpost geschickt hatte – die erste Erinnerung an seinen Besuch war. Nun erlitt sie vorübergehend einen Rückschlag. Sie hatte den Mann fast vergessen und ärgerte sich über sich selbst, weil sie erneut fühlte, was sie gefühlt hatte, als er bei ihr gewesen war; vielleicht ärgerte sie sich auch über ihn, weil er ihr diese Erinnerung zukommen ließ. Dachte ich allerdings länger darüber nach, klang das gar nicht nach Mutter, eher nach der romantischen Heldin eines Romans.

Wie sich zeigte, sollte ich mich irren, allerdings fand ich das erst viel später heraus. Mit einer Tasse Kaffee in der Hand verließ sie an jenem Morgen die Küche und ging, die Zeitschrift unter dem Arm, nach oben, um den Artikel später zu lesen. Keine Sekunde kaufte ich ihr diesen Auftritt ab, doch war meine Neugier nicht groß genug, um die Angelegenheit weiterzuverfolgen. Meine Vermutung arbeitete für mich, und ich sagte mir, wenn ich das Thema auf sich beruhen ließe, würde Frank Verne bald wieder in irgendeinem dämmrigen Winkel ihrer Erinnerung verschwinden, zusammen mit all den anderen Dingen, an die sie es vorzog, sich nicht zu erinnern. Mir kam nicht einmal der Gedanke, herausfinden zu wollen, was in dem Artikel stand, da ich annahm, es handelte sich bloß um einen weiteren Beitrag über die schöne, zurückgezogen im hohen Norden lebende Malerin. Dass Mutter irgendwem irgendwas über sich anvertraute, konnte ich mir einfach nicht vorstellen, doch sollte ich mich auch darin irren, denn allem Anschein nach hatte sie Frank Verne Dinge erzählt, die sie bis dahin ihr Leben lang verschwiegen hatte.

Aus Gründen, die nur ihr allein bekannt waren, hatte sie ihm diese Geheimnisse auf den langen gemeinsamen Spaziergängen anvertraut oder beim Abendessen, wenn ich schon im Bett lag, und Frank Verne hatte alles aufgeschrieben. Er hatte ihr Vertrauen gewonnen und Mutter erzählen lassen, diese Geschichte, die so lang nur ihre gewesen war; dann hatte er alles in einer Zeitschrift veröffentlicht, damit es jedermann lesen konnte. Allerdings nicht als Enthüllungsstory; hier ging es nicht um Täuschung, um Verrat. Er hatte ihre Geschichte aufgeschrieben, weil er meinte, sie *müsse* geschrieben werden, mehr noch, er hatte sie geschrieben, weil er glaubte, Mutter wolle, dass diese bestimmte Geschichte erzählt werde, und jeder, der den Artikel las – er ging über mehrere Seiten –, konnte sehen, dass er eigentlich kein journalistischer Text, sondern ein verkappter Liebesbrief war. Ich habe ihn erst viel später gelesen und es auf Anhieb erkannt. Der Artikel war eine versteckte, recht ungewöhnliche Liebeserklärung, und ich verstand nicht, warum er ihr seine Gefühle auf diese Weise anvertraute, hatte ich doch längst begriffen, dass keine Notwendigkeit für Geheimniskrämereien bestand. Keine Notwendigkeit für ungewöhnliche Liebeserklärungen aus der Ferne mit Selbstverleugnung und anschließendem Schweigen, schließlich liebten sie sich. Warum also erklärten sie sich nicht ihre Gefühle und handelten entsprechend? Ich wusste, mit mir hatte das nichts zu tun, und hätte ich glauben können, dass ihr Zusammensein Mutter glücklich machte, hätte ich mich auch mehr oder minder anstandslos mit der Situation abgefunden. Nur hatte es mit mir nichts zu tun, und ich begriff nicht, warum sie gerade dieses Spiel trieben, wenn nicht aus bloßer Perversität. Verweigerung. Verleugnung. Mutters Spiel, hatte ich immer geglaubt – doch schien sie diesmal ihren Meister gefunden zu haben.

Wenn auch einen sehr zartfühlenden Meister. Frank Vernes Porträt war gut geschrieben, und dem Durchschnittsleser verriet er sicherlich auch nichts Überraschendes oder gar Schockierendes. Ich selbst fand den Text natürlich schockierend, als ich ihn dann viele Monate später las, da er mir Dinge über Mutter verriet, die ich anfangs gar nicht glauben konnte. Er erzählte von einer Kindheit, die sie mir gegenüber nie erwähnt hatte, von einer Welt, auf die ich nie einen Blick geworfen hatte, von Menschen, Orten und einer Person – meiner Mutter –, von denen ich nichts geahnt hatte. Er zeigt das Bild eines scheuen, in sich gekehrten Kindes, das seine Tage allein verbrachte, im Wald spazieren ging oder Märchen las, ein Kind, das nicht viel redete und keine Freunde brauchte, ein Kind, das sich nie glücklich fühlte, wenn es nicht allein mit sich war. Erinnerungen aus dieser Kindheit, die Frank Verne ausgewählt hatte, waren kleinere, gewöhnliche Ereignisse, doch ging von ihnen allen etwas seltsam Unheilvolles aus: Mutter mit acht Jahren, wie sie mit einem Honigglas unter lauter Wildblumen steht und Biene um Biene einfängt, bis das Glas voll ist, woraufhin sie es verschließt und heimträgt, um es auf das Fensterbrett in ihrem Schlafzimmer zu stellen, damit sie dem wütenden Gebrumm zuhören kann, wenn sie bis spät in der Nacht liest und zeichnet; Mutter mit zehn Jahren, wie sie einen verletzten Vogel findet, ihn gesund pflegt, zumindest so lange, bis er ihrer Meinung nach gesund ist, ihn dann zu einer nahen Klippe bringt und in den Wind hinauswirft, wo er sich kaum einen Moment hält, um dann hinab auf den Fels zu stürzen; Mutter mit fünfzehn Jahren, wie sie zur Apotheke geht und mehrere ihr peinliche Medikamente verlangt – Fußpuder, Antiwarzencreme und Tabletten gegen Durchfall. All dies in der Absicht, ihre Schüchternheit zu überwinden, nicht, weil sie mehr mit Menschen zusammen sein will, auch nicht, weil sie will, dass man sie gern hat, sondern um sich beizubringen, dass es nicht darauf ankommt, was die Menschen von einem halten. Wichtig ist allein das innere Selbst, das, was man ist, ehe man zu jenem Menschen wird, den andere in uns sehen. Später dann begreift sie, dass sie schön ist, und sie hasst es. Sie will nicht, dass man sie anschaut, sie will diejenige sein, die sieht – deshalb wird sie Porträtmalerin, kann sie doch Menschen unvoreingenommen betrachten und erkennen, was sie von sich zeigen möchten, aber auch, was sie verzweifelt zu verbergen suchen. Kurz nachdem ich geboren wurde, zieht sie dann in den Norden zu etwas Größerem, Weiterem, zu etwas, das als

Landschaft oder Abstraktion zu denken sie sich strikt weigert, auch wenn es genau dazwischen zu liegen scheint.

Als ich später diesen Abschnitt las, dachte ich an das unvollendete Bild auf dem Treppenabsatz und fragte mich, was sie in *mir* gesehen hatte, das sie aufgeben ließ. Was hatte ich zeigen wollen? Was verzweifelt zu verbergen gesucht? Und was hatte sie gezwungen, die Pinsel beiseitezulegen und die Leinwand von der Staffelei zu nehmen? Dieser Gedanke kam mir zuerst – und dann fragte ich mich, warum sie das Bild auf den Treppenabsatz gehängt hatte, so dass ich es jeden Morgen sah, wenn ich nach unten zum Frühstück ging. Was machte dieses Geschenk aus? An all diese Dinge dachte ich später, in jenem Sommer aber nahm ich an – nachdem die Zeitschrift in einem ihrer Verstecke oben im Atelier verstaut worden war und wir die alltägliche Routine wiederaufgenommen hatten –, dass sie Frank ein wenig vermisste und sich deshalb vielleicht ärgerte, weil sie dadurch von ihrer Arbeit abgelenkt wurde und hoffte, dass die ganze Geschichte bald wieder vergessen sein würde. Was damals auch allem Anschein nach einzutreffen schien, denn wenn ich heute zurückdenke, kommt es mir so vor, als hätte es, zumindest eine Zeit lang, nur uns beide gegeben, zwei Frauen in einem stillen Haus, die ihren üblichen, wenn auch jetzt leicht geänderten Pfaden folgten zwischen dem, was laut ausgesprochen werden konnte, und dem, dessen wir uns mehr oder weniger bewusst waren, über das zu schweigen wir aber beschlossen hatten.

* * *

Natürlich waren wir nicht allein. Wir hatten Nachbarn. Wir hatten die Freier. Martin Crosbie wohnte noch unten im Sommerhaus, auch wenn ich ihn nur selten sah. Nachdem ich die

Bildersammlung entdeckt hatte, mied ich die *Hytte* auf meinen Wegen durch das Birkenwäldchen, an unserem Haus, aber auch dann, wenn ich der Straße nach Brensholmen oder jenem Pfad folgte, der an Kyrre Opdahls Haus vorbei weiter oben zum Fjord führte. Hin und wieder sah ich Kyrre; an manchen Tagen besuchte ich ihn auch, und während er an einem alten Maschinenteil oder einer kaputten Uhr arbeitete, setzte ich mich zu ihm in die Küche, so wie ich es früher oft getan hatte. Nur war es nicht mehr ganz wie früher – das wusste ich, hätte den Grund dafür aber nicht nennen können. Er erzählte mir immer noch Geschichten, und manchmal redete er von der *Huldra,* doch verlor er kein Wort mehr über die Jungen der Sigfridssons oder über Maia. Damit war er fertig. Er hatte sich die ganze Geschichte in seinem Kopf zurechtgelegt und begann, seinen Plan, das Land von diesem Fluch zu befreien, in die Tat umzusetzen, auch wenn dies bedeutete, dass er sich selbst dabei verlor.

Wir waren also nicht allein, wenn auch, zumindest im Haus, voneinander *getrennt.* Eines Tages dann, nicht an einem Samstag, kam jemand an die Haustür und klopfte. Ich war allein in der Küche – Mutter hatte bis in die frühen Morgenstunden gearbeitet und schlief jetzt in ihrem Zimmer im hinteren Teil des Hauses –, und einen Moment lang hatte ich Angst. Ich weiß nicht, mit wem ich rechnete – vielleicht kam Martin Crosbie aus der *Hytte,* um das Verschwinden der Bilder schönzureden, vielleicht kam Frank Verne aus New York, um Mutter in ein neues Leben zu entführen –, nur war ich einen Moment lang wirklich erschrocken und dann erleichtert, als Ryvold auftauchte und vorsichtig in den Flur lugte, um zu sehen, ob jemand daheim war. Ich war erleichtert – und freute mich möglicherweise sogar, ihn zu sehen, auch wenn er an einem Mittwoch eigentlich gar nicht hier sein sollte.

Ich war seit Stunden auf, was nichts Besonderes war; im Sommer fand ich es sogar eher normal, die halbe Nacht wach zu bleiben, mit einem Bildband im Bett zu liegen oder am Fenster zu sitzen und über die hellen Wiesen zu schauen. Meist versuchte ich zu schlafen, wurde dann aber hungrig oder ruhelos, weshalb ich aufstehen und mich bewegen musste. An jenem Morgen war ich wach geworden, hatte den Kessel aufgesetzt und Frühstück gemacht – ich hatte sogar Radio gehört und mir keine besondere Mühe gegeben, leise zu sein, obwohl ich wusste, dass Mutter im Bett lag. Ich gab mir nie Mühe, leise zu sein, zum einen, weil es mir nicht gefiel, wie ein Dieb durchs Haus zu schleichen oder wie ein Gast, der zu lang geblieben war, zum anderen aber, da kaum Gefahr bestand, Mutter zu wecken. Ihr Zimmer liegt am anderen Ende des Hauses, noch hinter dem Atelier; außerdem schläft sie nach einer langen Arbeitsnacht so tief und fest, dass mir nie auch nur der Gedanke gekommen ist, ich könnte sie stören. Und mir missfällt der Gedanke; er missfällt mir nicht nur, ich finde die Vorstellung geradezu abstoßend, durch die Gegend zu schleichen. Es hat so etwas Theatralisches, wenn jemand auf Zehenspitzen die Treppe hinab und aus dem Haus huscht, die Schuhe in der Hand – pure Schauspielerei, ein Vorwand, um sich selbst als das Mädchen mit einem Geheimnis aus irgendeinem Film, einem Roman zu sehen, als die Hauptperson, die Heldin. Jedenfalls habe ich das damals gedacht. Mir ist es viel lieber, auf ganz normale Weise meinen Tätigkeiten nachzugehen, so wie man es tut, wenn man sich nicht selbst beobachtet und nicht zu befangen ist.

An diesem Morgen hatte ich also getan, was ich an jedem Sommermorgen tat: Ich wachte auf, zog mich an, streifte mir die Schuhe über, ging auf den Treppenabsatz und sah durch die halb geöffnete Tür zu Mutter hinein, die tief schlummernd in ihrem Bett lag, den Kopf ins Kissen gepresst, den linken Arm auf ihre typische, ein wenig seltsame Weise ausgestreckt, als langte sie nach etwas, das zweifellos existierte – wenigstens im Traum –, aber knapp außerhalb ihrer Reichweite lag. Ich bin mir ziemlich sicher, dass ich auch an jenem Morgen, wie schon so manches Mal, kurz an ihrer Tür verharrte, überkommen von einer plötzlichen, fast geschwisterlichen Zuneigung für diese Frau, die sich ebenjetzt in einer anderen Welt befand, in der sie jemand anderes war, jemand, den ich nie sehen oder berühren würde, den ich mir nicht einmal vorzustellen vermochte. Rückblickend verstehe ich, dass ich diesen Gedanken tröstlich fand, zweifellos, weil das traumferne Ich ihr waches Ich weniger fern und somit fassbarer erscheinen ließ. Und doch hatte ich auch leichte Gewissensbisse, als ich sie schlafen sah, denn ich muss gestehen, dass mir meine schlafende Mutter besser gefiel als die wache. Wach schien sie – was? Ich bin mir nicht sicher, ob dies das richtige Wort ist, aber sie kam mir – allzu perfekt vor, zu in sich gekehrt, zu still. Natürlich war sie eine Mutter, stets praktisch gesinnt, Unterstützung gewährend und um mein Wohlergehen besorgt, doch war sie in allererster Linie Künstlerin, und ihre Mütterlichkeit hatte etwas zu Umsichtiges, fast Lehrbuchhaftes an sich. Es stimmte nun mal, dass sie – selbst wenn sie sich noch so große Mühe gab, mir eine gute Mutter zu sein – von Natur aus eine Einzelgängerin war, die ihre eigene Welt einige Grad abseits von jener bewohnte, in der wir übrigen Menschen lebten. Gewiss, ich liebte sie genau so, wie sie war; ich hätte sie nicht anders haben wollen. Und ich war auf meine Weise selbst auch Einzelgängerin. Trotzdem war es manchmal schwierig, fast, als wäre man noch ein Kind und nähme ein mechanisches Spielzeug auseinander, ein Auto etwa, einen Zug oder einen Aufziehvogel, ein Spielzeug, das, so ist nun einmal der Lauf der Welt, irgendwann zerbricht oder Eigenheiten entwickelt, merkwürdige Besonderheiten, die man, kluges Kindchen, das man ist, sicher mit ein wenig Logik und Mühe beheben kann. Also nimmt man das Ding in der Annahme auseinander, dass das innere Laufwerk kompliziert und komplex sein wird, ein winziges Stück präziser Ingenieurskunst, dessen Funktionsweise klar und deutlich sein dürfte, doch man entdeckt einen groben, leicht zerbrechlichen Mechanismus, ganz offenkundig ungeeignet für die Bewegungsabläufe, für die er entworfen wurde, und zudem hoffnungslos irreparabel. Was man also in Wahrheit vorfindet, ist so gut wie nichts. Dieses Ding, dieses Spielzeug, diese Maschine funktioniert bloß dank einer Art Wunder und hat rein gar nichts mit Zahnrädern, Gelenken und Spannfedern zu tun, ist nur irgendeine mysteriöse, nebulöse, in eine winzige Schale gesperrte Spannung, die man, ist sie erst einmal entwichen, nie zurückgewinnen kann. Ebenso war es mit Mutter, nur dass sich das offensichtlich Einfache, der unübersehbare Mangel an Mechanik auf der Außenseite befand, und das Wunder – die Bewegung, die Musik, die Tanzfiguren – waren innen verborgen. Von außen sah man davon nichts, nur die perfekte, endgültige Version jenes Menschen, der zu werden sie vor langer Zeit beschlossen hatte. Innen aber geschah etwas, winzige Zahnräder und Gelenke drehten sich, etwas passierte, doch was, das konnten jene, die sie kannten, ich selbst eingeschlossen, nur erraten. Deshalb sah ich sie so gern schlafen: Denn ein- oder zweimal schenkte sie mir, ohne es auch nur zu ahnen, einen Hinweis, ein Lächeln, ein paar gemurmelte Worte, die zwar keine Unentschlossenheit verrieten, aber doch auf einen laufenden Prozess hindeuteten, auf Verlangen oder Furcht oder auch die Spur einer Sehnsucht, die sie noch nicht aufgegeben hatte.

Als ich nun in der Küche saß, mich umdrehte und entdeckte, dass Ryvold schüchtern den Kopf durch die Haustür streckte, stand ich auf, um ihn hereinzubitten. Sobald er mich bemerkte, trat er ein und kam den Flur entlang zur Küche. Er hatte einen merkwürdigen, verstörten Ausdruck im Gesicht und wirkte irgendwie verloren, vielleicht auch wie jemand, der sich über etwas Sorgen machte – über etwas, das er, würde er danach gefragt, nicht benennen konnte, entweder, weil er keine genaue Antwort wusste oder weil die Gründe für seine Besorgnis zu privat waren, vielleicht auch zu delikat. Ich deutete unbestimmt auf einen Stuhl und fragte, ob er einen Kaffee wolle. Er gab keine Antwort, stand bloß mitten in der Küche und schaute sich um, als suchte er nach etwas – und mir wurde klar, dass er sich fragte, wo Mutter blieb. Er war natürlich gekommen, um *sie* zu sehen, und was immer ihm zu schaffen machte, hatte etwas mit ihr zu tun.

»Mutter schläft noch«, sagte ich. »Sie hat wieder die ganze Nacht gearbeitet.«

»Aha.«

»Aber nehmen Sie doch Platz. Ich habe gerade frischen Kaffee gemacht.«

»Na ja«, sagte er und verharrte einen Moment unschlüssig, ehe er sich setzte. »Ich will nicht stören …«

Ich lachte. »Die Gefahr besteht nicht«, sagte ich. »Ich trödle nur herum.« Dann schenkte ich ihm eine Tasse Kaffee ein und stellte sie auf den Tisch. »Und es besteht auch keine Gefahr, Mutter zu stören. Wenn sie nachts so lange auf war, schläft sie wie ein Stein.« Ich warf ihm einen hoffentlich beschwichtigenden Blick zu. »Sie brauchen sich also keine Sorgen zu machen.«

Das schien ihn zu verwirren. »Sorgen?«, sagte er. »Nein, nein, ich bin nicht … besorgt …«

Ich lachte erneut. »Na ja, aber Sie sehen so aus.«

»Besorgt?« Er schien jetzt unsicher, nicht so sehr, ob er tatsächlich *besorgt* war, sondern weil er sich offenbar fragte, was das Wort eigentlich bedeutete. Einen Moment lang dachte er nach. »Nein«, sagte er dann. »Ich bin nicht – *besorgt.* Es ist nur …« Er nippte an dem Kaffee und verschaffte sich so einen Augenblick, um sich zu fassen, denn es gab da etwas, das er zu sagen hatte, und auch wenn er mit Mutter reden wollte, überlegte er nun, ob er es, was immer es auch war, nicht mir sagen konnte. Er überlegte, vermochte sich aber nicht zu entscheiden. Dann lächelte er. Es war ein Lächeln, wie ich es gelegentlich bereits an einem Samstagmorgen gesehen hatte, wenn ich denn einmal bei Mutters Teeparty dabei gewesen war, ein Lächeln, das Rückzug signalisierte – Rückzug, aber keine Kapitulation, eher die willentliche Entscheidung, sich der Gesellschaft nicht aufzudrängen, indem er zu viel erzählte. Erzählte – oder offenbarte. Nicht dass er, was seine Privatsphäre anging, besonders geheimniskrämerisch oder schutzbedürftig gewesen wäre. Er wollte anderen nur nicht zur Last fallen. Und mit einem Mal verstand ich, warum er von der Narziss-Geschichte so fasziniert war, wieso sie für ihn nicht nur theoretische, sondern konkrete Bedeutung hatte. Sie war etwas, wonach er lebte. Es konnte ihm durchaus Vergnügen bereiten, sich selbst in der Welt zu entdecken, doch wollte er sichergehen – diese Sicherheit war für ihn entscheidend –, dass niemand sonst den Eindruck hatte, dieser Entdeckung beiwohnen zu müssen. Was etwas anderes als Zurückhaltung ist, gewiss, denn Zurückhaltung ist der verdeckte Versuch, gesehen werden zu wollen, und ihm kam es eher auf eine subtile Form der Abwesenheit an. Was wiederum erklärte, warum ich ihn schon immer gemocht hatte, und warum ich ihm schon immer mit Misstrauen begegnet war, denn aus völlig anderen Gründen als ich tat er in aller Stille das Einzige, das ich überhaupt der Mühe wert fand. Und nun war er hier und brachte alles in Gefahr. Beinahe. Er hatte nahe am Abgrund gestanden, doch nun wich er zurück, ein leises, fast zerknirschtes Lächeln im Gesicht. »Es besteht die Möglichkeit, dass ich für eine Weile fortmuss. Deshalb habe ich gedacht …« Er stand auf. »Aber so dringend ist es nicht. Es kann warten.« Er lachte. »Eigentlich ist es überhaupt nicht dringend«, sagte er – vor allem zu sich selbst.

Ich stand nun auch auf, aber er ging bereits zum Flur, immer noch diesen merkwürdigen Ausdruck im Gesicht. »Warum warten Sie nicht noch ein bisschen?«, fragte ich. »Sie schläft seit Stunden, also wird sie bestimmt bald wach …«

Er schüttelte den Kopf. »Nein, lieber nicht. Sie soll schlafen, so lang sie mag. Ich komme später noch mal wieder.« Seine Miene verdunkelte sich erneut, und er schaute mich an. Er wirkte tatsächlich seltsam zerknirscht, wollte zugleich aber unbedingt wieder gehen. »Danke für den Kaffee.«

Ich winkte ab. Seine Überkorrektheit begann mir lästig zu werden, und plötzlich – auch wenn es etwas war, was mich bis zu diesem Moment nie beschäftigt hatte – begriff ich, warum er nie geheiratet hatte. Er war jemand, der allein leben *musste,* jemand, der es schwierig fand, mit anderen auf Dauer zusammenzuleben, da er nur eine einzige Verhaltensweise kannte – die diskrete Kunst des Rückzugs, und zweifellos hatte es ihn viele Jahre gekostet, sie zu perfektionieren. Er verfügte über keine anderen Strategien, um mit Menschen auszukommen. Seine Kollegen hielten dies vermutlich für das Kennzeichen eines sanften, gelehrten, einfühlsamen Menschen, doch plötzlich vermochte ich diesen Zug an ihm zu durchschauen. Nicht weil ich besonders scharfsichtig gewesen wäre, sondern weil ich ihm ähnlich war. Er hatte mit dieser Verhaltensweise schon so lange gelebt, dass er sie fast nicht mehr wahrnahm, aber ich war noch eine Anfängerin, und für mich war sie schmerzhaft offenkundig. »Und?«, fragte ich. »Wann reisen Sie ab?«

»Ach, bis dahin ist es noch eine Weile«, sagte er. »Ich bin nur … Noch ist eigentlich nichts entschieden.«

Er wich mir aus, natürlich, und ich wusste es. Kaum hatte er das gesagt, wusste ich auch, dass er vielleicht nicht wiederkommen würde – doch eher um seinet- als um meinetwillen tat ich weiterhin, als ob nichts wäre. »Und wie lange werden Sie fort sein?«

Er lächelte. Es war ein entschuldigendes Lächeln, doch war die Entschuldigung nur der Versuch, seine Traurigkeit zu verbergen, was nicht ganz klappte. Natürlich war sie ihm nicht direkt anzumerken, trotzdem sah ich ihm an, dass sie hinter der Fassade lauerte. »Das ist auch noch nicht ganz sicher«, sagte er. »Vielleicht nicht sehr lang, vielleicht aber …«

Dann sagte er nichts mehr – doch ich wusste, wie die unausgesprochene Hälfte des Satzes lautete, und nickte, um ihm zu zeigen, dass ich ihn verstand. »Nun«, sagte ich und fand, dass ich – zumindest für meine Ohren – genau den richtigen Ton förmlicher Höflichkeit traf, »ich werde Mutter sagen, dass Sie hier waren.« Dann widerstand ich dem Drang, ihm zum Zeichen des Abschieds, zu dem diese Begegnung zu werden drohte, die Hand zu geben. Und ich glaube, ihm ging es ähnlich.

»Ich hätte vorher anrufen sollen«, sagte er noch leise, während er über den Flur ging – und ich folgte ihm, da ich fürchtete, er sei aufgebracht oder enttäuscht. Als er sich dann umdrehte, sah ich wie sein Gesicht aus keinem für mich ersichtlichen Grund plötzlich leuchtete, sich von innen aufhellte, wie ich es niemals erwartet hätte; die Augen strahlend, als stiege irgendwas aus seinem tiefsten Innern ins volle Tageslicht und tauchte alles in schimmernde Helligkeit. Es war, als ginge man an einem verregneten Abend draußen auf der Landzunge an einem einsamen Haus vorbei, in dem jemand eine Lampe anzündet, so dass die Fenster sich mit fahlem, dünnem Gold überziehen. Alles wird dann von einem Hauch Wärme gestreift; die Dunkelheit scheint auf einmal nicht mehr so endlos, wirkt begrenzter, weicher, sanfter, fast *hjemlig.* »Ich weiß nicht, was geschehen wird«, sagte Ryvold lächelnd. »Es ist alles noch ziemlich in der Schwebe, und es wird eine Weile dauern, bis sich die Sache entscheidet.« Ich wollte ihn fragen, welche Sache er denn meinte, doch ehe ich dazu Gelegenheit fand, drehte er sich mit immer noch strahlendem Gesicht um, schritt rasch durch den Garten davon und schlug den Weg durch den Birkenwald zur Straße ein.

* * *

Ich weiß heute nicht mehr genau, wie es entschieden wurde, doch zwei Tage nach Ryvolds seltsamem Besuch wurde entschieden, dass ich nach England fahren sollte. Ich finde mich auch damit ab, dass ich Anteil an dieser Entscheidung hatte, obwohl ich nur zugestimmt habe, weil mir keine andere Wahl blieb. Irgendwie hatte Kate Thompson unsere Telefonnummer herausgefunden und angerufen – und es war reiner Zufall, dass weder Mutter noch ich den Anruf entgegennahmen. Sie hinterließ eine Nachricht, natürlich – warum auch nicht? –, und es war diese Nachricht, die die Sache ins Rollen brachte. Ich brauchte einen ganzen Abend, um zu der Einsicht zu gelangen, die Mutter schon in dem Moment kam, als sie hörte, wie Kate Thompson – auf *ihrem* Anrufbeantworter – über Arild Frederiksen redete, als wäre es das Natürlichste auf der Welt, weshalb es in dem Moment, in dem sie mir die Nachricht vorspielte, auch unvermeidlich schien, dass ich mich entschied, die Sache ein für alle Mal zu beenden – und da blieb mir nur die Möglichkeit, nach England zu fahren. Nicht um mich mit meinem neuen Vater anzufreunden oder die Rolle in einem Fantasiestück der glücklichen Wiedervereinigung zu spielen, das Kate Thompson vorschweben mochte, sondern um ihnen beiden klarzumachen, dass ich keinen Wunsch hegte, mit irgendwem wiedervereinigt zu werden. Sobald die Entscheidung gefallen war, wusste ich, dass das ausreichte, so wie ich wusste, dass weitere Briefe und Anrufe kämen, wenn nichts dagegen unternommen wurde. Und das konnte ich schon um Mutters willen nicht zulassen. Sie nahm es ganz gelassen, sicher, trotzdem wusste ich, dass der Anruf für sie ein Eindringen in ihre Privatsphäre war, und sie wollte derlei einen Riegel vorschieben. Ich wusste auch, dass sie ihre Gelassenheit nur vortäuschte, um keinen Druck auf mich auszuüben. Was natürlich bedeutete, dass ich diejenige war, die sich für die Fahrt nach England entscheiden musste, auch wenn ich wusste, dass mir eigentlich keine Wahl blieb, denn in unser aller Interesse war meine Abreise unumgänglich. Also entschied ich mich. Ich entschied mich noch am selben Abend, und am nächsten Morgen waren Flüge und ein Hotel für das nächste Wochenende gebucht. Kate Thompson hatte sich im Namen von Arild Frederiksen erboten, für die Kosten aufzukommen, aber davon wollte Mutter nichts wissen. Stattdessen suchte sie mir ein kleines Hotel, buchte meine Flüge und fand die Abfahrtszeiten der Züge heraus, die mich mit einem Minimum an Unannehmlichkeiten an mein Ziel bringen würden – laut Mutters altem Reiseführer eine ländliche Marktstadt in den englischen Midlands.

Zwei Tage später kam der Mann von Fløgstads, um einen Schwung Bilder für Mutters bevorstehende Ausstellung abzuholen – und am selben Morgen führte ich mein letztes Gespräch, wenn es denn ein Gespräch genannt werden konnte, mit Martin Crosbie. Wahrscheinlich war er spazieren gewesen und hatte den Lieferwagen gesehen. Vielleicht war ihm da eingefallen, dass dies perfekten Vorwand bot, um herauszufinden, ob ich meiner Mutter etwas über die Bilder auf seinem Laptop erzählt hatte – und wenn ja, was. Vielleicht war er auch mit einer vorbereiteten, plausiblen Geschichte zu uns gekommen, bereit, mir darzulegen, dass ich ihn falsch verstanden hatte, dass die Bilder Teil eines Projektes gewesen waren, an dem er arbeitete. Vielleicht wollte er auch nur darauf hinweisen, dass die Aufnahmen weder pornografisch noch in irgendeiner Weise kriminell waren – und ich musste zugeben, dass jedes einzelne Bild für sich betrachtet keine hochgezogenen Augenbrauen verursacht hätte. Von den Mädchen war nichts offenkundig Sexuelles ausgegangen – keine verführerischen Posen, keine fetischistischen oder knapp sitzenden Kleider. Hätte man Martin Crosbie zur Rede gestellt, hätte er überzeugend darlegen können, dass er nichts Verbotenes tat. Er hätte sagen können, dass die Bilder für ihn eine abstrakte Qualität besaßen – Schönheit etwa oder Unschuld –, und dass sein einziges Vergehen in einer gewissen altmodischen Vorliebe für das Reine und Unbefleckte bestand. Wie sein Held Lewis Carroll war er ein schüchterner, reservierter Mann, der, da ihn das Vulgäre des modernen Lebens abschreckte, Zuflucht in einer Traumwelt suchte, die ihm Trost spendete, obwohl er wusste, dass es diese Welt nicht gab. Vielleicht würde er sogar zugeben, ein trauriger Fall zu sein, jemand, der nicht so weltverbunden wie die meisten Menschen war; trotzdem würde er daran festhalten, dass er nichts Falsches getan hatte. Allerdings dürfte er inzwischen erraten haben, dass ich es besser wusste – und es war für mich ein Schock, ihn an unserem Tor und mit Mutter reden zu sehen, als wären sie Nachbarn, die sich an der Straße auf ein Schwätzchen trafen. Das machte mich wütend, noch wütender aber machte mich sein Gesichtsausdruck; eine Miene der Erleichterung, die verriet, dass er in diesem Augenblick bestätigt fand, dass nichts offenbart worden war, und ich beeilte mich, zu ihnen zugehen, um etwas zu tun oder zu sagen, das diese Miene aus seinem Gesicht wischen würde – doch Mutter verstummte im selben Moment, in dem ich eintraf, und drehte sich mit einem Lächeln zu mir um, wie ich es nicht von ihr kannte. »Guten Morgen, Liv«, sagte sie mit munterer Stimme. »Du kennst doch Mr. Crosbie, oder?«

Ich nickte Martin zu. »Guten Morgen.« Ich war nicht munter und ganz bestimmt nicht fröhlich, doch löste sich meine Entschlossenheit schlagartig in nichts auf, weshalb ich kaum bedrohlicher als ein mürrischer Teenager gewirkt haben dürfte, der das Gespräch zweier Erwachsener unterbrach.

Trotzdem gestattete Martin sich einen kurzen, fragenden Blick – ein Blick, von dem er vermutlich annahm, dass Mutter ihn nicht mitbekam, als würde Mutter jemals etwas nicht mitbekommen –, ehe er sich sagte, dass ich ihm schon keine Schwierigkeiten machen würde. Er lächelte. »Ihre Mutter hat mir gerade von dem Bildabholer erzählt.«

Ich runzelte die Stirn. »Was ist mit ihm?«

Martins Gesicht verdunkelte sich kurz, und er wirkte mit einem Mal unsicher. Doch hätte ich nicht sagen können, ob er fürchtete, zu viel als selbstverständlich vorausgesetzt zu haben, wenn er dachte, ich würde ihm schon keine Szene machen, oder ob er fürchtete, etwas Unangemessenes gesagt zu haben, als er den Mann von Fløgstad erwähnte. Er sah zu Mutter hinüber.

Mutter lächelte freundlich. »Keine Sorge, Mr. Crosbie. Liv weiß alles darüber …«

»Alles über was?«, fragte ich und konnte es nicht glauben, dass sie Martin Crosbie nur wenige Minuten nach ihrem Kennenlernen unsere lächerliche Geschichte erzählt hatte, eine Geschichte, die ich stets für etwas Privates gehalten hatte, ein düsterer Spaß, von ihr ausgedacht, um mich aufzuheitern, wenn unser Haus einen Tag lang von diesem großen, mürrischen Mann heimgesucht wurde. Der Ärger darüber, dass sie unser privates Reich so rasch verriet, war meiner Stimme anzumerken. »Ich würde nicht alles glauben, was man so hört, Mr. Crosbie. Gerade Sie sollten doch wissen, wie trügerisch der äußere Eindruck sein kann.«

Daraufhin drehte sich Mutter langsam um und sah mich an; mir wurde klar, dass sie längst alles herausgefunden hatte. Natürlich nicht die Einzelheiten, nichts über die Bilder, aber den Rest – es war ja auch offensichtlich, dass irgendwas vor sich ging. Sie wusste, wie lang Martin schon in der *Hytte* wohnte, und sein plötzliches Auftauchen an eben diesem Morgen musste jemandem wie ihr mancherlei verraten. So, wie er sich benahm, hatte sie sich gewiss gleich gedacht, dass irgendwas nicht stimmte, dazu die Spannung, die aufkam, sobald wir uns sahen. Doch dass sie Bescheid wusste, tröstete mich nicht, im Gegenteil, ich sah ihr an, dass sie tat, was sie in solchen Situationen immer tat – sie trieb ihr Spiel. Sie spielte mit uns, zumindest mit ihm, und falls das Spiel allein zu meiner Unterhaltung erdacht worden war, machte sie mich zur Komplizin, was ich wiederum nur für einen pervertierten Beweis familiärer Loyalität halten konnte. »Ich habe Mr. Crosbie vom Mord erzählt«, sagte sie. »Davon, wie der Mann seine Frau mit einer Axt getötet hat …«

»Das stimmt nicht«, widersprach ich und war jetzt wütend, dass Martin jene Grenze überschritten hatte, die meine Welt von seiner trennte, wütend darauf, dass Mutter eines ihrer Spielchen spielte, Dinge leichtnahm und erwartete, dass ich mitmachte, obwohl sie die genauen Umstände doch gar nicht kannte. »Das ist bloß eine Geschichte, von dir erfunden.« Ich sah sie an, und sie erwiderte den Blick, eher fasziniert von meiner heftigen Erwiderung als übermäßig besorgt.

Martin dagegen war jetzt vollends verwirrt – und stärker beunruhigt, als nötig gewesen wäre. Offenkundig bedauerte er bereits, hergekommen zu sein. Nur wie hätte er der Gelegenheit widerstehen können? Schließlich musste er herausfinden, wie weit ich gehen würde. Nach so vielen besorgten Tagen allein in der *Hytte,* in deren Verlauf er sich immer wieder gefragt hatte, was ich wohl über ihn erzählte, hatte er den Lieferwagen als Vorwand genutzt, um auf Erkundung zu gehen. Und in dem Moment, in dem er sich Mutter vorstellte, hatte sie dies gespürt, dies oder etwas Ähnliches. Derart zurechtgewiesen, dachte Mutter einen Moment nach, ehe sie dann mit einem angedeuteten Lächeln um die Mundwinkel das Gespräch wiederaufnahm – allerdings war das Lächeln diesmal echt. »Du hast recht«, sagte sie. »Es ist bloß eine Geschichte.« Und an Martin gewandt fuhr sie fort: »Tut mir leid, Mr. Crosbie. Wir bekommen hier draußen nur selten Besuch und müssen daher Mittel und Wege finden, uns in langen Winternächten zu vergnügen.« Sie reckte den Hals ein wenig und linste ins Innere des Lieferwagens. »Jedenfalls«, schloss sie, »war es nett, Sie kennenzulernen, doch bleibt noch einiges zu verpacken. Ich muss nach dem Rechten sehen.« Sie hielt ihm die Hand hin. »Mr. Opdahl kümmert sich bestimmt gut um Sie, aber wenn Sie je etwas brauchen sollten, lassen Sie es uns wissen.«

Martin Crosbie rang sich ein Lächeln ab, doch sah er dabei ganz und gar nicht glücklich aus. Einen Moment lang starrte er sie an, unsicher, was er sagen sollte – und es war kaum zu übersehen, dass er meinte, etwas sagen zu müssen –, dann aber ergriff er ihre Hand, schüttelte sie, wandte sich mit einem schüchternen Seitenblick auf mich ab und ging den Weg hinunter. Mutter blieb noch kurz stehen, um ihm nachzusehen; erst als er das Gartentor hinter sich geschlossen hatte und außer Hörweite war, drehte sie sich zu mir um. »Der arme Kerl«, sagte sie. »Mir ist schleierhaft, was du an ihm findest.«

Ich schüttelte den Kopf. »Was soll das denn heißen?«

»Läufst du denn nicht ständig aus dem Haus, um ihn zu besuchen?«, fragte sie und bedachte mich mit einem amüsierten Blick, als hätte sie mich bei einer Lüge ertappt.

»Keine Ahnung, was du meinst«, antwortete ich. »Seit er hier ist, habe ich mich erst zweimal mit ihm unterhalten.«

»Na ja, dann«, sagte sie, ehe ich weiterreden konnte – und ich sah ihr an, dass sie bloß spielte, um etwas zu verbergen, etwas, das sie sehr ernst nahm. »Vielleicht solltest du es dabei belassen.« Mit diesen Worten drehte sie sich um und ging zum Haus, in dessen Tür gerade der vermeintliche Axtmörder auftauchte, wohl weil er neue Anweisungen hinsichtlich der zu erledigenden Arbeit brauchte. Und doch dachte ich angesichts seines merkwürdigen Gesichtsausdrucks unwillkürlich, dass er wusste, wie wir über ihn geredet hatten; weshalb er uns wissen lassen wollte, dass er, solange er hier war, fern der eigenen Welt, alles andere außer seiner Arbeit vollkommen bedeutungslos fand.

* * *

Die Vermutung, die Mutter an jenem Tag über Martin Crosbie und mich äußerte, hatte mich schockiert – auch wenn sie nur zu ihrem Spiel gehörte. Wenn ich daran denke, was später geschah, wenn ich an die Wirkung denke, die diese Ereignisse offenbar auf mich gehabt haben, überrascht es mich erst recht, wie wenig ich tatsächlich über diesen Mann wusste. Wir sind uns nur zweimal begegnet und haben eine Weile über nichts weiter geredet, wobei ich ihn auf planlose Weise seinen Beschäftigungen nachgehen sah, doch habe ich im Grunde nichts über sein Leben erfahren. Ich kannte keine Fakten, keinen Hintergrund, hatte keine Informationen darüber, woher er kam oder was für ein Leben er eigentlich führte. Nach meiner Entdeckung in der *Hytte* war ich ihm aus dem Weg gegangen, nur hatte das nicht gereicht, um die Frage in mir verstummen zu lassen, was er wohl im Schilde führte, weshalb ich anfing, hässliche Fantasien zu hegen, denen zufolge er mich beobachtete, die Kamera griffbereit, sooft ich in den Garten trat oder am Strand spazieren ging. Ich wusste nicht, warum er die Bilder gemacht hatte, die ich auf seinem Computer fand; ich wusste nicht, ob er nur ein trauriger Fantast war, der gern durch die Gegend schlich, um junge Mädchen zu fotografieren, oder ob er ein ausgemachter Jäger war, für den die Fotos nur die erste Phase in einem größer angelegten Plan waren. Das war zwar wohl nie besonders wahrscheinlich, doch kann ich mir rückblickend nicht mehr sicher sein. Er hätte auch ein hoffnungsloser Romantiker sein können, dessen Fantasie ein wenig mit ihm durchging, ein Dodgson unserer Zeit mit einer Datenbank für gestohlene Bilder und einer sarkastischen, selbstironischen Art, die sein scharfes Gespür sowohl für die eigene Absurdität als auch für die so groteske wie rätselhafte Existenz der anderen nicht ganz verbergen konnte. Doch unabhängig von dem, was seine Beweggründe für seine Bilder gewesen sein mögen, rede ich mir heute gern ein, dass seine geheime Fotosammlung für ihn nur rituelle Bedeutung besessen hat – auch wenn ich mir da nicht sicher sein kann. Aus Gründen, die ich nie ganz verstanden habe, wollen wir über die Toten nur Gutes denken; also will ich von nun an besser über Martin Crosbie denken, als ich es damals tat, denn allein seine Schwäche, sein Laster – was auch immer – hat die *Huldra* zu ihm geführt. Erst verhalf sie ihm zu ein wenig Glück, dann brachte sie ihn um. Vielleicht konnte seine Geschichte nur auf diese Weise enden, vielleicht war es das Beste, was er sich erhoffen durfte. Einen Augenblick des Glücks, der ihn vermutlich völlig überrascht hat, danach nichts mehr. Wie war es für ihn, jenes eine als Geschenk zu bekommen, von dem er geglaubt hatte, es nur durch Diebstahl erlangen zu können? Anfangs konnte er sein Glück sicher kaum fassen, aber ich denke, es ist ihm gelungen, daran zu glauben, bevor ihm das Geschenk wieder genommen wurde, bevor die *Huldra* ihre wahre Gestalt zeigte und ihm vom hellen Strand aus zuwinkte, während er willentlich ins Dunkel trat.

* * *

Mutter fuhr mich zum Flughafen. Ich hatte gehofft, ohne Aufsehen reisen und die ganze Geschichte geheim halten zu können, doch als wir morgens nach Tromsø fuhren, begegneten wir Kyrre Opdahl, der in entgegengesetzter Richtung unterwegs war und wie üblich auf einen kleinen Schwatz anhielt. Er mochte das – und Mutter wohl auch –, es gehörte zu dem, was er am liebsten tat: auf der Straße anhalten, das Fenster herunterkurbeln und mit jemandem reden, ob nun mit einem Autofahrer oder einem Spaziergänger. Ich schätze, es erinnerte ihn an die alten Zeiten, in denen es noch ruhiger zuging. An jenem Tag war er auf dem Heimweg von einem Geschäft in Straumsbukta, im Wagen die Vorräte für eine weitere Woche, doch hatte er auch bei einem Freund vorbeigesehen, der nur knapp einen

Kilometer von Mrs. Sigfridsson entfernt wohnte, um eine Uhr mitzunehmen, die repariert werden sollte. Natürlich entdeckte er gleich den Koffer auf dem Rücksitz. »Wohin soll's denn gehen?«, fragte er und musterte meine Mutter mit neugierigem Blick. Er wirkte enttäuscht, gar hintergangen, weil sie ihm nichts von einer bevorstehenden Reise gesagt hatte.

Mutter lachte und schüttelte den Kopf. »Ich fahre nirgendwohin«, sagte sie. »Aber Liv.«

»Aha.« Kyrre gestattete sich einen seiner typischen, leisen Japser, ehe er nickte und mich ansah, aber nichts weiter sagte.

»Sie fährt nach England«, fuhr Mutter fort, offenkundig immer noch leicht amüsiert, »um ihren Vater zu besuchen.«

Das schockierte mich. Ich hatte nicht angenommen, dass sie *ihn* erwähnen würde. Schließlich hatte sie jahrelang getan, als ob es ihn gar nicht gäbe. Soweit ich wusste, hatte sie ihn Kyrre gegenüber nie auch nur erwähnt, und Kyrre war viel zu höflich, um sich nach ihm zu erkundigen – und fragte sonst jemand danach, wer mein Vater war, wechselte sie das Thema oder kapselte sich ab. »Sie bleibt nicht lang«, setzte sie noch hinzu und wandte sich zu mir um. »Nur ein paar Tage.«

Kyrre sah mich gleichfalls an und gab sich Mühe, seine Überraschung zu verbergen. »England, wie?«, sagte er und kratzte sich am Kopf. »Tja, ist bestimmt ganz nett da, auch wenn ich nicht behaupten könnte, je dort gewesen zu sein.« Er lächelte so mitfühlend, als wäre eine Reise nach England mehr oder weniger das Gleiche wie ein Besuch beim Zahnarzt. »Hab selbst nicht viel fürs Reisen übrig«, fuhr er fort und wiegte nach einem Augenblick des Sinnierens bedenklich das Haupt. »Na ja, einmal war ich in Narvik.« Er blickte in den Rückspiegel, um sicherzugehen, dass die Straße hinter ihm frei war. Er fing an, diesen Moment zu genießen – seine junge Freundin fuhr ins

Ausland, und er war hier, um ihr zu erklären, dass es keine große Sache war, die Insel zu verlassen –, weshalb er keine Störung wollte. Er kannte Mutter gut genug, um zu wissen, dass sie, sollte er auf ihre Bemerkung über meinen Vater eingehen, das Gespräch höflich beenden und fortfahren würde.

Ich warf Mutter einen vielsagenden Blick zu, aber sie ignorierte mich. »Narvik?«, fragte sie.

Kyrre nickte. »Nur übers Wochenende.«

Mutter verzog keine Miene. »Tja, ist bestimmt ganz nett da.«

Kyrre kniff die Lippen zusammen und dachte einen Moment nach. »Mag sein«, sagte er dann, »kann aber nicht behaupten, dass es mir gefallen hätte.«

Mutter lachte, sagte jedoch nichts weiter – und auch wenn wir noch ein, zwei Minuten blieben, war das Gespräch zu Ende. Mein Vater wurde mit keinem Wort mehr erwähnt, ebenso wenig die Tatsache, dass ich zum ersten Mal allein verreiste; allerdings warf Kyrre mir einen langen Blick zu, ehe er und Mutter Anstalten trafen, ihrer Wege zu fahren, und ich musste versprechen, ihm eine Postkarte zu schicken.

Das Haus des Fischers

Als das Flugzeug abhob und sich in die Kurve legte, spähte ich aus dem Fenster, da ich hoffte, Mutter zum Wagen zurückgehen zu sehen. Aber ich konnte nur das vom Land unter mir aufschimmernde grüne Licht und dann, etwas seitlich, einen gelben Windsack erkennen, aufgebläht vom Atem des alten Sámi-Windgottes Bieggaålmaj – nichts Besonderes, ich weiß, dennoch ein kleiner, mit Licht, Ozon und Sommerwind sich füllender Bestandteil der sich darbietenden Szenerie. Einen Augenblick lang schien es, als bliebe die Zeit stehen; dann drehte das Flugzeug nach Süden ab, und unter mir schrumpfte die Welt: Häuser, Supermärkte und Straßencafés, über die Erde verteilt in kartografierter Unbeständigkeit, über die niemand nachdachte, obwohl sie dort unten jeden Tag gelebt wurde – und ich glaube, manch einer ist froh, dass nichts von dem, was sie tun oder schaffen, je wirklich ein Ende findet oder mit Gewissheit ihnen gehört. Nichts von ihrem Tun ist von Dauer, nichts existierte auf immer. Leute wie Kyrre Opdahl und vielleicht, auf seine Weise, auch wie Ryvold entscheiden sich dafür, in diesem Land zu leben, weil sie wissen, dass Geschichten nur hier Bestand haben. Die Geschichten und das Land, das sie hervorbringt. So verschieden sie auch zu sein meinen, so hätten diese beiden Einzelgänger sicher nicht nur darin übereingestimmt, dass es eigentlich bloß Geschichten gibt und alles andere Illusion ist; sie hätten auch bestätigt, was Ryvold an einem Samstagmorgen der versammelten Runde erzählte, dass nämlich die individuellen Geschichten, die separaten Leben, die wir zu führen glauben, und die Darstellungen, die wir davon geben, kontinuierlich in eine größere Erzählung einfließen, die niemand Bestimmtem gehört und nicht nur alles einschließt, was geschieht, sondern auch alles, was hätte sein können.

Das Flugzeug kreiste kurz über der Insel, um dann nach Süden abzudrehen, und im selben Moment verschwand die Welt, wie ich sie kannte. Draußen blies Bieggaålmaj über die Finnmarksvidda heran, ein kalter Wind, der zuvor über die Mongolei gefegt war und den Rauch aus den Jurten der Pferdehirten, das Blau der Steppe gestreift hatte, denn dieser Wind, dieser Geist, besaß ein Gedächtnis, das Ewigkeiten umspannte, über alle Örtlichkeiten, Äonen und Jahreszeiten hinaus, und sich an andere Orte, andere Jahreszeiten erinnerte, an andere Menschen, die in ihren Siedlungen schliefen und träumten, überall entlang des Wegs von hier bis Kamtschatka. Für ihn klangen unsere vielen Geschichten gleich, selbst die Geschichte, in der ich vorkam und zu einem Mann reiste, den ich nicht nur nie gesehen, sondern auch nie für ein Wesen aus Fleisch und Blut gehalten hatte. Nur konnte ich nicht sagen, ob ich froh war, endlich die Wahrheit zu erfahren, oder ob es mich ärgerte, dass er tatsächlich existierte. Mehrere Minuten lang schüttelte Bieggaålmaj das Flugzeug, als wollte er es vom Himmel pflücken und ins Meer werfen, dann aber, nachdem wir einer Reihe ferner Inseln entlang der Westküste gefolgt waren, drehte die Maschine landeinwärts, um die Berge zu überqueren – und im weißen Schimmer der schneebedeckten Gipfel vergaß ich Arild Frederiksen, vergaß alles bis auf dieses klare, überirdische Licht. Als ich aufwachte, setzte das Flugzeug in einem steten grauen Regen zur Landung an, und eine Stimme über Lautsprecher bat die Passagiere, zur eigenen Sicherheit und der aller übrigen Mitreisenden sitzen zu bleiben, bis die Anschnallzeichen erloschen waren.

In Oslo musste ich umsteigen. Die nächste Maschine hatte Verspätung, aber das störte mich nicht. Ich war früher schon einmal in London gewesen, konnte mich aber kaum daran erinnern. Damals war es heiß gewesen, und mich hatten die Menschenmengen auf den Straßen abgeschreckt, die Art, wie sie aneinander vorbeirempelten mit dieser abwesenden Miene im Gesicht, als versuchten sie verzweifelt sich einzureden, dass sie allein seien. Mutter hatte mich in die National Gallery und die Tate Gallery mitgenommen, und wir hatten einen Tag in Kew Gardens verbracht, waren durch das Palm House spaziert und die alpinen Gärten – doch auch wenn ich sah, was Mutter meinte, wenn sie behauptete, dass es schön sei, gefiel es mir nicht besonders. Das Palmenhaus war heiß und stickig, und die alpinen Gärten kamen mir nur wie ein trauriger Ersatz für jene Gegend vor, die wir gerade erst verlassen hatten, jene Gegend, in die ich gehörte.

Eine Stunde später als vorgesehen fädelte ich mich am Flughafen Heathrow in die Schar der Reisenden ein, kurz vor der Landung hatte es einen Sicherheitsalarm gegeben, und jetzt waren überall Menschen: Geschäftsleute, die in zerknitterten Anzügen durch die Menge drängten, eine Gruppe französischer Kinder, die in der Warteschlange vor der Passkontrolle für Unruhe sorgten, ein halbes Dutzend chinesischer Frauen, die mit einem unglücklich dreinschauenden Angestellten in blauroter Uniform diskutierten. Ich hatte es nicht eilig. Wozu auch? Es dauerte über eine Stunde, ehe ich zum Bahnsteig kam und den Express in die Stadt nahm, den ersten von drei Zügen, die mich dahin bringen sollten, wo ich die nächsten Tage wohnen würde. Mutter hatte vorgeschlagen, etwas länger zu bleiben, einen Urlaub anzuhängen, aber ich hatte abgelehnt. Ich weiß nicht, warum, doch kaum waren wir uns einig, dass ich fliegen würde, begann ich mich wegen der Reise zu sorgen, noch während Mutter am Telefon die nötigen Reservierungen für mich machte, und ich war froh, dass ich nicht lang fortblieb. Auf der Fahrt nach Birmingham regnete es ohne Unterlass, nur gelegentlich fiel eine plötzliche Kaskade Sonnenlicht durch die Wolken, und die Felder und Hinterhöfe verwandelten sich wie auf einer Bühne, wenn überraschend die Scheinwerfer angehen. Es erinnerte mich an zu Hause, dieses Licht – gleich darauf war es wieder fort, und der Regen setzte aufs Neue ein, wurde heftiger, und draußen wurde es immer grauer, bis es, als ich zum zweiten Mal umsteigen musste, überhaupt kein Licht mehr zu geben schien. Kein Licht, aber auch keine Dunkelheit, nur ein verwaschenes, tristes, kaltes Grau, ein tief hängender Regenhimmel über Lagerhallen und Schrottplätzen, die zwischen den einzelnen Stationen an uns vorbeizogen.

Während des dritten Reiseabschnitts kam es zu einer weiteren Verzögerung, da der Zug anhielt und eine Viertelstunde lang einfach stehen blieb. Irgendwann aber kam ich schließlich an, wurde nass, als ich meine Reisetasche vom Zug zum Taxi trug, und stand um fünf Uhr nachmittags endlich im warmen, gemütlichen Foyer meines Hotels. Keine Ahnung, wie Mutter es aufgespürt hat, aber es war perfekt. Am Empfang stand eine ziemlich magere, junge Frau mit großen, dunklen Augen und tintenschwarzem, zu einem straffen Pferdeschwanz zurückgekämmtem Haar, eine Frisur, die sie wie eine Figur aus den von Mutter so geliebten Gorey-Cartoons aussehen ließ. Sie sprach mit Akzent, möglicherweise Irisch, aber auf dem goldenen Namensschildchen ihrer Jacke stand FRANÇOISE, was mir nicht besonders irisch klang. Sie war sehr höflich, lächelte jedoch nicht, als sie mir den Schlüssel reichte, wünschte mir nur einen angenehmen Aufenthalt, worüber ich froh war. Ich wollte nicht, dass die Leute freundlich zu mir waren; ich wollte, dass sie ihren Job machten, um mich dann, wenn ich hatte, was ich brauchte, in Ruhe zu lassen.

Das Hotel war ein altes Gebäude mit eigenem Garten in einer, laut Broschüre, ruhigen, baumbestandenen Straße, nur wenige Minuten vom Stadtzentrum entfernt. Ich nahm an, dass Mutter es ausgesucht hatte, weil es ein Familienbetrieb war, was meist *klein* bedeutet – und auf den ersten Blick wirkte es tatsächlich eher wie ein großes Privathaus und nicht wie ein Hotel. Die Lobby mit gedämpftem Licht war auf angenehme Weise mit Messingskulpturen von Pferden und Hunden bestückt, die in goldenem Lampenlicht auf ramponierten Kommoden standen; an der Wand gegenüber vom Empfang waren Regale voller Bücher, in denen seit Jahren niemand mehr gelesen hatte – Kyrre Opdahl hätte das gefallen –, wodurch das Hotel einladend wirkte, fast wie ein Haus aus früheren, besseren Tagen, als die Zeit noch langsamer verging und man zusehen konnte, wie Tische und Vasen Patina ansetzten. Mein Zimmer war einfach und schlicht: ein Bett, ein Schrank, ein Tisch, eine Lampe, die in Erwartung meiner Ankunft eingeschaltet worden war, aber kein Zierrat, keine Skulpturen, keine zerlesenen Bücher. An der Wand über dem Bett hing ein Bild – eine Jagdszene, wenn ich mich recht erinnere –, und das war's. Draußen brannte bereits eine Straßenlaterne, die weiches, orangefarbenes Licht ins Fenster warf, ein Licht, bei dem ich mich geborgen und gegen die Zeit gefeit fühlte. Ich stellte die Tasche aufs Bett, packte aus, räumte rasch meine Sachen ein und trat ans Fenster. Der Blick ging über einen Kiesweg und einen etwas ungepflegten Rasen auf eine baumbestandene Straße und darüber hinaus auf einen Park, offenbar ein von einem Gitterzaun geschützter Spielplatz für kleine Kinder. Auf der Straße herrschte reger Feierabendverkehr, der Spielplatz aber lag einsam und still im fahlen, orangeroten Laternenlicht. Jemand hatte alles Erdenkliche getan, um den Platz attraktiv zu gestalten: Ständer und Querbalken der Schaukel waren frisch in Kirschrot gestrichen, das Karussell leuchtete golden, weiß und blau, aber wegen des Regens war niemand dort. Es war kein Tag zum Spielen, eher ein Tag, an dem man auf der Treppe saß, dem Regen zuhörte oder ein Buch über Piraten oder Grinsekatzen las.

Ich setzte mich aufs Bett. Vermutlich bliebe noch genügend Zeit, ins Krankenhaus zu fahren, doch war ich müde, und meine Sachen waren klamm und schmutzig; außerdem dachte ich, dass es nichts machte, wenn ich noch eine Nacht wartete. Ich war, sagte ich mir, von der Reise erschöpft, und es würde weniger aufdringlich wirken, wenn ich ihn erst am nächsten Morgen besuchte. Ausgeruht wäre ich sicher auch eine bessere Gesellschaft für einen kranken Mann, und die Frau, die mir die Briefe geschrieben hatte, diese Kate Thompson, die würde jetzt gewiss bei ihm sein, ein vertrautes Gesicht für Arild Frederiksen, eine tröstliche Präsenz – das war doch bestimmt, was er brauchte, im Krankenzimmer, wenn die Nacht anbrach. Ich wollte nicht am Abend kommen, im Regen, wenn er seine Medizin nahm und sich für die Nacht zurechtmachte – und ich wollte auch nicht unangemeldet auftauchen. Natürlich wusste ich an jenem Abend nicht, wie ernst seine Krankheit war, sonst wäre ich sicher sofort gefahren. Das versteht sich von selbst. Ich war gekommen, einen kranken Mann zu besuchen, der offenbar darum gebeten hatte, mich zu sehen – oder war es Kate Thompsons Entscheidung gewesen, mich hierherzuholen? Hatte sie es auf sich genommen, mir zu schreiben, da sie annahm, dass Arild Frederiksen selbst es nie getan hätte? Oder dass er mir nicht gesagt hätte, wie krank er war? Aber Kate Thompson hatte gesagt, dass er krank war, und zweifellos hatte sie gewusst, dass ich mich dadurch verpflichtet fühlte herzukommen. Nur – hatte sie mir nun mit seiner Einwilligung geschrieben, oder hatte sie mich bloß hergebeten, um sich zu beweisen, wie viel ihr an ihm lag? Sie hatte sich seine *Freundin* genannt, ich aber hatte gleich angenommen, dass mehr zwischen ihnen war – und falls diese Annahme stimmte, dann besaß sie tatsächlich gewisse Rechte, während der Abend kam und die Nacht anbrach. Zumindest hatte sie das Recht, mit ihm allein sein zu dürfen. Ich fischte ihre Nummer aus meinem Portemonnaie, begann zu wählen, legte jedoch kurz danach wieder auf und entschied, es wäre das Beste, bis zum Morgen zu warten. Stattdessen wählte ich die Nummer von daheim und wartete, während es klingelte. Niemand nahm ab. Nachdem es etwa ein Dutzend Mal geläutet hatte, meldete sich der Anrufbeantworter. »Dies ist der Anschluss von Angelika Rossdal. Ich bin gerade beschäftigt. Bitte hinterlassen Sie eine Nachricht.« Eine klare, schlichte Ansage, kein Herumgerede, keine Spur von pfiffiger Ironie, von Humor – es war das erste Mal, dass ich sie aus der Ferne hörte. Ich stand da, lauschte ihrer Stimme und legte auf, als der Piep kam, da ich nicht wusste, was ich sagen sollte. Mutters Stimme klang so weit fort, so abstrakt, dass es mir plötzlich vorkam, als wäre die Stimme, die ich hörte, überhaupt nicht ihre Stimme, sondern die einer Betrügerin. Und obwohl ich wusste, wie absurd diese Idee war, fühlte ich etwas, das an Panik grenzte, war schlagartig überwältigt von dem Gedanken, dass ich zu weit gereist war, auch zu lang, und dass ich nun, da ich hier war, an diesem fremden Ort, nicht bloß Mutters Stimme aus großer Distanz hörte, sondern auch hörte, wie das ganze Haus, der ganze Raum, den ich normalerweise einnahm, verstummte und sich um meine Abwesenheit schloss. Ich war weit fort von allem, was ich kannte, woran mir lag, weit fort im Regen, in England, und für einen Moment machte mich die Vorstellung krank, jemand anderes würde an meiner statt in unserem Haus umhergehen, würde meine Dinge benutzen, meine Bücher aus den Regalen nehmen, hören, wie das Telefon klingelte, aber nicht an den Apparat gehen. Dieses Gefühl dauerte nicht länger als etwa eine Minute, aber als es verflog, fühlte ich mich so erschöpft, dass ich mich aufs Bett legte, ohne mich auch nur auszuziehen. Es war noch früh am Abend, trotzdem fiel ich gleich in einen unruhigen Schlaf, verfolgt von einem Traum, der, da bin ich mir sicher, in den nächsten Stunden noch mehrere Male wiederkehrte, ein Traum, in dem die Jungen der Sigfridssons noch lebten, aber irgendwo gefangen waren – in einer unterirdischen Kammer, vielleicht auch unter einem umgekehrten Boot –, und ich konnte sie hören, wie sie riefen, jemand möge kommen und sie retten. Im Traum war ich dieser Jemand, nur wusste ich nicht, was ich tun sollte, während ich hilflos hörte, wie die Schreie lauter wurden und auch zahlreicher, bis sie schließlich zu einem Chor von Stimmen anschwollen, der um Rettung flehte, während das Wasser sie an sich zog oder die Dunkelheit, und ich nichts tun konnte, um den Jungen zu helfen.

* * *

Früh am nächsten Morgen wachte ich auf und begann, mich auf den Besuch vorzubereiten. Ich nahm den Brief, den Kate Thompson mir geschickt hatte, den mit dem Namen des Krankenhauses und ihrer Adresse, steckte ihn in die Tasche, sah nach, ob ich noch genug Geld im Portemonnaie hatte, und ging nach unten. Obwohl ich früh eingeschlafen war, hatte ich kaum Ruhe gefunden – mir kam es vor, als hätten die Träume die ganze Nacht gedauert. Ich war eingeschlafen, dann wieder aufgewacht oder halb aufgewacht, in einem dunklen Zimmer, und aus den Zimmern unter mir seltsame Laute zu vernehmen gewesen. Einmal hatte ich einen Jungen zu rufen hören gemeint – ich dachte, der Ruf käme aus dem Park auf der anderen Straßenseite –, und da der Schrei so nah klang, war ich aufgestanden, um nachzuschauen. Lange war ich am Fenster stehen geblieben und hatte über den Garten zum kleinen, leeren Spielplatz im orangeroten Laternenlicht geblickt, konnte aber niemanden entdecken. Nun war ich müde, und der Ärger darüber, in ein Krankenhaus fahren und einen kranken Mann besuchen zu müssen, den ich noch nie gesehen hatte, kehrte wieder. Ich wollte nicht ins Krankenhaus. Ich sah ein Bild von einem der berühmten Krankenzimmerbilder Munchs vor mir: die hagere Gestalt auf dem Bett unter einem Haufen Decken, die näher rückenden Schatten, die Welt draußen – das Sonnenlicht, die Blumen – unmöglich weit fort, und fast konnte ich die abgestandene Luft und die ausgebleichten, schweißgetränkten Laken riechen. Eine Weile dachte ich daran, meine Sachen zu packen und gleich wieder nach Hause zu fahren – aber dann fiel mir Mutter ein, und ich zog den Mantel an und ging nach unten.

Die junge Frau am Empfang sah genauso aus wie jene, die ich am Abend zuvor kennengelernt hatte, nur stand auf ihrem Namensschild RENATE, und sie hatte einen anderen Akzent, irgendwas Osteuropäisches. Ich bat sie, mir ein Taxi zu rufen; sie griff nach dem Telefon. »Wo soll es hingehen?«

»Ins Krankenhaus.«

»Welches?

Ich holte Kates Brief aus meiner Tasche und las den Namen vor. Die junge Frau nickte und wiederholte meine Worte in den Apparat. Es folgte ein kurzes Schweigen, dann hängte sie ein, ohne noch etwas zu sagen, und machte sich einen Vermerk in ihr spiralgebundenes Notizbuch. Sie sagte immer noch nichts, schaute nicht einmal auf, und es war, als hätte sie meine Anwesenheit vergessen. »Wie lange wird es dauern?«, fragte ich.

Sie hob den Blick. Einen Moment lang kam es mir vor, als hätte sie mich nicht verstanden, und ich wollte meine Frage bereits wiederholen, als sie schließlich bedächtig antwortete: »Das Taxi wird in fünf Minuten hier sein.«

Ich dankte ihr und setzte mich gleich neben einem bronzenen Pferd in einen der hinteren Winkel der Lobby.

Zwanzig Minuten später stand ich wieder vor einem Schalter und fragte nach dem Patienten, den ich besuchen wollte – einen Patienten, dessen Namen die Frau in der Aufnahme offenbar nicht in ihren Unterlagen finden konnte. »Wie schreibt er sich?«, fragte sie, den Blick ins Hauptbuch gerichtet.

Ich buchstabierte den Namen. »Er ist Norweger«, sagte ich, nur ging mir im selben Moment auf, dass ich keine Ahnung hatte, wie lange Arild Frederiksen bereits in England lebte – und kaum waren die Worte über die Lippen, wurde mir auch klar, wie unwichtig seine Nationalität war.

Die Frau sah mich nicht an. Sie sagte auch nichts – jedenfalls ziemlich lange nicht. Und dann, als ginge ihr etwas auf, hob sie den Kopf und verzog das Gesicht zu einem vorsichtigen, fast erzwungen wirkenden Lächeln. »Ich muss mal kurz anrufen«, sagte sie. »Sind Sie eine Verwandte?«

Ich schüttelte den Kopf, fragte mich, warum sie diese Information brauchte, dann nickte ich, da ich fürchtete, sie könnte mich vielleicht abweisen, falls ich nicht mit dem Patienten verwandt war. Tat man das nicht in Krankenhäusern? Ich war mir sicher, im richtigen Krankenhaus zu sein, aber einen flüchtigen Moment lang fürchtete ich, einen Fehler begangen zu haben. »Ich habe hier einen Brief«, sagte ich.

Die Frau nickte kurz, dann legte sie eine Hand auf das weiße Telefon auf ihrem Tisch. »Warum nehmen Sie nicht so lange Platz?«, fragte sie, und ich merkte, dass sie nicht anrufen wollte, solange ich vor ihr stand, auch wenn ich mir dafür keinen Grund vorstellen konnte. Sie wies nach links zu einem großen Wartebereich vor einer Reihe hoher Fenster. »Ich rufe an und finde heraus, auf welcher Station Ihr Freund liegt.«

Ich wehrte ab, und sie sah mich verblüfft an. Dummerweise wollte ich protestieren, wollte ihr sagen, dass Arild Frederiksen nicht mein *Freund* war, doch sie hatte mich offenkundig missverstanden. Ihr Gesicht erstarrte, und sie zwang sich, zuvorkommend zu bleiben, nur irgendwas – ein Hauch von Feindseligkeit, wie ich dachte – flog über ihr Gesicht. »Bitte, nehmen Sie Platz«, sagte sie. »Gleich kommt jemand und kümmert sich um Sie.« Ohne meine Antwort abzuwarten, griff sie nach dem Hörer und begann zu wählen.

* * *

Als Kate Thompson mir durch die Menge unbekannter Leute, die sich im Flur neben dem Wartebereich aufhielten, langsam entgegenkam, wusste ich, wer sie war. Ich wusste auch, es musste etwas passiert sein, nur ahnte ich anfangs nicht, dass Arild Frederiksen tot war. Ich dachte an Komplikationen, womöglich eine Notoperation, nicht aber an den Tod. Schließlich kommt uns das Leben so selbstverständlich vor. Außerdem wäre es doch einfach blöd, dass ich diese weite Reise unternahm, nur um dann festzustellen, dass der Grund für meine Fahrt wenige Stunden vor meiner Ankunft aufgehört hatte zu existieren. Ich hatte nicht kommen, hatte meinen vermeintlichen Vater nicht kennenlernen wollen, doch nun, da ich hier war, schien es eigentlich folgerichtig, dass er zu der Zeremonie erschien, die Kate Thompson mit so viel Mühe für uns vorbereitet hatte. Er kam aber nicht. Ganz wie gewohnt blieb er in meinem Leben abwesend, selbst jetzt noch, wo mich das eine so wenig wie das andere kümmerte. Hätte mir die Frau in der Aufnahme gleich erzählt, dass er tot war, hätte sie den Anruf gar nicht erst machen müssen, da ich vermutlich gleich wieder gegangen wäre, aber sie hatte nichts gesagt. Wahrscheinlich wurde ihr aufgetragen, sich mit jemandem in Verbindung zu setzen, falls ich mich noch blicken lassen sollte. Ich hatte gedacht, sie riefe die Stationsschwester an oder einen Arzt – womöglich hatte sie das auch getan –, doch diejenige, die mir die Nachricht von Arild Frederiksens Tod überbrachte, gehörte nicht zum Krankenhauspersonal. Es war Kate Thompson.

Überrascht stellte ich fest, wie *groß* sie war. Nicht dick, nicht einmal hochgewachsen, sondern *groß*. Solide. Einnehmend. Damit hatte ich nicht gerechnet. Der Brief hatte das Bild eines schmächtigen, fast schüchternen Wesens heraufbeschworen, jemand Zierliches in jeder Hinsicht, aber so war Kate Thompson nicht, ganz und gar nicht. Selbst im Wartebereich eines Krankenhauses und unter Umständen, die für sie ziemlich schwierig gewesen sein mussten, füllte sie zur Gänze den Platz aus, den sie einnahm. Es war, als wollte sie sagen, *hier* bin ich, und ich denke nicht daran, übergangen zu werden oder Widerspruch zu dulden – weshalb ich vermutete, dass sie, um ein derartiges Selbstbewusstsein zu entwickeln, irgendwann in ihrem Leben hart dafür gearbeitet haben musste, und auch wenn sie so bescheiden war, dieses Selbstwertgefühl als ein Privileg zu empfinden, als ein Glück, aber auch als ein Resultat ihres Urteilsvermögens und ihres Bemühens, so war sie fest entschlossen, unter allen Umständen *sie selbst* zu sein. Ich schätze, in dieser Hinsicht unterschied sie sich radikal von meiner Mutter, die es für selbstverständlich hielt, dass sie sämtliche Vorgänge in ihrer Umgebung kontrollierte, obwohl sie doch eigentlich überhaupt keinen Raum in Anspruch zu nehmen schien. Vielmehr *war* da Raum, Raum existierte, nur wusste man stets, er war woanders, spürte, dass er sich vom eigenen, deutlich abgegrenzten – und begrenzten – Territorium unterschied. Der erste Eindruck dagegen, den Kate Thompson machte, war der einer unerschütterlichen Präsenz, und erst später fiel mir ein, wie seltsam dies doch war, wenn man bedachte, dass sie gerade den Menschen verloren hatte, den sie liebte.

Sie erkannte mich auf Anhieb, ebenso, wie ich sie erkannt hatte. Im Wartebereich herrschte ziemlicher Betrieb, und ich hätte irgendwer sein können, aber sie ging direkt auf mich zu und hielt mir die Hand hin. »Liv«, sagte sie, und es war keine Frage. »Sie sind hier.«

Ich nickte, antwortete aber nicht, und wir gaben uns die Hand. Kate Thompson war um die fünfundvierzig, nicht besonders hübsch, aber vermutlich jene Art Frau, die Männer eines gewissen Typs und Alters attraktiv finden. Ihr Haar war von einem dunklen Kupferrot, gefärbt, nahm ich an; sie hatte volle Lippen, und auch wenn nicht zu übersehen war, dass sie längere Zeit nicht geschlafen hatte, ging von ihrer Müdigkeit etwas seltsam Ansprechendes, fast Glamouröses aus. Sie ließ meine Hand los und blickte sich um – und ich merkte gleich, sie wollte mir etwas sagen, das sie mir lieber in etwas weniger unangenehmer Umgebung anvertraut hätte, da ihr aber kein besserer Ort einfiel, fand sie sich mit den Umständen ab und sagte, was sie zu sagen hatte. Inzwischen wusste ich, was sie mir mitteilen wollte. Bereits bei den Worten *Sie sind hier* war es in ihrer Stimme angeklungen, fast, als betrübte sie die Tatsache meiner Anwesenheit, und es war da auch etwas in ihrem

Gesicht – ein Blick, nicht Trauer, zumindest nicht nur, sondern auch eine eigenartige Besorgnis. »Ich hatte mich schon damit abgefunden, dass Sie nicht kommen«, sagte sie.

»Tut mir leid«, erwiderte ich. »Es hat länger gedauert als erwartet.«

Sie deutete ein Nicken an. Wir standen noch, und in der Nähe waren Leute, doch so unangenehm das für sie auch sein mochte, konnte sie nicht länger zurückhalten, was sie mir zu sagen hatte. »Er starb letzte Nacht. Ich meine … es war früh am Morgen.«

»Aha.«

»Es gab Komplikationen«, sagte sie.

»Ich verstehe.« Dabei verstand ich keineswegs, was das bedeutete, und mir wurde klar, dass ich nicht einmal wusste, woran er gelitten hatte. Was für Komplikationen meinte sie? Ich dachte daran, sie zu fragen, doch fuhr sie fort, noch ehe ich etwas sagen konnte.

»Wir hatten gehofft, dass Sie gestern Abend kommen«, sagte sie. »*Ich* hatte es gehofft …«

»Mein Flieger hatte Verspätung«, sagte ich, glaubte aber nicht, dass sie mich hörte. Sie fing an, mir etwas zu erzählen, etwas, das sie in Gedanken bereits mehrfach durchgegangen sein musste – und ich fragte mich, um welche Zeit Arild Frederiksen wohl an diesem Morgen gestorben und ob sie die ganze Nacht im Krankenhaus gewesen war.

»Ich habe es ihm nicht erzählt«, sagte sie. »Erst als Sie bestätigt haben, dass Sie … Ich wollte ihm keine falschen Hoffnungen machen.« Sie schloss die Augen, und die Art, wie sie es tat, erinnerte mich an jemanden. Sie schloss die Augen und redete weiter, und mir fiel ein, dass eine meiner Lehrerinnen es genauso gemacht hatte. Ich sah das Gesicht der Frau vor mir und wusste wieder, dass sie Literatur unterrichte, nur kam ich nicht auf ihren Namen. Ich erinnerte mich bloß daran, wie irritierend ihr Verhalten gewesen war. »Er wollte Sie sehen«, fuhr Kate Thompson fort, »er hat in diesen letzten Wochen oft von Ihnen geredet, aber er wollte Sie nicht bitten …« Plötzlich schlug sie die Augen auf – und mir fiel wieder ein, dass es genau *das* gewesen war, was ich am Literaturunterricht nicht gemocht hatte. In der Schule war es mir wie ein Trick vorgekommen, so, als ob die Lehrerin – jetzt fiel mir auch ihr Name wieder ein: Mrs. Olerud –, als ob diese Mrs. Olerud sich, wenn sie die Augen schloss, die minderwertige Version der Person fortwünschte, mit der sie zu reden hatte, und jemand Besseren vorzufinden hoffte, wenn sie die Augen wieder öffnete. Jemand, der begreifen konnte, was sie zu sagen hatte. »Es war nicht seine Idee, Ihnen zu schreiben, und ich habe ihm auch nichts davon gesagt, dass ich mich mit Ihnen in Verbindung gesetzt habe. Erst als ich wusste, dass Sie kommen …«

»Tut mir leid«, sagte ich, und ich hoffte, sie verstand, dass ich mich nicht entschuldigte, sondern dass ich meine Anteilnahme anbot. Üblicherweise hieße es jetzt wohl *Mein herzliches Beileid,* so sagte man doch, wenn jemand gestorben war oder wenn der Polizist mit der Frau des Toten reden musste, nur Stunden nachdem man die Leiche gefunden hatte. *Mein herzliches Beileid* – was für eine praktische, nette Redensart, nur klang sie zu einfach, und deshalb brachte ich sie nicht über die Lippen. Ich sagte auch sonst nichts, einfach weil es nichts weiter zu sagen gab. Nicht ich, sondern sie hatte einen Verlust erlitten, nur wäre es, wie ich sehr wohl wusste, falsch gewesen, jetzt darauf einzugehen.

Sie drehte sich um. Es gab nichts mehr zu sagen, aber wir konnten es offensichtlich auch nicht einfach dabei belassen.

Mir war gerade zu verstehen gegeben worden, dass er sie nicht gebeten hatte, mir zu schreiben und ein Exemplar seines Buches zu schicken. Während all der Jahre, in denen ich aufwuchs, hatte er nicht die geringste Anstrengung unternommen, mich aufzuspüren oder zu besuchen. Er hatte mir nicht einmal einen Brief geschrieben – woher wollte ich also wissen, ob er tatsächlich damit einverstanden gewesen war, dass Kate Thompson sich bei mir meldete? Vielleicht hatte er es nur ihr zuliebe gesagt. Vielleicht nur, um ihre guten Absichten zu honorieren. Womöglich hatte er auch gar nichts von den Telefonaten gewusst, der Nachricht auf Mutters Anrufbeantworter. Ich wartete. Die Situation schien zu erfordern, dass sie etwas tat, zum Beispiel andeutete, dass nichts mehr zu sagen war, irgendein Zeichen gab, dass es in Ordnung wäre, wenn ich jetzt ginge. Doch sie war noch nicht so weit. Sie brauchte noch etwas Zeit. Lange stand sie da und starrte auf das Krankenhausgelände, dann wandte sie sich zu mir um. »Möchten Sie ihn vielleicht sehen?«, fragte sie mit leiser Stimme, der ich meinte, einen Hauch von Zweifel anmerken zu können – zumindest so viel, dass ich wusste, sie würde nicht darauf bestehen, wenn ich ihren Vorschlag zurückwies. »Ich könnte darum bitten«, sagte sie. »Wenn Ihnen danach ist, ihn zu sehen. Sich von ihm zu verabschieden.«

Ich schüttelte den Kopf. Ich wollte ihr sagen – wollte es hinausschreien –, dass Arild Frederiksen tot war und dass ich ihn nie kennengelernt hatte, wie also sollte ich mich von ihm verabschieden können? Ich wollte schreien, dass ich ihn nicht kannte, so wenig wie ich sie kannte. Sie hatte es auf sich genommen, sich in mein Leben einzumischen, das war auch schon alles. Ich wollte schreien, sie solle die Lage der Dinge akzeptieren – aber ich tat es nicht. Ich schrie nicht, sondern schüttelte nur den

Kopf und sagte, das sei nicht notwendig. Das bestürzte sie natürlich, und ich rechnete damit, dass sie jeden Moment in Tränen ausbrach, also wartete ich, bis sie die Beherrschung wiedererlangte. Ich hoffte noch immer, sie würde etwas sagen oder tun, das es mir erlaubte zu gehen, aber sie sagte nichts und sah lange nicht einmal auf, bis ich allmählich spürte, dass sie eigenen Gedanken nachhing, einer Erinnerung, die nichts mit mir zu tun hatte. Es war zwar nicht gerade das Zeichen, auf das ich gewartet hatte, aber ich entschied, es müsse genügen. Ich räusperte mich. »Sie sind bestimmt sehr müde. Ich sollte jetzt gehen, damit Sie ein bisschen zur Ruhe kommen.«

Sie hob den Kopf. Ihre Augen waren trocken, und ihr Blick wirkte ungewöhnlich gelassen. Sie sagte nichts, schaute mich bloß an – und ich begriff, dass sie mich entweder nicht gehört oder nicht verstanden hatte.

»Sie sind die ganze Nacht auf gewesen«, sagte ich und schaute dann aus irgendeinem Grund auf meine Uhr. Es gab dafür keinen Anlass: Ich musste nirgendwohin, und mich interessierte nicht im Mindesten, wie spät es war. Ich denke, es war eine unwillkürliche Geste, nichts sonst; sie fiel ihr jedoch auf, so unscheinbar sie auch gewesen sein mochte.

»Was reden Sie da?«, fragte sie aufgebracht in einem so harten Ton, dass ich einen Moment lang glaubte, sie sei verärgert. »Müssen Sie irgendwohin?«

»Nein. Es ist bloß … Ich dachte, ich lasse Sie …« Ich wusste nicht, was als Nächstes kam. Ich denke, ich wollte sagen, dass ich sie ihrem Kummer überlassen wollte, wusste aber, dass *das* nicht gerade angemessen gewesen wäre.

»Nein«, erwiderte sie und klang jetzt sanfter, wirkte aber immer noch verärgert. Vielleicht fand sie es auch nur schade, wie schwierig sich die ganze Situation gestaltete. »Ich verstehe nicht.« Sie starrte mich an, weniger verärgert als vielmehr betroffen. »Ich meine … Sie sind doch gerade erst angekommen.«

»Ja. Tut mir leid, dass ich zu spät kam, um …« Es war hoffnungslos. Was sollte ich sagen? Am liebsten hätte ich nur ihre Hand geschüttelt und wäre wieder gegangen.

»Er hat auf Sie gewartet«, sagte sie. »Er hat sich größte Mühe gegeben, lang genug durchzuhalten. Selbst den Schwestern ist das aufgefallen.« Sie schüttelte verwundert den Kopf, vermutlich über Arild Frederiksens Zähigkeit – und auch, nahm ich an, angesichts meiner offenkundigen Hartherzigkeit. Für sie war es einfach: Mein Vater hatte im Sterben gelegen, und ich war an sein Bett geeilt. Nur hatte ich mich nicht genügend beeilt – vielleicht auch überhaupt nicht. »Wir hatten gehofft, Sie wären schon gestern Abend gekommen«, sagte sie noch einmal, und diesmal war es ein Vorwurf. Sie musterte mich nun aufmerksam, studierte mich, als hätte sie gerade eine neue Lebensform entdeckt, mit der sie noch nicht recht vertraut war – und mich überkam eine plötzliche Vorahnung, fast so, als wäre man mit jemandem zusammen, der etwas sagen möchte, was man nicht hören will. Mit einer ernsthaften Person, die anhebt, etwas zu sagen, die richtigen Worten aber noch nicht gefunden hat. Jemand, der vielleicht die Hand ausstreckt und einen berührt, jemand, der vielleicht nach einem Arm, einer Hand greift. Ich machte einen Schritt zurück, und sie spürte, was ich empfand. Sie spürte, dass ich nicht berührt werden oder mir ein schlechtes Gewissen einreden lassen wollte, und sie beschloss, zuvorkommend zu sein. »Ich dachte nur«, sagte sie, »wenn Sie nirgendwohin müssen, könnten wir vielleicht einen Kaffee zusammen trinken. Und dass Sie jetzt, wo Sie schon mal da sind, vielleicht ein wenig reden wollen.«

»Worüber denn?« Ich wusste wirklich nicht, was sie meinte.

Sie hatte gesagt, was gesagt werden musste, und mehr gab es eigentlich auch nicht zu sagen. Worüber sollten wir also reden?

»Nun«, sagte sie, und ich merkte ihr an, wie sehr meine Frage sie überraschte. »Ich könnte Ihnen erzählen … Ich dachte, Sie möchten vielleicht etwas über ihn erfahren, da Sie nie Gelegenheit hatten, ihn kennenzulernen … Natürlich nur, wenn Sie Zeit dafür haben.« In ihrer Stimme schwang eine leichte Verstimmung mit, die aber war nicht aufgesetzt – wenn überhaupt, versuchte sie sogar eher ihre Gefühle zu verbergen. Es machte ihr zu schaffen, dass ich so lang für diesen Besuch gebraucht hatte, und noch stärker setzte ihr zu, dass ich so bald wieder fahren wollte, dennoch bemühte sie sich, nicht den Eindruck zu erwecken, als urteilte sie vorschnell über mein Tun. »Ich meinte, Sie möchten vielleicht …« Sie überlegte kurz. »Sie konnten ihn nicht kennenlernen«, sagte sie dann. »Das hat er sehr bedauert …« Sie riskierte ein flüchtiges Lächeln. »Und deshalb habe ich gedacht, ich könnte Ihnen etwas über ihn erzählen. Schließlich war er Ihr Vater …«

Ich wusste nicht, was ich dazu sagen sollte. Ich wollte mir keine Geschichten über einen Mann anhören, den ich nicht kannte, und mich verwirrte, dass ihr offenbar so viel daran lag. Ich fühlte mich traurig und bedrängt, weshalb ich sie zurückweisen wollte, diese scheinbare Freundlichkeit, die schließlich gar keine Freundlichkeit war, nur wusste ich nicht, wie. Zurückweisungen sind eine Kunst. Damals beherrschte ich diese Kunst noch nicht, nicht so, wie Mutter sie beherrschte, und meine Verlegenheit hinderte mich, ebenso mein Wunsch, nicht unhöflich zu wirken. »Was ist mit Ihnen?«, fragte ich. »Waren Sie …« *Sich nah,* wollte ich sagen, aber sie ärgerte sich jetzt über mich, und obwohl sie ihren Ärger nicht zeigen wollte, konnte sie nicht länger an sich halten und unterbrach mich.

»Waren wir was? Ein – Paar?« Sie lachte. »Na ja, in gewisser Weise. Auf seine Weise, sollte ich vielleicht eher sagen.« Sie lächelte, dann wandte sie den Blick ab. Es folgte eine längere Pause. »Arild war ein echter Wassermann«, sagte sie, schaute mich aber immer noch nicht an. »So eifrig damit beschäftigt, die ganze Welt zu lieben, dass er sich mit Einzelnen nie lange aufhielt …« Nun warf sie mir einen raschen Blick zu, dann lächelte sie wieder – doch sah ich ihr an, dass das Lächeln eine Maske und sie in Wahrheit den Tränen nahe war. Ein langer Augenblick verstrich, in dem sie offenbar ungewollte Gefühle unterdrückte. Ungewollte Gefühle von was? Von Trauer? Verrat? Enttäuschung darüber, dass sie einander nicht nähergestanden hatten? »Nun, ich schätze, an so etwas glauben Sie nicht«, sagte sie dann.

»An was?«

»Sie wissen schon. Astrologie. *Solche* Dinge.«

Ich schüttelte den Kopf. »Nein.«

Sie lachte leise. »Was ist? Was haben Sie denn geglaubt, wovon ich rede?«

Ich gab keine Antwort – irgendwie fühlte ich mich ertappt, wusste aber nicht, warum –, und sie schien meine Verwirrung zu genießen. »Das Café ist gleich da drüben«, sagte sie, drehte sich um und ging voran. Sie war sich nun sicher, dass ich ihr folgen würde. »Es ist ganz nett. Und ich denke, nach der langen Reise wird Ihnen eine Tasse Kaffee gut tun.«

* * *

Das Café war gar nicht *nett*. Es war nicht einmal ein richtiges Café, nur ein Stück des Hauptgangs, der abgetrennt und mit Tischen und Stühlen vollgestellt worden war, so dass man den Leuten zusehen konnte, wie sie kamen und gingen, während man Kaffee trank und überzuckerte Doughnuts aß: die Schwestern in Schwesterntracht, Betten schiebende Pfleger, Besucher mit einem Strauß Nelken oder einem Obstkorb. Der dünne, geschmacklose Kaffee wurde in einem Plastikbecher mit einem grellroten Logo serviert. Egal, ich war nicht zum Kaffeetrinken gekommen. Kate Thompson fand einen eher ruhigen Tisch in einer Ecke und setzte sich. »Drüben ist Milch, wenn Sie mögen«, sagte sie, und ich begriff, dass sie schon ein-, zweimal an diesem Tisch gesessen haben musste.

Ich lehnte dankend ab. »Schwarz ist okay«, sagte ich und setzte mich ihr gegenüber. Die Tische waren klein und wackelig, und ich fand, dass wir zu eng beieinandersaßen, aber damit musste ich mich wohl abfinden. Immerhin war es hier ruhiger als im Wartebereich, und von dort, wo ich saß, konnte ich am anderen Ende des breiten, weißgrauen Flurs einen Flecken Grün sehen. Nach dem Regen der vergangenen Nacht waren die Bäume und Büsche noch nass, doch brach nun die Sonne durch die Wolken, und einen Moment lang glitzerte alles auf dieser hellen grünen Insel.

»Nun«, sagte Kate mit dem Gebaren von jemandem, der gutmütig das Thema wechselt. Sie hatte ihren Ärger beiseitegeschoben und war nun, da sie mich hatte, wo sie mich haben wollte, bereit, einen neuen Anfang zu wagen. Wieder fragte ich mich, warum es ihr so viel bedeutete, über Arild Frederiksen zu reden. »Was heißt eigentlich *Liv*?«

»Wie bitte?«

»Ihr Name«, sagte sie. »Er klingt, als hätte er eine Bedeutung. Fast wie das englische *live* oder so …«

Ich schüttelte den Kopf. »Das ist nur ein Name.«

»Also heißt *Liv* nicht *leben* auf Norwegisch?«, fragte sie – und einen Moment lang schien es, als forderte sie mich heraus oder stellte eine dieser Fangfragen, wie die Angeber in der

Schule es so gern getan hatten. Sie lächelte. »Und ich habe gedacht, er würde *leben* bedeuten.«

Ich winkte ab. »Ich glaube nicht, dass ich je darüber nachgedacht habe. Jedenfalls nicht so«, sagte ich. »Es ist nur ein Name. Müssen Namen denn etwas bedeuten?« Die Frage ärgerte mich. Eigentlich müsste sie doch merken, dass ich nicht mehr hier sein wollte. Schon vorhin, auf dem Flur, hatte ich nicht mehr hier sein wollen, aber jetzt standen die Dinge anders – und ich spürte, wie etwas Hässliches auf mich zukam. Eine Klarstellung vielleicht oder eine Rechtfertigung von irgendwas, das, soweit es mich anging, keiner Rechtfertigung bedurfte. Doch dann, als hätte sie meine Gedanken gelesen, änderte sie ihr Verhalten. Sie lehnte sich zurück und bedachte mich mit einem freundlichen, gar mitfühlenden Blick, einem Blick, der, so wie ich ihn verstand, viel zu offensichtlich auf die Trauer anspielte, die ich eigentlich an den Tag legen sollte, fast, als wollte er mir sagen, dass es nicht an ihr sei, meine vermeintliche Ruhe infrage zu stellen – und ich spürte, wie sie sich vorzustellen versuchte, dass ich keine herzlose, gefühllose Kreatur war, sondern meine Trauer aus irgendeinem unangebrachten Gefühl von Treue oder *amour propre* heraus nicht nur vor ihr, sondern auch vor mir selbst verbarg. »Tut mir leid«, sagte sie. »Aber ich weiß nicht, was Ihre Mutter Ihnen über ihn erzählt hat, deshalb frage ich lieber, damit ich nicht endlos etwas erzähle, was Sie bereits wissen …«

»Sie hat mir gar nichts erzählt.«

Das überraschte sie. Nicht nur die Tatsache als solche, sondern auch, dass ich so gelassen zugab, keine Ahnung zu haben, wer mein Vater war. Sie beugte sich vor und sah mir ins Gesicht. »Sie meinen, Sie haben gar nichts über ihn gewusst? Nicht, wer er war, was er getan hat …«

Ich schüttelte den Kopf. »Bis Sie mir geschrieben haben, kannte ich nicht einmal seinen Namen«, sagte ich. »Und selbst da …«

»Selbst da?«

Ich lehnte mich zurück, wich von ihr weg. Ich wollte nicht, dass sie mich so prüfend musterte. »Selbst da«, fuhr ich fort, »wusste ich nicht, ob er wirklich derjenige war, der er Ihrer Behauptung nach sein sollte.«

Sie biss sich auf die Lippen, so schockiert war sie von meinem Mangel an Gefühlen, den sie fraglos unnatürlich fand, schockiert und *beleidigt* – aber zugleich genoss sie die Situation. Alles, was sie über Mutter gedacht hatte, fand sie nun bestätigt. Vermutlich hatte sie Artikel über Angelika Rossdal gelesen, hatte über sie im Internet recherchiert; sie wird das Bild der kaltherzigen Einsiedlerin geliebt haben, der allein ihre Arbeit wichtig ist. Kate Thompson gehörte zu jener Sorte Mensch, die anderer Leute Schmerz auf sich nehmen und den Groll spüren, den diese selbst nicht spüren können, weil sie zu verletzt sind oder zu verblendet, und sicher war sie der Ansicht, dass Mutter Schuld an dem hatte, was immer auch vor all den Jahren geschehen sein mochte. O ja, bestimmt genoss sie diese Situation – selbst wenn ich heute glaube, dass ein Teil von ihr sich dagegen sträubte. Das heißt, ein gewissenhafter Teil von ihr versuchte ganz bewusst, *nicht* zu genießen, was ihr zu ihrer geheimen und etwas kleinmütigen Befriedigung gerade bestätigt worden war. »Und Ihre Mutter hat nie von ihm geredet?«, fragte sie.

»Nein.«

»Sie hat nie von der gemeinsamen Zeit in Oslo geredet?«

»Nein.«

»Wirklich nicht?«

»Ich kann mir nicht denken, dass es darüber viel zu reden

gab«, sagte ich. »Die Beziehung hat schließlich nicht lange gehalten …«

»Aha, so viel hat sie Ihnen immerhin erzählt.«

Ich schüttelte den Kopf. »Sie hat mir gar nichts erzählt«, sagte ich. »Sie hat all das hinter sich gelassen und ist jetzt glücklich dort, wo sie ist …«

»Glücklich?«

»Ja.«

»Wie das?«

»Wie bitte?«

»Wie ist sie glücklich?«

Wieder schüttelte ich den Kopf. Ich fand es beleidigend, dass so ein unfaires Urteil über Mutter gefällt wurde, doch hatte ich nicht vor, mich von Kate Thompson aus der Fassung bringen zu lassen. »Ich denke nicht«, sagte ich, »dass Sie das etwas angeht.«

Sie presste die Lippen zusammen und sah mich lange nur an, ehe sie schließlich weitersprach: »Sie haben recht. Es geht mich nichts an. *Sie* aber sollte es etwas angehen.« Sie war jetzt sichtlich aufgebracht, nur hätte ich nicht sagen können, ob sie ernstlich verärgert war oder mir etwas vorspielte – mir ebenso wie sich selbst –, um nicht von einer privaten und vielleicht ein wenig beschämenden Trauer überwältigt zu werden, von der ich nichts mitbekommen sollte. »Er war *Ihr* Vater«, sagte sie. »Und deshalb geht es Sie etwas an. Sie können mir doch nicht erzählen, dass es in Ordnung war, ihn einfach auszulöschen … Dass es in Ordnung war, wie Sie beide einfach getan haben, als gäbe es ihn gar nicht …«

Ich wehrte ab. »Niemand hat so getan als ob. Er hat uns verlassen, mehr nicht. Und er wurde vergessen …«

»Er hat Sie verlassen?«

»Ja.«

»Hat Ihnen Ihre Mutter *das* erzählt?«

»Ja.« Ich dachte kurz nach. Natürlich stimmte das nicht; Mutter hatte mir gar nichts erzählt. Ich hatte es nur vermutet, und wenn man alle Umstände bedachte, war es eine durchaus zulässige Vermutung. Ich schaute sie an. Sie beobachtete mich jetzt sehr genau, was mir unangenehm war, da ich wusste, sie versuchte, etwas in meinem Gesicht zu lesen, versuchte einen Weg durch das zu finden, was sie für ein Lügengespinst halten musste.

Doch gleich darauf änderte sich etwas in ihrem Gesichtsausdruck, und sie lehnte sich erneut zurück. Etwas hatte sich gemeldet, eine private Erinnerung, eine halbbewusste Einsicht, und sie hörte auf, mich zu beobachten. Der Ärger legte sich. Jetzt war da nur noch – nicht gerade Trauer, aber etwas Ähnliches. Resignation vielleicht. Ein Gefühl, dass es sinnlos geworden war, mir zu erzählen, was sie wusste, nun, da Arild Frederiksen nicht mehr lebte. Sie hatte ihn geliebt, daran konnte es keinen Zweifel geben, doch begann ich zu vermuten, dass sie von ihm weniger geliebt worden war, als sie es sich erhofft oder gewünscht hatte – und *das,* begriff ich, machte ihre Trauer aus, *das* war ihre geheime Scham. Sie hatte ihn geliebt, er aber war zu sehr Wassermann gewesen, ihre Liebe zu erwidern. Zumindest sie so sehr zu lieben, wie sie es sich gewünscht hatte. Ich schaute auf ihre Hände. Kein Ring. Ich begriff es, verstand es in diesem Moment – und ich glaube, in derselben Sekunde sah sie mir an, dass ich es verstand. Ich dachte, sie würde verärgert sein, aufgebracht – aber sie war es nicht. Stattdessen lachte sie leise und schüttelte den Kopf – und das war nicht gespielt, keine Verstellung. Sie hatte lange Jahre Zeit gehabt, sich an diesen Zustand zu gewöhnen, Jahre, um zu lernen, wie man falsche Hoffnungen aufgab, Jahre, um sich von der Geschichte zu verabschieden, von der sie gehofft hatte, dass sie mit Arild Frederiksen beginnen würde – und sie *hatte* sich dran gewöhnt, *hatte* ihre liebsten Hoffnungen fahren lassen, und sie hatte es, nahm ich an, mit genügend Anstand getan, um nun auf sich stolz sein zu können. Zweifellos war es ihr sogar gelungen, sich einzureden, dass sie, indem sie auf Offensichtliches verzichtete, etwas weit Subtileres und Ergiebigeres erhielt, zweifellos hatte sie sich gesagt, dass die Liebesbeziehung, nach der sie sich sehnte, banal und unhaltbar war und dass das, was sie gewonnen hatte, viel besser war. Ehrlicher. Realistischer. »Er war ein guter Mensch«, sagte sie. »Wenn Sie ihn kennengelernt hätten, würden Sie das auch sagen …«

»Bestimmt war er das.«

»Aber Sie haben ihn nicht kennengelernt«, sagte sie. »Und ich glaube, es wäre gut – für Sie wie für ihn –, wenn Sie sich von mir etwas über ihn erzählen ließen. Da Ihre Mutter …« Sie riss sich zusammen und überlegte es sich anders. Sie wollte mich nicht verscheuchen, das spürte ich, auch wenn sie fest davon überzeugt war, dass ich mehr über diesen Mann erfahren sollte, diesen *Vater,* nur war das nicht der eigentliche Grund, weshalb sie mich bei sich behalten wollte. Sie wollte wiedergutmachen, was in ihren Augen wiedergutgemacht gehörte, doch war der eigentliche Grund für dieses Gespräch *ihr* Wunsch, über ihn zu reden. Sie *musste* über ihn reden – und selbst wenn sie die eigenen Absichten für dieses Gespräch noch so gut fand, dachte ich doch unwillkürlich, dass sie mich für dieses Gespräch vor allem deshalb auswählte, weil sie sonst niemanden hatte. Mir fehlte dafür jeder Beleg – ich wusste nichts über sie, über ihr Leben mit Arild Frederiksen –, trotzdem überkam mich plötzlich ein überwältigender Eindruck von Einsamkeit, von einem traurigen, leicht indignierten Paar, das in irgendeinem stillen, auf bescheidene Weise komfortablen Nest gestrandet war und sich größte Mühe gab, die Tage sinnvoll zu füllen. Ich sah es regelrecht vor mir, wie Arild daheim an der Schreibmaschine saß, während Kate mit Regenmantel über dem Trikot zum Yoga ging, und ich wusste – ich habe keine Ahnung, woher ich das wusste, da ich nie auch nur einen Moment darüber nachgedacht hatte, ehe wir uns in dieses Krankenhauscafé setzten – aber ich *wusste* einfach, dass es keine Gemeinsamkeiten gewesen waren, die sie zusammengeführt hatten, sondern ein Gefühl, dass die besten Zeiten bereits vorüber waren, ein Gefühl, dass das, was sie sich vom Leben erhofft hatten, nicht recht eingetreten war. »Ich dachte, Sie würden wissen wollen, wie er war«, sagte sie in einem Ton, als gäbe sie sich geschlagen, und da dieser Ton nicht mir zuliebe anklang, rührte er unwillkürlich mein Mitgefühl.

Ich nickte. Allerdings empfand ich nicht jene Zustimmung oder Neugier, die sie gewonnen zu haben glaubte, nein, ich empfand Resignation. »Ich habe das Buch gelesen, das Sie mir geschickt haben«, sagte ich. »Er ist offenbar viel gereist.«

Das muss in ihren Ohren ziemlich lahm geklungen haben, doch ließ sie sich nichts anmerken. »Quer durch die ganze Welt«, sagte sie und gestattete sich ein nur angedeutetes, zaghaftes Lächeln, als dächte sie, ich würde wollen, dass sie sich für etwas entschuldigte – dafür, mich aufzuhalten, schätze ich –, um dann eine Geschichte anzufangen, über die sie offensichtlich bereits eine Weile nachgedacht hatte, eine vorbereitete Erzählung, die so offenkundig darauf abzielte, Arild Frederiksen in ein bestmögliches Licht zu rücken, dass ich gegen meinen Willen davon gerührt war. »Jede Reise sollte die letzte sein«, sagte sie. »Ich wartete immer darauf, dass er nach Hause kam, aber er fand, dass Reisen etwas war, was er tun *musste.* Auf seine Weise hat er versucht, die Welt zu verändern. Und wenn er sie nicht verändern konnte, wollte er doch, dass etwas geschieht. Wollte den Menschen etwas geben …« Sie blickte mich an – und einen Moment lang war mir, als wollte sie mich fragen, ob ich zu jenen Menschen gehörte. Fraglos hatte sie hinsichtlich Mutter schon ihre eigenen Schlüsse gezogen.

»Das muss ziemlich einsam gewesen sein.«

Sie lächelte. »War es«, sagte sie, »aber ich habe keinen Grund zu klagen.« Sie log, natürlich – sie hatte gelitten, da war ich mir sicher –, doch war sie stolz auf ihn, und es gehörte zu dem, was sie zu sein glaubte, was sie sein wollte, dass sie seine Entscheidungen niemals infrage stellte. Außerdem sah ich ihr an, dass sie jetzt froh war, da sie endlich die Geschichte erzählte, die sie erzählen wollte, die Geschichte eines selbstlosen Mannes, der sich unermüdlich für die Umwelt engagiert hatte, ein Mann, der auf der Suche nach dem Riesenlöwenzahn der Hochanden drei Tage ohne Essen und mit wenig Wasser durch Banditenland gezogen war, ein Mann, der, als man Salvador Allende ermordete, im Schutz der Nacht über die Berge aus Chile nach Argentinien fliehen musste, den Rucksack voller Samen und seltener Pflanzen. Der Mann, der auf der Suche nach vom Aussterben bedrohten Tulpensorten kreuz und quer durch Kriegsgebiete zog und sich aus Gefangenschaft oder Schlimmerem in den Sperrgebieten von Ländern herausredete, die es längst nicht mehr gibt. Der Mann, der nicht nur für seinen Wagemut und seine Beiträge zu unserem Verständnis von entlegenen Ökosystemen gelobt worden war, sondern auch für seine Bescheidenheit und den verhaltenen Humor, mit dem er Begegnungen mit Menschen und Pflanzen auf seinen diversen Reisen schilderte, zwar keine Bestseller, zu ihrer Zeit aber dennoch sehr beliebt. »Er hat so viele Risiken auf sich genommen«, sagte sie. »Auf ihn ist geschossen worden, und er konnte tagelang ohne Essen und Wasser auskommen. Einmal ist er von irgendeinem Warlord verhaftet worden und musste mehrere Tage in einer engen Zelle verbringen, mit nichts als einem Taschenschachspiel zur Ablenkung. Er hatte die weiße Königin verloren, weshalb er ohne sie auskommen und sich ihre jeweilige Position merken musste. Da er keinen Mitspieler hatte, spielte er gegen sich selbst und vertrieb sich so die Zeit …« Sie lächelte. »Später hat er lange nichts davon erzählt. Ihm drohte der Tod, aber er saß einfach nur da, merkte sich, wo die weiße Königin stand, und spielte Schach gegen sich selbst.« Sie schaute mich an, als erwartete sie oder als erhoffte sie sich irgendeine Reaktion.

Ich schüttelte mehr oder weniger ehrlich verblüfft den Kopf. »Das … ist wirklich erstaunlich.«

Sie nahm das Kompliment an seiner statt an und fuhr mit ihrem Bericht fort. »Er hat einmal gesagt, er schreibe, weil er uns alle tief in einen Wald führen und dort allein lassen wolle, damit wir sehen könnten, wie schön es dort ist. Er wollte die Menschen auf ferne Inseln entführen, auf die Hänge aktiver Vulkane, damit sie innehielten und anfingen, sich ernsthaft für die Welt zu interessieren. Er wollte, dass sie den Fernseher ausschalteten, die Dudelmusik, und die *Realität* sahen. Die Pflanzen waren für ihn nur ein Vorwand.« Sie lächelte glücklich, und ich glaubte, einen Moment lang hatte sie fast vergessen, dass der Mann, von dem sie erzählte, tot war. »Ich weiß, es klingt abgedroschen«, fuhr sie fort, »und bestimmt auch ein bisschen nach der Zeit des Wassermanns, aber das kümmerte ihn nicht. Er war nicht auf Geld aus oder Anerkennung, na ja, jedenfalls nicht auf die übliche Anerkennung …« Sie hielt inne und wählte dann mit Bedacht, so wie man es tut, wenn man allein ist, ein Zuckerstückchen aus der Schale aus und hob es an die Lippen. Dann verharrte sie einen Moment, steckte es sich schließlich in den Mund und lehnte sich zurück. Als sie diesmal die Augen schloss und eine Weile völlig in sich versunken dasaß, wusste ich, dass sie nicht nur mich, sondern alles um sich herum ausgeblendet hatte.

Ich sagte nichts. Ich dachte daran, sie einfach sitzen zu lassen – was machte es jetzt noch, wenn ich unhöflich wirkte? Im Krankenhausgarten am anderen Ende des Flurs setzte die Dämmerung ein, und es sah aus, als würde es bald wieder regnen, aber das war mir egal. Ich wollte nach draußen, wollte fort von hier. »Ich denke …«

Doch ehe ich weiterreden konnte, beugte Kate Thompson sich vor und unterbrach mich mit ihrer leisen, seltsam streitlustig klingenden Stimme. »Natürlich war er manchmal deprimiert«, sagte sie. »Das ist doch typisch für euch Skandinavier, oder nicht?« Sie dachte kurz nach, suchte nach dem richtigen Wort. »Ihr *brütet* so vor euch hin«, setzte sie hinzu, war damit aber nicht zufrieden, und ich merkte ihr an, dass sie über etwas reden wollte, das sie sich nicht ganz eingestehen, zugleich aber auch nicht einfach übergehen mochte. Sie wich wieder zurück und lächelte verständnisvoll, als verfiele ich gewiss in ähnliche Zustände, welche immer dies auch sein mochten. »Er war ein guter Mensch«, sagte sie erneut, »aber er hat viel mitgemacht und für seine Arbeit so oft das Leben riskiert, dass er müde geworden war. Außerdem machte es ihn unglücklich, dass sich *nichts* änderte. Er hat gern gesagt, man müsse weitermachen, könne nicht aufgeben, selbst wenn die Lage noch so hoffnungslos wirke, nur war er erschöpft.« Sie schaute mich an, um zu sehen, ob ich ihr folgte. Um zu sehen, ob ich auch verstand, von welcher Art Erschöpfung sie redete. »Und dann«, fuhr sie fort, »kam er plötzlich nach Hause. Er sagte nichts, machte keine Versprechungen. Er ging einfach ins Haus und sah sich all das Zeugs an, das er aus so vielen Ländern mitgebracht hatte, Schamanenmasken, Steinreliefs, alte Karten. Es war, als käme er nach Hause und begriffe mit einem Mal, dass sein Haus ein Museum geworden war …« Wieder sah sie mich an, nicht um sich zu vergewissern, dass ich ihr zuhörte, sondern um zu sehen, ob mich überhaupt interessierte, was sie zu sagen hatte. Denn wenn nicht, hatte ich diese Geschichte nicht *verdient.* Dann war ich nur eine von denen, die sich nicht änderten, die daheim blieben und fernsahen, während Wälder, Wiesen und Berghänge unwiderruflich vernichtet wurden. Obwohl ich eben noch fortgewollt hatte und ich Kate Thompson nicht sonderlich mochte, interessierte mich, was sie sagen wollte. Ich nahm an, sie hatte nur diese eine Geschichte zu erzählen, und selbst wenn sie noch nicht ganz bis dahin vorgedrungen war, wo es wirklich mitreißend, tragisch oder lebensbejahend wurde, spürte ich, dass gleich irgendwas dieser Art passieren würde. Irgendein entscheidender Moment, eine Wende stand unmittelbar bevor. Sie fürchtete nur, dass diese Wende, dieser Umschwung – wie wichtig er für sie auch sein mochte – mir nichts bedeutete.

»Ja – er war ein guter Mann«, sagte sie noch einmal, merkte diesmal aber selbst, dass sie sich wiederholt, und verstummte. Ein, zwei Minuten saß sie still da und starrte in die Zuckerschale. Ich dachte, sie feile an ihrer Geschichte, suche den richtigen Weg zum bedeutsamen Detail, zum Handlungsstrang, der mich verstehen lassen würde, suche den Moment der Offenbarung, den Punkt, an dem sich alles änderte. Ich sah, dass das, was sie sagen wollte, ihr auf eine Weise wichtig war, die ich nicht annähernd verstand, also wartete ich. Doch nichts geschah. Ich bin mir sicher, sie hatte vorgehabt, mit ihrem Bericht fortzufahren, aber irgendwo inmitten ihrer Gedankenkette änderte sich etwas, weshalb sie entschied, mir den Rest der Geschichte nicht zu erzählen – zumindest noch nicht. Sie wollte mich warten lassen. Sie wollte, dass ich noch einmal wiederkam. Es war ein Spiel, das wusste sie, aber eines, das sie riskieren musste, da das Spiel zugleich ein Test war. Sie richtete sich auf und schaute mich an. »Nun. Ich habe lang genug geredet, und ich bin mir sicher, Sie sind …« Sie zuckte mit den Achseln. »Sicher sind Sie hungrig«, fuhr sie in einem Ton fort, der jeden Gedanken an Essen fremd und absurd wirken ließ. »Ich muss noch ein paar Dinge erledigen, aber vielleicht danach …« Sie zögerte, dann entschloss sie sich, mir zu trauen. »Vielleicht möchten Sie ja heute Abend zum Essen kommen.«

Ich wollte nicht mit ihr zu Abend essen, konnte ihre Einladung aber auch nicht ausschlagen. Jedenfalls nicht direkt. Sie ließ mich gehen; wenn ich nicht zurückkam, könnte sie nichts dagegen tun, doch würde sie dann wissen, dass ich Arild Frederiksens Andenken nicht würdig war. Damals dachte ich, dass sie wahrscheinlich hoffte, ich käme zurück, auch wenn ein Teil von ihr anderer Ansicht war. Möglicherweise hatte sie alles Notwendige gesagt. Vielleicht *wollte* sie aber auch, dass ich mich als unwürdig erwies. Wie auch immer, ich konnte ihre Einladung nicht ablehnen und war mir sicher, dass ich sie ebenso wenig annehmen wollte, also sagte ich gar nichts.

Sie lächelte. Ich glaube, in diesem Moment kümmerte sie nicht mehr, wie ich mich entschied. »Ich habe da ein paar Sachen im Haus, von denen er bestimmt gewollt hätte, dass Sie sie bekommen«, sagte Kate Thompson. »Meine Adresse haben Sie, nicht?«

»Ja.«

Sie wartete, als ich aber nichts mehr sagte, nahm sie sich noch einen Zuckerwürfel aus der Schale und stand auf. »Wenn Sie es einrichten können, sehe ich Sie dann gegen sieben Uhr.« Sie schob sich den Zucker in den Mund, und ehe ich antworten oder auch nur von meinem Platz aufstehen konnte, drehte sie sich um und ließ mich mit einem halb leeren Kaffeebecher und dem restlichen Zucker sitzen.

* * *

Erst später ging mir auf, dass sie mich mit ihrem Abgang fallen ließ oder doch die Abkehr von mir probte, die nötig sein würde, falls ich die Verabredung nicht einhielt. In diesem Augenblick wusste ich allerdings noch nicht, ob ich zum Abendessen gehen würde. Und obwohl ich mich nicht entschieden und auch gar nicht weiter darüber nachgedacht hatte, konnte ich doch an nichts anderes als an Essen denken. Das Frühstück lag noch nicht lang zurück, und ich hatte am Morgen reichlich gegessen – jedenfalls mehr, als ich üblicherweise zu Hause aß –, doch kaum war Kate Thompson fort und auf dem Weg in einen der nur schwach erhellten oberen Räume, wo irgendein Angestellter sicherlich von ihr verlangte, dass sie entsprechende Papiere unterzeichnete und Arild Frederiksens persönliche Dinge an sich nahm, merkte ich, wie hungrig ich war. Es heißt, kommt man dem Tod nahe, fühlt man sich lebendiger, und obwohl ich nicht gerade behaupten kann, ihm wirklich nahe gekommen zu sein, packte mich, sobald ich allein war, nicht nur ein nagender Hunger, sondern auch – ich weiß nicht recht, wie ich mich ausdrücken soll – eine Aufregung, ein fast fiebriges Gefühl der Dringlichkeit. Ich wollte nur noch nach draußen an die frische Luft und etwas Essbares finden. Ich wollte keine labbrigen Sandwiches in Klarsichtfolie, wie sie das Café anbot, kein Stückchen gallertartigen Apfelkuchen, der auf gewachsten Papptellern in den Regalen lag, keine transparenten Kartonschachteln mit fahlen Karottenschnitzen und irgendeiner klebrigen Creme; ich wollte frische Äpfel und frisch gebackenes Brot, süßen Rahmkäse, Moltebeeren, gepökelten Hering, Möweneier, *Gjetost*. Vor allem aber wollte ich *Sjørøye*.

Als ich aufstand, fühlte ich mich schwindlig, aber es war ein angenehmer Schwindel, etwa wie jener, den man spürt, wenn man sich weit aus einem schnell fahrenden Boot lehnt, und kaum ging ich über den Flur zurück, tauchte ich ein in die Flut von Menschen, die wie ich von Krankenbesuchen kamen oder von ambulanten Behandlungen. Froh, frei zu sein, mit leeren Händen, und hinaus an die frische, feuchte Luft zu gelangen, beschloss ich, Mutters Rat zu befolgen und während der restlichen Tage meiner Reise Urlaub zu machen. Ich fuhr mit einem Taxi in die Stadtmitte, fand einen Obst- und Gemüsehändler und erstand eine Tüte Äpfel, die ich gleich einen nach dem anderen aufaß, während ich die Hauptstraße entlangspazierte und nach einem Laden suchte, in dem man Käse kaufen konnte. Schließlich fand ich ein winziges Delikatessengeschäft mit einer schmalen Ladenfront, hinter der sich ein lang gezogener, dämmriger Raum voller Flaschen, Gläser und mit Krustenbrot, Haferkeksen und Panini bepackten Weidenkörben auftat. Über fast die gesamte Länge verlief ein hoher Tresen aus Kunstmarmor, auf dem sich ganze Käse sowie Kisten mit Äpfeln stapelten. Es war der erste Laden, in dem anständiges Essen verkauft wurde, doch waren außer mir nur noch ein weiterer Kunde im Geschäft und ein Angestellter, ein dunkelhaariger, hochgewachsener Mann mit der leicht selbstgefälligen Attitüde eines überheblichen Touristenführers, der geduldig wartete, während ich umherwanderte und auswählte: noch mehr Äpfel, ein Stück Comté, ein halbes Dutzend frische Brötchen, etwas Hering in Dillsauce, ein paar dicke Scheiben gepökelten Schinken. Schließlich war ich zufrieden und hatte zusammen, was ich für ein anständiges Mittagessen brauchte. Es gab sogar *Gjetost.* Als der Angestellte mein Geld nahm, lächelte er und fragte, ob ich Schwedin sei.

»Norwegerin«, antwortete ich.

»Aha.« Sein Lächeln wurde breiter. »Das erklärt den *Gjetost.*«

»Sie mögen ihn nicht?«

»Für meinen Geschmack ist er ein bisschen zu süß.«

Ich nickte und fühlte mich plötzlich sehr ruhig. Ruhig und seltsam glücklich. »Aber er muss süß schmecken«, erwiderte ich, während ich zusah, wie er die Schinkenscheiben in gewachstes Papier einschlug. »Das macht ihn ja erst zum *Gjetost.*«

Da lachte er und reichte mir meine Einkäufe. »Lassen Sie es sich schmecken«, sagte er.

* * *

Ich setzte mich in einem kleinen Park an den trägen, kohleschwarzen Fluss, der am Rand des Stadtzentrums vorbeifließt, und begann zu essen. Der Regen hatte aufgehört, doch hingen noch schwere, dunkle Wolken am Himmel, und kaum jemand kam vorbei, während ich dort auf einer Holzbank im Schutz einer Weide saß und mich durch den Inhalt meiner Tüte arbeitete. Obwohl ich bereits einige Äpfel gegessen hatte, war ich noch hungrig, und ich hielt erst inne, als ich alles gegessen, Käse und Brötchen in Stücke gebrochen, den Hering mit den Fingern aus dem Glas gefischt hatte. Und kaum war der letzte Rest *Gjetost* verzehrt, fiel mir auf, dass ich mir nichts zu trinken gekauft hatte. Ich war so hungrig gewesen, dass mir gar nicht der Gedanke gekommen war, aus dem Delikatessenladen eine Flasche Mineralwasser oder Orangensaft mitzunehmen, obwohl ich sie am Tresen in einem Kühlregal aufgereiht gesehen hatte.

Ich warf Abfall und Reste in einen Mülleimer und ging zurück zur Hauptstraße. Auf einer Anschlagtafel hatte ich ein Plakat des Stadtmuseums und einer Kunstgalerie gesehen, und mir fiel ein, dass Mutter einmal gesagt hatte, sollte ich an einem fremden Ort sein und kein gutes Café finden, sei eine Kunstgalerie die beste Alternative, da es dort gewöhnlich anständigen Kaffee gebe und die Umgebung meist auch nicht so schäbig sei wie oft andernorts. Ich wusste nicht, ob etwas Wahres daran war, doch befand ich mich in einer fremden Stadt, weit fort von daheim, so weit, dass ich, gewiss aus purer Sentimentalität, glaubte, wenn Mutter schon nicht bei mir sein konnte, sei es das Zweitbeste, ihren Rat zu befolgen. Ich kann es nicht ganz erklären, aber in diesem Moment hatte ich ihr gegenüber ein schlechtes Gewissen. Ich weiß nicht, *warum* ich es hatte, nur hatte ich es – und mir fiel mein Gefühl von gestern Abend wieder ein, als ich ihre Stimme auf dem Anrufbeantworter gehört und sie so weit fort und gar nicht wie sie selbst geklungen hatte. Mir ist klar, wenn ich das jetzt sage, dann stimmt das nicht ganz, doch dieses Gefühl, das mich in dem Moment überkam, dieses schlechte Gewissen, war in gewisser Weise mit dem plötzlichen Begreifen verwandt, das mich als Kind erschütterte – ich kann mich nicht genau erinnern, wie alt ich damals gewesen bin, sechs Jahre, vielleicht auch jünger –, als mir mit einem Mal aufging, dass sie, meine perfekte Mutter, eines Tages sterben und ich ohne sie weiterleben würde, in ihrem Haus, in ihrem Garten, mit ihren Dingen. Bis zu jenem Augenblick – die genauen Einzelheiten sind unklar, doch meine ich, dass wir gegen Ende des Sommers spazieren gingen –, bis zu jenem Augenblick war mir noch nie der Gedanke gekommen, dass sie sterben würde, obwohl ich grundsätzlich wusste, dass Menschen starben; und mich entsetzte die Gewissheit dieser Tatsache. Ich weiß noch, ich schaute auf und sah sie, wie sie mir den Rücken zukehrte und irgendwo abseits im hohen Gras etwas suchte, als die Tatsache ihres unvermeidlichen Todes mich wie ein Schlag an die Kehle traf, so dass ich sie am liebsten festgehalten und zu Boden gepresst hätte, damit sie mir nicht entglitt – und doch war es auch schön. Damals habe ich nicht genau verstanden, was sie getan hatte, als sie nach Kvaløya zog. Mir war nicht klar, dass sie ihr altes Leben hinter sich ließ, um im Norden völlig neu anzufangen, wo sie sich an niemanden wenden und nirgendwohin konnte, wenn etwas schieflief, doch spürte ich ihre Einsamkeit und in dem Augenblick auch, dass ihre Einsamkeit und die Tatsache ihres nahenden Todes irgendwie zusammenhingen – und dass es *das* war, was es schön machte. Ich wusste, auch wenn sie sterben würde, hatte sie sich für etwas Einsames und Schwieriges entschieden, und obwohl ich nicht wusste, was es war, gefiel mir ihre Wahl.

Nun machte ich eine ähnliche Erfahrung, verstärkt durch den Verdacht, dass am Vormittag im Krankenhaus eine Art Verrat, wenn nicht begangen worden, so doch zumindest geplant gewesen war. Ich hätte nicht sagen können, welche Form dieser Verrat angenommen hätte, doch wusste ich, dass er drohte, und ich wollte jetzt nur noch ein Museumscafé finden, in dem es anständigen Kaffee und die Art Kuchen gab, die, geradeso wie in unserem Esszimmer an einem Samstagmorgen, nach Teig und verbranntem Zucker roch. Es dauerte eine Weile, diesen Ort zu finden, aber als ich ihn sah, fiel mir auch wieder ein, warum mir das Plakat aufgefallen war. Es war keine große und wohl auch keine bedeutsame Galerie, doch wie es der Zufall wollte, wurde an ebendiesem Tag in ebendieser Stadt eine Wanderausstellung eröffnet, und das Plakat, das ich gesehen hatte – jetzt erinnerte ich mich auch, dass es mir unter den übrigen Plakaten an der Anschlagtafel aufgefallen war, neu und leuchtend bunt, während die anderen bereits verwitterten und verblassten –, dieses Plakat also vermeldete die erst kurz zuvor erfolgte Eröffnung einer Ausstellung mit dem Titel *Wilde Berechnung: Kunst und Natur von 1850 bis 1939*. Zweifellos ein staubtrockner, akademischer Titel – einen Moment lang fragte ich mich, warum die angegebenen Jahreszahlen bedeutsam schienen –, doch mein Interesse war geweckt. Gerade als der Regen erneut einsetzte, eilte ich die Treppen zur Galerie hinauf, um mir in dem prunkvollen, etwa aus mittviktorianischer Zeit stammenden, in Ziegel und Marmor gehaltenen Foyer von einer hübschen Asiatin mit rotem Schal und dunkelblauem Pullover eine Eintrittskarte zu kaufen, den angebotenen Audioguide höflich abzulehnen und einen lang gezogenen Raum mit hoher Decke zu betreten, in dem die ersten Bilder hingen.

* * *

Was verstehen wir unter »wild«? Was finden wir an der natürlichen Welt fremd und zugleich unentbehrlich? Was fehlt uns, wenn wir in den Wald gehen? Warum spüren wir eine Sehnsucht nach Landschaften, in denen wir nie gelebt haben?

Ich las die ersten Zeilen der Broschüre, die mir mit der Eintrittskarte gegeben worden war, faltete sie zusammen und steckte sie ein. Man sah auf den ersten Blick, dass *Wilde Berechnung* zu jenen Ausstellungen gehörte, die informieren und zugleich ernsthaftes Nachdenken darüber provozieren wollen, worum es in der Kunst eigentlich geht, und das interessierte mich nicht im Geringsten. Ich hatte für Kunstgeschichte nur wenig übrig – auch wenn es mich überraschte, dass ich, als ich von Bild zu Bild ging, die meisten Werke bereits aus Mutters Büchern kannte – und wollte vor allem die Atmosphäre spüren, die diese Bilder durch ihre Vielzahl erzeugten, eine Atmosphäre, die mich an zu Hause erinnerte. Die meisten Arbeiten stammten von unbedeutenderen Künstlern, deren Namen nur vage vertraut klangen, aber das machte nichts; im Gegenteil, mir gefiel die Stille, die Tatsache, dass diese Bilder für den flüchtigen Blick nichts weiter als Darstellungen irgendeiner anonymen Weide oder eines Kiefernwaldes waren, die den Maler aus Gründen, die niemand sonst nachvollziehen konnte, so fasziniert hatten, dass er am Rand eines nassen Feldes oder an einem windigen Strand ausgeharrt hatte, um stundenlang, die Finger taub bis ins Mark, etwas einzufangen, was für die meisten Betrachter eher unwichtig war. Es gab mehrere Säle, jeder mit einem großen Gemälde in der Mitte, und ich wanderte langsam von Raum zu Raum, nahm überall um mich herum die Felder nachempfundener Farbe und nachvollzogenen Lichtes wahr, bis ich schließlich im Anschluss an eine Reihe unbedeutenderer impressionistischer Obstgärten und düsterer englischer Landschaften wie erstarrt vor einem großen, dräuenden Bild stehen blieb, dem im letzten Raum der Ausstellung der Ehrenplatz eingeräumt worden war. Ich erkannte es natürlich auf Anhieb, hatte es aber noch nie in all seiner Pracht gesehen und war von seiner Schönheit überwältigt. Überwältigt, ja, aber nicht allein von seiner Schönheit, sondern auch von der Tatsache, dass dieses Bild, eines von Mutters zwei, drei Lieblingswerken der Kunstgeschichte, ausgerechnet *hier* sein sollte – und der schon vorher verspürte Schwindel kehrte zurück, obwohl ich sofort begriff, dass es genau *dies* war, was ich die ganze Zeit erwartet hatte.

Ich schaute mich um. Außer mir war niemand da, nicht einmal jemand vom Sicherheitspersonal, aber mitten im Raum stand eine niedrige Bank, auf der ein früherer Besucher eine schmutzige, leicht zerknitterte Broschüre liegen gelassen hatte. Ich ging gleich hin, setzte mich und betrachtete das Bild. Es war ein Ölgemälde von Harald Sohlberg, ein kleines Haus am Rand eines Sees, eine einsame weiße, durch einen Kiefernwald gesehene *Hytte*, die Fenster von einem weichen, goldenen Licht erhellt, das Dach beinahe so schwarz wie die Kiefern und das dunkle Wasser dahinter. Hätte dies jemand anderes gemalt, hielte man es bestimmt für ein Nachtbild, aber Sohlberg hatte dem Himmel – ein fern wirkender Himmel, weit fort vom tintigen Fjordrand – ein fahles, geisterhaftes Blau gegeben, so puderblau wie die Dämmerung am Ende des Sommers, und das kleine weiße Haus mit dem schwach goldenen Licht sah aus, als wäre es Teil einer Theaterkulisse, temporär, provisorisch und nur vorübergehend bewohnt. Die Plakette an der Wand gab Namen und Titel des Werkes erst auf Norwegisch an, *Et Hus Ved Kysten (1907)*, dann auf Englisch, *The Fisherman's House (1907)*, was zwar keine besonders korrekte, aber ausreichende Übersetzung war. Das Werk hatte ich schon oft gesehen; es war ein Gemälde, das ich kannte, seit ich mich erinnern konnte – bei Mutter hing im Atelier ein gerahmter Druck des Bildes von einer lang vergangenen Ausstellung in der National Gallery –, doch es hier zu finden, in diesem englischen Marktflecken, an ebendiesem Tag, schien mir vollkommen absurd. Es war, als würde ich heimgesucht – natürlich von Mutter und der Landschaft, die ich gerade erst verlassen hatte, doch bereits vermisste, aber auch von den Sigfridsson-Jungen und den weißen Nächten voller Schatten und Geister, die, wie ich plötzlich begriff, jedem ziemlich fremd vorkommen mussten, der nie im Norden gelebt hatte. Unter der Plakette hing eine rechteckige, bedruckte Karte, die einige allgemeine Angaben über Sohlbergs Leben und Karriere machte; und mich überraschte, *wie* allgemein die Angaben gehalten waren. Wer auch immer für diese Ausstellung verantwortlich zeichnete, hatte offenbar angenommen, dass nur wenige Besucher der Galerie mit Sohlbergs Werk vertraut waren, was mich an Mutters alte Klage erinnerte, dass im Ausland kein Mensch norwegische Kunst kenne, Edvard Munchs *Der Schrei* ausgenommen. Noch schlimmer fand ich, was Mutter gewiss erst recht aufgebracht hätte, dass nämlich der Verfasser des Kartentextes sich dafür entschieden hatte, Sohlberg als einen besessenen, einsamen Menschen zu charakterisieren, der sich von seinen Zeitgenossen abgewandt hatte und am Ende seines Leben allein und vergessen war.

Ich weiß nicht mehr, wie es war, dazusitzen und *Et Hus Ved Kysten* anzustarren, ich weiß nur, dass ich das Bild eigentlich gar nicht sah, auch wenn ich es noch so aufmerksam betrachtete – zumindest sah ich es nicht als ein Werk der Malerei. Ich schaute nicht auf eine Leinwand, ich schaute auf eine Illustration. Nicht eine Illustration dessen, was Harald Sohlberg sich vorgestellt hatte, sondern, obwohl die Konturen des Landes so viel runder, sanfter als auf der entlegeneren Seite des Malangenfjords waren, auf eine Szene, die fast exakt dem Bild von Kyrre Opdahls Hütte entsprach, das ich in der Nacht zuvor in meinem Albtraum gesehen hatte. Eine Viertelstunde saß ich da, vielleicht auch länger, nur war ich nicht mehr in der Galerie, in diesem englischen Marktflecken, ich war *daheim.* Nicht bloß daheim in Kvaløya, sondern daheim in meinem Kopf, an jenem Ort, an dem die Träume spielen. Ich war an einem Ort, den niemand sonst je zu Gesicht bekommt, und ich war dort allein.

Es dauerte einige Zeit, ehe ich aus meinen Tagträumereien erwachte, doch sobald ich wieder zu mir kam, war mir, als würde ich beobachtet. Ich sah mich um. Außer mir befand sich niemand im Saal – eigentlich war sogar überhaupt niemand in der Galerie –, und trotzdem wurde ich dieses Gefühl nicht los, obwohl ich mich doch offensichtlich allein hier aufhielt. Was an sich schon merkwürdig war: In den vorherigen Sälen hatte ich jemanden vom Sicherheitspersonal gesehen, jemanden in grauer Uniform, der auf einem Klappstuhl in einer Ecke saß und vorgab, nicht dort zu sein, während ich herumging und mir die Gemälde anschaute; in diesem Saal aber war wirklich niemand. Hier war *niemand.* Ich war völlig und überprüfbarermaßen allein, doch der Eindruck, beobachtet zu werden, nahm sogar noch zu. Mich überkam – wofür ich keine Erklärung habe, war die Situation doch eigentlich recht harmlos – plötzlich ein akutes Gefühl der Angst, der Panik, so dass ich rasch zurück zu dem Türbogen zwischen diesem und dem letzten Saal lief, in einen Raum, der ebenso leer wie jener war, den ich gerade verlassen hatte, und dann in den Raum davor, in dem zwei Wärter, ein Mann mittleren Alters und eine junge Frau, vor einem der Gemälde standen und sich unterhielten. Sie drehten sich abrupt um, und mir wurde klar, dass ich störte – wohl eine heimliche Liebesgeschichte, auch wenn sie nicht zusammenzupassen schienen, der Mann in den Fünfzigern mit leichtem Bauchansatz, spröde aussehendem, rötlichem Haar und sehr blasser Haut, die Frau kaum älter als ich, das dichte, dunkle Haar aufgesteckt, so dass es ihren schlanken Hals entblößte und sie noch schlanker aussehen ließ. Sie passten nicht zusammen, nur war nicht zu übersehen, dass sie sich über etwas sehr Persönliches unterhalten hatten, was immer es auch gewesen sein mochte, etwas derart Privates, dass sie nie darüber geredet hätten, wären sie sich nicht sicher gewesen, allein zu sein. In dem Versuch, den peinlichen Moment zu überspielen, der aufgekommen war, weil ich ein Gespräch unterbrochen hatte, das der Mann gewiss für unangemessen hielt – er machte den Eindruck, verheiratet zu sein – tat er einen Schritt in meine Richtung. »Kann ich Ihnen helfen?«

Ich schüttelte den Kopf. »Nein, danke«, sagte ich. »Ich suche nur nach dem Café.«

Er lächelte. Es war ein überraschendes Lächeln, eines, das sein ganzes Gesicht erstrahlen ließ und das dieses unscheinbare Geschöpf, das er noch einen Augenblick zuvor gewesen zu sein schien, so vollkommen verwandelte, dass ich ahnen konnte, was das Mädchen in ihm zu sehen meinte. »Gehen Sie zurück in die Eingangshalle«, sagte er. »Wenden Sie sich vor dem Haupteingang nach links, und dann sehen Sie es schon direkt gegenüber der Garderobe.«

Ich nickte und warf einen Blick auf die junge Frau. Sie lächelte mich gleichfalls glücklich an, so als wollte sie mir zu verstehen geben, es mache ihr nichts aus, dass ich einige unbedeutende Sekunden lang in die Geschichte verwickelt gewesen war, die sie beide verband. »Danke«, sagte ich, wandte mich an den Mann und bedankte mich nochmals. Ohne den Grund dafür zu kennen, taten sie mir beide einen flüchtigen Moment lang leid, obwohl ich doch nichts Konkretes über sie wusste, und damit sie es nicht mitbekamen, drehte ich mich rasch um und ging zurück zum Eingang und hinaus auf die verregnete Straße, ohne einen Kaffee getrunken zu haben. In keinem der Säle, die ich durchlief, sah ich eine Menschenseele – und mit einiger Verblüffung begriff ich, dass ich, vom Dienstpersonal einmal abgesehen, tatsächlich einige Zeit allein in der Galerie gewesen war. Niemand hatte mich beobachtet. Ich hatte es mir nur eingebildet.

Doch selbst draußen, außerhalb der beengenden Räume der Galerie, wurde ich das Gefühl nicht los, beobachtet zu werden. Ich blickte mich um. Aus einem großen Gebäude im Pseudotudorstil auf der anderen Straßenseite kamen gerade einige Männer, von denen sich einer oder zwei nach mir umdrehten und sich bestimmt fragten, warum ich allein im mittlerweile ziemlich heftigen Regen stand, also ging ich los, mit schnellen Schritten, ohne genau zu wissen, wohin. Ich schaute auf meine Armbanduhr. Schon vier – das überraschte mich, schien doch kaum eine Stunde vergangen zu sein, seit ich im Park gepicknickt hatte. Ich lief weiter, und mit jedem Schritt wurde der Regen heftiger. Ich wusste nicht, was ich tun sollte. Noch war es Tag, nur hing der dunkle Himmel so tief und färbte der Regen alles so grau, dass einige Läden bereits Licht machten. Die Straße war leer bis auf die Männer vor dem Tudorgebäude – eine Bar, wie mir jetzt auffiel – und einige Frauen mit Regenschirmen, die nach Hause eilten. Ich sah mich nach einem Taxistand um. Ich musste zurück ins Hotel, trocken werden. Mir fiel Kate Thompsons Einladung ein, aber ich hatte mich bereits entschieden, ihr nicht zu folgen, hatte, ohne weiter darüber nachzudenken, entschieden, dass ich Arild Frederiksens Sachen nicht wollte. Nein, ich wollte nur noch raus aus dem Regen und fort von diesem Gefühl, beobachtet zu werden – also riss ich mich zusammen und eilte zum anderen Ende der Straße, zu dem kleinen Delikatessenladen, den ich schon kannte. Falls ich kein Taxi fand, wollte ich den Mann, der mich heute Vormittag bedient hatte, nach dem Weg fragen. Er hatte freundlich gewirkt, und in diesem Augenblick brauchte ich jemanden, dem ich glaubte, vertrauen zu können. Inzwischen hatte ich die Galerie und die Tudorbar weit hinter mir gelassen, wurde aber auf dem Weg zu dem kleinen Laden das Gefühl nicht los, dass jemand in der

Nähe war und mich beobachtete, weshalb ich mehrere Male stehen blieb und mich umdrehte. Niemand zu sehen. Sicher, ich war müde, und ich sagte mir, dass es ein anstrengender Vormittag gewesen sei, weshalb es mich nicht überraschen sollte, wenn mein Hirn mir etwas vorgaukelte. Doch was ich mir auch sagte, wie gründlich ich auch die Straßen, die Ladenfronten prüfte, so meinte ich doch genau zu spüren, dass jemand dort war, gleich außerhalb meines Blickfeldes – und wieder geriet ich fast in Panik, eine Panik, die aus keinem nachvollziehbaren Grund noch wuchs, als mir einfiel, dass ich seit meiner Abreise nicht mehr mit Mutter gesprochen hatte.

Ich fand den Delikatessenladen. Ich sah den Mann, mit dem ich geredet hatte, wie er Käse und Körbe forträumte, während ein anderer, der mir am Vormittag nicht aufgefallen war, an der Kasse stand und offenbar die Abrechnung machte – doch musste ich gar nicht erst ins Geschäft, da gerade in dem Moment, in dem ich die Tür öffnen wollte, ein Taxi hielt und eine sehr hochgewachsene, schlanke Frau ausstieg. Als sie sich in einem Ton verabschiedete, der vermuten ließ, dass sie den Fahrer kannte, trat ich ans Beifahrerfenster und machte dem Mann ein Zeichen. Die Frau musterte mich kurz – ihrer Miene merkte ich an, dass ich offenbar nasser aussah, als ich gedacht hatte – und wandte sich noch einmal an ihren Freund. »Da wartet eine ganz feuchte Fuhre auf dich.«

Der Fahrer warf mir einen Blick durch das Fenster zu. »Ich hatte schon schlimmere.«

Aus irgendeinem Grund fand die Frau dies amüsant. Sie lachte befremdlich, ließ die Tür offen für mich und eilte in den Delikatessenladen, während ich mich duckte und auf den Rücksitz gleiten ließ. »Tut mir leid«, sagte ich. »Ich bin wirklich ziemlich nass.«

Der Fahrer lächelte mich im Rückspiegel an. »Kein Problem, meine Beste«, sagte er. »Wohin darf ich Sie bringen?«

* * *

Als ich aus dem Taxi stieg, fühlte ich mich maßlos erschöpft. Der Fahrer hatte pausenlos auf mich eingeredet, mich gefragt, woher ich kam und ob ich Urlaub machte, und ich hatte mit letzter Kraft meinen Teil zum Gespräch beigetragen, nur war es mir, je länger die Fahrt dauerte, immer schwerer gefallen, und bei dem Regen und dem Verkehr hatte es eine ganze Weile gebraucht, zum Hotel zurückzukommen. Jetzt wollte ich nur noch auf mein Zimmer, ein Bad nehmen und schlafen – allerdings war ich während der Rückfahrt aus dem Stadtzentrum, selbst während des Gesprächs mit dem Fahrer, davon überzeugt, dass die Person, die mich zuvor beobachtet hatte, nun in der Hotellobby auf mich wartete, weshalb ich erst nicht hineingehen wollte und auf dem mit Kies ausgelegten Hof stehen blieb, dort, wo das Taxi mich abgesetzt hatte, und immer nasser wurde, während ich mir sagte, wie lächerlich dieser Gedanke war. Ich hatte keine Ahnung, wer mir folgen sollte. Noch auf der Hauptstraße hatte ich kurz geglaubt, es sei Kate Thompson: Ich sagte mir, dass sie im Krankenhaus nur so getan hatte, als verabschiedete sie sich, dass sie mir nachgegangen war, mir zum Delikatessenladen und in die Galerie gefolgt war, eine unsichtbare Präsenz, die mich von Ort zu Ort begleitete und jede meiner Bewegungen beobachtete, unfähig, das Recht auf ein Urteil aufzugeben, auf das sie einen Anspruch zu haben meinte. Aber das war absurd. Warum sollte sie so etwas tun? Was hatte sie davon? Vermutlich stand sie in ebendiesem Moment daheim in ihrer Küche, nippte an einem Glas Weißwein und putzte Porree fürs Abendessen, zu dem ich, wie sie längst ahnte, nicht kommen würde. Noch während ich es mir gestattete, sie im Verdacht zu haben, wusste ich tief in den dunkelsten Winkeln meines Verstandes, dass sie es nicht sein konnte – ich war mir sogar sicher, denn kaum fühlte ich mich beobachtet, kam mir ein Name in den Sinn, und auch wenn die Vorstellung noch absurder schien, dass es Maia gewesen sein könnte, die mir erst durch den Park zur Kunstgalerie und dann von einem Saal in den nächsten gefolgt war, um, ehe sie verschwand, mein Gesicht zu studieren, als ich vor dem Sohlberg stehen blieb, war es *ihr* Name, der mir einfiel. Was nun wirklich aller Wahrscheinlichkeit Hohn sprach, wie ich mir klarzumachen versuchte, während mir der Regen über Haar und Gesicht rann und ich drei Schritte vor der Hotellobby stehen blieb und pudelnass wurde. Drei Schritte und eine Treppe hinauf bis in mein Zimmer, dachte ich. Ich brauchte nur durch die Tür zu gehen.

Schließlich trat ein Paar aus dem Hotel und verharrte einen Moment im Eingang, während der Mann sich bemühte, einen riesigen Regenschirm aufzuspannen, und die Frau mich von oben bis unten mit einer Miene musterte, die eher amüsiert als besorgt wirkte. Eigenartigerweise sah sie jener Frau ähnlich, die gerade erst, eine Viertelstunde zuvor, aus dem Taxi gestiegen war, und obwohl ich wusste, dass es nicht dieselbe Person sein konnte, kam es mir vor, als wären die beiden Frauen Schwestern. Sie sah den Mann an, der nun den Regenschirm über ihren Köpfen hielt, dann wieder mich. »Alles in Ordnung?«, fragte sie, und ihre Stimme klang genau wie die der anderen Frau. »Suchen Sie etwas?«

Ich schüttelte den Kopf und rang mir ein Lächeln ab. »Entschuldigen Sie«, sagte ich. »Ich war nur ganz in Gedanken.«

»Nun, Sie sollten lieber reingehen«, sagte die Frau. »Sie werden sonst noch klitschnass.«

Ich nickte, aber das Paar hatte sich schon abgewandt. Der Mann sagte etwas, dann lachte die Frau, und ich wusste, sie lachten über mich, aber das war mir egal. Auch der Regen machte mir nichts mehr aus, trotzdem ging ich hinein, denn jetzt war der Bann gebrochen, der mich zurückgehalten hatte.

Die Lobby war leer, dennoch konnte ich eine Frau hören, vielleicht auch ein Mädchen, eine Stimme irgendwo in einem Hinterzimmer, das nur Personal betreten durfte. Ich fragte mich, ob Mutter während meiner Abwesenheit angerufen hatte, blieb aber nicht stehen, um es herauszufinden, da ich direkt auf mein Zimmer und die Tür hinter mir schließen wollte. Ich wollte raus aus den nassen Sachen und ein heißes Bad nehmen, mich aufs Bett legen und fernsehen, bis der Schlaf kam. Auf dem Weg zur Treppe aber tauchte die junge Frau, die bereits gestern Abend Dienst gehabt hatte, die Frau mit dem irisch klingenden Akzent, aus dem Hinterzimmer auf und sah mich. »Miss Rossdal?«, fragte sie. Ihre Stimme klang höher und heller als tags zuvor, ein Singsang fast, und als ich mich umdrehte, verriet ihr Gesichtsausdruck, dass sie gerade mit jemandem geredet hatte, der ihr nahestand, weshalb sie noch nicht recht zur höflichen Miene zurückgefunden hatte, die sie üblicherweise bei der Arbeit aufsetzte. Die ihr nahestehende Person war noch im Hinterzimmer; sie hatte sie in ebendiesem Moment verlassen – ein Freund vielleicht oder ein Kollege, der ihr gefiel, doch nahm ich ohne besonderen Grund an, dass es sich bei diesem Menschen um ihren Liebhaber handelte. Sobald sie merkte, dass ich ihr zuhörte, hob sie etwas vom Tisch hinter der Rezeption auf und gab es mir. Es war ein Umschlag. »Eine Nachricht für Sie.«

»Aha«, sagte ich und nahm an, dass der Brief von Mutter kam – von wem sonst? Ich ging zurück zur Rezeption, um den Umschlag an mich zu nehmen, und sie gab ihn mir fast sofort, gestattete sich aber einen kurzen Augenblick des Zögerns, fast, als wollte sie mit mir spielen. Einen Scherz mit mir treiben. Sie lächelte – und ich meinte in diesem Lächeln eine Anspielung zu sehen, so als wüsste sie etwas über mich, das ich selbst nicht wusste, vielleicht aber auch, als wüsste sie etwas über den Inhalt des Briefes. Ich nahm ihn entgegen – er kam nicht von Mutter; es war ein versiegelter Umschlag mit meinem Namen und dem Namen des Hotels in Maschinenschrift. »Danke«, sagte ich, ohne auf ihr kleines Spiel einzugehen. Ich spürte ihre Komplizenschaft mit der Person im Hinterzimmer, als wäre die Finte mit dem Brief bloß um ihretwillen inszeniert worden, doch hatte ich nicht die geringste Absicht, mich auf das einzulassen, was sie beide im Sinn haben mochten.

Das Gesicht des Mädchens wurde ernst, sobald sie zu ihrer förmlichen Haltung zurückfand. »Bitte sehr«, erwiderte sie und kehrte ohne ein weiteres Wort ins Hinterzimmer zurück.

Erstens ist die Wüste das Land des Irrsinns. Zweitens ist sie die Zuflucht des Teufels, der verbannt wurde in die »Wildnis Oberägyptens«, um »zu wandern an ödem, verdorrtem Ort«. Durst treibt Menschen in den Wahn, und der Teufel selbst ist verrückt, weil ihn nach der verlorenen Vortrefflichkeit dürstet – verloren, weil er sich darin verschanzte und alles Übrige aussperrte. Folglich muss der Mensch, der hinaus in die Wüste wandert, um zu sich selbst zu finden, dafür Sorge tragen, dass er nicht irre und ein Diener dessen werde, der dort im leblosen Paradies der Leere und der Raserei regiert.

Wie der Umschlag war der Inhalt des Briefes mit Maschine geschrieben, und nichts verriet, wer ihn mir geschickt hatte. Er enthielt keinerlei weiteren Hinweis, nur diesen einen Absatz, mitten auf die Seite geschrieben. Sorgsam las ich die Worte. Dann noch einmal:

> Folglich muss der Mensch, der hinaus in die Wüste wandert, um zu sich selbst zu finden, dafür Sorge tragen, dass er nicht irre und ein Diener dessen werde, der dort im leblosen Paradies der Leere und der Raserei regiert.

Es war absurd. Der Brief hatte überhaupt nichts zu bedeuten, doch wusste ich, dass mir sein Verfasser etwas sehr Bestimmtes zu verstehen geben wollte. Nur wer hatte ihn geschickt? Ich konnte mich nicht daran erinnern, Kate Thompson gesagt zu haben, in welchem Hotel ich abgestiegen war, und sonst gab es niemanden in anderthalbtausend Kilometern Umkreis um dieses Hotel, der auch nur meinen Namen kannte. Wenn diese Worte also jemandem galten, dann fraglos meiner Mutter und nicht mir, schließlich war sie es, die als Einsiedlerin galt, und sie war es auch, die sich hinaus in die Wüste gewagt hatte, nicht ich. Dabei war es nur für das ungeübte Auge eine Wüste und Mutters Anwesenheit darin zweckdienlich und notwendig. Ihr Umzug war kein Rückzug gewesen, sondern ein Akt des Glaubens, des Glaubens an ihre Arbeit und an den eigenen Verstand. Und mit dem Teufel hatte er schon gar nichts zu tun.

Wer hatte diese Worte geschrieben? Und wer hatte sie getippt und mir geschickt? Dieselbe Person? Das nahm ich nicht an. Die Zeilen stammten aus irgendeinem großartigen Buch, einem Klassiker der Theologie oder Literatur – und ich war mir sicher, hätte ich sie Mutter zeigen können, hätte sie mir gleich und ohne auch nur nachdenken zu müssen den Namen des Autors genannt. Das Zitat kam mir sogar bekannt vor, ein Auszug von etwas, was mir vertraut schien, wenn auch nicht so vertraut, dass ich es einzuordnen vermochte. Ich las den Text noch einmal und war überzeugt, die Worte schon einmal gelesen zu haben. Nur wo? Wann? Und wer hatte sie so sorgsam abgetippt und mir geschickt? Hatte ich Kate Thompson etwas gesagt, das mich verraten hatte, ihr nicht gerade den Namen des Hotels genannt, aber vielleicht einen Hinweis gegeben, einen Fingerzeig, durch den sie herausgefunden hatte, wo ich mich aufhielt? Das nahm ich nicht an, nur hätte mir niemand sonst den Brief schicken können. Niemand wusste überhaupt, dass ich hier war, niemand außer Mutter.

Ich griff nach dem Telefon und rief bei der Rezeption an. Es klingelte mehrere Male, ehe das Mädchen den Hörer abhob. »Wie kann ich Ihnen helfen, Miss Rossdal?«, fragte sie und klang ebenso höflich wie distanziert, kein Singsang mehr in der Stimme. Ich fragte mich, ob ihr Freund gegangen war.

»Ich wollte nur … ich habe mich gefragt, ob Sie im Haus waren, als der Brief gebracht wurde.«

»Der Brief?«

»Ja, der Brief, den Sie mir gerade gegeben haben.«

»Ach so, der Brief«, erwiderte sie und schwieg für einen Moment. »Nein«, fuhr sie schließlich ohne die leiseste Spur eines Bedauerns fort. »Renate hat den Brief entgegengenommen.«

»Ich verstehe. Ist Renate jetzt da?«

»Leider nicht.«

»Nun, hat sie etwas gesagt?«

»Wie meinen Sie das, Miss Rossdal?«

»Ich meine, hat sie irgendwas über den Brief gesagt? Darüber, wer ihn gebracht hat?«

»Leider nicht«, sagte sie. Ehe sie weitersprach, folgte eine kurze Stille, und ich spürte, dass ihr Freund noch nicht fort war, sondern direkt neben ihr stand und zuhörte. »Kann ich Ihnen sonst wie helfen, Miss Rossdal?«

»Nein«, antwortete ich. »Ich werde Renate morgen selbst fragen …«

»Renate kommt morgen nicht«, warf sie rasch ein.

»Nein?«

»Morgen hat sie frei«, sagte sie – und jetzt klang ihre Stimme überhaupt nicht mehr distanziert. In ihrem Ton lag eine Andeutung – ein Hauch von Spott oder Belustigung, und ich spürte, dass es sich bei der Person, mit der sie vorher zusammen gewesen war, der Person, die in diesem Augenblick direkt neben ihr stand, in Wahrheit um Renate handelte, obwohl dies, wie ich sehr wohl wusste, unmöglich der Fall sein konnte. Sie trieben ein Spiel mit mir, nur kam ich nicht darauf, was der Grund dafür sein könnte, und der Brief war Teil dieses Spiels. Womöglich nicht nur der Brief.

»Was soll das?«, fragte ich. »Worauf wollen Sie hinaus?«, und ich wartete einen Augenblick auf ihre Antwort, doch sie sagte kein Wort mehr, und ich stellte mir vor, wie sie an der Rezeption stand und den Hörer vom Ohr abhielt, damit die andere Person mithören konnte. Dann, als ich mir klar wurde, dass sie nicht vorhatte, mir zu antworten, und nur auf das wartete, was ich wohl als Nächstes sagen würde, legte ich auf.

* * *

Es regnete die ganze Nacht. Bei meiner Rückkehr ins Hotel war ich so müde gewesen, dass ich trotz Brief und Françoise' Lügen, trotz des Gefühls, verfolgt zu werden, trotz der nahezu panischen Angst, die mich erstmals vor dem Eingang zum Hotel und dann später, nur wenige Augenblicke nach dem

Telefongespräch, überkommen hatte, trotz all dieser Widrigkeiten also war ich davon ausgegangen, gleich einschlafen zu können und vor dem Morgen nicht wieder aufzuwachen, aber der Schlaf wollte nicht kommen. Ich ließ mir so viel Wasser wie nur möglich in die Wanne ein und rief zu Hause an, doch ging niemand an den Apparat, also zog ich die nassen Sachen aus und lag lang im heißen, dampfenden Wasser; dann streifte ich den dicken Frotteemantel aus dem Schrank über und bestellte beim Zimmerservice ein Steaksandwich, einen Cäsars Salat mit Hähnchenbrust – das Hauptgericht, nicht die Beilage – sowie eine große Schale Nachos mit dem Hot Salsa Dip, zusätzlich wollte ich noch Crème Brûlée und zum Abschluss die Käseplatte. Ich war wieder hungrig und hatte Lust, alles auf der Karte zu bestellen, den Burger mit einer Portion Pommes, den Truthahnbraten, das Baguette mit Brie und Cranberrys, den gedeckten Apfelkuchen mit Sahne und/oder Vanilleeis. Ich wollte alles essen und dann tagelang einfach nur schlafen, allein in meinem Zimmer, an der Tür das Schild »Bitte nicht stören«.

Es dauerte zwanzig Minuten, bis der Kellner kam, und während er das Tablett auf den kleinen Tisch in der Ecke abstellte, war ihm anzusehen, wie sehr es ihn überraschte, nur eine Person im Zimmer vorzufinden. Allerdings sagte er kein Wort und legte bloß das Besteck aus. Ich wartete, bis er gegangen war, dann fing ich an zu essen. Ich aß drei-, viermal so viel wie an einem gewöhnlichen Abend, und ich aß alles auf. Sämtliche Nachos, auch den letzten Klecks Salsa, jeden Krümel Käse. Danach fühlte ich mich wieder ruhig, genau wie zuvor, als ich das Essen im Delikatessenladen gekauft hatte. Ich legte mich aufs Bett und schloss die Augen – und in den ersten Minuten meinte ich, langsam wegzudämmern. Ich war so müde. Still lag ich da und spürte, wie Arme und Beine ins Federbett sanken, wie die Gedanken zu verschwimmen begannen. Ich glaube, einige Sekunden lang habe ich sogar tatsächlich geschlafen, ehe etwas klick machte – in meinem Kopf, irgendwo im Zimmer oder weiter fort, das hätte ich nicht zu sagen vermocht –, und ich schlug die Augen erneut auf. Es war nichts, kein weiteres Geräusch, aber *etwas* hatte ich gehört, und ich versuchte, mich nicht weiter darum zu kümmern, da ich fürchtete, es wäre sonst zu spät und ich fände den Schlaf nicht wieder, der mich doch schon fast übermannt hatte – aber es ging nicht.

Eine Weile lag ich noch wach, dann stand ich auf und trat ans Fenster. Der Garten vor dem Hotel war leer, nichts, nur Regen, der in einen Kreis orangerotes Straßenlicht fiel, einen Moment lang aber – einen flüchtigen Moment lang, nicht länger – meinte ich, im Park gegenüber jemanden zu sehen, ein Mädchen oder eine Frau, die das Gesicht in den Regen reckte, den Blick fest auf das Licht in meinem Fenster gerichtet. Nur einen Moment lang, und sobald sich meine Augen an die Dunkelheit gewöhnt hatten, sah ich, dass ich mich irrte. Eine optische Täuschung, eine Spiegelung auf dem nassen Spielplatz. In Anbetracht meiner Müdigkeit war es verständlich, dass mir die Augen einen Streich spielten, und ich sah rasch ein, dass dort nichts war. Kurz blieb ich noch stehen und spürte, wie wach ich mich wieder fühlte, dann zwang ich mich, zurück ins Bett zu gehen, kroch diesmal unters Federbett und machte bis auf eine kleine Lampe in der Ecke alle Lichter aus, nur wusste ich, noch während ich dies tat, dass ich keinen Schlaf finden würde. Schlafen war jetzt unmöglich. Ich hatte keine Angst, war nicht besorgt und fühlte auch keine Panik mehr, aber ich konnte auch nicht zur Ruhe kommen, also lag ich stundenlang wach und wünschte mir, ich könnte einfach aufstehen und nach Hause fahren. Ich weiß nicht, wie spät es war, als ich endlich eindämmerte, aber es war sehr spät, und mir blieb nur ein kurzer, traumloser und leerer Schlaf.

* * *

Am nächsten Morgen ging ich zeitig zum Frühstück nach unten. Niemand sonst war dort, also setzte ich mich an einen Tisch am Fenster und starrte über die Straße in den Park, während ich darauf wartete, dass jemand kam und meine Bestellung aufnahm. Ich wartete ziemlich lang, bestimmt zehn Minuten, vielleicht auch länger, ehe ein Mädchen mit schwarzem Rock und weißer Satinbluse aus der Küche auftauchte, ein Körbchen Croissants in der Hand. Erst sah sie mich nicht, aber als sie die Croissants auf einem langen Buffettisch an der hinteren Wand abgestellt hatte, drehte sie sich um und kam übertrieben eilfertig auf mich zu. Sie war groß und dünn, die Haut auffällig weiß und das lange, dunkle Haar wie bei Françoise und Renate straff zu einem Pferdeschwanz zusammengebunden. »Guten Morgen«, grüßte sie. »Sagen Sie mir bitte Ihre Zimmernummer?«

Ich nannte sie ihr, bat um Kaffee und packte mir einige Croissants auf den Teller, zwei kalte, hart gekochte Eier sowie etwas Brot vom Buffettisch. Als das Mädchen zurückkam, bestellte ich ein englisches Frühstück, dann starrte ich aufs Neue hinaus in den feuchten Garten. Alles war noch regennass, der Himmel wolkenverhangen und auf der Straße niemand zu sehen, nur hin und wieder zischte ein Auto vorbei, spritzte durch eine Pfütze, die sich direkt vor dem Hoteleingang gebildet hatte, und verschwand in Richtung Stadtmitte. Ich sah zum Spielplatz. Anfangs glaubte ich, er sei leer, dann fiel mir ein Mädchen auf, sechs, sieben Jahre alt, nicht weit vom Metallzaun, der um den Platz verlief. Die Kleine trug ein dünnes Baumwollkleidchen, darüber eine schäbige Strickjacke, und es sah aus, als wäre sie allein, was ich seltsam fand, um diese Tageszeit, doch sagte ich mir, dass sie gewiss in der Nähe wohnte und die Mutter sie im Auge behielt. Trotzdem fand ich es nicht richtig, dass sie sich da draußen herumtrieb, wo doch alles so nass war und weiterer Regen drohte, weshalb ich mich umschaute und die Mutter zu entdecken versuchte, die dem Mädchen hoffentlich einen Mantel brachte oder es ins Warme, Trockene holte. Da leuchtete Straße und Zaun unerwartet auf, fast als hätte jemand im Nebenzimmer eine Lampe angeknipst, und ich sah, dass das Mädchen näher an den Zaun getreten war und im plötzlichen Licht zu mir herüberblickte, das Gesicht so strahlend hell wie das eines Engels in einem Gemälde von Raphael – allerdings bemerkte ich erst jetzt, dass der Ausdruck in dem Gesicht der Kleinen keineswegs engelhaft, sondern grausam war und gehässig, eine Gehässigkeit, die aus irgendeinem Grund mir galt. Ich hatte sie nie zuvor gesehen, trotzdem ging sie näher an den Zaun heran, im Gesicht ein extremer, wilder Hass, nicht allein auf mich, sondern auf alles und jeden. Dieses Mädchen – dieses magere, frierende Kind mit fadenscheiniger Strickjacke und verschlissenem Kleid – hasste mich, nicht weil ich etwas gesagt oder getan hatte, sondern weil es mich *gab,* in *seiner* Welt, und weil es mich darin nicht haben wollte. Und am eigenartigsten fand ich, dass mir das Mädchen bekannt vorkam, als es sich näherte und ich es ein wenig deutlicher sehen konnte. Ich war mir sicher, der Kleinen irgendwo schon einmal begegnet zu sein, nur wusste ich nicht mehr, wo, und im Nachhinein begreife ich, sie war viel zu weit weg, ich konnte sie gar nicht deutlich sehen. Nun, sie hätte sonst wer sein können, und ihr Blick war jener Blick, den Kinder manchmal haben, wenn sie nicht bekommen, was sie wollen, doch war ich in diesem Moment davon überzeugt, sie zu kennen, weshalb ich herausfinden wollte, wieso dies sein konnte, es verzweifelt herausfinden wollte, als die Kellnerin mit dem Bratfrühstück kam. Sie legte jenes professionell freundliche Verhalten an den Tag, das alle Frauen im Hotelgewerbe anzunehmen pflegen, lächelte sogar fast, als ich mich vom Fenster abwandte, doch muss irgendwas in meinem Gesicht zu sehen gewesen sein, ein Widerschein vom Hass und Abscheu des Mädchens, weshalb sich ihr Gesichtsausdruck schlagartig änderte und sie wie erstarrt stehen blieb. »Was ist? Geht es Ihnen nicht gut?« Eigentlich wirkte sie eher verängstigt als besorgt, nur hatte sie Angst um sich, nicht um mich.

»Alles in Ordnung«, erwiderte ich. »Es ist bloß …« Ich drehte mich wieder zum Fenster um und blickte hinaus. »Das Mädchen hat mich erschreckt«, sagte ich – doch sah ich nun, dass da niemand war, nur eine magere Gestalt, die zur anderen Parkseite eilte, eine Gestalt, die vielleicht das Mädchen war, das ich gesehen hatte, vielleicht aber auch jemand anderes, eine Gestalt, die aus meinem Blickfeld verschwand.

Huldra

Mutter holte mich vom Flughafen ab. Sie trug die lange blaue Jacke und den Samtschal, den ich ihr letztes Jahr zu Weihnachten geschenkt hatte, den mit Mohnblumen. Sie liebte diesen Schal und war überrascht gewesen, als sie ihn von mir bekam, denn ich glaube, von mir hatte sie so etwas Edles nicht erwartet. Und sie hatte sogar recht, überrascht zu sein, da er von Ryvold ausgesucht worden war, nicht von mir. Wir hatten uns beim Weihnachtseinkauf in der Stadt getroffen, und er hatte mich darauf aufmerksam gemacht: ein prächtiger, kohlegrauer Schal mit Mohnblumenmotiv, der Samt weich und angenehm wie das Fell einer lebenden Kreatur, die Farben fast zu kräftig, ganz wie die Farben auf einem Bild von Sohlberg. Dass der Schal genau richtig für sie war, hatte ich natürlich gleich gewusst, doch blieb, dass er nicht meine Wahl gewesen war, weshalb mich immer noch ein wenig das schlechte Gewissen plagte, hatte ich mein Geschenk doch als eigene Idee ausgegeben. Es war das erste Mal, dass sie etwas von mir geschenkt bekam, was ihr wirklich gefiel – und obwohl sie sich größte Mühe gab, ihre Überraschung zu verbergen, hatte ich etwas gespürt, und sie wiederum begriff, dass sie sich hatte etwas anmerken lassen. Deshalb hatte sie den Schal seither erst ein- oder zweimal getragen, und deshalb trug sie ihn heute, als ein Zeichen, ein Willkommensgruß. Sie wollte mich wissen lassen, dass sich zwischen uns nichts verändert hatte, dass ich immer noch ihre Tochter war; außerdem sollte ich wissen, wie glücklich sie darüber war. Es machte nichts, dass wir kaum etwas gemein hatten. Es kam allein darauf an, dass sie glücklich war, und sie wollte, dass ich es auch war.

Sie merkte gleich, dass irgendwas vorgefallen sein musste. Wie denn auch nicht? Nachdem ich die Vision mit dem Mädchen gehabt hatte, war ich nach oben gegangen und bis zur Abreise auf dem Zimmer geblieben, hatte nichts gegessen und vergebens zu schlafen versucht, mich zugleich aber auch gesorgt, ich könnte nicht rechtzeitig aufwachen, um den Zug zurück nach London zu erwischen. Nach einem Tag nagenden Hungers hatte ich den Appetit nun völlig verloren, konnte nur noch Wasser trinken, lag auf dem Bett, schwebte zwischen Schlaf und Wachen und horchte den lieben, langen Tag darauf, wie die Welt um mich herum ihren Geschäften nachging. Sobald es Zeit zur Abfahrt wurde, packte ich meine Taschen und eilte nach unten. An der Rezeption war jemand Neues, nicht Françoise und nicht Renate, sondern eine blonde, mondgesichtige Engländerin, die mir die Rechnung schrieb, mich fragte, ob alles zu meiner Zufriedenheit gewesen sei, und dabei eine Miene zog, die mir verriet, dass sie überall glücklicher wäre als gerade hier. Kaum hatte ich bezahlt, rief sie ein Taxi, und mein erster Reiseabschnitt begann bei strahlendem Sonnenschein; Bäume und Hecken waren noch nass vom Regen, funkelten aber auf der Fahrt zum Bahnhof im Sonnenlicht. Es blieb sonnig bis nach London, auch bis nach Heathrow und Oslo. Sogar als ich in Tromsø aus dem Flugzeug stieg und mit Mutter zum Auto ging, brannte die Sonne auf uns herab und richtete ihr Licht wie ein Scheinwerfer auf mein Gesicht, betonte jeden Schatten, so dass Mutter es sofort bemerkte, aber nichts sagte; sie meinte nur, ich sehe müde aus und solle zu Hause doch gleich ins Bett gehen.

Sie erkundigte sich nicht nach Arild Frederiksen. Sie wollte nicht wissen, was geschehen war oder wie es ihm ging. Sie wollte auch nicht wissen, warum Kate Thompson in seinem

Namen plötzlich Kontakt mit mir aufgenommen hatte, nachdem er achtzehn Jahre ferngeblieben war. Sie wollte gar nichts wissen – nur ließ sie einen kleinen, schicklichen Freiraum zwischen uns, damit ich sagen konnte, was ich sagen wollte, falls ich mich zu reden entschied. Sie musste gewusst haben, dass er – oder Kate Thompson – mir seine Seite der Geschichte erzählen würde, und sie musste sich gefragt haben, wie ich darauf reagieren würde, auch wenn sie nie zugestand – weder mir noch sich selbst –, dass sie fähig war, sich auch nur einen Augenblick lang ernsthaft mit solchen Angelegenheiten zu befassen. Ich denke, sie wollte diesen schicklichen Freiraum um eine Erfahrung belassen, die mir und mir allein gehörte; außerdem begriff ich, wie symptomatisch diese Entscheidung war, symptomatisch nicht für das, was Kate Thompson für Kälte oder Gleichgültigkeit gehalten hätte, sondern für ein übertriebenes, beinahe rein formelles Feingefühl. Schließlich hatte sie mir zugeredet, diese Reise zu unternehmen; sie hatte mich gehen lassen müssen, hatte mir die Flugtickets gekauft und für das Hotel bezahlt, spürte aber keinerlei Bedürfnis, alles erfahren zu wollen. Zugleich wollte sie mir zu verstehen geben, dass sie zuhörte, falls ich reden wollte, dass sie Fragen beantwortete, falls ich welche hatte, oder Rat gab, falls der gewünscht war. Der Mann, zu dem ich mich aufgemacht hatte, bedeutete ihr heute nichts mehr, doch bedeutete er mir vielleicht etwas, und sie wollte mir auch zu verstehen geben, dass sie dies wusste. Und natürlich tat ich das. Ich verstand sie nur zu gut. Als ich sie dort mit dem grau-roten Mohnschal sah, wusste ich, dass sie sich nicht im Mindesten dafür interessierte, was irgendwer über das sagen mochte, was sie vor langer Zeit vielleicht getan oder nicht getan hatte. Sie wusste ohne jeden Zweifel, dass sie sich vor niemandem zu rechtfertigen und einzig um mein

Wohlbefinden zu kümmern hatte. Sie verhielt sich perfekt – sie *war* perfekt –, und auf der ganzen Rückfahrt nach Hause litt ich darunter, dass ich diese Perfektion aufgrund bloßer Behauptungen einer mir kaum bekannten Frau infrage gestellt hatte, einer Frau, die vor Jahren ihr Urteil über Mutter gefällt und auf die für solche Leute typische Art beschlossen hatte, sie für herzlos und egozentrisch zu halten. Ich hatte diese Verurteilung gespürt, sie aber keinen Moment lang akzeptiert, und fürchtete nun, dass Mutter etwas anderes denken könnte. Ich sorgte mich, sie könne erraten, welche Schlüsse aus dem, was ich Kate Thompson gesagt hatte, gezogen worden waren, und ängstigte mich plötzlich, sie damit verletzt zu haben. Ich wollte etwas sagen, wollte jeden möglichen Verdacht zerstreuen, doch auf der Fahrt nach Hause und dann, während der darauffolgenden stillen, leicht aschfahlen Tage der Bettruhe und Erholung, der Tage übertriebener Freundlichkeit und gegenseitiger Rücksichtnahme, die es nur allzu deutlich machten, dass etwas verschleiert wurde, nicht nur für den Augenblick, sondern für immer, in diesen Tagen also konnte ich mich nicht dazu durchringen, etwas zu sagen, bis schließlich so viel Zeit vergangen war, dass es nichts mehr zu sagen gab.

Am vierten Tag hielt ich es im Haus nicht mehr aus und musste raus ins Freie. Anfänglich hatte sich Mutter nach meiner Rückkehr Sorgen um mich gemacht, doch ich glaube, sie hielt es für ein gutes Zeichen, dass ich an die frische Luft wollte. Außerdem hatte sie, obwohl die Bilder für die neue Ausstellung bereits auf dem Weg nach Oslo waren, viel zu viel zu tun, um auf den Gedanken zu kommen, dass ich mich nicht deshalb so oft außer Haus aufhielt, weil ich Heimweh nach den Wiesen und Birkenwäldchen gehabt hätte, sondern weil ich ihr eine Weile aus dem Weg gehen musste. Vielleicht ahnte sie es auch, ließ sich aber nichts anmerken, denn natürlich tat oder sagte sie möglichst nichts, was unangenehme Gefühle in mir wecken könnte. Nein, das war es nicht. Eigentlich will ich sagen, dass sie sorgsam darauf achtete, *mir* keine Gelegenheit zu geben, etwas zu tun oder zu sagen, das nicht sie, sondern mich verletzen könnte – denn *sie* hatte die Lage immer noch im Griff, *sie* hatte bereits bedacht und beschlossen, was getan werden musste, ganz unabhängig von dem, was sich nach meiner Abwesenheit zwischen uns entwickelte. Natürlich – und sie hatte recht, daran zweifelte ich keinen Moment – war ich das schwache Glied, die linkische Teenagerin, das ungeschickte Kind. All die Freundlichkeit und Fürsorge in jenen letzten Sommertagen drehte sich im Grunde nur um eines: Sie wollte nicht, dass ich einen Fehler machte und mich später darüber ärgerte. Und wie hätte ich das schlecht finden können? Das Letzte, was ich wollte, war ein bedeutungsschweres Gespräch über Arild Frederiksens Tod oder jene peinliche Stille, in der alles schiefläuft. Genau genommen wollte ich nur in Ruhe gelassen werden, da niemand merken sollte, Mutter am allerwenigsten, dass ich noch nicht von dem genesen war, was mir in jenen zwei, drei Tagen in England so zugesetzt hatte, fürchtete ich doch eine Weile, den Verstand zu verlieren; und auch wenn ich mich inzwischen besser fühlte, hatte ich immer noch Angst, ich könnte jeden Moment wieder jener Panik verfallen, die mich in der Kunstgalerie überkommen hatte.

Mittlerweile schien der Sommer – der echte Sommer – zu Ende zu gehen. Der warme, dramatische und zugleich fast wundersame Sommer verging, Tag um Tag, und ich wollte keinen Augenblick von dem verpassen, was noch übrig war. Ich wollte in den Wiesen spazieren, wollte im Birkenwald sitzen, wenn die Nachtdämmerung aus seinem Innern troff; ich wollte am Strand stehen und den großen Schiffen nachsehen, die langsam über das offene Meer dahinglitten; ich wollte nach Hillesøy fahren und zwischen den Felsen *Kråkebolle* sammeln oder Moltebeeren, dort, wo es sich manchmal anfühlte, als wäre dies der Rand der Welt, einsam, still bis auf die Watvögel und einer gelegentlichen Windbö. Ich wollte nicht drinnen, wollte nicht mit Menschen zusammen sein. Und ganz gewiss wollte ich nichts mit Martin Crosbie zu tun haben. Jedenfalls zu Beginn nicht. In diesen wenigen, ersten Tagen hielt ich mich von der *Hytte* am Strand fern und tat alles, um ungesehen zu bleiben – und unfotografiert –, und ich *spionierte* nicht. Dann aber sah ich ihn, unerwartet, ungeplant. Ich nehme nicht an, dass ich geglaubt hatte, ihm auf immer aus dem Weg gehen zu können, und es hätte mich nicht weiter überrascht, wäre er allein gewesen, aber er war nicht allein, er war mit der *Huldra* zusammen – und ich merkte gleich, dass sie *zusammen* waren. Es war lächerlich, dass er und Maia sich gefunden hatten, lächerlich, wie schnell es gegangen war – doch sobald ich sie sah, wusste ich, dass es stimmte. Sie waren draußen auf den Wiesen, gingen nebeneinander, berührten sich nicht, waren aber auf unverkennbare Weise zusammen, so wie welche von der Schule zusammen waren, als ein Pärchen, das man in Tromsø auf der Straße sah, wo sie sich nicht berührten, nichts taten, aber zusammen waren, in dem eigenen, nur ihnen gemeinsamen Raum. So wirkten auch Martin und Maia auf mich, als ich sie an jenem Tag sah. Ich wusste damals nicht, wie lang sie schon in ihrer separaten Welt lebten, doch war es unübersehbar etwas Neues, etwas, was Martin noch glücklich machte und verwirrte, er, der zweifellos über jene Schicksalswende staunte, die ihn mit diesem schönen, seltsamen Mädchen aus dem Norden zusammenbrachte, was er bestimmt nie erwartet und nicht einmal zu hoffen gewagt hatte. Ja, diese Affäre war neu: Sie begann an ebenjenem Tag, an dem ich nach England fuhr. Von diesem Moment an war sie aufgeblüht.

* * *

Aufgeblüht. Vielleicht nicht das richtige Wort, doch haftete ihrer Beziehung eine gewisse Unvermeidbarkeit an, ganz so, als würde sich eine Blüte öffnen. Sagen wir eine Rose oder eine von Harstads arktischen Mohnblumen, die den Kopf immer zur Sonne ausrichten. Sobald ich sie zusammen sah, wusste ich, dass etwas vor sich ging – was seltsam war, da sie wirklich nichts taten, was Liebende tun, wenn sie sich allein glauben. Sie berührten sich nicht, blieben nie irgendwo am Strand stehen, um sich zu küssen oder einander bedeutungsvoll in die Augen zu schauen, und es gab zwischen ihnen eine Distanz, eine so korrekte, so überaus präzise Distanz, dass man hätte meinen können, sie hätten sie zuvor ausgemessen. Als ich sie dieses erste Mal zusammen sah, konnte ich erkennen, dass Martin redete, beim Gehen hin und wieder den Kopf drehte, um Maia anzuschauen, und sie drehte sich hin und wieder zu ihm hin, sah ihm aber nie direkt ins Gesicht, wandte sich dann ab und schaute über den Fjord. Dabei wich sie ihm nicht aus, wirkte vielmehr zufrieden: glücklich vielleicht, jetzt hier zu sein, glücklich und sogar hoffnungsfroh. Und es war schon beinahe rührend mit anzusehen, wie selig Martin Crosbie war, der da den Strand entlangging mit diesem hübschen Mädchen, das eines der Mädchen aus seiner Bilderkartei hätte sein können, frisch aus der Schule, gewärmt von der Sommersonne, die schöne Unschuldige seiner einsamen Fantasien. Damals dachte ich nicht, was ich zuvor einmal über ihn gedacht hatte. Ich räumte ihm den Vorteil des Zweifels ein, da ich in diesem Augenblick begriff, dass sich etwas in ihm verändert hatte. Natürlich fragte ich mich, ob sie miteinander schliefen, aber nur kurz. In der *Hytte* damals, als ich die Bilder fand, hatte ich geglaubt, sein Interesse an den Mädchen sei schlicht sexueller Natur, nur war ich mir jetzt nicht mehr sicher. Sie wirkten so unschuldig, so – romantisch. Und ihm gönnte ich den Vorteil des Zweifels, weil er so verliebt aussah – als könnte ein verliebter Mann nicht gefährlich werden, als könnte ein verliebter Mann niemandem Schaden zufügen.

* * *

Allerdings habe ich damals nicht viel über Martins Romanze nachgedacht. Ich wollte nur allein gelassen werden, um ausschließlich über *rein gar nichts* nachdenken zu können. Angesichts meiner Sehnsucht nach Einsamkeit scheint es daher verwunderlich, dass ich Gesellschaft suchte, vor allem die Gesellschaft von Mutters Freiern, doch aus Gründen, die mir nicht ganz einsichtig waren, lud ich mich am ersten Samstag nach meiner Rückkehr selbst zur morgendlichen Teeparty ein. Natürlich war ich früher schon mal an einem der Vormittage dabei gewesen, hatte mich aber meist rasch gelangweilt und war wieder gegangen, weshalb die Freier sich mit mir abfanden, wussten sie doch, ich blieb nur kurz. An diesem Vormittag aber hielt ich es länger aus als gewöhnlich, denn Ryvold fehlte, und das war seltsam. Seit er sich der Gruppe angeschlossen hatte, war er ohne Ausnahme jede Woche gekommen. Er gehörte gleichsam zum Inventar, und in Wahrheit – eine Wahrheit, die nie ausgesprochen wurde – drehte sich alles um ihn. Es gab Zeiten, in denen er kaum ein Wort über die Lippen brachte, doch was er sagte oder unter bestimmten Umständen hätte sagen können, hatte stets den Gesprächston vorgegeben – und ich verstehe heute, wie sehr jegliches Vergnügen, jegliche Unterhaltung, die Mutter von diesen Vormittagen erwartete, allein von Ryvold abhing. Ich denke, sie liebte Rott, wie man einen Welpen liebt, doch gelang es allein Ryvold in ihrer Welt *real* zu sein; und an diesem Vormittag, an dem sich die Freier um den Tisch versammelten, war Ryvolds Abwesenheit viel zu auffällig.

Er hatte auch schon in der Woche zuvor gefehlt, in der ich in England gewesen war. Damals hatte sich niemand etwas dabei gedacht – einer meinte gesehen zu haben, wie er auf dem Flughafen von Tromsø aus dem Taxi stieg, weshalb sie zu dem Schluss kamen, dass er vermutlich zu einer Geschäftsreise aufgebrochen war. Allerdings musste er sehr plötzlich gefahren sein, da Ryvold keinen Samstagmorgen verpasste, ohne Mutter vorher Bescheid zu geben, dass er nicht kommen konnte. Niemand hätte erwartet, dass er je ohne eine Erklärung fortblieb, doch genau dies hatte er nun die zweite Woche in Folge getan.

Und heute fühlte ich mich zum allerersten Mal als vollwertiges Mitglied der Teeparty. Nicht bloß als Besucherin, die auf ihrem Weg nach anderswo kurz vorbeischaute, sondern als jemand, der standhaft in der Mitte der Freier ausharrte. An diesem Samstag waren es vier: Rott, Harstad, ein überaus hagerer, ziemlich distinguiert aussehender Mann namens Nilsson, der nicht oft kam, sowie ein Mann mit sehr blauen Augen und seltsam möwenähnlichem Gesicht, dessen Namen ich nicht kannte, auch wenn ich ihn schon einige Male den Weg zum Haus hatte heraufkommen sehen. Sie waren sich unschlüssig, wie sie mit mir umgehen sollten, zumindest, nachdem etwa zwanzig Minuten verstrichen waren und ich mich immer noch nicht verabschiedet hatte. Es war, als nähme ich Ryvolds Platz ein, ersetzte ihn während seiner unerklärten Abwesenheit, und das machte sie nervös und ruhelos. Mutter wusste auch nicht, warum ich so lang blieb, doch genoss sie das Unbehagen ihrer Gäste, das immer deutlicher wurde, je länger ich in meinem Sessel saß.

Das Gespräch drehte sich um nichts Bestimmtes, jedenfalls zu Beginn. Natürlich kam niemand auf Ryvold zu sprechen. Man bekundete höfliches Interesse an meinen Zukunftsplänen – Was wollte ich anfangen, nun, da die Schule zu Ende war? Wie hatte ich in den Prüfungen abgeschnitten? Wollte ich aufs College? Oder hatte ich andere Pläne? –, doch fiel es mir diesmal nicht schwer, darüber zu reden. Das Fehlen von Ryvold machte mich neugierig. Ich hatte vergessen, Mutter von seiner außerplanmäßigen Stippvisite zu erzählen, und jetzt war es zu spät. Außerdem hätte ich dieses Thema nicht angeschnitten, jedenfalls nicht in Anwesenheit der Freier. Dass Ryvold uns aufgesucht hatte, um Lebewohl zu sagen, war mir damals nicht in den Sinn gekommen, doch hatte er offensichtlich genau das vorgehabt, und während wir um den Tisch saßen und Butterkekse sowie Cremeschnitten aßen – es gehört große Kunstfertigkeit und ein nahezu physisches Taktgefühl dazu, Cremeschnitten in der Öffentlichkeit zu essen, was Rott allerdings nie verstanden hatte, obwohl er mehr als genug davon aß –, merkte ich Mutter an, wie verwirrt sie war. Weniger wegen Ryvolds Abwesenheit, für die sich ihrer Ansicht nach früher oder später bestimmt noch eine Erklärung finden würde, als von der Frage, wie sie eine weitere samstägliche Runde ohne ihn überstehen sollte.

Das Gespräch blieb allgemein und uninteressant; das sind Gespräche meistens, wenn sie allgemein bleiben. Ich wartete darauf, dass jemand Ryvold erwähnte, aber niemand kam auf ihn zu sprechen. Ich schaute Mutter an. Ärgerte sie seine unentschuldigte Abwesenheit? Machte es ihr überhaupt etwas aus? Sie wirkte kein bisschen aufgebracht; wenn überhaupt, schien sie sogar eher Vergnügen an der Situation zu finden. Doch ihr Interesse schwand, je mehr Zeit verging. Längst fühlten sich alle unbehaglich, und das nicht nur, weil ich das gewohnte Zeitmaß überschritt, nein: Sie vermissten Ryvold. Es machte ihnen zu schaffen, dass sie nicht wussten, wo er war oder wann er zurück sein würde – und bald ließ sich nicht länger übersehen, dass er ihnen fehlte, wussten sie doch nicht, wie sie sich in seiner Abwesenheit benehmen sollten. Ohne Ryvold, der den Ton vorgab, hatte jeder Angst, er könnte etwas Dummes sagen oder tun. Und doch hielten sie stur daran fest, sich so zu benehmen, als geschähe nichts Ungewöhnliches. Irgendwann hielt ich es nicht länger aus. Ich wandte mich an Mutter und fragte fast beiläufig: »Wo wohl Herr Ryvold bleibt?«

Sie wirkte überrascht. Einen Moment lang musterte sie mein Gesicht, als versuchte sie, sich etwas zusammenzureimen, dann schüttelte sie den Kopf. »Das weiß niemand«, antwortete sie. »Er ist einfach wie vom Erdboden verschwunden.« Sie lächelte. »Seltsam, nicht?«, sagte sie dann ebenso zu den Freiern wie zu mir, auch wenn sie eigentlich mit keinem von uns redete. Sie hatte meine Frage als Provokation aufgefasst und amüsierte sich königlich.

Die übrigen Teilnehmer der Teeparty waren jedoch alles andere als amüsiert. Nach Mutters Bemerkung fühlten sie sich sogar noch unbehaglicher als zuvor. Niemand sagte etwas, niemand blickte mich an, und ein langes Schweigen folgte – einer jener Augenblicke, zu dem die Franzosen sagen: *un ange passe,* ein Engel geht durchs Zimmer. Allerdings nehme ich an, dass diese Redewendung ein eher natürliches, unbesorgtes Schweigen meint, nicht diesen verlegenen Hiatus, der andauerte, bis Rott die Stille brach, sich abrupt vorbeugte, sichtlich getrieben vom Verlangen nach der letzten Cremeschnitte, die einsam mitten auf dem Tisch stand, behutsam mit Daumen und Zeigefinger nach dem Kuchenstück griff und es mit einem kleinen, fast unhörbaren Seufzer auf seinen Teller lud.

* * *

Die Teeparty zog sich noch hin, als ich ging, doch konnte ich mir nicht vorstellen, dass sie noch viel länger dauerte. Mutter langweilte sich, war aber eine viel zu höfliche Gastgeberin, um es ihre Gäste merken zu lassen, obwohl sie nichts lieber wollte, als dass sie endlich gingen, damit sie zurück ins Atelier konnte. Da hatte ich bereits begriffen, dass es sie überraschte, wie sehr ihr Ryvold fehlte, und im Nachhinein glaube ich, dass sie sich zu fragen begann, warum sie sich überhaupt mit diesen Samstagsveranstaltungen abgab. Sie waren angenehm gewesen, solange Ryvold sie besuchte; ohne ihn verliefen sie zäh und unerfreulich. Und ich denke, das hat sie wirklich überrascht. Es hat sie überrascht, dass sie sich in einem ihrer Lebensbereiche, und mochte er noch so nebensächlich sein, auf einen anderen Menschen zu verlassen gelernt hatte.

Was mich betraf, hätte ich gern mehr darüber gewusst, was hier vor sich ging, doch war offensichtlich, dass ich an Mutters Tisch nichts weiter erfahren würde, also entschuldigte ich mich und zog los, um Martin Crosbie und seinem Mädchen nachzuspionieren. Ich hatte geglaubt, sie bei einem Spaziergang am Strand anzutreffen oder dabei, wie sie auf dem Rasen vor dem Bootshaus saßen, Tee tranken oder Eiscreme aßen, doch als ich zu den Wiesen kam, wirkte die *Hytte* verlassen. Martins Wagen stand nicht an seinem üblichen Platz, und es war keine Spur von Leben zu sehen; nur einige Meeresvögel schwebten über die Wiesen heran und wieder fort, weit über den Strand hinaus. Ich fragte mich, ob Martin mit Maia einen Ausflug machte, vielleicht nach Andøya; vielleicht aber unternahmen sie auch die Fahrt nach Norden, von der er letztens geredet hatte. Es war ein grauer, doch trockener Tag, und ich erinnere mich, mir der Wirkung bewusst gewesen zu sein, die ich an gewissen Spätsommernachmittagen so genieße, dieses Gefühl, das Land teile sich in deutlich verschiedene Licht- und Dunkelbereiche: hier dunkle Schatten, dort ein unwirkliches Glimmen, ein fast schwarzer Streif am schmalen Bach, der am Rand von Kyrres Feld verlief und zum Strand hinabsickerte, ein fahler Schimmer, der sich durch das Gras rund ums Bootshaus zog, dort, wo die Weide in Strandkies überging. Derartiges entsteht manchmal an Tagen, an denen keine Sonne scheint und die Wolkendecke hoch, aber dünn ist, weshalb die ganze Welt wie eines von Mutters Gemälden aussieht oder wie die Landschaft in einem Film aus den fünfziger Jahren. Es ist, als wüsste das Land sich nicht zu entscheiden, ob es Farbe oder Schwarzweiß auftun soll, weshalb es sich damit abfindet, weder das eine noch das andere zu tragen.

Die Wiesen im Spätsommer habe ich schon immer geliebt, wenn die Wildblumen in Blüte stehen, fast alle gleichzeitig, und wenn Pflanzen, Schmetterlinge, Watvögel, die Scharen der kleineren Tiere, der Insekten, wenn alles, was hier lebt, eilig wächst und sich vermehrt, ehe die Kälte zurückkehrt. Diesen kurzen Sommern haftet etwas Wunderbares an, der Art und Weise, wie das Leben fortbesteht, wie es genügend Fett zulegt, genügend Samen hortet, um eine weitere dunkle Zeit zu überdauern. Alles arbeitet zusammen, nichts geht verloren. Hin und wieder überrascht mich allerdings immer noch die Vorstellung, welche Arbeit sich Mutter damit macht, große, protzige Blumen in ihrem inneren Garten anzupflanzen – Pfingstrosen und Rittersporn, die, kaum an der Südwand aufgeblüht, schon wieder vergehen, schwarzäugige Susanne und Margeriten, die alle paar Wochen erneuert werden müssen – ich kann nicht glauben, dass sie sich *damit* solche Mühe gibt, wo doch die Wiesen um uns herum voll Wildblumen und Gräser stehen, die hierher, an diesen Ort, gehören. Ich fände es vielleicht verständlicher, wenn der Garten in ihrer Kunst eine Rolle spielte, doch von dem einen oder anderen Aquarell einmal abgesehen taucht nur die Landschaft außerhalb unserer Grundstücksgrenzen in ihren Bilder auf, die Welt von Wind, Salzwasser und Felsen zersprengender Fröste, die sie so angestrengt aus dem halben Morgen Garten fernzuhalten versucht, der unser Haus umgibt. Ich weiß nicht, warum: Für mich ist der Garten wie ein zusätzlicher Raum, ein äußeres Sonnenzimmer, dessen Dekor allein durch endlose Ausgaben und gewissenhafte Arbeit erhalten werden kann. Dabei sieht es Mutter gar nicht ähnlich, derart verschwenderisch zu sein. Selbst im Sommer sterben immerzu Pflanzen und müssen erneuert werden, während im Winter fast alles abstirbt und nur wenig von dem, was einen Sommer überlebt, schafft es auch über den nächsten. Und als Mutter nach einem Emblem für einen ihrer Kataloge suchte, entschied sie sich für den arktischen Mohn, für jene Blume also, von der sie in Ausstellungskommentaren und vor neugierigen Journalisten oft behauptet hat, sie sei ihre Lieblingsblume. Eine Pflanze, die hierhergehört, in ihrem überkultivierten Garten aber vermutlich nicht bestehen könnte; eine Pflanze, die im Freien lebt und beständig den Kopf dreht, stets der Mitternachtssonne nach, dort draußen auf einem Flecken Moos und Steine, irgendwo auf der Finnmarksvidda. Diese Frau ist, wie Ryvold zu sagen pflegte, ein Sammelsurium von Widersprüchen – nur bin ich mir nicht sicher, ob er recht hatte, wenn er hinzufügte, dass wir sie deshalb lieben.

Ich will damit jedoch nicht andeuten, dass mir der Garten nicht gefällt. Natürlich ist er schön, und oft ertappe ich mich dabei, wie ich einen Liegestuhl hinaus in den Steingarten trage, um mitten zwischen den Farben und Gerüchen zu sitzen, die Mutter so mühselig heraufbeschwört. Nur bin ich lieber draußen auf den Wiesen, wo der Salzwind vom Meer herüberweht, bei den Vögeln, den Wolken, dem weiten Horizont. Für meinen Geschmack ist Mutters Garten zu geschützt. Zu geschützt und zu behütet, umschlossen vom Birkenwald und von den behauenen Steinen, die an der Nord- und Westseite aufragen. Man kann nicht ins Weite sehen – oder dort, wo man es kann, kommt es mir wie eine gewollte Illusion vor, ein geplanter Ausblick. Im Freien drehe ich mich um und sehe die ganze Welt, wie sie sich bis zum Horizont erstreckt, während ich mich selbst wie im Auge des Himmels fühle.

Ich konnte alles um mich herum sehen, nur Maia sah ich erst, als es schon fast zu spät war. Da Martins Auto nicht vor der *Hytte* stand, hatte ich angenommen, Maia sei gleichfalls fort, doch dann sah ich sie, als ich über die obere Wiese lief, anfangs kaum mehr als eine flüchtige Bewegung, dann eine menschliche Gestalt, die von üppiger Wiese zu kahlem Uferstrich wechselte. Ich nahm nicht an, dass sie mich gesehen hatte – erst später, als ich mir die Zeit nahm, diesen Moment Revue passieren zu lassen, drängte sich mir der Gedanke auf, dass sie vermutlich bereits gewusst hatte, dass ich da war, und zwar lang, ehe ich sie selbst wahrnahm, nur zog sie es vor, so zu tun, als wäre sie allein. Und falls das stimmte, dann zeigte sie mir etwas. Ich kann es nicht beschwören, aber ich glaube, sie wollte mir – weniger mir als vielmehr einem beliebigen Zeugen – zeigen, dass sie sich verändert hatte. Was zweifellos stimmte: Etwas an ihr war wirklich anders. Jenes Spiel, das sie gespielt hatte, dieser alte Bluff, ein Wildfang zu sein, damit war es vorbei; stattdessen strahlte sie eine immense, dunkle Ruhe aus. Nein, nicht Ruhe, sondern die Aura einer Person, die das Schlimmste gesehen und mit Erleichterung gemerkt hatte, dass es nicht so schlimm war wie befürchtet. Eine Erleichterung, die mit dem plötzlichen Begreifen einherging, dass sie nun tun konnte, wonach ihr der Sinn stand. Früher hatte sie verloren gewirkt – ein ungewolltes Kind, mit nichts als Wut und Stolz und der dürftigen Genugtuung, dem Ganzen mit tapferer Miene zu begegnen, doch nun hatte sie gesehen, wie zauberhaft es war, dieses Gefühl, nirgendwo hingehen zu müssen. Etwas war anders – und einen Moment lang hatte ich Angst um sie. Sicher, sie hatte ihre Spannung verloren und fing an, sich gehen zu lassen, doch ging sie Schrecklichem entgegen, und sie begegnete der Welt mit einer völligen Gleichgültigkeit gegenüber dem, was kommen mochte, ein wildes Mädchen mit in die Haut geätzten Traummustern und fahlen, düsteren Tieren, ein Geschöpf, das die Furcht und damit auch jede Hoffnung auf Erlösung hinter sich gelassen hatte.

Ich gestehe also, dass ich an jenem Tag, an dem ich sie sah, Angst um sie hatte und gleichwohl unwillkürlich spürte, dass etwas Unheilvolles von ihr ausging. Als ich sie dort sah, in diesem schaurigen Wechselspiel von Licht und Dunkelheit, konnte ich Kyrres Verdacht fast verstehen, auch wenn ich in Erinnerung zu behalten versuchte, dass das, was er die dunkle Seite in ihr genannt hatte, meist nur aufgesetzt war, ein Effekt, der durch eine Kombination von Selbstüberzeugung und anderer Menschen Leichtgläubigkeit angestrebt und erreicht wurde. Vielleicht hatte Maia irgendwann einmal eine gewisse Schattennatur in sich entdeckt, einen flüchtigen Hinweis auf den Keim einer Boshaftigkeit, der ihr so gut gefiel, dass sie ihn hegte und pflegte; vielleicht hatte sie während einer weißen Mittsommernacht beim Blick in den Spiegel auch etwas gesehen, was ihr zusagte, etwas, das immun gegen die zu Hause sonst übliche Missachtung zu sein schien. Jedenfalls kann ich mir gut vorstellen, dass sie – ob bewusst oder nicht – beschloss, diese Spur des Teufels zu hüten, die sie in ihrem Spiegelbild zu entdecken glaubte. Nur war sie nicht real – und an jenem Tag schien sie mir auch so gar nicht das zu sein, wofür Kyrre sie gehalten hatte. Nun, ich zweifle nicht daran, dass etwas Böses in ihr steckte – wie hätte sie auch ihr Leben in einem solchen Haus verbringen können, ohne ein wenig verbittert zu werden? Allerdings hatte die Zeit nicht gereicht, um dauerhaften Schaden anzurichten. Jedenfalls wollte ich das glauben, als ich sie allein auf der Wiese sah. Das Böse, sagte ich mir, das Unheilvolle war bloß aufgesetzt, und als sie ihre Pose einen Moment zu lang beibehielt, schüttelte ich den Kopf und wandte mich ab, bekümmert und beschämt; ich sah mich nicht einmal mehr um, als ich dem Pfad folgte und dann die Straße zu Mutters umgrenztem Reich überquerte. Ich schaute mich erst um, als ich den Birkenhain erreichte, wandte nur leicht den Kopf und warf aus den Augenwinkeln einen Blick dahin zurück, wo sie gestanden hatte, bloß um festzustellen, dass sie verschwunden war.

Ich fragte mich, wohin sie gegangen war, drehte mich aber nicht noch einmal um und glaubte auch nicht, dass sie, wie nach unserer letzten Begegnung, gleichsam durch Zauberhand verschwand. Jetzt, dachte ich, versteckt sie sich, spielt mir einen Streich, versucht, mich zu übertölpeln; also redete ich mir ein, dass sie harmlos sei, nur ein Mädchen, das für sich eine überzeugende Attitüde entdeckt hatte, teils – größtenteils – weil es dem entsprach, was andere in ihm sahen. Ich schaute mich nicht noch einmal um, weil ich nicht wollte, dass Maia mich nach ihr suchen sah, und doch konnte ich zehn, zwanzig Schritte lang hinter mir auf dem Pfad etwas spüren, etwas Dunkles, Schweres, das wie ein großer Raubvogel über meiner Schulter schwebte, bereit, jeden Moment zuzuschlagen; ich muss zugeben, dass dieses Gefühl so heftig wie beängstigend war. Natürlich hat allein meine Fantasie diesen Raubvogel hervorgebracht, das wusste ich, doch minderte mein Wissen keineswegs die Angst, die mich überkam, wenn auch nur wenige bange Sekunden lang, was nicht bloß beweist, wie gut Maia die von ihr gewählte Rolle zu spielen gelernt hatte, sondern auch, wie abergläubisch ich geworden war. Daran war natürlich Kyrre Opdahl schuld, und ich weiß noch, als ich unsere Einfahrt hinaufging und das Innentor zu Mutters knallig buntem, unglaublichem Garten öffnete, ich mich fragte, warum ich mich auf diese Komplizenschaft mit ihm eingelassen hatte, fast als wäre ich ein liebendes Kind, das nicht weiß, wie es einen exzentrischen, gar halb verrückten Großvater anders glücklich machen kann, als abends brav am Feuer zu hocken und seinen Geschichten von Kobolden und Teufeln zu lauschen, ein Kind, das sich nur deshalb in fremde, angsterregende Gefilde vorwagt, weil *er* dorthin ging und dies die einzige Weise war, ihm zu zeigen, dass er geliebt wurde.

* * *

Heute gingen wir bis ans Ende der Welt. Es ist nicht weit, nur eine kurze Fahrt auf Kvaløyas andere Seite, dann über die Brücke und den Damm bis zum äußersten Zipfel von Hillesøy, wo man immer *Kråkebolle* findet, halb zerschmettert auf den Felsen, weiß und pudergrün oder mit fahlem, rosigem Hauch, der Seeigel selbst lange fort, verschlungen von einer Möwe, die ihn aus dem Wasser fischte und dann fallen ließ, damit die harte Schale tief unten auf den Felsen zerbrach. Als Mutter herzog, hat sie eine Studie über einen Seeigel angefertigt, hat die zerbrochene Schale mit ins Atelier genommen, auf eine weiße Tischdecke gelegt und es irgendwie geschafft, sie wie frisch zerschmettert aussehen zu lassen, die Brüche sauber, innen glitzernde Eingeweide, Gedärm, Salz und Wasser, zugleich so dicklich und durchschimmernd wie Austernmilch. Als wir herkamen, malte sie eine ganze Reihe von Stillleben, und auch wenn ich es damals kaum bemerkte, denke ich heute, dass sie *so* den Übergang von Porträts zu Landschaftsbildern zuwege brachte. Weshalb es nicht uninteressant ist, dass sie diese Bilder nie ausstellte. Viele sind natürlich kaum mehr als Skizzen, doch wurden einige Arbeiten auch zu Ende geführt – fast alle von eigenartig Beschädigtem, so wie die aufgebrochenen Seeigel oder ein Nest zerbrochener Eier, das sie am Strand gleich unterhalb von Kyrres *Hytte* gefunden hatte –, und die können es durchaus mit ihren übrigen Bildern aufnehmen.

Heute suchte sie allerdings nicht nach Seeigeln oder zerbrochenen Muscheln. Sie ging nur bis ans Ende der Welt, stand eine Weile da und schaute über das Wasser. Den Namen haben wir uns ausgedacht: *das Ende der Welt.* Wir benutzen ihn, wenn wir diesen Ort meinen, ein Eintrag in der Kladde mit Wortspielen und Insiderwitzen, wie sie jede Familie besitzt; ein Ausdruck – zweifellos auch eine Bekräftigung – unserer gemeinsamen Anhänglichkeit an jene Zeit, in der wir auf diese Insel kamen. Eine Frau und ein Kind, neu in einer eigenartigen Gegend, in der wir niemanden kannten und unsere Zukunft ungewiss war; Tage, an denen diese Stelle, so weit westlich, wie man nur gehen kann, tatsächlich das Ende der Welt bedeutete. Zumindest war es das für meinen kindlichen Verstand, und ich war es auch, die diesem Platz den Namen gab, wobei ich teils an einen echten Ort, teils an die wahren Entlegenheiten manch alter Märchen gedacht hatte, in denen Schiffe über den Rand des Meeres fahren und Fremde verschwinden, ans Ufer der übernächsten Welt gespült. In den ersten ein, zwei Jahren kamen wir oft her, und ich wusste, es war ein Ort, an dem Mutter Zuflucht fand, Trost oder was immer sie brauchte, um herauszufinden, wie sie weiter vorgehen wollte. Danach gab es ihn noch, wenn wir ihn brauchten, nicht mehr so unbedingt notwendig, doch weiterhin bedeutungsvoll wie eine Burgruine oder ein Wallfahrtsort.

Mutter ist allein wie nie zuvor, nun, da Kyrre Opdahl und Ryvold fort sind, doch scheint es ihr nichts auszumachen. Eigentlich wirkt sie sogar noch glücklicher – und in ihrem einsamen Glück fühle ich mich ihr näher. Vorher war ich ein Kind und von ihr abhängig. Um meinetwillen konnte sie nicht ganz von dieser Welt lassen; nur für den Fall, dass die Umstände sie zurückzwangen, musste sie leben, als gehörte sie noch dazu. Natürlich war ich ein Teil dieser Umstände, denn solange ich aufwuchs, wusste sie nicht, wofür ich mich entscheiden würde, und nun, da ich darüber hinaus bin, sie darum zu bitten, bin ich mir ziemlich sicher, dass sie auf der Stelle und ohne ein Widerwort zurückgekehrt wäre – falls ich sie denn darum gebeten hätte. Seit ich mich entschieden habe und wir beide ohne Worte übereingekommen sind, den Rest unseres Lebens hierbleiben zu wollen, gibt sie allerdings auch auf keinerlei Weise zu verstehen, dass sie darüber erfreut oder erleichtert ist.

Früher hat Mutter uns hergebracht. Heute schlage ich den Ausflug vor, und ich bin es, die uns fährt, die den Wagen am letzten, einsamen Haus abstellt – jenem mit dem verfallenen Bootshaus nebenan, die Wände vom Wind bis aufs nackte Holz blank genagt. Von hier aus führt ein schmaler Pfad – einer jener Pfade, die sich durch Gestrüpp und Gestein schlängeln und eher animalischen als menschlichen Zwecken dienen – auf die andere Seite eines flachen Hügels, wo man von einem gefährlichen Uferrand, wo die kalte Flut anbrandet, einen Blick auf den weiten Himmel und eine See hat, die von Fastschwarz bis zu Veloursblau changiert. Ich weiß nicht, was Mutter denkt, wenn sie herkommt, doch geht mir jedes Mal kurz ein zweifellos absurder Gedanke durch den Kopf, der Gedanke, dass es all dies gab, ehe es uns gab, nicht nur Mutter und mich, sondern überhaupt alles – das Menschengeschlecht, die Völker, diese selbst ernannte Welt, die uns schon lang in sich zurückgeholt hätte, wären wir nur willens gewesen. Es ist der Gedanke an ein unvorstellbares Früher: das Meer frei von Schiffen, das Land frei von Gebäuden und Straßen, an den Stränden von hier bis Afrika ein einziger, endloser Schwarm Strandläufer, Seeschwalben, Austernfischer, Brachvögel, Uferschnepfen, Ibisse; dazu riesige Herden von Rentieren und Elchen, die bis hinauf nach Sibirien von Futterstelle zu Futterstelle ziehen, helle Birkenwälder voll Vogelgesang, Vielfraß- und Wolfsrudel, die sich über den hohen Schnee hinweg anheulen. Ich weiß, ich kann mir diese Zeit nicht richtig vorstellen; außerdem ist es nur ein Gedanke, der mich eine Nanosekunde lang durchzuckt, ehe er wieder verfliegt, doch ich trauere um diesen verlorenen Zustand und bedaure, dass unsere Verbindung dazu verloren ging, die alte Geschichten offenbar bewahren wollten. Denn solange wir an Geschichten von Trollen und Klabautermännern glaubten, eröffneten sie uns verschlungene, unebene Pfade zurück in jene Zeit, und im Gewebe der Geschichte geisterten uns hier und da Erinnerungen an einen Ort durch den Kopf, den wir nie gesehen haben – definitionsgemäß nie sehen, nie aufsuchen *konnten.* Heute dagegen wirken Geschichten – zumindest die Geschichte, die ich zu erzählen habe – nur seltsam, ein absurder, so gar nicht überzeugender Bericht einer Reihe tragischer Zufälle, erzählt von einer einsamen Frau, der man, wie sie selbst sagt, das *zweite Gesicht* zuspricht.

* * *

Nach und nach fing ich wieder an zu spionieren, wohl, weil es mir vertraut war; und nach meiner Englandreise brauchte ich Vertrautes. Allerdings interessierte mich nicht sonderlich, welch häusliche Arrangements Martin und Maia für sich gefunden hatten. Ich sah sie zusammen über die Wiesen spazieren, sah sie in Martins Auto steigen und gemeinsam fortfahren, sah sie spätabends draußen sitzen, wobei offensichtlich schien, dass Maia nicht daran dachte, woandershin zu gehen; aber mich kümmerte es längst nicht mehr, ob sie ein Liebespaar waren, denn da sie die alte tragische Geschichte nicht fortsetzten, die mir im Sinn umging, hatten sie mich eigentlich ein wenig enttäuscht. Trotzdem spionierte ich ihnen manchmal noch nach, während das Ende des Sommers nahte. Ich glaube, ich suchte Ablenkung: Nach meiner Rückkehr war ich fest entschlossen gewesen, jede Erinnerung an Kate Thompson auszulöschen, nur erwies sich das als nicht so leicht wie vermutet. Womit ich nicht sagen will, dass mich Arild Frederiksens Tod aufgewühlt hätte – doch was genau empfand ich? War ich betroffen? Fühlte ich mich irgendwie besudelt? Ja, das war es: Während meiner Unterhaltung mit Kate Thompson hatte ich irgendwann zugelassen, dass sie mir leidtat, und auch wenn dieses Mitleid nicht anhielt, auch wenn es in jenem Moment verflog, in dem sie fortging, machte mir die Erinnerung an dieses grässlichste aller Gefühle zu schaffen. Zugleich wusste ich, dass mir im Grunde nichts an ihr lag. Zweifellos war sie an jenem Abend nach Hause gegangen – hatte vielleicht noch im Hotel eine Nachricht hinterlassen –, um in der Küche bei einem Glas Wein ein Mahl zuzubereiten, zu dem ich nicht kommen würde, und meiner Mutter und mir dann mangelndes Mitgefühl zu unterstellen. Nur *das* war es nicht, was mir zu schaffen machte – es war vielmehr die unausgesprochene Andeutung, die Kate meinen, nein, die sie *wissen* ließ, dass Mutter mich auf eine bestimmte Weise betrogen hatte, wenn nicht durch direkte Lügen, so doch durch eine Reihe sorgfältiger Auslassungen. Was absurd war. Denn selbst wenn Arild Frederiksen sie in ihrer Schwangerschaft nicht verlassen hätte, wovon ich bislang stets ausgegangen war, selbst wenn er wirklich so gut war, wie Kate Thompson ihn beschrieb, galt trotzdem, dass Mutter nicht log. Natürlich sagte ich mir, dass Mutter mir nie Anlass gegeben hatte, sie für jemanden zu halten, der willentlich betrog, während Kate Thompson jemand war, den ich weder kannte noch mochte, bloß – der Gedanke allein genügte nicht. Ohne den nötigen Glauben reichte er nicht aus. Selbst wenn der Zweifel nur wenige Sekunden bestanden hatte, so war er doch aufgekommen, und ich schmeckte seinen sauren Nachgeschmack während des ganzen Heimflugs in einer halb leeren Maschine, bei der Überquerung schneebedeckter Berge. Noch als unter mir die westlichen Inseln dahinglitten, merkte ich, dass ich nicht recht wusste, was ich glauben sollte. Gewiss, ich war erschöpft, aufgewühlt von den seltsamen Vorstellungen, die mir durch den Kopf gegangen waren, und auch wenn ich versuchte, es dem Schlafmangel zuzuschreiben, war mein Vertrauen in einiges, worauf ich angewiesen war – mein Gefühl der Zugehörigkeit, Mutter, die Geschichte, die wir teilten – arg gebeutelt worden. Deshalb brauchte ich ein wenig Ablenkung – und mir fiel nichts Besseres ein, als mich dem zu-

zuwenden, womit ich mich auch früher schon abgelenkt hatte. Ich spionierte Martin nach. Ich schaute mir Bilder an. Ich ging wandern. Ich saß in Kyrres Küche und trank Kaffee. Der Gedanke, dass ich auf etwas warten könnte, kam mir erst, als eintraf, worauf ich wartete, und sobald ich Kate Thompsons Paket sah, wusste ich, dass ich die ganze Zeit damit gerechnet hatte. Mich wunderte nur, warum ich nicht schon viel früher darauf gekommen war.

Mutter hatte an jenem Tag die Post in Empfang genommen, das Paket also auch gesehen, aber kein Wort darüber verloren. Sie hatte es nur auf den Küchentisch gelegt, damit ich es dort fand, und war wieder in ihr Atelier gegangen. Überhaupt hatte sie, was meine Reise betraf, größten Takt bewiesen: Seit der Heimfahrt vom Flughafen waren wir nicht mehr darauf zu sprechen gekommen, weshalb ich mir ziemlich sicher war, dass sie das Thema nicht wieder anschneiden würde, falls ich es nicht selbst tat – was ich natürlich keineswegs beabsichtigte. Das Paket war ziemlich groß, und ich wusste, es enthielt die *Dinge,* die Kate Thompson erwähnt hatte, jene, von denen sie glaubte, Arild Frederiksen hätte gewollt, dass ich sie bekomme. Ich aber wollte sie nicht, wollte sie nicht im Haus haben und wollte auch nicht, dass Mutter sie sehen musste, weshalb ich anfangs daran dachte, sie fortzuwerfen oder vielleicht sogar zu verbrennen. Nach langem Zögern beschloss ich jedoch, die Angelegenheit hinter mich zu bringen, öffnete das Paket und entnahm den Inhalt Stück für Stück. Insgesamt handelte es sich um fünf Gegenstände, einer schöner als der andere – und allen Umständen zum Trotz konnte ich sehen, wie schön sie waren; ich war von ihnen genauso hingerissen, wie Kate Thompson es sich vermutlich erhoffte. Bestimmt hatte Arild Frederiksen diese Dinge von seinen Reisen mitgebracht, Dinge, die ihm als Freundschaftsbeweis geschenkt worden waren oder um die er in den Bergdörfern oder überfüllten Basaren Südamerikas oder der Mongolei gefeilscht hatte. Ein rotes Emaillekästchen mit dem exquisit detaillierten Bild eines Vogels auf dem Deckel; ein geschnitzter Knochen oder Stoßzahn, vom Alter glatt geschliffen, auf dem gerade noch drei Ruderboote mit Jägern und Anglern zu erkennen waren; eine kleine, bemalte Maske, so winzig, dass sie nur ein Kind tragen konnte, mit schwarzweißem Zickzackmuster auf den Wangen; die Tonfigur eines galoppierenden Pferdes, die aussah, als wäre sie tausend Jahre alt. Der letzte Gegenstand, ich hielt es für ein Schmuckstück, war der schönste von allen, auch wenn ich nicht recht schlau daraus wurde. Möglicherweise war es ein Bruchstück von etwas Größerem, dieses flache Kleinod, gut sieben Quadratzentimeter groß, aus solidem Silber, in das sechs parallel angeordnete Streifen eines blauen Steins – Lapislazuli, vermutete ich – nicht direkt eingelassen waren, sondern vielmehr aus dem Metall herauszuwachsen und eher Resultat eines natürlichen Prozesses als Ergebnis absichtsvollen Kunsthandwerks zu sein schienen. Mich verblüffte, wie schön dieses Stück war, wie es sich anfühlte, wie meisterlich es gearbeitet war, und noch während ich da in unserer Küche stand und mich fragte, was ich damit anfangen sollte, dachte ich unwillkürlich daran, wie sehr Mutter dieses Stück gefallen würde. Natürlich konnte ich es ihr nicht geben – was mich wütend machte, weil Kate Thompson mir diesen kostbaren Schmuck zugedacht und sicher genau gewusst hatte, wie schwierig es sein würde, so etwas wieder loszuwerden. Allerdings hatte sie mir auch nichts geben wollen, das ich wieder loswerden konnte. Vielmehr wollte sie mit diesem Talisman Arild Frederiksens Existenz in mein Leben einbinden, wollte ihn zu einem

Bestandteil des Gewebes meiner Tage machen, auf dass ich ihn nie wieder vergaß. Sobald ich alles ausgepackt hatte, ging ich die einzelnen Sachen noch einmal durch, sogar die Verpackung, und suchte nach einem Brief oder auch nur einer kurzen Notiz, aber da war nichts – was mich anfangs überraschte. Dann nicht mehr. Es gab für Kate Thompson nichts weiter zu sagen: Der Inhalt des Pakets sagte alles. Die Dinge waren geheimnisvoll – weder ließ sich ausmachen, woher sie stammten, noch, wie Arild Frederiksen in ihren Besitz gekommen war –, und sie waren zu schön, um sie einfach fortzuwerfen, weshalb sie für mich zumindest ein Problem darstellten, und ich wusste wirklich nicht, was ich damit machen sollte. Als ich Mutter über mir rumoren und dann langsam die Treppe herunterkommen hörte, fiel mir nur ein, dass ich diese schönen Dinge vor ihr verbergen musste, weshalb ich sie rasch wieder ins Packpapier wickelte und ins Gartenzimmer trug, wo ich sie in einen großen Blumentopf steckte, der seit Jahren unberührt in der hintersten Ecke des höchsten Regals stand.

Den ganzen Tag musste ich an Kate Thompsons Paket denken, wusste aber immer noch nicht, was ich damit anfangen sollte. Mir kam der Gedanke, es Kyrre Opdahl zu geben, nur ließ sich nicht ausschließen, dass er es Mutter zeigte. Lange liebäugelte ich auch mit der Vorstellung, es zum Fjord zu tragen und im Wasser zu versenken, brachte es aber nicht über mich, etwas so Schönes wie das Schmuckstück fortzuwerfen. Erst einmal musste ich es jedenfalls aus dem Haus schaffen – also wartete ich, bis Mutter am nächsten Tag zu ihrem Spaziergang aufbrach, ging ins Gartenzimmer, holte das Paket aus dem Versteck und wollte es gerade nach draußen bringen – ich hatte vor, meinen geheimen Schatz bei einem der behauenen Steine am Rand des Birkenwäldchens in einem Loch zu vergraben –, als ich hörte, wie die Haustür aufging und eine Männerstimme in den Flur rief: »Hallo? Jemand zu Hause?« Dann hielt der Mann inne und lauschte. Er war allein und klang nervös, vielleicht auch misstrauisch, und erst habe ich ihn nicht erkannt. Dann rief er noch einmal, und ich legte das Paket zurück in den Blumentopf, ging in den Flur und begrüßte Ryvold, der offenbar gerade wieder umkehren und gehen wollte, vermutlich froh, niemanden angetroffen zu haben. Auf dem Flurtisch lag ein Päckchen, das vorher nicht dagelegen hatte: Es sah wie ein Kästchen in schlichtem, braunem Packpapier aus, ganz ähnlich dem, das Kate Thompson benutzt hatte. Kaum sah Ryvold, dass mir das Päckchen aufgefallen war, griff er danach und hielt es mir hin. »Ich habe Ihrer Mutter etwas mitgebracht«, sagte er, als meinte er, sich erklären zu müssen.

»Sie ist nicht da«, sagte ich, ohne das Kästchen anzunehmen. Diese Szene wurde mir langsam allzu vertraut, und ich fragte mich, ob er wirklich erwartet hatte, Mutter zu Hause anzutreffen. »Aber kommen Sie doch mit in die Küche. Sie können da auf Mutter warten; sie kommt sicher bald zurück.«

Die Vorstellung, auf sie zu warten, schien ihn zu beunruhigen. »Ich habe nicht viel Zeit.«

»Dann kommen Sie wenigstens für einen Moment herein«, sagte ich. »Ich wollte sowieso gerade Kaffee kochen.« Er zögerte; ich merkte ihm an, dass er daran dachte, wie er das letzte Mal unangemeldet zu uns gekommen war, und das Gleiche wollte er nicht noch einmal durchspielen. Er gehörte zu der Sorte Mensch, die nur ungern störten oder sich in den Vordergrund drängten, und nun tat er genau dies zum zweiten Mal. Normalerweise hätte ich ihn gehen lassen, aber mich interessierte, warum er an mehreren Samstagen gefehlt hatte und jetzt mit Geschenken kam, also ging ich ohne ein weiteres Wort in die

Küche; ich wusste, ihm blieb nun keine andere Wahl, als mir zu folgen. Ich glaube, ich hatte bereits erraten, dass er vorhatte, Lebewohl zu sagen, bloß kannte ich den Grund dafür nicht, und ich wollte ihm eine Gelegenheit bieten, mir davon zu erzählen. Mutter mochte noch stundenlang unterwegs sein, aber das wusste er ja nicht.

Er war immer noch nervös. Während ich den Kaffee zubereitete, übten wir uns in Smalltalk; er saß am Küchentisch und klammerte sich an das mit Packpapier umwickelte Geschenk, während keiner von uns besonders ernst nahm, was wir redeten – wir warteten darauf, dass das eigentliche Gespräch begann, das, in dem er sagte, was zu sagen er gekommen war, in dem er sein Fortbleiben und den Grund für sein Kommen erklärte. »Ich habe gehört, Sie waren in England?«, fragte er, als ich das Geschirr auf den Tisch stellte.

Ich nickte. »Nur kurz«, antwortete ich in einem Ton, der ihm, hoffentlich höflich, zu verstehen gab, dass ich mich *darüber* nicht weiter unterhalten wollte.

»Und alle Bilder sind auf dem Weg nach Oslo?«

»Ja.«

»Das ist gut.« Für einen Moment saß er still da und wusste anscheinend nicht, was er als Nächstes sagen sollte; als er schließlich zu reden begann, klang seine Stimme anders, weniger nervös, etwas entspannter, so, als hätte er sich inzwischen ausgerechnet, dass Mutter allzu bald nicht zurückkommen würde, weshalb er sein Geschenk und das, was er zu sagen hatte, mir anvertrauen konnte – es war nicht zu übersehen, dass er sich fürchtete, Mutter zu begegnen. Es gab da etwas, was er ihr sagen wollte, doch wäre ihm wohler, er müsste es ihr nicht ins Gesicht sagen. Er lächelte. »Und? Was gibt es Neues hier draußen auf Kvaløya?« Aus seinem Mund klang es weit fort, fast, als gehörte die Insel schon zu seiner Vergangenheit, und es tat mir um Mutters willen leid, dass er bereits damit begonnen hatte, diesen Teil seines Lebens hinter sich zu lassen.

»Nicht viel.«

»Das ist gut«, wiederholte er sich und entspannte sich noch ein wenig mehr. »Ist schon zu viel passiert. Diese Jungen, die ertrunken sind …«

Das überraschte mich. Aus irgendeinem Grund hatte ich angenommen, dass ihm das, was den Brüdern Sigfridsson widerfahren war, nicht viel bedeutete – zumindest nicht so viel, dass er es zum Gesprächsthema machte. »*Wirklich* seltsam, nicht?«, sagte ich.

»Ja, ein schrecklicher Zufall, dass sie Brüder waren und dass …«

»Kyrre Opdahl glaubt nicht, dass es Zufall war«, unterbrach ich ihn zu meiner eigenen Verblüffung. Ich hatte nicht vorgehabt, von Kyrre zu reden, doch fiel mir nichts anderes ein – und ich merkte, wie sehr ich nach einer Möglichkeit suchte, die Unterhaltung in die Länge zu ziehen, da ich, ohne es selbst recht zu verstehen, nicht wollte, dass er mir einfach das Kästchen gab und ging.

Er lächelte. »Aha, ich bin mir zwar nicht sicher, ob ich wissen will, was Kyrre Opdahl glaubt, aber Sie werden es mir bestimmt ohnehin erzählen.«

Da musste ich lächeln. Ich denke, er hatte Kyrre Opdahl gern und eine höhere Meinung von ihm, als er sich nun den Anschein gab – auch wenn er nur zu genau wusste, was Kyrre von ihm hielt. »Er meint, man habe sie *geholt*«, sagte ich.

»Wie meinen Sie das? *Geholt*?«

Ich zuckte die Achseln. »Von der *Huldra* geholt.«

Ich hatte erwartet, dass er lachte, tat er aber nicht – und zum ersten Mal begriff ich, dass ihm meine Freundschaft mit dem alten Mann Sorgen machte, weil er sich fragte, was Kyrre mir mit seinen verrückten Geschichten für einen Unsinn eintrichterte. Er sammelte diese verrückten Geschichten zwar selbst, nur hatten sie für ihn rein akademische Bedeutung. Sie waren jedenfalls nichts, woran er glaubte, nicht so, wie Kyrre es tat. »Und warum meint er das?«

»Tja, Sie haben doch selbst gesagt, was für ein merkwürdiger Zufall es war …«

Er schüttelte den Kopf. »Vielleicht haben Sie recht, und es war kein Zufall.« Er musterte mein Gesicht, während er über das nachdachte, was er gerade geantwortet hatte. Ich wusste nicht, warum, aber ihm war es offensichtlich wichtig, das, was er zu sagen hatte, möglichst präzise und eindeutig vorzubringen. »Nein, es war kein Zufall, aber die *Huldra* war es auch nicht. Jedenfalls nicht in dem Sinne, was Kyrre unter *Huldra* versteht. Die *Huldra* ist eine Idee und keine Person, kein Ungeheuer. Damit ist nur gemeint, dass die Jungen … *empfänglich* waren.« Er schwieg und wiegte den Kopf. Er war mit sich unzufrieden, da er nicht die richtigen Worte fand. »Sie waren zu empfänglich für die Welt um sich herum«, fuhr er fort. »Das waren sie vielleicht schon immer, aber in der letzten Zeit hatte sich etwas verändert …«

»Was meinen Sie mit *empfänglich*?«, fragte ich. »Empfänglich für was?«

Wieder schüttelte er den Kopf. »Ich weiß nicht«, antwortete er, »aber die alten Leute hätten gesagt, der empfängliche Mensch fühlt sich dazu hingezogen, weil er Sachen will, an die er nicht einmal denken sollte. Ein Mann geht aus und sucht jemanden – er sucht jemanden, den er lieben kann, will aber nicht irgendwen. Er will jemand Besonderen, jemand – *Unnatürli-*

chen. Keine gewöhnliche Frau genügt ihm – und wenn er der *Huldra* begegnet, sieht er, dass sie schön ist. Ja, er verliebt sich in dieses schöne Mädchen, obwohl er bereits weiß, dass sie etwas anderes ist, er fühlt sich zu diesem anderen hingezogen. Nicht von dem, was sie hinter ihrem Rücken verbirgt, nicht von dem Tier – das nicht –, sondern von der geheimnisvollen Kreatur, die er in ihr sieht …«

»Und sie ist unwiderstehlich …«

»Ja, aber nur, weil er mit ihr unter einer Decke steckt. Er *könnte* sie sehen, wie sie wirklich ist, *könnte* die Illusion aufdecken, aber er will nicht …«

»Warum nicht?«

»Weil er dann die Illusion zerstört. Und das gibt der *Huldra* ihre Macht – sie ist die Bewahrerin der Illusion …«

»Ich dachte, Sie hätten gesagt, es sei nicht die *Huldra* gewesen.«

»Sie war's auch nicht«, sagte er. »Jedenfalls nicht so. Nicht, wie Kyrre sie sich vorstellt …«

»Woher wollen Sie wissen, was Kyrre sich vorstellt?«

»Ich *weiß* es«, sagte er und schien über meine Frage fast ein wenig verärgert, was mich überraschte, weil ich ihn nie zuvor verärgert erlebt hatte. Eigentlich hatte ich überhaupt noch nie erlebt, dass er irgendwelche Gefühle zeigte. »Die *Huldra* ist eine Idee«, wiederholte er. »Früher wussten die Menschen das. Und weil sie es wussten, konnten sie sich diese Geschichte erzählen. Sie glaubten in Wahrheit nämlich nicht daran, dass Frauen mit Kuhschwänzen durch das Land zogen und junge Männer in den Tod lockten. Dafür glaubten sie durchaus, dass Menschen …« Er dachte einen Moment nach.

»Empfänglich waren?«

Er schaute mich an, und sein Ärger verflog. Er lächelte.

»*Genau*«, sagte er und klang in diesem Moment genau wie Kyrre Opdahl.

Schweigend blieben wir noch einen Moment sitzen. Ich merkte ihm an, wie unzufrieden er mit sich war, weil er seinen Ärger gezeigt hatte; außerdem überlegte er gerade, wie er das Thema zur Sprache bringen konnte, dessentwegen er hergekommen war, weshalb ich es angebracht fand, ihm ein wenig unter die Arme zu greifen. »Und?«, fragte ich. »Was gibt's bei Ihnen Neues?«

Einen Moment sah er verblüfft auf, dann lächelte er – diesmal ein wenig traurig, wie ich fand. »Schwer zu sagen«, erwiderte er. »Ich komme schon so lang in dieses Haus; ich weiß, es wird mir fehlen ...« Wieder griff er nach dem Kästchen, das er auf den Tisch gestellt hatte, als ich ihm Kaffee einschenkte. »Ich ziehe fort«, sagte er. »Fange neu an . . beginne noch mal von vorn.«

»Wo?«

»In Bergen.«

»Das kommt plötzlich«, sagte ich. »Und dabei habe ich immer gedacht, Sie lieben den Norden ...«

»Tue ich auch. Mir hat die Zeit hier gefallen, aber ...« Er überlegte einige Sekunden, ehe er mit dem nächsten Teil seiner Geschichte herausrückte. Ich glaube, Mutter hätte er diesen Teil nicht erzählt, aber mir konnte er ihn erzählen, weil er mich für neutral hielt – außerdem war nicht zu übersehen, dass er seine Geschichte unbedingt loswerden wollte. »Ist schon seltsam, wie sich die Dinge entwickeln«, sagte er. »Damit hätte ich nie gerechnet, aber ... Na ja, vor Jahren, als ich noch jung war, habe ich jemanden kennengelernt ...« Er lächelte und schüttelte leicht den Kopf, als amüsierte ihn die eigene Torheit. »Damals, gleich nach dem College, wohnte ich noch in Telemark und hatte meine erste Stelle als Lehrer«, fuhr er fort. »Wir waren nicht lang zusammen – eigentlich nur ein paar Wochen, und wir waren beide jung. Ich wollte mit ihr zusammen sein, war aber zu dumm und verstand nicht …« Er warf mir einen eigenartigen, fast fragenden Blick zu, wobei ich mich daran erinnerte, was ich schon einmal über ihn gedacht hatte – daran, dass er begonnen hatte, Geschichten zu sammeln, weil er Menschen verwirrend fand und die Geschichten es ihm ermöglichten, ihr seltsames Treiben in einem größeren Zusammenhang zu sehen. »Ich war – grausam«, sagte er. »Und sie verließ mich. Sie ging nach Amerika … Nach Wisconsin. Was ich damals ungeheuer exotisch fand. Ich versuchte, sie mir dort vorzustellen, hatte Bilder im Kopf von verschneiten Wäldern und endlosen Straßen, die quer durch Amerika führten, und ich wollte ihr nachfahren … aber ich habe es nie getan.«

Wieder huschte das traurige Lächeln über sein Gesicht, aber ich schwieg. Als einen grausamen Menschen konnte ich ihn mir nicht vorstellen. Ich fürchte, ich habe ihn all die Zeit in einem anderen Licht gesehen, nicht gerade als Opfer, doch als jemanden, der in gewissem Maß unter dem Kummer oder zumindest der Enttäuschung litt, von Mutter etwas zu wollen, was sie ihm verständlicherweise nicht geben konnte. Mit anderen Worten: als einen Freier. Als jemanden, der auf die ihm eigene Weise auch empfänglich war. »Und jetzt?«, fragte ich.

Er erwiderte meinen Blick; seine Miene war ernst, aber ich merkte ihm an, dass er – Hoffnung hegte. Die hatte ich nie zuvor an ihm bemerkt, und im selben Moment ging mir auf, dass ich stets angenommen hatte, er zöge es vor, ohne Hoffnung zu leben. »Ein wirklich unglaublicher Zufall«, sagte er, »dass wir uns wiedergetroffen haben. Sie zog nach Bergen zurück, um dort zu leben, und … na ja …« Er lächelte – vor allem über sich selbst. »Wir wollen einen Versuch wagen. Wir sind ja noch ganz am Anfang, und …« Sein Gesichtsausdruck wurde wieder ernst. »Ich brauche eine Veränderung.«

»Ich verstehe.« Ich war von ihm enttäuscht und konnte dem Impuls, ihn meine Enttäuschung merken zu lassen, nicht widerstehen. »Dabei habe ich immer geglaubt, Sie seien in Mutter verliebt.«

Er betrachtete mich mit einem traurigen, irgendwie vorwurfsvollen Blick, so als hätte ich ihn gerade mit etwas geschlagen. »Ach«, sagte er. »Nun – das stimmt ja auch, denke ich. Wenn auch nicht so, wie Sie es sich vielleicht vorstellen. Ich glaube, wir sind alle in sie verliebt, jeder auf seine Weise, aber … wenn sie zu einem von uns käme und sagte, in Ordnung, ich heirate dich … ich hoffe, Sie nehmen mir das nicht übel …«

»Warum sollte ich?«

Er überlegte einen Moment, dann beschloss er, dem Gedankenstrang nicht weiter zu folgen. Stattdessen hielt er mir das Kästchen hin und wartete darauf, dass ich es annahm. »Das ist für sie«, sagte er. »Ein Abschiedsgeschenk – und auch ein Dankeschön.«

Ich nahm es. »Wollen Sie es ihr nicht selbst geben?«, fragte ich. »Sie ist sicher bald zurück.«

Er schüttelte den Kopf. »Ich glaube nicht, dass ich das kann.«

»Warum nicht?«

Er lächelte wieder. »Erst habe ich gefürchtet, ich könnte es nicht erklären, aber dann wurde mir klar, dass ich es gar nicht brauchte, weil sie nicht fragen würde.« Er schaute mir in die Augen, um zu sehen, ob ich wirklich verstand, was er sagen wollte – und er muss eine zufriedenstellende Antwort gefunden haben, denn sonst hätte er nicht weitergeredet. Er wäre gegangen und hätte uns verlassen, damit wir ihn vergaßen. »Ihre

Mutter ist ein erstaunlicher Mensch«, fuhr er fort. »Zweifellos eine große Künstlerin und auch eine große Seele. Man könnte sogar sagen, sie mache ihrem Namen alle Ehre. Doch je engelhafter jemand wird, desto weniger Platz gibt es für das bloß Menschliche, und ich …« Er dachte kurz nach, obwohl er wusste, was er sagen wollte. Er wusste es und spürte, er hatte ein Recht dazu, trotzdem glaube ich, dass er sich wünschte, es wäre nicht wahr. »Ich für meinen Teil«, sagte er, »finde das bloß Menschliche etwas weniger … schwierig …«

Ich nickte. Ich verstand, was er sagen wollte, und dachte deshalb nicht schlechter über ihn, wollte ihn aber nicht länger im Haus haben. Jetzt, da gesagt worden war, was er zu sagen hatte, wollte ich, dass er ging, ehe Mutter heimkehrte. »Danke«, sagte ich. »Ich bin mir sicher …«

Er schüttelte den Kopf. »Ist schon in Ordnung. Sie müssen nichts sagen.« Er stand auf, um zu gehen – und ich versuchte nicht, ihn aufzuhalten. Ich war überzeugt, dass wir ihn nicht wiedersehen würden. Ich wusste, Mutter würde ihn eine Zeit lang vermissen – aber eben nur eine Zeit lang. Er wusste es auch, aber das war nicht mehr wichtig. In Gedanken war er schon woanders – und einen Moment lang kam mir das wie Verrat vor, nicht an Mutter, sondern an ihm selbst. Als gäbe er sich mit weniger zufrieden, als er verdiente, mit etwas, das er bloß *wollte*. Als ich die Tür öffnete, um ihn aus dem Haus zu lassen, blieb er noch einmal kurz stehen und sah mich ein letztes Mal an. »Es gibt mehr als nur eine Art zu leben.«

Erst dachte ich, er spräche von sich, dann aber verstand ich, dass er an etwas anderes dachte – dass er eigentlich von *mir* redete. »Ich weiß nicht, was Sie meinen«, erwiderte ich, verstand ihn jedoch sehr wohl, und zum allerersten Mal war ich wütend auf ihn.

»Sie sind Ihre Tochter, aber das muss nicht heißen, dass Sie wie sie sein müssen«, fuhr er fort. »Sie haben Ihr eigenes Leben.«

Ich wandte den Blick ab. Mehr wollte ich nicht hören. Er vergaß sich, und ich musste ihn daran hindern. »Danke, dass Sie vorbeigeschaut haben«, sagte ich. »Ich werde Mutter Ihre Abschiedsgrüße ausrichten.«

Einen Moment lang regte er sich nicht, und ich glaube, in diesem einen Moment fürchtete er, ich könnte ihn missverstanden haben. Vielleicht ärgerte er sich auch über sich selbst, weil er mit etwas herausgeplatzt war, über das er offensichtlich schon lange nachgedacht hatte – seit wann? Seit wir am Strand Steine ins Wasser geworfen hatten? Seit er in eine bloß menschliche Frau verliebt war und Mutter mit neuen Augen sah? Ich wusste es nicht, es kümmerte mich auch nicht – und als er das merkte, traf er die einzige Wahl, die ihm noch blieb, schwieg, ließ sein Geschenk da und ging.

* * *

Ich weiß es nicht genau, bin mir aber ziemlich sicher, dass Martin in eben jener Nacht ertrank. Fast hätte ich verpasst, was geschah, weil ich gleich nach dem Abendessen in meinem Zimmer eingeschlafen bin und erst nach zehn wieder wach wurde. Mutter und ich hatten das Essen gemeinsam zubereitet, wobei ich von Ryvolds Besuch berichtete und ihr das Geschenk gab, aber nichts von der Frau aus Wisconsin erzählte oder von Ryvolds Versuch, mir einen Rat zu erteilen. Ich beschränkte mich auf das Wesentliche – und ich sah ihr an, dass sie nicht sonderlich überrascht war. Sie wirkte auch nicht gerade, als würde die Neuigkeit sie besonders mitnehmen. Sie öffnete das Kästchen – es enthielt eine Brosche, deren Design vermuten ließ, dass Ryvold sie passend zum Mohnblumenschal ausgesucht hatte –, legte es dann beiseite, und wir aßen. »Wie war dein Nachmittag?«, fragte sie und reichte mir die Kartoffeln.

»Gut. Und dein Spaziergang?«

»Auch gut«, erwiderte sie. »Unten am Strand habe ich Kyrre Opdahl getroffen. Er sagt, du hättest ihn seit deiner Rückkehr aus England nicht mehr besucht.«

Das stimmte. Ich war nicht bei ihm vorbeigegangen, und ich wusste, er wartete darauf, alles über meine Reise zu erfahren. Wahrscheinlich ging ich ebendeshalb nicht zu ihm. Ich wusste nicht, was ich sagen sollte. Mir war es unangenehm, dass Mutter mit ihm geredet hatte, und ich wollte nichts über Kate Thompson erzählen müssen. Ich wollte ihm nicht gestehen müssen, dass ich zu spät zum Krankenhaus gekommen war, dass mein Vater schon tot war, als ich ankam, denn das würde ihn aufregen. Es würde ihn um meinetwillen aufregen, und es würde ihn verletzen, dass es mich *nicht* aufregte.

Mutter nickte. »Du solltest zu ihm gehen«, sagte sie. »Er hat dich sehr gern, weißt du.«

»Ja, weiß ich. Es ist bloß ...« Ich brach ab, weil ich nicht wusste, wie ich sagen sollte, was ich sagen wollte, ohne es nach einem Vorwurf klingen zu lassen, denn mich hatte es doch ziemlich geärgert, dass sie ihm erzählt hatte, ich fahre nach England, um meinen Vater zu treffen. »Es ist bloß ... Er wird alles über meine Reise wissen wollen und ...«

»Und was?«

»Ich würde lieber nicht darüber reden.«

»Nun, dann mach's nicht.«

»Das kann ich nicht.«

»Warum nicht? Du musst nicht darüber reden, wenn du nicht willst.«

Ich schüttelte den Kopf. »Nicht alle sind so wie du.«

Sie lachte. »Was soll das denn heißen?«

Einen Moment lang sagte ich kein Wort. Sie hatte mich nicht nach meinem Vater gefragt, hatte es mir überlassen, ihr zur angemessenen Zeit zu erzählen, was ich erzählen wollte, und nichts anderes hatte ich von ihr erwartet. Sie hatte nicht einmal wissen wollen, ob die Anrufe nun aufhörten. »Er ist gestorben«, sagte ich.

Sie reagierte nicht sofort, auch wenn ich ihr anmerkte, dass sie die Information verarbeitete. Dann legte sie die Gabel hin und schaute mich an. »Tut mir leid.«

»Muss es nicht. Schließlich war er für mich ein Fremder.« Ich überlegte, was jetzt wohl in ihr vorging – denn auch wenn sie keine Gefühle zeigte, musste sie doch irgendwas empfinden. Immerhin hatte sie den Mann gekannt, den Kate Thompson mir beschrieb, ich nicht. »Ich habe ihn nicht mal gesehen«, sagte ich. »Er starb, bevor ich eintraf.«

»Ach.« Sie legte ihre Hand über meine. »Alles in Ordnung?«

Ich nickte. »Natürlich. Wie gesagt, ich habe ihn nie kennengelernt.«

Sie musterte kurz mein Gesicht, zog dann die Hand zurück und lehnte sich nach hinten. »Nun«, sagte sie, »das ist – schade.«

»Wirklich?«

»Ja, ich glaube, er war ein guter Mensch. Und er hat seine Arbeit geliebt …«

»Hast du ihn deshalb nicht geheiratet? Wegen seiner Arbeit?«

Sie antwortete nicht sofort, und ich sah ihr an, dass meine Frage sie verblüffte. »Geheiratet?«, fragte sie. »Ach nein … ans Heiraten habe ich nie gedacht.«

»Warum nicht?«

Sie schwieg einen Moment und machte ein, zwei Sekunden lang den Eindruck eines Menschen, der im Kopf eine einfache und ziemlich vertraute Rechenaufgabe löst. »Ich wollte ihn nicht«, sagte sie. Und während ich darauf wartete, dass sie noch etwas hinzufügte, nickte sie erneut und sagte noch einmal: »Ich wollte ihn nicht.«

»Und hat er dich gewollt?«

»Ich weiß nicht«, sagte sie. »Die Frage ist gar nicht aufgekommen. Ich wollte ihn nicht, weil ich überhaupt niemanden wollte. Dafür gibt es keine Erklärung. Diese Art zu leben wollte ich einfach nicht.«

Dies war das Ende unserer Unterhaltung, aber ich dachte noch darüber nach, als sie ins Atelier ging und ich auf mein Zimmer, um mir Bildbände anzusehen. Nur war ich müde und muss wohl bald eingeschlafen sein. Gegen zehn, vielleicht auch später, wurde ich wieder wach und blickte aus dem Fenster über die Wiesen, dorthin, wo schon etwas begonnen hatte – eine Geschichte, die nicht zu der mir bekannten, sondern zu einer fremden Welt gehörte, zu einem Ort, an dem eine andere Logik herrschte –, und was ich an jenem Abend sah, war wohl nur der letzte Akt einer langen Reihe von Ereignissen, einer Abfolge von Worten, Blicken und Momenten des Schweigens, die so unausweichlich wie unerklärlich zu jener Szene führten, deren Zeugin ich zufällig und zu meinem Leidwesen kurz nach dem Aufwachen wurde. Nicht dass ich mir je dessen sicher sein konnte, was ich wirklich an jenem Abend gesehen hatte. Als ich aufstand, war ich noch vom Schlaf benommen, trat ans Fenster, und alles, was später geschah, schien meiner Version der Ereignisse zu widersprechen, dennoch habe ich gesehen, was ich sah. Ich habe es mir nicht bloß eingebildet, und ich bin nicht verrückt. Letzteres würde ich nur zu gern glauben, wenn ich könnte, wäre es doch immerhin eine Erklärung für etwas, was ansonsten ohne Erklärung bleibt. An jenem Abend aber sah ich, was ich sah, und ich sah auch später, was ich sah, als die *Huldra* ihr letztes Opfer forderte; ich kann es nicht forterklären, so gern ich es auch möchte. Es ist unmöglich.

Ich hatte nicht schlafen wollen und erinnerte mich auch nicht, mich angezogen aufs Bett gelegt zu haben. Außerdem kommt es mir heute merkwürdig vor, dass ich nach dem Aufwachen als Erstes das Fernglas vom Tisch nahm und zur *Hytte* hinübersah, nur weiß ich, dass ich ebendies getan habe, obwohl ich doch schon einige Zeit zuvor ein für alle Mal entschieden hatte, dass mich Martin Crosbies banale Romanze langweilte. Ich nahm also das Fernglas und stellte es auf den Strand ein, fast aus reiner Gewohnheit, und ich entdeckte sie sofort, Martin und sein Mädchen, unten bei Kyrres Bootshaus. Sie hatten Kyrres Boot herausgeholt und schleppten es zum Wasser, was ich aber nicht beunruhigend fand, jedenfalls nicht gleich zu Beginn. Womöglich schlief ich noch halb – ich habe mir diese Frage später immer wieder gestellt: Habe ich noch geschlafen? Habe ich geträumt, was ich sah? Aber ich kam nicht mal auf den Gedanken, dass Gefahr drohte. Da waren zwei Leute, die in einer Sommernacht mit dem Boot hinausfuhren – mit einem Boot, das ihnen natürlich nicht gehörte; außerdem hätte ich daran denken sollen, wie eifersüchtig Kyrre dieses Boot hütete und dass er es niemals seinen Gästen lieh, aber ich habe an überhaupt nichts gedacht. Ich sah bloß einen Mann und eine Frau, die ein Boot an den Strand schleppten und, sobald es im Wasser lag, in die Brandung schoben. Es war ein Augenblick vollkommener, unnatürlicher Stille, fast wie auf einem alten Fischerbild von Christian Krohg; dann hörte ich den Außenbordmotor anspringen und sah, wie das Drama seinen Lauf nahm, wie Martin Crosbie ins Boot stieg und auf den Fjord hinausfuhr, während seine Gefährtin am Ufer blieb. Das kam mir seltsam vor, und mich verwirrte, was geschah. Natürlich ist dies absurd, wenn man bedenkt, was ich bereits wusste. Nur begriff ich es wirklich nicht, weder als das Boot hinaus ins offene Meer tuckerte und dann hielt, keine zwanzig Meter vom Strand, noch als Maia zum kleinen Rasen vor der *Hytte* ging, vermutlich, um besser sehen zu können, wie das Boot anhielt, der Motor leise im Leerlauf brummte und Martin Crosbie dort im Boot hockte und aussah, als hätte er sein Leben lang nichts anderes gemacht. Hatte er aber, und es gab für ihn keinen Grund, sich dort draußen auf dem Fjord herumzutreiben. Bisher war ihm Kyrres Boot völlig egal gewesen, und ohne allen Grund fuhr er jetzt damit hinaus ins weiße, ruhige Wasser, obwohl er dort draußen doch nichts zu suchen hatte – und Maia sah ihm nach, die Hand erhoben, als wollte sie ihm zuwinken, ganz Unschuld und liebeskranke Blödheit.

Und dann war er plötzlich verschwunden. Nur zehn, fünfzehn Meter weit draußen, bestimmt nicht mehr und nicht gerade in einer Tiefe, die einem erwachsenen Mann gefährlich werden könnte, stand er auf, hob die Hand, als wollte er zurückwinken, flackerte einen Augenblick wie eine Figur in einem körnigen alten Film aus den zwanziger Jahren und verschwand geräuschlos. Es gab später keinen Beweis dafür, dass es auf diese Weise passiert war – anders als bei den Jungen der Sigfridssons trieb seine Leiche nicht mit der Flut ans Ufer oder wurde auch an keinem Kai angespült, wo sie ein vorbeifahrender Fischer hätte bergen können – dennoch verschwand er, und ich war da und spionierte ihm mit dem Fernglas nach, als er ins Wasser ging. Ich war da und sah, was geschah – meinte es zumindest zu sehen. Eine Sekunde bloß habe ich nicht hingeschaut, ein rascher Blick dorthin, wo Maia stand und ihm nachspähte, doch in dieser Sekunde geschah es, und er verschwand. Zuletzt habe ich ihn gesehen, wie er im Boot stand und zurückblickte, und obwohl ich sein Gesicht nicht deutlich erkannte, nicht einmal durch das Fernglas, hatte ich einen kurzen Moment lang den Eindruck, dass er glücklich war. Und ich glaube, Maia war ebenso glücklich: Ihr Gesicht *habe* ich gesehen, und ich könnte schwören, dass sie es war. Glücklich, meine ich, nicht um ihrer selbst, sondern um Martin Crosbies willen. Nicht, weil sie ihn ins Wasser gelockt hätte, oder glücklich, wie die *Huldras* in den alten Geschichten im Augenblick der Wahrheit glücklich gewesen sein mögen, nein: So absurd es auch klingt, ich glaube immer noch, dass es sich bei dem Glück, das sie beide aus welch perversem Grund auch immer empfanden, um geteiltes Glück handelte. Als ich sah, dass Martin Crosbie verschwunden war, wusste ich, dass Maia nichts unternehmen würde, um ihn zu retten. Sie würde zusehen, würde es zulassen, dass die Flut ihn mit sich nahm. Kein Versuch zu helfen oder Hilfe zu holen; was geschah, war beabsichtigt, etwas, in das man sich nicht einmischen sollte. Ich unternahm in den ersten kritischen Sekunden allerdings auch nichts. Ich sah einfach nur zu, wie das Boot ein wenig weiter hinaustrieb, verharrte und sich dann langsam in der aufkommenden Flut drehte, kaum zwanzig Meter vom Ufer entfernt.

Einen Moment lang stand ich wie versteinert – ein Moment, in dem in Geschichten Jahrzehnte vergehen –, dann war der Bann gebrochen. Bis dahin hatte ich nicht begreifen können, was ich sah – und ich rede mir ein, dass es Schock war, Schock und fassungsloser Unglaube, was mich so lang gefangen hielt, unfähig, mich zu rühren, während das Boot dahintrieb und der Mann, der kurz zuvor noch zu sehen gewesen war, sich in Luft auflöste. Ich sage, in Luft auflöste, weil es mir genau so vorkam. Eigentlich glitt er nicht aus dem Boot ins Wasser – zumindest habe ich das nicht gesehen, und mir war auch nicht so, als wäre das passiert –, vielmehr verschwand er schlicht und einfach, ausgelöscht von einem grauen Licht, das die Oberfläche des Wassers und die Luft über dem Boot ununterscheidbar machte. Martin war dort gewesen; ich hatte gesehen, wie er die Hand hob, so, als wollte er winken, und als ich wegblickte, weil ich neugierig war, wie Maia darauf reagierte, musste er mit dieser seltsamen, verzückten Miene im Wasser verschwunden sein; verzückt, glücklich, so kam es mir durchs Fernglas vor, und vielleicht war es auch dieser Blick, der mich fortschauen ließ, dieser Anschein von Glück, der zu grauenhaft war, ihn mit ansehen zu müssen. Schließlich habe ich mich nicht weggedreht, weil ich wissen wollte, wem er zuwinkte – ich wusste, wer außer ihm noch dort war –, doch ich drehte mich nur für einen Moment weg, und als ich wieder hinsah, war er fort. Ich glaube, in derselben Sekunde habe ich geschrien.

Damals war mir nicht bewusst, dass ich einen Laut von mir gab, aber Mutter erzählte später, mein Schrei habe sie darauf aufmerksam gemacht, dass irgendwas nicht stimmte. Und in ebendiesem Augenblick, in dem ich das Fernglas fallen ließ und hinaus in die weiße Nacht starrte – alles plötzlich weit fort und seltsam, zu klein und zu fern, um echt zu sein – hielt sie mit ihrer Arbeit im Atelier inne und spitzte die Ohren. Ich glaube, ich war davon überzeugt, irgendwie getäuscht worden zu sein, vielleicht hatte die Täuschung mit dem Fernglas zu tun, aber auch als ich die ganze Szene mit bloßem Auge betrachtete, konnte ich in diesem Schimmer aus Grau und Silber nichts erkennen. Und als ich zu dem Rasen vor der *Hytte* zurückschaute, war Maia ebenfalls fort. Als wäre sie nie da gewesen. Als hätte keiner von beiden je existiert. Ich denke, das hat mich verwirrt, und ich wusste nicht, ob ich das Ganze nicht vielleicht doch nur geträumt hatte; dann aber begann ich zu rennen, rannte nach unten und aus dem Haus, nicht weil ich dachte, ich könnte Martin Crosbie helfen, sondern weil ich mit eigenen Augen sehen wollte, was passiert war. Ich musste den Bann brechen. Ich glaube, ich dachte, wenn ich zu der Stelle lief, an der das Boot im Wasser dümpelte und sich immer noch kaum wahrnehmbar drehte, dann würde dieser Traum enden, und ich könnte mir sagen, dass ich mir alles nur eingebildet hatte.

Ich wusste nicht, dass Mutter meinen Schrei gehört hatte, auch nicht, dass sie sich durch mein überstürztes Fortlaufen veranlasst sah, mir zu folgen. Mir war nicht einmal der Gedanke gekommen, sie um Hilfe zu bitten oder die Polizei zu rufen, die Küstenwache oder wen immer man sonst alamiert, wenn etwas Schlimmes geschieht. Ich lief einfach los, als die Unsicherheit um dieses leere Boot und das ungebrochene Grau des Wassers unerträglich wurden. Als ich durch den Birkenwald und über die Wiese rannte, wusste ich nicht, dass Mutter kaum zwanzig Meter hinter mir mit diesem raschen, zielstrebigen, für sie so typischen Schritt folgte. Ich musste angenommen haben, dass sie sich noch im Atelier aufhielt, versunken in ihre eigene Welt, und ahnte nicht, dass sie etwas mitbekommen hatte, bis wir zur *Hytte* kamen und vor der Tür zu dem kleinen Schuppen auf Maia stießen, die etwas in den Händen hielt, offenbar einen Schal, vielleicht auch einen Schleier, jedenfalls dachte ich, es sei ein Stück Stoff, möglicherweise Seide. Eigentlich wusste ich es erst, als ich an Maias Miene erkannte, dass sie hinter mir jemanden wahrnahm, jemanden, dessen Anwesenheit sie überraschte, zumindest einen Augenblick lang. Ich sah in ihrem Gesicht – wie bei einem Blick in den Spiegel, bei dem man irgendwo links am Rand des Blickfeldes eine flüchtige Bewegung wahrzunehmen meint –, dass noch jemand kam, und als ich mich umsah mit dem unangenehmen Gefühl, zwischen beiden zu stehen, spürte ich, dass ich mich in einen Bereich vorgewagt hatte, in den ich nicht gehörte. Es hielt nur kurz an, dieses Gefühl, doch war es für uns alle beunruhigend. Sogar für Maia.

Mutter sah Maia erst im allerletzten Augenblick, sah sie, glaube ich, als sie spürte, dass sie selbst gesehen wurde, und sobald sie dies merkte, blieb sie stehen. Sie war knapp zehn Meter von Maia entfernt, und ich stand zwischen ihnen. Eine Sekunde lang, nicht länger, verharrten wir wie erstarrt, jede überrascht von der Tatsache der Existenz der anderen in dieser Welt – und dann begann Maia sich auf eine Weise zu bewegen, die ich seltsam künstlich fand. Ihre Gesten wirkten eigenartig einstudiert, nur unter dem Gesichtspunkt ausgewählt, dass sie für die Ereignisse angemessen wirkten, obwohl sie auf offenkundigste Weise unangemessen waren. Maia gab sich nicht verzweifelt, weinte nicht, rannte uns auch nicht entgegen, als wir die Bühne betraten. Sie wirkte nicht einmal sonderlich verstört, wie es etwa ein Schauspieler in vergleichbarer Lage im Film gewesen wäre. Nein, sie war ruhig und sehr still, eine Stille, die man aber auch für die Folge eines Schocks hätte halten können, für benommenes Entsetzen, und das – dies dachte ich damals – war sehr clever von ihr, handelte es sich dabei doch um die wahrscheinlichste Reaktion für jemanden in ihrer Lage, deren Beziehung zu Martin Crosbie unklar und deren Anwesenheit hier eine Überraschung war. Als ich sie zuletzt durchs Fernglas sah, hatte sie mitten auf dem Rasen gestanden. Anschließend musste sie in Richtung *Hytte* gegangen sein. Jetzt machte sie allerdings einige Schritte in Richtung Strand, dahin zurück, wo das Boot im Wasser schaukelte und sich langsam um sich selbst drehte.

Mutter folgte ihr. »Was ist passiert?« Sie wirkte ruhig, doch merkte ich ihr an, dass sie nicht recht wusste, was zu tun war. Erst als sie zum Boot hinüberschaute, kam ihr eine Ahnung, weshalb sie Maia am Arm nahm. »Ist jemand da draußen?«

Maia drehte sich um und blickte ihr ins Gesicht, sagte aber nichts.

Mutter schaute sich zu mir um. »Was hast du gesehen?« Ich versuchte zu antworten, bekam aber kein Wort über die Lippen, und ich nahm an, dies hing mit Maia zusammen, die sich von Mutter abgewandt hatte und mich wie gebannt anblickte. Mutter wartete darauf, dass ich etwas sagte, als ich aber den Mund nicht aufmachte, ging sie noch einige Schritte vor und blickte über das Wasser. Der Fjord lag reglos da, silbrig, sehr still. Mutter suchte das schimmernde Wasser ab, als könnte sie wen auch immer dort draußen allein durch die Kraft ihrer Aufmerksamkeit oder ihres Willens aus der Tiefe holen. Dann wandte sie sich wieder zu Maia um. »Was ist hier los?«, fragte sie, nun in etwas dringlicherem Ton.

Maia schüttelte den Kopf wie jemand, der sich benommen fühlt und versucht, seine Gedanken zu ordnen, sagte aber immer noch nichts.

»Haben Sie Hilfe geholt?«, fragte Mutter.

Die junge Frau sah verwirrt drein – und einen Moment lang dachte ich, sie würde in Lachen ausbrechen, nicht in hysterisches Gelächter, sondern in das Lachen von jemandem, der die Verstellung zu lang aufrechterhalten hatte und nun nicht mehr konnte. Wieder schüttelte sie den Kopf.

»Hier gibt es kein Telefon«, sagte ich. Eigentlich hatte ich nichts sagen wollen, und mich überlief ein hässlicher Schauder der Überraschung, fast, als wäre ich gegen meinen Willen zu etwas gezwungen worden. Ich sah Maia an. Ich glaubte ihr nicht. Ich wusste, sie spielte uns etwas vor, aber das war nicht der einzige Grund, warum ich auf Abstand hielt. Da war noch etwas, etwas, das ich heute nur Angst vor einer Infektion nennen kann. Lächerlich, ich weiß, aber mir kam sie irgendwie ansteckend vor. Womit ich nicht Krankheiten meine oder Viren. Vielleicht aber doch. Ein Virus. Eine Infektion des Willens.

Mutter wandte sich um. »Kein Telefon?« Das schien sie zu ärgern, wenn auch nur einen Moment lang. Dann gab sie es mit uns auf und ging vor bis ans Wasser, den Blick aufs leere Boot gerichtet. »Was ist hier passiert?«, fragte sie noch einmal. Ihre Stimme klang jetzt aber misstrauisch, da irgendwas nicht zu stimmen schien.

Ich ging zu ihr hin, und mein Blick wanderte immer noch suchend über das Wasser. Ich rechnete nicht damit, etwas Neues zu entdecken, erwartete nicht, dass Martin Crosbie plötzlich im Wasser auftauchte und wild mit den Armen fuchtelte. Ich ging zu ihr hin, weil ich nicht allein zurückbleiben wollte, so nah bei Maia – nicht, weil ich mich vor dem fürchtete, was sie mir antun könnte, sondern weil ich nicht wollte, dass sie mich ansah. Heute begreife ich, wie lächerlich das war – selbst damals habe ich das bereits geahnt –, trotzdem ängstigte ich mich vor ihr. Ich hatte Angst, sie könnte mich ansehen, während Mutter mir den Rücken zukehrte, könnte mir ins Gesicht lachen oder etwas sagen, um zu beweisen, dass sie um meinen Verdacht gegen sie wusste. Und ja, so absurd es auch klingt, ich hatte Angst, sie könnte mich auf irgendeine Weise *infizieren,* so dass ich sie nie wieder loswürde. »Martin Crosbie war in dem Boot«, sagte ich. »Ich habe ihn gesehen …«

»Martin Crosbie?«

»Der aus der *Hytte.*«

»Und du hast ihn gesehen?«

»Ja.«

»Und was ist mit ihm passiert?« Mutter war jetzt verwirrt. Sie merkte, dass irgendwas nicht stimmte, glaubte offenbar aber nicht, was ich sagte. Wie konnte Martin Crosbie im Boot gewesen sein, wenn er jetzt doch nicht mehr da war? Wäre er ins Wasser gefallen, hätte er um sein Leben gekämpft, hätte um Hilfe gerufen, hätte versucht, sich zu retten. Das hatte er aber nicht. Niemand hatte geschrien oder gekämpft. Das wusste ich auch, und zum ersten Mal zweifelte ich an mir selbst. Was hatte ich durch das Fernglas gesehen? Hatte ich geträumt? »Er kann nicht einfach verschwunden sein …« Mutter drehte sich zu Maia um und wollte ihre Version der Ereignisse hören. Ich verstand ihre Beweggründe. Was immer ich auch gesehen hatte, hatte ich aus großer Entfernung gesehen, während Maia die ganze Zeit hier gewesen war.

Nur war Maia fort. Ich wusste es gleich, als ich Mutters Blick sah, sobald sie sich wieder umwandte – ein Blick, der eher Verblüffung als Überraschung verriet. Mutter runzelte die Stirn. Vielleicht begann sie, dies für einen jugendlichen Streich zu halten. Sie schaute mich an. »Wer war dieses Mädchen?«, fragte sie. »*Kennst* du sie?«

Ich schüttelte den Kopf. Ich wollte nicht über Maia reden, nicht hier, direkt am Wasser, auf dem sich das Boot noch immer langsam in der Strömung drehte, hier, wo ich zu spüren meinte, dass Martin noch irgendwo da draußen unter Wasser dahintrieb, nur wenige Meter weit fort, doch jenseits aller Rettungsversuche.

»Nun, kennst du sie?«, fragte Mutter noch einmal. Sie klang unbekümmert, so, als wäre nichts Schlimmes passiert.

Ich schaute sie an. »Ja. Sie ist die … sie war eine Freundin der Sigfridssons.«

Sie starrte mich an. »Der Sigfridssons?«

»Ja«, wiederholte ich und wusste plötzlich, warum sie so ruhig wirkte. Sie nahm an, dass mir dieses Mädchen einen Streich gespielt hatte. Sie dachte, ich hätte mir dies alles nur ausgedacht und litte noch unter den rätselhaften Unfällen meiner Schulfreunde, unter Prüfungsstress, darunter, dass ich mich nicht entscheiden konnte, was ich mit meinem Leben anfangen wollte. Was natürlich lachhaft war – außerdem musste sie gewusst haben, dass Mats und Harald nicht meine Freunde gewesen waren; ich hatte nämlich keine Freunde. Auch das wusste sie. Sie wusste es und hatte all die Jahre nichts daran auszusetzen gehabt, was mir durchaus zupass kam, auch wenn es eine Mutter doch hätte seltsam finden müssen, dass mein einziger Freund ein alter Mann war, der am Wasser wohnte und verrückte Geschichten über Bauernjungen erzählte, die an helllichtem Tage loszogen, Wasser zu holen, und nie mehr heimkehrten, oder von Babys, die Trollen aus ihren Bettchen gestohlen wurden. Sie beobachtete mich aufmerksam, und noch ehe sie den Mund öffnete, wusste ich, was sie als Nächstes sagen würde. Ich will damit nicht andeuten, dass sie sich um mich keine Sorgen machte, aber darum ging es eigentlich auch nicht. Es ging darum, dass sie mir nicht glaubte. »Weißt du wirklich *genau,* was du gesehen hast?«

»Ja.«

»Die Sommernächte können einem Streiche spielen …«

»Was ich gesehen habe, habe ich gesehen.«

»Na gut«, sagte sie und legte eine Hand auf meinen Arm, gleich unter dem Ellbogen. »Wir müssen jetzt zurück nach Hause. Du stehst noch unter Schock ...«

»Nein, wir müssen Hilfe holen ...«

»Zurück nach Hause«, wiederholte sie, ging los – und ich wusste, dass sie mir nicht glaubte. Ihr war wieder eingefallen, wie ich nach meiner Rückkehr aus England gewesen war, und sie hatte längst entschieden, dass es mir nicht gut ging. Denn es gab natürlich keine andere Erklärung für das, was ich gesehen hatte. Überhaupt keine Erklärung – Wahnvorstellungen ausgenommen.

Ich wusste nicht, was ich sagen sollte. Natürlich hatte sie recht. Es war nicht besonders sinnvoll, am Ufer zu warten und aufs Wasser zu starren – aber ich wollte nicht zurück. Das war, als gäbe ich auf. Als ließe ich die Hand eines Ertrinkenden los und würde mich von ihm abwenden, während er hinab in die Tiefe glitt. Ich sah zu dem auf dem Wasser dümpelnden Boot. Wie konnte das Meer nach dem, was gerade geschehen war, bloß so ruhig sein? »Aber können wir denn nicht irgendwas tun?«, fragte ich.

Mutter gab keine Antwort. Irgendwo seitlich von uns hörte ich ein Geräusch – ein leiser, lockender Klang im nahen Gras –, und ich drehte mich um. Halb rechnete ich damit, Maia unter den Weidenröschen zu sehen oder am Ufer des Baches, der nur wenige Meter weit fort über den Strand floss, aber da war niemand. Es war still. Ich wandte mich wieder Mutter zu. »Können wir denn nichts tun?«, fragte ich noch einmal. Meine Stimme klang jedoch selbst für mich so dünn und fern, dass Mutter sicher wusste, dass dies keine echte Frage war.

Trotzdem gab sie eine Antwort. Ich weiß nicht, was sie in

diesem Moment glaubte, nehme aber an, dass sie mich einfach nur nach Hause bringen wollte. Sie ging nicht davon aus, dass irgendwem unmittelbar Gefahr drohte – auch wenn sie sich sorgte, ich könnte in so etwas wie einer psychischen Krise stecken. »Nein«, sagte sie. »Wir können hier nichts mehr tun.« Sie schüttelte den Kopf. »Wir müssen nach Hause zurück.« Und sie lächelte traurig – ein Lächeln, das mich an früher erinnerte, daran, wie sie mich fürs Bett zurechtgemacht und Geschichten aus ihren großen Bildbänden erzählt hatte. Geschichten über Helden oder Gassenjungen, die es im Leben zu etwas brachten, Geschichten, in denen überhaupt nichts Düsteres vorkam.

Störrisch zögerte ich einen Moment, kehrte dann aber mit ihr zurück. Ich weiß heute, dass sie nicht glaubte, ich hätte irgendwas gesehen, nur wollte sie mir keinen Druck machen, wollte langsam vorgehen, die Puzzleteile sorgsam, Stück für Stück zusammensetzen, bis sie verstand, was hier ablief. Sie war für sich zu dem Schluss gekommen, dass ich Dinge sah – und in diesem Augenblick wirkte das auf sie bloß lächerlich, ein Streich, den mir der Verstand spielte, eine Nachwirkung von Kyrres alten Geschichten. Warum sollte ein erwachsener Mann auch ein Boot nehmen, das ihm nicht gehörte, es in die Strömung steuern und dann über Bord gleiten? Dabei handelte sich um eine reine Schlussfolgerung, beobachtet hatte ich nichts. Wie wollte ich etwas bezeugen, das ich nicht einmal mit eigenen Augen gesehen hatte? Natürlich weiß ich heute, dass Mutter sich nicht darum sorgte, was oder was nicht geschehen war; sie machte sich um meinetwillen Sorgen. Da erzählte ich, Maia sei schuld daran, dass die Jungen der Sigfridssons ertrunken waren und dass sie Martin Crosbie jetzt durch irgendeinen wirren Zauber bewegt hatte, genau wie die Jungen im kalten, stillen Meer zu ertrinken. Wie sollte sich eine Mutter keine Sorgen machen, wenn ihr Kind so redete? Sie war meine Mutter, und sie hatte sich um mich, nicht um irgendein auf Abwege gekommenes Mädchen zu kümmern oder um einen Phantomselbstmord. Also kümmerte sie sich um mich. Sie brachte mich ins Haus zurück und setzte mich an den Küchentisch. Dann griff sie nach dem Telefon und rief jemanden an. Ich habe nie herausgefunden, wer es war, doch war es ein echter Anruf, und sie sprach mit jemanden, der Fragen stellte, die sie beantwortete, jemand, der sie beruhigte. Es war nur ein kurzes Gespräch. Dann gab sie mir einen *Akevit,* den ich zu meiner eigenen Überraschung austrank, und blieb bei mir sitzen, bis ich bereitwillig ins Bett ging. Ich sah ihr an, dass sie sich Sorgen machte, spürte aber auch, dass sie wie nach dem Lehrbuch vorging: ruhige Worte, ein bisschen Alkohol, Schlaf. Morgen würde alles besser aussehen. Für alles würde sich eine Erklärung finden. Am Morgen würde ich aufwachen und wie Alice merken, dass es nichts als ein seltsamer Traum gewesen war.

* * *

Aber es war kein Traum. Im späten Sommer mit seinen ersten Ahnungen der wiederkehrenden Nacht zeigten sich in den frühen Morgenstunden entlang unserer Gartenmauer kühle Flecken Dunkelheit, sammelte sich inselartig hier und da ein weicher, fast pudriger Schatten auf den vom Wind niedergedrückten Wiesen, und Martin Crosbie verschwand im Malangenfjord, während drei Menschen keinen Finger rührten, um ihm zu helfen. Ich war eine der Zeugen, und ich versuchte nicht einmal, ihn zu retten, auch wenn ich, als er versank, viel zu weit fort war, um etwas tun zu können. Selbst hinterher, als er fort war, versuchte ich gar nicht erst, eine Aussage zu den Ereignissen zu machen, auch nicht zu der Rolle, die Maia bei seinem Tod gespielt haben musste. Warum? Ich weiß, ich hätte ihn nicht retten können, aber wieso habe ich nicht jemand anderem als Mutter erzählt, was ich gesehen hatte? Ich habe es jedenfalls nicht getan, und dies nicht, weil Mutter an mir zweifelte oder weil ich Maia keinen Ärger machen wollte – ihr plötzliches Verschwinden, das Mutter ebenfalls bezeugen konnte, bewies doch gewiss, dass sie in die Sache verwickelt war. Aber selbst wenn sie nichts getan haben sollte, um Martin Crosbies Tod herbeizuführen, hatte sie doch auch keine Anstrengung unternommen, um ihn zu verhindern. Nein, meine Gründe waren nicht so logisch. Tatsache ist: Ich habe nichts gesagt, weil ich so verwirrt war, verwirrt von der Ruhe des Meeres, verwirrt vom Licht und der Unwirklichkeit des Ganzen, verwirrt von dem Eindruck, den ich hatte, als ich Martin in dem Boot hinausfahren sah. Dass er nämlich in den letzten Minuten seines Lebens glücklich wirkte, so glücklich wie seit Wochen nicht, vielleicht glücklicher, als er es je gewesen war. Ich war verwirrt, weil ich den Gedanken nicht loswurde, dass er ertrinken *wollte,* und was immer ich gesehen zu haben glaubte und was immer ich meinte bezeugen zu können – was, wie ich einsah, doch etwas ganz anders war –, glich nur der leeren Hülle einer Erfahrung, etwas rein Äußerlichem, das nichts mit der eigentlichen Geschichte zu tun hatte, einer Geschichte, bei der es weder um Mord noch um Selbstmord ging, sondern um ein ebenso natürliches Ereignis wie einen Wolkenbruch oder den Zug der Vögel.

Der nächste Tag war regnerisch und wolkenverhangen. Über den Wiesen lag eine Dunkelheit, die alles aussehen ließ, als wollte es jeden Moment verschwinden, Watvögel flatterten aus grauer Luft auf und glitten kurz dahin, ehe sie wie durch einen altmodischen Zaubertrick wieder verschwanden. Windböen nahmen Gestalt an, wenn sie durch das Gras fuhren, nur um sich vor Zäunen und Banketten wieder aufzulösen; erst etwas, dann nichts, die ganze Küste und alles, was dazugehörte, nur eine Illusion. Von den tropfenden Birken am Gartenrand bis zu den Bergen am fernen Ufer des Fjords. An solchen Tagen blieb ich am liebsten daheim, machte es mir mit einem Bildband in einem Sessel gemütlich und lauschte dem Regen, der aufs Dach trommelte. Oder ich saß in der Küche, trank Kaffee und starrte hinaus in den grauen Himmel, genoss die reine Sauberkeit da draußen, die vor Wasser triefende Welt, in der die Farbe aus jedem Blatt und Grashalm gewaschen wurde, bis da nichts mehr war, nur noch Weiß und Grau wie auf einem Bild von Hammershøi. An diesem Tag aber blieb ich zu Hause, weil ich nicht ausgehen und riskieren wollte, Maia zu begegnen. Ich versuchte mir einzureden, dass sie die Insel bestimmt verlassen hatte, nun, da Martin fort war und sie nirgendwo mehr bleiben konnte, doch war ich mir eben nicht sicher. Und wo hätte sie sonst hin sollen? Ihre Mutter war Alkoholikerin, ihr Vater fort, was blieb ihr also außer der *Hytte* und den frischen Erinnerungen an einen Mann, dem sie beim Ertrinken zugesehen hatte, an einen Mann, den sie auf ihre Weise gewiss geliebt hatte. Ich sah immer noch diesen Blick auf seinem Gesicht, als er sich im Boot erhob, um im kalten Wasser zu verschwinden, und ich zweifelte nicht, dass Maia ihn ebenfalls bezeugen konnte. Alles, was ich gesehen hatte, sagte mir, dass Martin Crosbie glücklich gewesen war, als er starb – und ich konnte mir keinen anderen Grund für dieses Glück denken als das Mädchen, das ruhig am Ufer stand und darauf wartete, dass er im Wasser verschwand.

Noch lange, nachdem sich das letzte Kräuseln der Wellen verlaufen hatte, sah Maia zu – und ich weiß heute, ich hätte viel früher begreifen müssen, was geschah. Nach dem, was mit den Jungen der Sigfridssons passiert war, hätte ich ahnen müssen, in welcher Gefahr Martin schwebte. Ich hätte handeln müssen, sobald ich das Boot sah, hätte zum Bootshaus rennen oder auch nur laut über die Wiesen rufen müssen, um den Bann zu brechen, in dem sie beide gefangen schienen, hätte Maia so verängstigen müssen, dass sie ihn zurückrief – obwohl ich bereits wusste, dass nichts mehr getan werden konnte, als ich sah, wie sie das Boot über den Strand und ins Wasser zogen. Und wenn ich ehrlich bin, muss ich gestehen, dass sie schon in den ersten Momenten meines Begreifens nicht wissen sollten, dass ich ihnen zusah. Ich wollte keine *Zeugin* sein. Von Anfang an habe ich gewusst, dass dies das erste Gesetz der Beobachterin war: Sei nie eine Zeugin. Die wahre Beobachterin darf nur unter einer Bedingung verfolgen, was kein Mensch sonst sehen darf, und diese Bedingung lautet, dass sie niemals etwas verrät. Das unterscheidet sie von der Zeugin oder dem zufälligen Passanten. Ich kann sogar behaupten, dass sie sich dadurch auch von der Malerin unterscheidet. Denn Bilder sind ebenfalls eine Form, Zeugnis abzulegen. Wenn Mutter ihr Werk in irgendeiner Galerie in Oslo oder London zeigt, offenbart sie, was sie gesehen hat, und das Geheimnis wird verraten – mir fällt jetzt auf, dass sie dies von Anfang an gewusst hat und dass sie *deshalb* aufgehört hat, Porträts zu malen. Dass sie deshalb mein Porträtbild nicht vollendet hat. Sie wollte, dass *dieser* Blick ein Geheimnis blieb.

Ich wollte keine Zeugin sein, und irgendwie wusste ich, dass Martin Crosbie nicht mehr zu helfen war – der wahre Grund aber, der heimliche Grund, warum ich nichts tat, war der, dass ich auf keinen Fall noch einmal von diesem Mädchen gesehen werden wollte. Von Maia. Sie sollte nicht wissen, dass ich sie von Anfang an beobachtet hatte, und sie sollte nicht glauben, ich könnte etwas bezeugen, das aus welchem Grund auch immer und welch verquerer Logik zufolge allein ihr und Martin Crosbie und niemandem sonst gehörte. Sie sollte nicht sehen, dass ich zugesehen hatte, denn – und dies ist das Schlimme, das eine, das ich bis heute nicht vergessen kann – sie sollte nicht wissen, dass ich nicht bloß verstand, warum Martin in jenem Moment glücklich war, als er die Bootkante losließ und im stillen, perlmuttfarbenen Wasser verschwand, sondern auch, warum sie, Maia, der hübsche Wildfang, den ich mein Leben lang immer mal wieder irgendwo in der Stadt getroffen hatte, dieses familienlose Mädchen, das uns leidtat und dem wir alle aus dem Weg gingen, warum sie in jenem Moment in jemand – in etwas – unvernünftig und auch unerklärlich *Schönes* verwandelt wurde. Heute klingt das lächerlich, aber ich weiß, was ich gesehen habe. Ich kann es nicht vergessen. Solange Maia dort stand, am Rand des Wassers, und dorthin sah, wo das leere Boot in der weißen Nacht dümpelte, war sie auf eine Weise schön, die sich in Worten nicht ausdrücken lässt. Als dann Mutter und ich kamen und sie bei der *Hytte* trafen, wurde sie wieder sie selbst: Maia, das hübsche, wenn auch etwas merkwürdig aussehende Mädchen, das sie schon immer gewesen war.

Trotz alldem aber frage ich mich heute, warum ich nicht mehr getan habe. Warum ich nicht überall erzählte, was es doch für ein Zufall war, dass sich Maia kurz vor dem Tod der Brüder Sigfridsson mit ihnen angefreundet hatte und dass sie dann, ehe Martin Crosbie verschwand – eine Leiche wurde nie gefunden, also ist nichts bewiesen –, zu ihm in die *Hytte* zog. Aber wer hätte mir geglaubt? Martin Crosbie war verschwunden, so viel stand fest, nur deutete nichts darauf hin, dass er tot war. Im Gegenteil, sämtliche Indizien besagten, dass er seine Sachen gepackt und dahin zurückgekehrt war, woher er gekommen war.

Man fand keine Leiche, keine Anzeichen für ein Verbrechen, wie es in Kriminalromanen heißt, und auch die Rechnung mit Kyrre Opdahl war beglichen. Noch bedeutsamer war die Tatsache, dass auch das Auto fehlte, als Kyrre Opdahl zur *Hytte* ging, an ebenjenem Morgen, an dem ich gesehen hatte – oder vielmehr *nicht* gesehen hatte –, wie Martin Crosbie aus dem Boot glitt. Offenbar hatte Kyrre gleichfalls gespürt, dass irgendwas nicht stimmte, und er kam, um zu sehen, was los war, aber die *Hytte* war leer. Martin Crosbie blieb verschwunden, und auch von der *Huldra* fand sich keine Spur. Nichts deutete darauf hin, dass sie je dort gewohnt hatten, fast so, als wäre das Ganze wirklich nur ein Traum gewesen, ein Traum des Roten Königs, der Krähe oder von sonst irgendwem.

Es war aber kein Traum, es war eine Geschichte – und das ist etwas anderes. Eine Geschichte steht für alles ein, was sich nicht erklären lässt, und auch wenn es viele Geschichten gibt, gibt es doch eigentlich nur eine; wir können den Unterschied erkennen, da die vielen Geschichten einen Anfang und ein Ende haben, die *eine* Geschichte aber funktioniert nicht so. Ryvold hat immer behauptet, Geschichten handelten im Grunde von Zeit. Sie erzählen uns, dass einmal etwas passierte an einem Ort, den es gab, ehe wir geboren wurden – und wir hören gern zu, da wir wissen, dass diese Geschichte bereits vorüber ist. Wir wissen, wir leben glücklich bis ans Ende unserer Tage, was bedeutet, dass jetzt nichts mehr geschieht – und ebendies ist der Schlüssel zu einem glücklichen Leben. In der Gegenwart glücklich bis ans Ende der Tage zu leben, ohne Vergangenheit, ohne Zukunft. Das jedenfalls hat Ryvold gesagt, und vielleicht hatte er recht. Wenn ich heute drüber nachdenke, finde ich, es könnte stimmen. Damals jedoch machte ich mir nichts aus Glück. Es kam mir unwirklich vor – so unwirklich und bedeutungslos wie eine Liebesbeziehung, Erfolg oder jener Gott, den man auf alten Gemälden sieht –, nur wusste ich damals nicht, was Glück war. Heute, da ich glücklich bin, überrascht mich die bloße Tatsache jeden Tag aufs Neue, denn Glück ist so viel düsterer und längst nicht so vollkommen, wie man mich immer glauben machte – und ich denke, das war es, was Mutter mir in meiner Kindheit stets zu verstehen geben wollte. Glück ist ein Geheimnis, es ist still, persönlich und jenseits aller Worte. Man kann es nicht beschreiben, und entgegen allen anders lautenden Behauptungen kann es auch nicht geteilt werden. Sieht man zwei Menschen, die zusammen glücklich sind, weiß man, dass jeder für sich das Glück mitgebracht hat – sie haben es nicht gemeinsam gefunden, denn wie Frieden oder den Heiligen Geist kann man Glück nur finden, wenn man allein ist.

* * *

Meine Erinnerung an die nächsten Tage ist verschwommen. Nur eine einzige weiße Nacht war nötig gewesen, um mich gründlich zu verstören. Eine Zeit lang brachte ich es nicht über mich, aus dem Haus zu gehen – ich blieb in meinem Zimmer, und Mutter ermunterte mich, mir Ruhe zu gönnen, sah hin und wieder nach mir, brachte Suppe und akkurat geschnittene Sandwiches wie jene, die sie samstagmorgens ihren Freiern servierte. Ich ruhte mich nicht aus, natürlich nicht, ließ Mutter aber in dem Glauben – und nach zwei, drei Tagen nahezu völliger Schlaflosigkeit fiel ich gegen Mitternacht in einen tiefen Schlaf und wachte erst kurz vor drei Uhr am nächsten Nachmittag wieder auf. Im selben Moment wusste ich, dass irgendwas nicht stimmte. Jemand war unten bei Mutter. Eine fremde Person. Ich konnte nichts hören, wusste jedoch, dass sich noch jemand im Haus aufhielt, und in ebender Sekunde, in der ich wach wurde, überkam mich panische Angst. Echte Panik, leibhaftige Angst. Jemand oder etwas war im Haus, und ich spürte die Gefahr. Das Gefühl hielt nur einen Moment lang an, trotzdem weiß ich noch heute, wie stark es war. Kurz darauf ebbte es wieder ab, ich stand auf und ging zur Tür. Ich lauschte, konnte aber nichts hören. Dann fiel die Haustür ins Schloss – und mir wurde klar, dass jemand gerade gegangen war. Ich lief auf den Treppenabsatz ans Fenster. Ich wusste schon, wen ich sehen würde, konnte es aber nicht glauben, es war unmöglich. Nicht dass Maia zu unserem Haus kam, sondern dass Mutter sie einließ. Genau das aber musste sie getan haben, denn es war Maia, die ich unbeschwert über den Weg zum Gartentor gehen sah, ganz so, als wäre sie nur auf eine Tasse Tee vorbeigekommen.

Fast sprang ich die Treppe hinunter. Ich wusste, Mutter war in der Küche, ich spürte sie dort. Ich spürte ihre Aufmerksamkeit, eine Aufmerksamkeit, die sie der *Huldra* gewidmet hatte – wie lang? Einige Minuten? Eine Stunde? Den ganzen Tag? Im selben Moment, in dem ich die Küche betrat, sah ich unwillkürlich, dass es mehr als nur einige Minuten gewesen sein mussten. Auf dem Tisch standen zwei Tassen, und in der Luft hing ein seltsamer Geruch. Einen Augenblick lang verharrte ich in der Tür und starrte Mutter an. Sie stand am Waschbecken, den Kessel in der Hand, und ich – ich bebte vor Wut, vor Wut und auch vor Angst, so dass ich erst keinen Laut über die Lippen brachte. Dann platzte es aus mir heraus: »Was hatte *Maia* denn hier zu suchen?«

Mutter schloss eine Sekunde lang die Augen, so wie sie es manchmal tat, wenn sie nachzudenken versuchte, dann musterte sie mich mit freundlichem, besorgtem Blick. »Du bist auf? Wie fühlst du dich heute?«

Ich wollte mich nicht ablenken lassen. »Warum war sie hier? Was hat sie in diesem Haus verloren?«

Sie gab erst keine Antwort, drehte sich wieder zum Waschbecken um und füllte den Kessel. Ohne mich anzusehen, sagte sie schließlich. »Ich werde sie malen.«

»*Was?*« Es hätte ein Aufschrei berechtigter Wut sein sollen, kam aber nur als ein Flüstern heraus, so leise, dass ich mich selbst kaum hören konnte.

Mutter drehte sich um. »Ich male sie«, wiederholte sie und wirkte dabei sehr gefasst, sehr ruhig, eine beabsichtigte Ruhe, wie ich wusste, eine Herausforderung an mich, so wie Eltern ein Kind auffordern, sich erst einmal zu benehmen, wenn es etwas von ihnen will. Dieser »wenn du dich nicht zusammenreißt, erreichst du gar nichts«-Ton.

Und ich riss mich zusammen, irgendwie. Immerhin so weit, dass ich mit normaler Stimme reden konnte. Eine Stimme, die nicht ironisch, nicht verbittert oder kindisch klingen sollte, sich wahrscheinlich aber genau so anhörte. »Du willst sie *malen?*«

Mutter nickte, sagte aber nichts mehr.

»Ein Porträt?«

»Ja.«

»Ich dachte, du malst keine Porträts mehr?«

Sie zögerte – und ich glaubte schon, sie würde die Fassung verlieren. Vielleicht dachte sie auch nur über die Frage nach, antwortete aber nicht gleich. Dann verzog ein strahlendes Lächeln ihr Gesicht. Ehe ich die Frage stellte, hatte sie selbst so direkt offenbar noch nicht darüber nachgedacht. »Stimmt«, sagte sie und schien sich der Ironie der Situation gar nicht bewusst zu sein, im Gegenteil; sie wirkte grenzenlos glücklich, so wie sie es immer war, wenn sie an etwas Neuem arbeitete, lächelte mich noch einen Moment länger an und kümmerte sich dann wieder um den Tee. »Aber anscheinend habe ich mich geirrt.«

Ich wusste nicht, was ich sagen sollte. Sie wirkte selbstvergessen, beinahe, als wäre in ihr etwas abgeschaltet worden. Ich ging einige Schritte weiter in die Küche vor und spürte urplötzlich eine Kälte. Der seltsame Geruch war noch da, weich, süßlich, rußig, ein Geruch, den ich nicht einordnen konnte, der aber bestimmt von Maia kam. Er war unserem Haus fremd, ein Eindringling, eine Verunreinigung. Meine Wut verrauchte, und ich empfand bloß noch dumpfes Grauen. Stumm beobachtete ich, wie Mutter eine Tasse vor mich stellte und sich dann wieder dahin setzte, wo sie auch mit Maia gesessen haben dürfte. Schließlich raffte ich all meinen Mut zusammen und fragte: »Läuft es gut?« Ich schätze, es war ein Test, der prüfen sollte, ob sie wirklich wusste, was sie da tat.

Sie spitzte die Lippen, überlegte kurz – und ich merkte ihr an, dass sie wirklich keine Ahnung hatte, worauf sie sich einließ. Sie hatte ein lohnendes Modell gefunden, das war alles. »Kann ich noch nicht sagen«, antwortete sie, »ist noch zu früh.« Dann stand sie auf, ging zum Schrank und griff nach der großen Kuchendose, die sonst nur an Samstagen hervorgeholt wurde.

»Kann ich es sehen?«, fragte ich.

Sie stellte die Dose auf den Tisch und öffnete sie. Mutter musste den harten Klang meiner Stimme bemerkt haben, musste gespürt haben, wie aufgebracht ich war, doch blickte sie nicht auf und ließ sich auch auf keine Herausforderung ein. »Nein«, erwiderte sie, hob behutsam den Deckel ab und legte ihn auf den Tisch. »Es ist noch nicht fertig.« Nun sah sie auf. »Möchtest du ein Stück Kuchen?«

Ich schüttelte den Kopf. »Kommt sie noch mal wieder?«

Mutter drehte sich um und nahm das große Messer aus der

Schublade der Spüle. »Warum fragst du? Hast du was gegen sie?«

Ich lachte. »Ob ich was gegen sie habe?«, fragte ich. »Weißt du denn nicht mehr, was passiert ist?« Und dann fiel es mir natürlich wieder ein: Mutter glaubte nicht, dass ich Martin im Boot gesehen hatte; sie dachte, ich litte unter Wahnvorstellungen, und Maia hatte ihr bestimmt eine andere Version der Ereignisse jenes Abends aufgetischt, eine Geschichte, die sicher mehr Sinn ergab als meine. Ich fühlte, wie etwas in mir zerbrach, und ich musste mich hinsetzen. »Irgendwas ist passiert«, sagte ich. »Was genau, weiß ich nicht, aber was es auch war, sie ist schuld daran …«

Mutter schüttelte den Kopf. »Komm schon, Liv«, sagte sie. »Weißt du, für das Mädchen war es auch ein Schock. Sie glaubt, dass an jenem Abend etwas Schreckliches geschah, nur ist sie davon überzeugt, dass es *ihr* geschah. Ehrlich gesagt, sie ist noch nicht ganz drüber weg. Es hat irgendwas mit diesem Mann zu tun …« Sie schaute mich an, doch ich gab keine Antwort. Ich war zu verblüfft. Unten bei der *Hytte* musste Mutter doch gesehen habe, was ich gesehen hatte. Wie konnte sie da glauben, was Maia sagte? Und was wollte Maia denn Martin Crosbie auch schon vorwerfen?

»Tatsächlich?«, sagte ich. »Und was soll *ihr* geschehen sein?«

Sie wird die Verachtung in meiner Stimme gehört haben, reagierte aber nicht darauf. »Ich weiß nicht, aber *irgendwas* ist passiert. Das sieht man ihrem Gesicht an.«

»Ach ja?«

»Nun, natürlich …«

»Und was siehst du da? In ihrem Gesicht?«

Sie blickte mich an und ließ sich die Frage durch den Kopf gehen. »Ich weiß nicht«, sagte sie schließlich, »um das herauszufinden, muss ich das Bild zu Ende malen.« Sie wies mit einem leichten Kopfnicken auf meine Tasse. »Trink deinen Tee. Du musst dich ausruhen, ruhig bleiben, und du sollst dich nicht aufregen. Trink deinen Tee, und ich mache dir etwas zu essen.« Sonst sagte sie nichts, begann nur stumm, einen Teller mit Sandwiches und Apfelschnitzen zuzubereiten. Ich wusste, das war ihre Art, ein Gespräch zu beenden – und aufgrund der nachfolgenden Geschehnisse dauerte es mehrere Wochen, ehe ich sie wieder nach dem Porträt fragen konnte. Maia war da längst fort, und ich fragte mich, ob ich mich nicht doch in ihr geirrt hatte – fragte mich, ob sie nicht ebenso ein Opfer der *Huldra* war wie die Brüder Sigfridsson und Martin Crosbie. Also erkundigte ich mich nach dem Bild, denn ich wusste, dass Mutter in jenen letzten Tagen, in denen sie an diesem Bild gemalt hatte, die Wahrheit über die echte Maia herausgearbeitet haben würde. Allerdings hätte ich auch wissen müssen, dass sie es mir nicht zeigen würde – sie wollte nicht riskieren, dass ich die Ereignisse der letzten Tage noch einmal durchleben musste –, trotzdem machte mich die Lüge betroffen, mit der sie mich abspeiste. Das Porträt sei nichts geworden, sagte sie, und da sie Leinwand für ein neues Bild benötigt habe, hätte sie es einfach übermalt. Ich war schockiert, nicht nur, weil ich wusste, dass es nicht stimmte, sondern auch, weil ich begriff, dass sie das Bild vor mir verbarg – und das hatte nichts mit meiner psychischen Verfassung zu tun. Der eigentliche Grund war vielmehr, dass ihr das Bild durchaus gelungen war; sie hatte den Blick der *Huldra* eingefangen, und trotz all des dargestellten Schreckens brachte sie es nicht über sich, das Bild zu vernichten. Also behielt sie es, und noch während sie in der Küche stand und mich belog, wusste ich, dass dieses Porträt irgendwo existierte – wenn nicht in unserem Haus, dann in einem Lager der Galerie Fløgstadt oder an der Zimmerwand irgendeines Sammlers in Oslo oder Los Angeles: die kalten Augen der *Huldra,* die aus dem Gesicht eines gewöhnlichen Mädchens blickten, eines Mädchens, das die Tochter der Künstlerin sein könnte, auch eine Freundin der Familie, die stundenlang in einem kahlen Atelier gesessen hatte, während das Licht des späten Sommers über ihr Gesicht spielte und das entsetzliche Geheimnis offenbarte, es zugleich aber auch schönmalte.

* * *

Während der nächsten beiden Tage behandelte Mutter mich weiterhin, als wäre ich krank, brachte mir Suppe mit Zwieback oder eine Tasse mit süßem Milchkaffee ins Zimmer und gab sich größte Mühe, mich dort zu behalten, sagte, dass es mir noch nicht gut gehe, dass sie sich um mich Sorgen mache, ich noch unter Schock stehe, all das, was man jemandem so sagt – ohne allzu sehr um den heißen Brei herumzureden –, von dem man annimmt, dass er nur knapp einem Nervenzusammenbruch davongekommen war. Und es stimmte: Ich spürte, dass ich einen Schock erlitten hatte, wenn auch nicht die Art Schock, die Mutter meinte, und ich fühlte mich benommen und schwach, womit ich allerdings nicht sagen will, mir wäre entgangen, was unten geschah, oder dass es mich daran gehindert hätte, Mutter nicht eigene Gründe dafür zu unterstellen, warum sie mich aus dem Weg haben wollte. Ich sah es ihrem Gesicht an, wenn sie mir die Suppe brachte: eine Art Appell, verborgen unter ruhigem Äußeren, und hinter dem Appell die Entschlossenheit, das Porträt zu vervollständigen, komme, was da wolle. Es war ihr sehr wichtig geworden, zu Ende zu bringen, was sie angefangen hatte. Später sah ich das Bild, das in jenen wenigen Tagen mit Maia entstand: das schreckenerregende

Gemälde eines kalten, manischen Kindes in etwas, das, wenn auch nicht ganz, dem Körper einer Frau entsprach – und an jenem Tag, als die *Huldra* längst in die Dunkelheit des verklungenen Sommers verschwunden war, verblüffte mich die Einsicht, dass, was immer Mutter auch in Maias Gesicht gesehen haben mochte, die von ihr gemalte, auf subtile Weise fantastische Gestalt sich nicht sonderlich von der *Huldra* in Kyrres Geschichten unterschied. Ich glaube sogar, dass Mutter diese Gestalt schon in jener ersten Nacht gesehen hat, als Maia sich gerade erst von dem ertrinkenden Martin abgewandt hatte und sie mich nach diesem Mädchen fragte, nicht, weil sie sich darum Sorgen machte, sondern weil sie das Grausame und Tragische in seinem Gesicht sah und davon fasziniert war.

Allerdings war es nicht der Appell in Mutters Augen, der mich die nächsten Tage in meinem Zimmer hielt. Angst war es auch nicht. Zumindest nicht die Angst vor der *Huldra.* Nein, es war eine bittere, ungebührliche Neugierde. Ich wollte sehen, wie lange Mutter die Verstellung aufrechterhielt. Ich wollte sehen, was geschah, wenn sie mit dem Bild fertig war und Maia ohne viel Federlesens fortschickte, denn ich war mir ziemlich sicher, dass sie genau das tun würde; und auch wenn ich mir Sorgen um sie machte, weigerte sich etwas in mir, diese Sorgen ernst zu nehmen. Ich wollte sehen, was passierte. Ich wollte sehen, wie Maia mit der unweigerlich drohenden Zurückweisung fertig wurde und wie Mutter auf ihre Reaktion reagierte. Und ja, eine hässliche, trotzige Seite in mir dachte, die beiden hätten einander verdient. Eigentlich war es ihnen doch von Anfang an bestimmt gewesen, einander zu begegnen. Es war Teil der Geschichte. Ich liebte Mutter deswegen nicht weniger – ganz im Gegenteil –, aber ich wollte sehen, was passierte.

Also wartete ich. Ich wartete noch zwei Tage, dann wusste

ich, dass sie die Arbeit am Bild abgeschlossen hatte. Ich konnte hören, wie sie im Atelier aufräumte, wie sie die kleinen, praktischen Dinge erledigte, um die sie sich stets kümmerte, wenn sie mit einem Werk fertig war – und das verriet mir, dass sie für Maia keine weitere Verwendung hatte. Ich stand auf, zog mich rasch an und eilte nach unten. Ich hütete mich, Mutter in diesem Stadium zu stören; außerdem hatte das, was ich wollte, nichts mit ihr zu tun. Es ging ums Haus. Jedermann hält es für Mutters Haus, und alle, ich eingeschlossen, sehen, wie kunstvoll es von ihr gestaltet wurde, wie sie es zur äußeren Schale ihrer inneren Existenz gemacht hat, wie sie perfekt die sorgsamen Illusionen des Gartens und des unteren Stockwerks erhält, die so viel über ihr Geschick als Designerin aussagen und so wenig über ihr wahres Selbst, doch vergessen sie – vergessen wir alle –, dass dies auch mein Haus ist. Es ist mein Zuhause, trotzdem hatte Mutter in jenen wenigen Tagen zugelassen, dass es von einer aus Kyrres alten Geschichten entsprungenen Gestalt verseucht wurde. Nun aber war es an der Zeit, das zurückzufordern, was mir gehörte – vielmehr meinen Anteil an einem Ort zurückzufordern, den ich bis dahin nie vollständig für mich beansprucht hatte. Ich wollte mein Zuhause zurück, und als ich nach unten lief, von Zimmer zu Zimmer wanderte und wie ein Hund schnupperte, als spürte ich den übrig gebliebenen Anzeichen der Anwesenheit der *Huldra* nach, war ich so sorglos zu glauben, nur weil sich niemand in Küche, Esszimmer und unterem Atelier aufhielt, sei mein Platz in der Welt leicht zu retten. Doch ihr süßer, rauchiger Duft hing in der Luft und führte mich über den Flur durch die offene Tür hinaus in den Garten. Die Sonne schien, das weiß ich noch, und es war für die Jahreszeit sehr warm, eher wie zu Anfang, nicht wie zu Ende des Sommers; der Geruch der *Huldra* kam mir hier süßer und zugleich stärker vor, ein Geruch nach Ahornsirup mit etwas Staub und Lanolin, zudem ein Hauch von etwas anderem: eine Spur Milch. Oder war es die kränkliche Sauberkeit jener reinweißen Fäden, die sich über faulende Blätter spinnen und im Birkenwald neue, missgestaltete Formen hervorbringen? Was es auch war, ich hätte die Warnung erkennen müssen, ich aber folgte dem Geruch bis nach draußen, bis zur *Huldra.*

Sie saß auf dem breiten Fels mitten im Steingarten und wirkte völlig entspannt; das Gesicht ruhig, die Augen halb geschlossen, genoss sie die Sonne, als hätte sie ihr Leben lang hier gewohnt, die zweite Tochter, die Mutter nie gehabt hatte, meine gegensätzliche Schwester, heller und dunkler als ich, mit mehr Licht und auch mehr Schatten. Und doch hatte ich, als ich sie sah, zumindest einen Moment lang den Eindruck, sie täusche nur vor, sich in Mutters Garten wohlzufühlen. Die Ruhe, die scheinbare Freude an die Umgebung – es kam mir vor wie gespielt, wie inszeniert, aber für wen tat sie das? Wen versuchte sie damit zu überzeugen?

Den Bruchteil einer Sekunde lang sah sie mich nicht, und dann, als sie mich sah, verriet das über ihr Gesicht huschende gespenstische Lächeln etwas Erwartungsvolles, die Ahnung von durchtriebenem Unfug, der mich erneut an eine widerliche, unnatürliche Schwesternschaft denken ließ. Es war das Lächeln eines jüngeren Kindes, das weiß, die Erwachsenen sehen nicht zu, weshalb es beschließt, sich einen Spaß zu gönnen. Sie stand auf und ging mir einige Schritte entgegen. »Ich liebe den Garten bei diesem Wetter«, sagte sie, »du nicht?«

Es war nicht schwer zu begreifen, worauf sie aus war, aber sie vergeudete ihre Zeit, wenn sie hoffte, mich provozieren zu können. Mich ärgerte nicht, dass sie hier war, sondern dass Mutter sie eingelassen hatte. »Das glaube ich dir gern«, erwiderte ich. »Aber gewöhn dich nicht dran. Du bleibst nicht lang.«

Sie lächelte freundlich. »Es ist schön und warm – *hier draußen*«, sagte sie. »Aber warum ist es drinnen so *kalt*?« Sie kam noch näher, und als uns nur noch ein, zwei Schritte trennten, hob sie die Hand, bis sie auf Höhe meiner Brust war, weshalb ich für einen Moment glaubte, sie wolle mich berühren.

»Wir mögen es kühl«, sagte ich und musste mich zwingen stehen zu bleiben. Ich wollte nicht, dass sie mich berührte, wollte aber auch nicht vor ihr zurückweichen. »Ist es im Haus zu warm, lockt man kilometerweit allerhand Ungeziefer an.«

Da lachte sie – und obwohl sie direkt neben mir stand, ihr Gesicht meinem viel zu nah, klang das Lachen weit fort, so als käme es aus großer Ferne, fast wie das Gelächter, das man bei Aufnahmen manchmal hört, wenn jemand im Studio etwas Lustiges tut oder sagt, was man selbst nicht versteht, woraufhin dann im Hintergrund Leute lachen, weit fort und zugleich so nah, eingeweiht in ein Geheimnis, das man selbst nicht kennt. »Vielleicht«, sagte sie, »aber vielleicht gibt es dafür auch einen anderen Grund.« Sie wartete einen Moment, als wollte sie sehen, wie ich reagierte, und als ich nichts sagte, lächelte sie. »Es heißt, ein Haus nimmt den Charakter der Menschen an, die in ihm wohnen …«

»Dann ist ja nur gut, dass du nicht hier wohnst«, sagte ich.

Wieder lachte sie. »Das stimmt. Das wäre auch zu verwirrend.« Sie trat einen Schritt beiseite und drehte sich leicht, um zur Haustür zurückzuschauen, die noch offen stand, direkt auf der Schwelle ein weißlicher Fleck Sonnenlicht, im Flur dahinter ein dunkler, bräunlicher Schatten. »Sag«, forderte sie mich auf, »hast du schon mal mit einem Mann *gevögelt*?« Sie sah mich von der Seite an, im Gesicht immer noch das einstudierte, freundliche Lächeln. »Oder bist du so kalt wie euer nettes, kaltes Haus …?«

Ich schüttelte den Kopf. Ich würde mich nicht aus der Ruhe bringen lassen. Diese Befriedigung gönnte ich ihr nicht. »Hast du hier noch was zu tun?« fragte ich. »Wird Mutter dich heute noch einmal – brauchen?«

Darauf reagierte sie mit einem harten, hellen Lachen, konnte ihren Unmut aber nicht ganz verbergen, weshalb ich begriff, dass stimmte, was ich zuvor nur vermutet hatte – Mutter war mit ihr fertig. Sie hatte die Arbeit am Bild beendet und begann bereits, sich zurückzuziehen, nicht nur vom Porträt, sondern auch vom Modell. Außerdem war es ihr beim Malen eigentlich nie um Maia gegangen, sondern um etwas anderes. Um etwas, das sie im Gesicht des Mädchens gesehen hatte, das aber nicht ganz zu ihm gehörte, um ein Phantom, das eine Zeit lang in seinen Augen Zuflucht gesucht hatte und bald weiterziehen würde.

Maia sah zu Boden, und einen kurzen Augenblick lang dachte ich, sie beiße sich auf die Lippen. Aber auch das war nur gespielt. Alles an ihr war Verstellung, und ich ahnte, wenn ich auch nur die Hand ausstreckte und sie anstupste, zerbröckelte die selbstgewisse, anmaßende Fassade. Ihr Äußeres nur eine sorgsam aufrechterhaltene Illusion. Aber ich streckte die Hand nicht aus, teils, weil ich mir nicht sicher war, teils auch, weil ich nicht wollte, dass die Fassade in sich zusammenbrach. Es war leichter, Maia eine Weile nicht zu mögen, als zuzusehen, wie sie zu dem selbstverlorenen Mädchen wurde, das sich womöglich hinter der Fassade verbarg. Lässt man die Menschen den Anschein wahren, kann man sie sich selbst überlassen, wagt man sich aber so weit vor, dass sie ihre Verstellung aufgeben, riskiert man stets, ins nachfolgende Chaos einbezogen zu werden – und ich wollte in gar nichts einbezogen werden.

Die Gefahr bestand allerdings auch nicht – zumindest noch nicht. Maia hielt die Verstellung gerade so lange aufrecht, dass ich bereits glaubte, ihre Gefühle verletzt zu haben, aber dann blickte sie auf und grinste mich an. »Ehrlich gesagt muss ich tatsächlich fort – zumindest für eine Weile.« Wehmütig blickte sie zum Haus hinüber, allerdings war mir nicht klar, wem oder was sie nachtrauerte. »Deine Mutter muss über ein paar Dinge nachdenken«, sagte sie, nur schien sie gar nicht mehr mit mir zu sprechen. »Sie ist eine komplizierte Frau.«

Darüber hätte ich fast laut gelacht. Die Anmaßung dieses Mädchens kannte wirklich keine Grenzen. »Findest du?«, fragte ich.

Sie wandte sich wieder zu mir um, und ihr Gesicht strahlte. »O ja, sie ist ein Rätsel.« Jetzt klang sie fast wie Kyrre Opdahl.

»Nun«, sagte ich, »lass dich nicht aufhalten.« Einen Moment lang musterte ich ihr Gesicht und hoffte, meine Miene verriete keine Anzeichen von Triumph – hätte sie die gesehen, hätte sie gewusst, dass ich mir nicht immer sicher gewesen war, gegen sie gewinnen zu können –, dann trat ich bedächtig beiseite und ging, ohne ihr den Rücken zuzukehren, einige Schritte in Richtung Haus. Ich wollte sie nicht länger sehen müssen. Dabei ärgerte mich weder ihre Unverschämtheit, noch tat sie mir leid, ausgenommen jenen einen, kurzen Zeitraum, und auch der fühlte sich jetzt wie ein Triumph an – ein Triumph, der mich aber eher beschämte. Nun, Triumph hin oder her, ich hatte immer noch Angst vor ihr, und an jenem Tag begriff ich endlich, warum das so war. Wie sie vermutete, hatte ich Angst davor, sie könnte mich berühren. Nichts Schlimmeres, nur eine Berührung. Doch wenn sie mich berührte, war ich auf immer gezeichnet, deshalb konnte ich nichts mehr sagen, bis ich mich außerhalb ihrer Reichweite befand. Sobald ich es war, hätte ich ihr den Rücken zukehren und sie stehen lassen können. Aus sicherer Entfernung hätte ich großzügig sein und die Dinge auf sich beruhen lassen können, hätte mir sagen können, dass sie schon bald wer weiß wo sein würde und ich sie gewiss nie wiedersähe. Das glaubte ich noch, und auch wenn ich wütend auf Mutter war, weil sie Maia ins Haus gelassen hatte, beruhigte mich die Gewissheit, dass Mutter sie ebenso leichthin wieder fortschicken würde. Durchaus möglich, dass Maia ihre Beziehung zu Mutter für etwas Persönliches hielt, nur wusste ich es besser. Mutter sah in ihr ein Modell, nichts weiter, und nun, da das Bild fertig war, würde sie sich etwas anderem zuwenden. All das hätte gereicht, es mir zu erlauben, wenigstens in diesem Moment freundlich zu ihr zu sein. Ich hätte ohne Weiteres nichts sagen und sie mit dem Pyrrhussieg allein lassen können, den sie so unbedingt anstrebte. Aber das tat ich nicht. »Ich frage mich nur«, sagte ich, »warum du nicht wieder zu dir nach Hause gehst. *Da* ist es doch bestimmt warm und gemütlich.«

Ihre Miene verhärtete sich, nur eine Sekunde lang, aber ich habe es gesehen. Sie war jetzt wirklich verärgert, wenn auch nur den allerkürzesten Augenblick lang, und das sah nicht nur ich ihren Augen an, sondern auch sie sah, dass ich es gesehen hatte. Sie fasste sich rasch wieder. »Tja«, sagte sie, und das strahlende Lächeln kehrte zurück, »du weißt ja, was man sich so erzählt.« Erwartungsvoll hielt sie inne, als würde ich wirklich wissen, was man sich so erzählte. Dann lachte sie – das gleiche Lachen, weit fort und wissend, nicht spöttisch, eher, als lachte sie über einen Scherz, den nur sie allein verstand und der sich niemandem sonst mitteilen ließ. Zumindest niemandem wie mir. »Mein Zuhause liegt im Wind«, sagte sie, ein Zitat, nur wusste ich nicht, woher. »Und ich gehe hin, wohin der Wind mich trägt.« Ein paar Sekunden noch studierte sie mein Gesicht, dann deutete sie ein Kopfnicken an, um sich gleich darauf abzuwenden. Es war das leichte Kopfnicken eines Menschen, der gerade gute Neuigkeiten oder ein seltenes Kompliment erhalten hat, doch war es auch die kalkulierte, wenn auch kaum wahrnehmbare Geste der Siegerin in einem subtilen Spiel, in dem sie mich, nur für eine gewisse Zeit und ausschließlich zu ihrem eigenen Vergnügen, glauben ließ, ich könnte gewinnen. Jetzt sah ich ein, sie hätte nie besiegt werden können; und auch wenn ich nicht wusste, worin ihr Sieg eigentlich bestand, drehte ich mich rasch um und ging zurück zum Haus – auf dem Weg hielt mich, genau wie damals, als ich sie auf der Wiese traf, die eiskalte Angst gefangen, dass sie mir folgte und dass sie, wenn ich stehen blieb, direkt hinter mir war und ihre Hand ausstreckte, um mich zu berühren, wenn ich es auch nur wagte, mich nach ihr umzuwenden. Ich verlor diese Angst erst, als ich über die Schwelle trat, mich umdrehte, um die Tür zu schließen und Maia fortgehen, das Gartentor öffnen und im Birkenwald verschwinden sah, den Weg hinab zur Straße nach Brensholmen. Allem Anschein nach ein ganz gewöhnliches Mädchen, das an einem sonnigen Tag spazieren ging – und wenn er sich nicht in ebendiesem Moment bewegt hätte, wäre ich mit Maia viel zu beschäftigt gewesen, um Kyrre Opdahl zu bemerken, der halb versteckt im Schatten unter den Birken am anderen Ende des Gartens stand. Ich weiß nicht, wie lange er sich dort schon aufhielt hatte, doch als er mich sah, schüttelte er fast unmerklich den Kopf, ehe er sich umdrehte und ging. Da wusste ich, dass er uns schon die ganze Zeit beobachtet hatte und dass diese winzige, fast unsichtbare Geste ein Zeichen für mich war. Nur ob er mich damit bat, seine Anwesenheit nicht zu verraten, oder ob mir dieses Signal sagen sollte, wie sehr es ihn bekümmerte, dass er mitansehen musste, wie die *Huldra* unser Haus verließ, als stünde es ihr zu, sich dort aufzuhalten, hätte ich nicht zu sagen vermocht, und einen Moment später war er fort, trat zurück in den dunklen Schatten und verschwand eilig im Schutz der Bäume.

* * *

Sobald ich mich überzeugt hatte, dass Maia wirklich fort war, ging ich auf mein Zimmer. Ich wollte allein sein. Den Rest des Tages blieb ich dort, tat aber nicht, was ich gewöhnlich tat, wenn ich allein war, sah mir keine Bildbände an und dachte auch nicht darüber nach, was die Zukunft bringen mochte; ich saß einfach nur am Fenster und schaute hinaus auf den Fjord. Heute ist mir klar, dass ich verstehen wollte, was geschehen war, denn ich wälzte Details in meinem Kopf und versuchte, sie alle in eine überzeugende Erzählung zu verpacken, doch wie ich sie auch drehte und wendete, nichts ergab einen Sinn. Anfangs habe ich wohl gedacht, ich würde erst aufgeben, wenn ich die Antwort kannte, doch als sich am späten Nachmittag noch immer nichts ergeben hatte, was einer Antwort auch nur entfernt ähnlich sah, trat ich ans Fenster und entdeckte draußen am Ende unserer Auffahrt Kyrre Opdahls Auto auf der Straße. Einen Moment lang nahm ich an, er würde uns Neuigkeiten von Martin Crosbie bringen, dann jedoch wendete er und rollte langsam den Grasweg zur *Hytte* hinab, um gleich darauf mit einer großen Plastikkiste in der einen und einer Rolle Mülltüten in der anderen Hand wieder aufzutauchen. Selbst aus dieser Entfernung merkte ich ihm an, wie müde und abgekämpft er war – und ich wusste, ich musste ihm helfen. Ich hoffte, er würde nicht über das Gesehene reden wollen – mittlerweile fand ich, dass Mutter mit ihrer Beziehung zu Maia einen schlimmerer Verrat an ihm als an mir begangen hatte –, falls es aber doch dazu kam, wollte ich ihm erzählen, dass Mutter die Arbeit am Porträt beendet hatte, und dass Maia bald für immer fortgehen würde.

Mutter meint, es gebe nichts Schöneres als eine regennasse Wiese. Und weil sie so schön ist, sagt sie, ist sie auch nicht einfach zu malen, im Gegenteil, offensichtliche Schönheit ist unglaublich schwer festzuhalten. An jenem Vormittag sah ich, was sie meinte, denn unterwegs fiel mir auf, dass ich durch eines von Mutters Bildern lief, ein Werk, an dem sie, als ich etwa fünfzehn war, wochenlang gearbeitet hatte. Das Bild sei möglich geworden, sagte sie später, weil die Schönheit durch die Jahreszeit gedämpft wurde: Am Ende des Sommers hatten sich erste Spuren von Verfall eingeschlichen, hier einen Samenkopf getönt, dort einen Grashalm grau oder braun gefärbt, während alles vom Regen glänzte, ohne zu frisch zu wirken, überzogen mit einem Hauch Rostrot oder Kohlschwarz in ebenjenem Augenblick, der *nach* dem letzten Aufblühen, doch vor dem Sturz ins Nichts kommt. So war es auch heute – und das überraschte mich, ich hatte es noch nicht erwartet. In ein oder zwei Wochen würde herbstliche Kälte einsetzen, dann stand am Ufer der Landspitze nur noch trockenes, drahtiges Gestrüpp, hier und da mit letzten diesjährigen Beeren und den kreidigen, minzgrünen *Kråkebolle* betupft, die von den Möwen ins Land getragen und auf Steinen zerschmettert wurden. Dieses Jahr schien der Herbst zu früh zu kommen, aber mir machte das nichts aus, und zu meiner Schande ertappte ich mich bei dem Gedanken, dass es für Heimsuchungen bald zu kalt sein würde, an der Küste zu windig für Geister und Gespenster. Da draußen, dachte ich, war der Winter selbst für die *Huldra* zu ungemütlich.

Als ich zur *Hytte* kam, stand die Tür offen. Wie gewöhnlich klopfte ich an und ging hinein. Kyrre Opdahl saß am Tisch vorm Fenster, inmitten von Gläsern und Geschirrstapeln. In einer Ecke standen mehrere Kisten, und auf Anhieb war offensichtlich, dass es hier nicht ums übliche Reinemachen am Ende der Saison ging. Dies war etwas Ungewöhnliches, etwas Endgültiges.

»Was wird das?«, fragte ich.

Kyrre blickte auf, und ich sah ihm an, wie sehr es ihn überraschte, mich zu sehen. Überraschte, aber nicht freute; ich merkte gleich, er hätte es vorgezogen, wenn ich nicht gekommen wäre. Er spitzte die Lippen, wie er es oft tat, dann machte er sich wieder an die Arbeit. »Allem Anschein nach ist mein Sommergast nicht mehr da«, sagte er schließlich.

»Was soll das heißen – nicht mehr da?«

»Er ist weg. Hat kein Wort gesagt, hat einfach seine Sachen gepackt und ist verschwunden.«

»Woher weißt du dann, dass er weg ist?«

Er schaute sich in der *Hytte* um. »Weil er nicht mehr da ist«, antwortete er. »Sein Auto ist nicht mehr da. Seine Sachen sind nicht mehr da. Er ist weg …« Er nickte vor sich hin. »Ja, er ist wirklich weg – was mir ganz recht ist. Ich will nur dafür sorgen, dass hier nicht noch jemand einzieht.«

»Die Saison ist zu Ende. Jetzt kommt doch niemand mehr«, sagte ich.

Er ging zum Schrank und holte den nächsten Stapel Geschirr heraus. »Du weißt schon, was ich meine.«

Ich wusste es, natürlich, aber ich sagte nichts.

»Außerdem«, sagte er, »bin ich mir nicht sicher, ob ich sie überhaupt noch einmal vermiete. Jetzt jedenfalls nicht.«

Ich konnte nichts sagen. Ich hatte seine *Huldra*-Geschichte stets für eine Geschichte gehalten, wusste es nun aber besser;

ich wusste, an diesem Ort war etwas Ungewöhnliches passiert, und ich nickte – vielleicht war es auch kein richtiges Nicken, nur ein leichtes Kopfschütteln, bloß die Andeutung einer Bewegung ganz gegen meinen Willen. Ich wollte ihm erzählen, was ich gesehen hatte, wusste aber nicht, wie. Außerdem gab es da zu viel, was ich nicht erklären konnte. Das Fehlen einer Leiche. Das nicht mehr vorhandene Auto. Mutters Weigerung, es zu glauben. Das alles ergab keinen Sinn.

Kyrres Lippen spannten sich. *»Akkurat«,* sagte er leise auf seine typische, grimmige Art, obwohl ich kein Wort gesagt hatte. Dann öffnete er eine weitere Kiste und begann, Bücher hineinzupacken. Es waren alte Geschichtenbücher und Taschenbuchromane, meist für Kinder, dazu ein paar Thriller für Erwachsene. Manche davon kannte ich noch aus meiner Kindheit. Märchen, Bilderbücher, ein dicker Band mit Kinderreimen und Liedern, genannt *Den Store Barne-Sangboka,* bei dem mir einfiel, dass ich schon als kleines Mädchen daraus Lieder gesungen hatte. Er lächelte traurig. »Ein paar davon haben zwanzig Jahre hier gestanden«, sagte er, »und ich möchte wetten, dass sie in all der Zeit nie aufgeschlagen wurden.«

Ich nickte. »Sie bringen ihre eigenen mit.«

Er schüttelte den Kopf. »Heutzutage liest niemand mehr solche Bücher«, sagte er, griff sich vom Stapel ein Buch und hielt es hoch. Es war eine Sammlung alter Volksmärchen, auf dem Einband das Bild eines schönen Mädchens in einem roten Kleid. »Du weißt, wer das ist?«

Ich wusste es, natürlich wusste ich es. Aber dieses Spiel wollte ich nicht mitspielen. Das Mädchen im roten Kleid war nicht Maia; es war nur eine Gestalt aus einer Geschichte, ein aus Angst und einer abwegigen, unmitteilbaren Sehnsucht geborenes Geschöpf. »Ich habe ihn gesehen, wie er sich das Boot genommen hat«, sagte ich, obwohl ich gar nichts sagen wollte. »Er sah …« Einen Moment dachte ich nach und wusste, was ich jetzt sagen wollte, würde lächerlich klingen, aber es ließ sich nicht anders sagen. »Er sah glücklich aus.«

»Glücklich?«

Unvermittelt traten mir Tränen in die Augen, nur wusste ich nicht, warum ich weinte. Nicht wegen Martin Crosbie. Und auch nicht wegen der Brüder Sigfridsson. »Ja.«

Kyrre legte das Buch wieder hin und bedachte mich mit einem langen Blick. Ich wartete darauf, dass er mir Fragen stellte, dass er die Geschichte aus mir herauszulocken versuchte – dass er es wollte, sah ich ihm an, war ich doch eine *Zeugin*. Doch dann, langsam, fast, als täte er es mit Absicht, traten auch mitfühlende Tränen in seine Augen. Er streckte eine Hand aus und berührte mich an der Schulter. »Du armes Mädchen.« Einen Augenblick lang fürchtete ich, er könnte die Arme um mich legen, mich an sich ziehen, mich trösten – und ein Anflug von Panik schnürte mir die Kehle zu. Ich wollte kein Mitleid, wollte nicht getröstet werden – was er auch gleich verstand. Er zögerte kurz, die Hand auf meiner Schulter, dann fiel der Arm herab, und er stand da, sagte nichts, um meinetwillen seltsam bedrückt.

Ich verzog das Gesicht zu einem entschuldigenden Lächeln und schüttelte den Kopf. »Mir geht es gut«, sagte ich. »Außerdem habe ich nicht …« Ich wusste nicht, was ich sagen sollte. Ich fühlte mich traurig, aber ich hatte wirklich nicht wegen Martin Crosbie oder wegen der Jungen geweint. Auch nicht wegen Mutters Verrat oder weil sie nicht einmal begriff, dass sie mich verriet. Nein, in diesem Moment dauerte mich der alte Mann mit seinem unbeholfenen, mitfühlenden Herz – und vielleicht begann ich, über ihn und über mich selbst etwas zu verstehen, was ich zuvor nicht verstanden hatte. Natürlich wusste ich, welchen Eindruck ich hinterließ, etwa in der Schule. Dass man mich für kalt und arrogant hielt, weil ich ohne beste Freundin auskam und ohne diese Trophäe, den Freund, der am Samstagnachmittag mit seinem Mädchen in die Stadt schlendert. Man sah, dass ich nicht gefühlvoll war, nicht romantisch, sah, dass ich nicht *nett* war, aber mich hat es noch nie gekümmert, was andere von mir hielten. Ich hatte keinen Kreis enger Freundinnen, die genau wie ich waren, Mädchen, die dieselben Bücher lasen, sich dieselben Filme ansahen, dieselbe Musik hörten – so etwas wollte ich nicht. Ich wollte keine Freundinnen, und ich wollte keinen hübschen, maulfaulen Jungen, mit dem ich mich herumtrieb, stets mit dem leicht peinlichen Gefühl, dass er eigentlich nicht gut genug war, vorläufig aber herhalten musste. Ich hatte nicht einmal eine dieser ganz besonderen Ersatzfreundinnen, wie sie die Mädchen im Kino immer haben. Der unbekümmerte Behelf. Die schüchterne Streberin, die in der letzten Einstellung ganz heroisch rüberkommt. Ich war nur ich selbst und allein für mich. Die einzigen Menschen, an denen mir jemals im besonderen Maße etwas gelegen hatte, waren Mutter und dieser eigenartige, ein wenig verrückte alte Mann. Und während wir Bücher in Kisten packten, der Sommer zu Ende ging und all die Geschichten plötzlich zu düster und zu seltsam klangen, um uns trösten zu können, begriff ich mit einem Mal, dass er es war, dieser stets für selbstverständlich gehaltene, gute Nachbar, dieser etwas irre, einsame Alte, den ich schon immer geliebt habe. Er war der Vater, den dieser Ort mir gab, und er war mein einziger Freund, dieser peinliche Kerl mit seinen lächerlichen, wahren Geschichten über Trolle und Gespenster und seinem weit zurückreichenden, nebulösen Gedächtnis, einem Gedächtnis, das so alt und absonderlich war wie Ebbe und Flut.

Ich schaute zu ihm hinüber. Er schielte mich über seine Brille hinweg einige Sekunden an, als wunderte er sich über die alte Komplexität, die plötzlich in einer jungen Frau zutage trat, die er ihr ganzes, kurzes Leben lang gekannt hatte, dann lächelte er. »An die Arbeit«, sagte er. »Uns geht's bestimmt viel besser, wenn wir das hier erst aufgeräumt haben.«

* * *

Ich weiß nicht, wie ich so naiv sein konnte, aber eine Zeit lang schien es, als hätte Kyrres Plan funktioniert. Die *Hytte* auszuräumen fühlte sich wirklich wie eine Teufelsaustreibung an, und in den darauffolgenden Tagen, in denen Mutter wieder allein in ihrem Atelier und Maia nirgendwo zu sehen war, begann ich zu glauben oder doch zu hoffen, dass der Sommer der Ertrunkenen endlich vorüber sein könnte. Drei Tage später aber – gerade hatte es den Anschein, als wäre alles wieder so wie früher – wachte ich erneut mit einem panischen Angstgefühl auf. Es war noch früh. Ich konnte Mutter in der Küche rumoren hören, wie sie ihren morgendlichen Tätigkeiten nachging, das Geschirr vom vorigen Abend forträumte, Kaffee machte, sich in einer Stille bewegte, die von gelegentlichen Unterbrechungen nur vertieft wurde. In diesen Momenten bekam sie ihre Ideen, hatte sie einmal gesagt, und auch wenn ich wusste, dass es zum einen ein Satz war, den sie sich für Journalisten zurechtgelegt hatte, glaubte ich zum anderen doch auch, dass sie diese Augenblicke wirklich liebte, und ich denke, manches von dem, was sie im Atelier tat, hatte seinen Ursprung in dieser Stille, kurz nachdem das Wasser im Kessel aufgekocht war, in der Stille, die sie empfand, wenn sie sich umdrehte und ein Boot auf dem Fjord sah, wie es langsam vor den Bergen dahinglitt, gerade weit genug fort, um es nicht hören zu können. Die Stille, ehe ein Vogel zu singen beginnt, dann die Stille danach; das Gefühl, das sie manchmal überkam, wenn sie allein im Haus war, das Gefühl, dass nie wieder etwas geschehen würde. Kein Geräusch, keine Bewegung. Kein Vergehen der Zeit. Das Atelier war der Ort, an dem sie arbeitete, das Wohnzimmer der, an dem sie mit der Außenwelt verhandelte, doch die Küche war in vielerlei Hinsicht ihr wahres Zuhause, besonders an jenen stillen Vormittagen, an denen sie früh aufstand und nach einem einsamen Frühstück zu malen begann. Hin und wieder hielten sich dort auch andere auf – und ich zähle mich selbst zu diesen anderen –, doch sobald sie allein war, verwandelte sich die Küche in einen Raum, den niemand sonst betreten konnte, eine temporäre, provisorische Zuflucht, die ihr gerade deshalb so verlässlich schien, weil sie imaginär und nicht von Dauer war.

Natürlich störte ich sie nur ungern, wenn sie sich in der Küche aufhielt. Vermutlich hat sie nie begriffen, wie gut ich sie in dieser Hinsicht verstand – wenn sie mit anderen Leuten darüber redete, tat sie es leichthin ab, so als wäre es nur ein anekdotisches Detail, das sie ihnen darbot, eine Kindheitserinnerung etwa oder eine Geschichte über den Beginn ihrer Karriere, doch wenn ich zurückdenke, verstehe ich, dass ich viel mehr über sie wusste, als wir uns beide anmerken ließen. Im Lauf der Jahre hatte ich ihre Eigenheiten kennengelernt; sie waren ein Teil meines Lebens geworden, so wie meine sich ihrem Leben eingefügt hatten. Das Haus, in dem wir wohnten, war nicht bloß ein Gebäude, umgeben von Garten und Birkenwald, es war ein kartografiertes Gitterwerk von Ritualen und Gewohnheiten, das wir wortlos in langen Jahren von Versuch und Irrtum sowie mit kaum merklichen Nachjustierungen geschaffen hatten, wobei wir uns ständig neu definierten und aufeinander einstellten. Bis vor Kurzem habe ich eigentlich nie darüber nachgedacht, doch genau das war es, was sie meinte, wenn sie von *Zuhause* sprach. Ein Zuhause kann man nicht teilen, man kann sich dort nicht mit anderen aufhalten, nicht, wenn man so ist wie wir. Es muss ein Geheimnis bleiben. Für uns ist zu Hause ein Ort, den niemand sonst kennt, ein alltägliches und zugleich mysteriöses Terrain aus Wind, Schnee und weißen Nächten, mit Farben wie aus einem Sohlberg-Gemälde und schwachen, fernen Schreien, die des Nachts von den Wiesen oder der Küste aufsteigen und uns anrühren, während wir träumen oder schlaflos in der *Midnattsol* wach liegen, bis sie vergeht.

Es war mein Haus und es war ihres, und bis zu einem gewissen Grad war es unser gemeinsames Haus, doch mussten wir beide entscheiden, wann wir sichtbar sein und wann wir ungesehen bleiben wollten – und an diesem Morgen wartete ich, ehe ich nach unten ging, bis sie mit ihrem einsamen Frühstück fertig und die Treppe hinaufgegangen war, um mit ihrem Tagewerk zu beginnen. Ich aß etwas Müsli, trank eine Tasse Kaffee und ging dann mit Kamera und Fernglas nach draußen, um zu beobachten, was es zu beobachten gab. Allerdings nahm ich nicht an, dass ich irgendwas Ungewöhnliches entdecken würde. Jetzt, da die *Hytte* verschlossen und das Spiel mit dem Porträt vorbei war, kamen mir die Tage vor wie eine Zeit danach. Ich glaube, ich dachte, da der Sommer vorbei sei, sei auch die Geschichte zu Ende, die wir uns im Verlauf der letzten Monate erzählt hatten. Martin Crosbie fort, die Jungen der Sigfridssons begraben, und Maia – na ja, bis zu diesem Morgen hatte ich angenommen, der Wetterumschlag und Mutters Benehmen, das sie für eine eindeutige Ablehnung halten musste, hätten sie von der Insel getrieben.

Davon war ich fest überzeugt – weshalb es mich ziemlich erstaunte, als ich die Haustür hinter mir schloss, mich umdrehte und Maia am Gartentor sah, wie sie zum Haus herüberschaute, als wartete sie darauf, dass jemand an die Tür käme und sie hereinbäte. Wie sie da stand, erinnerte sie mich an meine erste Begegnung mit Martin Crosbie – eine einsame Gestalt auf einem ansonsten menschenleeren Weg, etwas unsicher, wie sie eigentlich hergefunden hatte –, im Gegensatz zu Martin aber schien Maia genau zu wissen, wo sie sich befand und weshalb sie gekommen war. Vielleicht war es auch nur Schau, aber war nicht alles an ihr nur Schau? War nicht alles nur zur Schau gestellte Beherztheit, ein selbst beigebrachter Bluff, mit dem sie sich der Welt zeigte, um uns wissen zu lassen, es machte ihr nichts aus, dass wir uns nichts aus ihr machten? Dass sie kein Opfer sein würde? Als sie mich sah, lächelte sie ihr typisches vielsagendes Lächeln, rührte sich aber nicht. Sie blieb einfach, wo sie war, und wartete, dass ich auf sie zuging. Was ich natürlich tat. Nicht, weil ich es gewollt hätte, sondern weil mir ihr Lächeln eine Herausforderung bedeutete, die ich damals nicht zu ignorieren wusste. Etwas in mir musste ihr zeigen, dass mich nicht kümmerte, was sie sagte oder tat – doch es ging um mehr. Damals wollte ich es nicht recht glauben, im Nachhinein aber wird deutlich, dass sie mich in ihren Bann gezogen hatte – lächerlich, ich weiß. Doch wie könnte ich die seltsame, panische Stimmung anders erklären, die mich überkam, sobald ich sie sah? Wie sonst Gründe für meine Angst finden oder auch für die eigenartige Sehnsucht danach, dass etwas Schreckliches geschehen möge? Wie ließe sich dieser Stimmungswechsel erklären, wie, was als Nächstes geschah, da doch das, was dann geschah, so unerklärlich war? Dass es überhaupt etwas mit Maia zu tun hatte, bleibt unbewiesen. Ein Zufall, mehr nicht – nur schien es damals keine andere Erklärung für die Tatsache geben zu können, dass plötzlich überall Federn waren. Als ich Maia am Gartentor sah, waren sie mir nicht gleich aufgefallen, doch dann, kurz danach, schwebten sie zu Hunderten in den Garten: Weißer Flaum befiederte die Spinnennetze in Mutters Rosenbüschen, seltsame Federn, kohlschwarz oder möwengrau, lagen hier und da zwischen vertrocknetem Gras und verwelkten Lupinen, ein sanfter Hauch von Farbe, zart wie Rauch, hing an den braunsamtigen Härchen der Himalaja-Mohnstängel. Sie stammten nicht von einem einzigen Tier, nicht so, als fände man einen toten Vogel irgendwo unter einer Hecke und könnte die vielen Federn auf ein Epizentrum von zerfetztem Schnabel und aufgeschlitztem Gedärm zurückführen. Nein, an diesem Tag gab es Federn aller Art und in fast jeder nur erdenklichen Farbe, nicht nur Grau, Weiß und Blassblau, was zu erwarten wäre; vielmehr erinnere ich mich auch, Streifen von unfassbar zartem Rosapink im Wipfel einer Tromsøpalme gesehen zu haben, und eine einzelne Strähne Kaisergelb klebte am Stamm einer Birke nahe am Tor. Ich verstand das nicht. Vielleicht waren sie schon vorher da gewesen und mir nur nicht aufgefallen, doch als ich sie bemerkte, schienen es Hunderte zu sein, Tausende gar – zarte, daunenweiche Federn, die aus dem Himmel niederschwebten, ins Gras sanken, an den Blättern der Birken hängenblieben und auf den Kies fielen, über den ich zum Gartentor lief. In diesem Augenblick schienen sie überall zugleich zu sein – und mir kam der Gedanke, dass ich Mutter holen sollte, damit sie sich das ansah. Nur rührte ich mich nicht mehr vom Fleck. Ich konnte bloß noch zusehen, wie die Federflut anschwoll und den Garten überschwemmte. Heute wünsche ich mir natürlich, ich hätte Mutter geholt, bestimmt wäre alles anders gekommen, wenn sie da gewesen wäre. Ich wünsche mir, ich wäre stärker gewesen, oder mutiger, denn der Bann hätte gebrochen werden können, und wäre das passiert, hätte uns die

Huldra vielleicht so leichthin und still verlassen wie der Wind, der über ein Feld weht und sich im fernen Gras verliert, ein kleines, örtlich begrenztes Dunkel, das in einem Büschel Schilf oder an einem alten Holzhaufen zu nichts zerfällt.

Ich schaute Maia an, die immer noch reglos am Gartentor stand, doch schien sie nichts Außergewöhnliches bemerkt zu haben, und für den Bruchteil eines Augenblicks fürchtete ich, dass alles nur eine Illusion sein könnte, eine Halluzination, von der sie nicht einmal etwas mitbekam. Gleich darauf war es vorbei, und statt Hunderter, Tausender Federn, die mich umwirbelten und die Erde bedeckten, war da nur eine Handvoll dreckiger Federn, ähnlich den Überbleibsel, die eine Katze hinterlässt, wenn sie einen Vogel gefangen und ihn unter einer Hecke vertilgt hat. Ich sah mich um. Eben noch war mir alles auf mysteriöse Weise wundersam erschienen, nun war es bloß mehr der gewohnte Garten, das gewöhnliche, ordinäre Tageslicht.

»Was war das?«, fragte ich. Im Nachhinein bin ich mir nicht sicher, welche Erwartungen ich an Maia hatte, glaube aber, ich hoffte einen absurden Moment lang, einen Augenblick der Verwirrung und des Staunens mit ihr zu teilen, so als könnte ich sie auf diese Weise irgendwie, trotz allem, was wir beide wussten, zu meiner Freundin machen.

»Was war was?« Sie blickte beiseite, als suchte sie nach einem Anhaltspunkt, doch das war nicht echt. Sie nahm mich auf den Arm.

»Die Federn …«, sagte ich, zwang mich dann aber, den Mund zu halten. Mich ärgerte, wie ich in ihre Falle getappt war. Mich ärgerte, dass sie mich so zur Närrin machen konnte. Ich sah, wie sie mich anschaute, und mich empörte, wie leicht ich ihr den Vorteil überlassen hatte. Eigentlich wollte ich sie zur Rede stellen, wollte sie fragen, was sie vor unserem Haus suchte, wollte sie vielleicht auch nur kühl und ohne eine Spur von Ärger oder Sarkasmus daran erinnern, dass Mutter keine weitere Verwendung für sie besaß. Jetzt aber hatte sie die Oberhand.

Sie blickte zu Boden. Ein paar gräuliche Federn lagen auf dem Weg, direkt vor ihren Füßen. »Ja«, sagte sie. »Ich verstehe.« Schaute mich an und lächelte. »Du hast recht«, sagte sie mit fraglos gespielter Überraschung. »Federn.«

Ich schüttelte den Kopf. »Nein« – und einen lächerlichen Augenblick lang wollte ich erklären, dann aber riss ich mich zusammen.

Unterdessen musterte sie mich mit dergleichen gutmütigen Verachtung, mit der die Lehrer auf Mats Sigfridsson herabgesehen hatten, wenn ihm in der Klasse die Worte fehlten. Sie blieb eine Weile stumm, hing dem Gefühl nach, ließ es einsinken. Dann fragte sie in plötzlich fröhlichem Ton: »Gehst du spazieren? Geht's dir denn schon wieder gut genug?«

Ich gab darauf keine Antwort, doch wie sie mich jetzt fragte, merkte ich, dass ich keine Ahnung hatte, wohin ich unterwegs war, und plötzlich wollte ich nicht mehr weiter. Es mag teils die Furcht gewesen sein, dass ich draußen im Freien ungeschützt sein würde, eine Furcht, die ich mein Leben lang noch nicht empfunden hatte, weder tags noch nachts, teils aber zögerte ich auch, dieses Mädchen so nahe bei Mutters Atelier allein zu lassen. In diesem Moment nämlich hatte ich Angst um Mutter. Heute klingt das lächerlich, aber ich war plötzlich davon überzeugt, Mutter stünde wirklich unter dem Bann der *Huldra,* so wie die Jungen der Sigfridssons und Martin Crosbie unter ihrem Bann gestanden hatten. Warum würde Mutter diese Kreatur sonst in unser Haus lassen? Warum hatte sie so plötzlich wieder angefangen, Porträts zu malen? Warum reagierte sie so gleichgültig auf meine Bedenken gegen Maias Eindringen in unser Haus? Eine andere Erklärung als der Bann fiel mir nicht ein. Heute weiß ich, wenn jemand behauptet, er könne sich keine andere Erklärung denken, dann nur, weil er die Alternativen nicht bedacht hat, doch damals war ich todunglücklich und hoffnungslos unentschlossen – was Maia auf keinen Fall mitbekommen sollte, ihr natürlich aber nicht entging. Und sie hätte diesen Moment bestimmt noch in die Länge gezogen – hätte etwa behauptet, mit Mutter verabredet zu sein –, wenn da nicht Kyrre Opdahl aufgetaucht und uns langsam über den Weg entgegengekommen wäre, das Gesicht zu einer Miene erstarrt, die seiner Meinung nach wohl zu einem freundlichen Willkommensgruß passte.

»Einen guten Morgen den jungen Damen«, sagte er mit einer Stimme, die ganz anders als sonst klang. Der Ton war angespannt, die Wortwahl gekünstelt. Bis zu diesem Moment hätte ich es nie für möglich gehalten, er könnte mich einmal mit »junge Dame« anreden; außerdem wusste ich, dass er in Maia alles andere als eine »junge Dame« sah. »Was für ein wunderschöner Tag!«

Maia drehte sich zu ihm um – und da ich erst dachte, sie würde ihn nicht kennen, schien es mir, so absurd sich dies auch anhören mag, als würde sie ihn unterschätzen. Denn Kyrre Opdahl wusste genau, wer *sie* war. »Ja, ein wunderschöner Tag«, wiederholte sie mit einem Anflug von Ironie in der Stimme. *»Akkurat.«*

Aus ihrem Mund klang das Wort ungewöhnlich – und fast hätte Kyrre gelächelt. Dann änderte sich sein Gesichtsausdruck. »Nun«, sagte er. »Machen wir das Beste daraus. Das gute Wetter wird nicht lang halten.«

Die Änderung im Ton war Maia nicht entgangen – und in diesem Moment verstand sie, falls sie es nicht schon vorher erraten hatte, dass dieser alte Narr nicht der war, der er zu sein vorgab. Diese Erkenntnis schien sie allerdings nicht zu beunruhigen. Im Gegenteil, sie fand den Mann amüsant, gab sich zumindest den Anschein. »Sie haben völlig recht«, sagte sie. »Der Winter kommt. Und wo bleibt dann ein armes Mädchen wie ich?« Sie lächelte, doch war die Provokation in ihrer Stimme nicht zu überhören – und natürlich merkte ich dann, dass sie wusste, wer er war. Sie musste es wissen. Wahrscheinlich war sie ihm schon einige Male über den Weg gelaufen und hatte bestimmt auch schon von Martin über ihn gehört. Vielleicht hatte sie ihn sogar kommen sehen, damals, an dem Tag, an dem Kyrre die *Hytte* ausräumte und gegen Eindringlinge sicherte. Mit anderen Worten: gegen *sie.*

Kyrre schüttelte den Kopf. »Nun«, sagte er, »da unten gibt es ein warmes Plätzchen, falls jemand eine Schlafstelle sucht.« Er lächelte nicht. Er sagte, was er zu sagen hatte, stand da, den Blick unverwandt auf sie gerichtet, die Lippen geschürzt. Er wartete auf ihre Antwort, doch redete er nicht mit einem jungen Mädchen, sondern er richtete sich an die *Huldra.* »Ist nicht viel«, fuhr er fort, »aber Platz genug für einen Wintergast.«

Natürlich war es absurd, aber genau so sprach er seine Einladung aus. Er brachte sie einfach vor, und es schien ihm nichts auszumachen, dass sie völlig unangemessen klang, fast wie der plumpe Versuch eines fiesen alten Kerls, sich an ein junges Mädchen heranzumachen und ihre missliche Lage auszunutzen. Obwohl ich wusste, was er von ihr hielt, obwohl ich wusste, dass er überzeugt war, mit der *Huldra* zu reden, meinte ich doch einen Hauch von Erregung herauszuhören, eine kaum wahrnehmbare Spur dunkler Lust, die beinahe, aber eben nicht ganz, von seiner scheinbar so leichthin vorgebrachten Einladung überdeckt wurde.

Natürlich begriff ich gleich, was er vorhatte. Er beschützte mich, beschützte Mutter, indem er den Lockvogel spielte, sich der Gefahr in den Weg stellte, um die *Huldra* von ihrer Beute abzulenken – und in diesem Moment sah ich Maia plötzlich mit seinen Augen. Ein flüchtiger Blick nur, mehr nicht, von jemandem, etwas, das für ihn so verführerisch wie abstoßend war, und in diesem Moment wirkte seine Zustimmung zu dieser Verführung so real wie seine Entschlossenheit, Maia von Mutter und mir fortzulocken.

Ich war empört. Was glaubte er da zu tun? Hoffte er wirklich, sie täuschen zu können? Bildete er sich ein, sie fiele auf seinen Charme herein? Wie konnte er das nur für möglich halten? Maia lächelte noch, doch sah ich ihren Augen an, dass sie misstrauisch blieb – misstrauisch, aber ohne Angst, denn sie musste wissen, dass sie von einem dummen alten Mann, der an Trolle und Gespenster glaubte, nichts zu fürchten hatte. Und da Martin fort war, benötigte sie tatsächlich einen Platz zum Schlafen. Vielleicht hatte sie versucht, sich bei Mutter einzuschmeicheln, indem sie ihr Modell saß, doch daraus war nichts geworden, und der Winter kam bald.

Einen Moment lang schwiegen sie – und ich weiß nicht, warum ich mich nicht eingemischt habe. Ich wollte Kyrre am Arm packen und beiseiteziehen, wollte ihn kräftig durchschütteln, damit er begriff, wie lächerlich das alles war, aber ich konnte es einfach nicht. Ich stand nur da und sah zu, wie Kyrre einen Pakt mit dem Teufel schloss, zumindest musste er es dafür gehalten haben. Und dann, nachdem Maia sich diesen Moment Zeit gelassen hatte, um zu überlegen, was hier eigentlich vor sich ging – wenn ich heute zurückdenke, sehe ich in ihr auch nicht mehr das junge Mädchen, sondern das, was Kyrre sah: die *Huldra* –, lachte sie, wandte sich kurz zu mir um, sah dann wieder Kyrre an und ändert aufs Neue ihr Benehmen. Gerade noch war sie so misstrauisch gewesen, wie es sich für eine Achtzehnjährige geziemte, die ein solches Angebot erhielt; jetzt aber gab sie sich kokett und schamlos. »Na ja, ich weiß nicht«, sagte sie. »Wie viel Platz ist denn da?«

Kyrre wiegte kaum merklich den Kopf. »Genug.«

Maia musterte sein Gesicht. Ich nahm nicht an, dass sie auf Kyrres Angebot eingehen würde, sondern wissen wollte, warum er es gemacht hatte. Sie versuchte herauszufinden, was *er* über sie wusste oder zu wissen meinte. »Ich will Ihnen aber keine Unannehmlichkeiten bereiten«, sagte sie.

»Tun Sie nicht.«

»Na ja«, antwortete Maia, »ich bin mir nicht sicher … ich meine, ich kenne Sie doch nicht mal …«

»Ich Sie auch nicht«, erwiderte Kyrre. »Aber das ist doch kein Problem, oder? Und ich bin mir sicher, dass wir zu einer Abmachung kommen …«

Maia zuckte zusammen. »Eine Abmachung?«

»Nun«, sagte Kyrre, »warum sehen Sie es sich nicht einfach an? Ist nicht weit. Wir können unterwegs miteinander reden.«

Ich konnte es nicht fassen. Was hier geschah, war grotesk, und ich *wollte* etwas sagen, wollte ihn daran hindern, diesen verrückten Plan auszuführen, nur wusste ich nicht, wie. Außerdem ging ich immer noch davon aus, dass Maia sein Angebot ablehnen würde. Sie würde mitspielen, bis er was Dummes sagte, ihn dann auflaufen lassen und aller Welt beweisen, was für ein perverser alter Kerl er war – denn sicher war sie davon überzeugt, nahm an, dass er etwas von ihr wollte, das eine, das sie noch geben konnte, nun, da sie allein auf der Welt war, das eine, das sie vermutlich auch Martin Crosbie angeboten hatte. Sie konnte unmöglich wissen, wie falsch sie ihn einschätzte. Oder doch? Vielleicht wusste sie ganz genau, was er vorhatte, vielleicht genoss sie die Herausforderung. Vielleicht wollte die *Huldra* ihm zeigen, wie unverletzlich sie war. Vielleicht hatte sie auch vor, diesen alten Trottel zu verführen, so wie sie die anderen verführt hatte – zudem war ich mir nicht ganz sicher, ob Kyrre Opdahl wirklich ihrer Verführung widerstehen würde. Ich schämte mich für diesen Gedanken, doch angesichts dessen, was danach geschah, kann ich die Möglichkeit nicht ausschließen, dass mein Verdacht berechtigt war. Damals war es allerdings bloß ein vager Gedanke, der sich gewiss sofort verflüchtigte, wenn Maia diese bizarre Einladung mit einem Lächeln abtat.

Nur das tat sie nicht. Ganz und gar nicht. Sie musterte ihn lang mit einer Mischung aus Misstrauen und Belustigung, dann wurden ihre Gesichtszüge weicher, und sie ging zu ihm und hakte sich behutsam bei ihm unter. »Also schön«, sagte sie. »Ich werde mir dieses *warme Plätzchen* ansehen.« Sie warf mir einen Blick zu, als hätten wir Mädchen uns verschworen, dann lachte sie. »Aber ich warne Sie«, sagte sie, »Sie haben ja keine Ahnung, worauf Sie sich einlassen.«

Ich wandte mich Kyrre zu und sah ihm an, dass er ihrem Zauber widerstand. Er klammerte sich an irgendeinen Plan, den er in den letzten Tagen ausgeheckt hatte, seit jenem Augenblick, da er Maia aus unserem Haus hatte kommen sehen und beschloss, dass Mutter in Gefahr schwebte. Ich sah ihm an, dass er etwas vorhatte, und ich sah auch, dass sein verschlagener Plan für Maia so klar war wie für mich. Sie verzog das Gesicht zu einer Miene, von der sie wohl glaubte, sie sehe damit wie das einfältige, bedürftige Mädchen aus, für das Kyrre sie so offenkundig nicht hielt – doch verriet sich im dunklen Glitzern ihrer Augen ein Wissen, das mir Angst machte, Angst um Kyrre, sicher, aber auch um sie. Er tat, als wollte er ihr helfen, nur stellte er sich dabei nicht besonders geschickt an, nicht, weil er sich nicht gut zu verstellen wüsste, sondern weil ihm eigentlich egal war, ob sie ihm vertraute. Er wollte nur, dass sie mit ihm kam, fort von diesem Haus, fort von den einzigen Menschen auf der Welt, die er liebte. Ich wusste nicht, was er vorhatte – glaubte er wirklich, er konnte Mutter vor ihrer grimmigen Faszination mit dem Schatten bewahren, den sie in diesem verstörten Mädchen sah, jenen Schatten, von dem er entgegen aller Vernunft wusste, dass er die *Huldra* war? Falls er das tatsächlich glaubte, wie wollte er es anstellen? Ich erinnere mich heute nicht mehr, wie viel ich bereits damals vermutete und wie viel später dazukam, doch denke ich, selbst an jenem Tag, als man ihn noch von seinem Vorhaben hätte abbringen können, habe ich schon gewusst, dass er sie vernichten wollte. Noch schlimmer war nur, dass Maia dies auch wusste. Nicht eine Sekunde lang ließ sie sich täuschen, was hieß, dass Kyrres Plan für sie eine Herausforderung bedeutete, die sie bereitwillig annahm. Eine Herausforderung, die sie begrüßte. Sie meinte, stärker als Kyrre zu sein. Nein, sie wusste es, schließlich war sie die *Huldra* und er nur ein alter Mann.

Ich erinnere mich nicht, wie viel ich von all dem damals glaubte, doch weiß ich, dass Kyrre nicht nur sich, sondern auch mich getäuscht hatte, denn ich hielt dieses Mädchen – das bei Licht besehen schließlich nur ein verlorenes, vielleicht gar missbrauchtes Kind ohne Zufluchtsort war – für die *Huldra,* sah Maia an und sah die *Huldra,* sah sie mit Kyrres Augen, machte sie durch ein Aufwallen willkürlicher Boshaftigkeit zu einer Gestalt aus einer seinen alten Geschichten, zu einer besessenen Kreatur, sei es nur vorübergehend oder dem Wesen nach. Maia war schon immer seltsam gewesen, und sie warf Fragen auf, die ich nicht beantworten konnte; sie war in unser Haus eingedrungen, und sie hatte mich mit einer Macht verhöhnt, von der sie annahm, ich beneidete sie darum; ihr Name verband sich unauflöschlich mit drei ungeklärten Morden, von denen sie mindestens einen beobachtet hatte, ohne auch nur den kleinen Finger zu rühren oder Alarm zu schlagen, trotzdem hätte mir der gesunde Menschenverstand sagen müssen, dass sie bloß ein junges Mädchen war – mit Problemen, gewiss, vielleicht auch bösartig, aber nur, wie dies geschädigte Kinder so oft sind. Der gesunde Menschenverstand hätte mir sagen müssen, dass sie nicht die *Huldra* war, weil – wieso vergaß ich das bloß? –, weil es die *Huldra* nicht gab. Die *Huldra* war nichts als eine Idee, zweifellos eine Metapher für etwas, das sich schwer benennen und bloß unter Schmerzen näher in Augenschein nehmen ließ, ein widerliches Gespenst aus alten Geschichten, wie man sie sich erzählt, um junge Burschen auf Kurs zu bringen oder um die Dunkelheit fortzuerklären. Eine Geschichte, eine Warnung, ein abgeteiltes Gebiet auf einer Karte, das es uns erlaubt, eine unmögliche Welt zu erkunden.

Ich blickte Kyrre an und sah die zusammengekniffenen Lippen, den starren Blick, sah den Gesichtsausdruck eines Mannes, der fest entschlossen war, etwas Schreckliches zu tun – und unternahm nichts, um ihn aufzuhalten. Stattdessen wandte ich mich zu Maia um und richtete durch einen Dunst von Zweifeln und absurden Fantasien einen verzweifelten Appell an das helle Taglicht in ihr, das ich doch längst abgeschrieben hatte. »Du kannst jetzt nicht gehen«, sagte ich. »Ich glaube nicht, dass Mutter schon mit dem Bild fertig ist.«

Maia lachte. »Das glaube ich aber doch«, erwiderte sie ohne eine Spur des Bedauerns. »Ich glaube, es war schon am ersten Tag fertig. Ehrlich gesagt …«, sie schaute erst Kyrre, dann wieder mich mit trotzigem Lächeln an, »… ich glaube, sie wusste schon, was sie malen wollte, noch ehe ich mich überhaupt in ihr nettes Atelier gesetzt hatte.« Sie ließ eine Hand in die Jackentasche gleiten – und ich wusste, darin steckte etwas, das Mutter ihr gegeben hatte, vielleicht auch ein kleiner Schatz, den sie heimlich hatte mitgehen lassen. Sie sah mich an, mit freundlicher Miene und ganz gelassen – doch wusste ich, dass sie meinen Verdacht spürte und ihn verletzend fand. »Ich glaube«, fuhr sie fort, und nichts änderte sich an ihrer Haltung, in ihrer Stimme schwang nichts Böses mit, »wenn ich mich nicht irre, dann hat deine Mutter das Bild schon vor langer Zeit angefangen und konnte es erst jetzt zu Ende bringen.«

Das traf mich wie ein Schlag – und zum ersten Mal wurde mir klar, dass Maia, als sie für Mutter Modell saß, die Treppe hinaufgestiegen war, an meiner Zimmertür vorbei, über den Treppenabsatz, und dass sie dabei das Porträt gesehen haben musste, das Mutter vor so langer Zeit begonnen und ohne ein Wort der Erklärung aufgegeben hatte. Sie hatte es gesehen und es durchschaut – zumindest glaubte sie das. Doch was sie gesehen hatte, war nicht die Wahrheit. Wie denn auch? Ich war nicht wie sie; Mutter wusste das. Sie *wusste* es – und was sie in diesem Porträt einzufangen versuchte, war mehr oder weniger das Gleiche, was Kyrre sah, wenn er sich sagte, dass Maia die *Huldra* war. Mutter hätte den Aberglauben des alten Mannes zweifellos belächelt, denn sie sah in Maia nur ein Mädchen, berührt von einer Dunkelheit, die bloß gewöhnliches Pech – gleichsam ein Talent für Tragisches –, ebenso gut aber eine Art Besessenheit sein mochte, eine Schwäche des Geistes oder der Entschlusskraft, die es der Dunkelheit gestattete, durch sie hindurchzuwirken. Eine Schwäche, die es ihr erlaubte, die Dunkelheit, möglicherweise unbewusst, in sich willkommen zu heißen – und ebendas hatte Mutter festhalten wollen:

Empfänglichkeit im abstrakten Sinne, und nicht dieses verlorene Mädchen.

Ich schüttelte den Kopf, weigerte mich aber, auf diese Provokation einzugehen. Vielleicht erkannte ich darin den Wunsch, mich in das einzubeziehen, was sich mit Kyrre entwickelte, den Wunsch, mich zur Komplizin bei dem zu machen, was immer er ihrer Meinung nach plante. »Wenn sie mit dem Bild fertig ist, wird sie es dir bestimmt mal zeigen«, sagte ich. »Willst du es denn nicht sehen …«

Da brach sie in Lachen aus. »Ist schon gut«, sagte sie. »Ich muss es nicht sehen. Aber wirf selbst ruhig einen Blick drauf und sag mir, was du davon hältst.« Mit einem absurd lieblichen Lächeln wandte sie sich zu Kyrre um. »Dank deines freundlichen Nachbarn«, fuhr sie fort, »wohne ich jetzt gleich die Straße hinunter … zumindest für eine Weile.«

Kyrre nickte. *»Akkurat.«*

Maia erwiderte sein Nicken und traf Anstalten zu gehen. Dann aber, als fiele es ihr nachträglich ein, nahm sie aus der Jackentasche, was sie umklammert hatte, und reichte es mir. Es war Geld, natürlich. Sie hatte es nicht gestohlen – und sie wollte mich nur sehen lassen, dass mein Verdacht unbegründet gewesen war. Die Bezahlung fürs Modellsitzen. »Gib das bitte deiner Mutter zurück«, sagte sie mit demgleichen spöttischen Glitzern in den Augen. »Ich habe es nicht verdient.«

Wieder schüttelte ich den Kopf, sagte aber nichts. Ich wollte das Geld nicht anfassen, wollte überhaupt nichts anfassen, das sie berührt hatte – in diesem Moment schien das Haus hinter mir überall verunreinigt zu sein, durch den Kontakt mit ihr, ihren Fingern, ihrem Atem, ihrem Geruch und vor allem dem Blick aus ihren dunklen, glitzernden Augen. »Behalt es«, sagte ich schließlich. »Vielleicht brauchst du es noch.«

Sie zögerte einen Moment, dann zog sie die Hand zurück und steckte das Geld wieder in die Jackentasche. Kyrre hatte derweil neben uns gestanden, zugesehen und mit der dumpfen Geduld eines Verzweifelten gewartet. Den Bruchteil einer Sekunde lang meinte ich, eine letzte Gelegenheit zum Einschreiten zu haben, eine letzte Gelegenheit, ihn von seinem Vorhaben abzubringen – und dann war auch dieser Augenblick vorbei. Vielleicht hatte es ihn nie gegeben. Vielleicht war alles wie in den Märchen längst entschieden. Zu lang hatte ich geschwankt zwischen jener Welt, in der nichts getan werden kann, und dem hellen Licht des Tages, das angeblich die Vernunft regiert. Jetzt aber war es zu spät. Ryvold sagte einmal, Trolle existierten, ob es uns nun gefalle oder nicht, doch bleibe es uns überlassen, welche Gestalt sie annehmen und über welche Fähigkeiten sie verfügten, denn das hänge allein davon ab, ob wir getäuscht werden wollten, ob wir uns dem Aberglauben überließen; in diesem Moment aber, und nur diesen Moment lang, glaubte ich ihm nicht. Als ich ihm dann glaubte, gab es nichts mehr, was ich noch hätte tun können.

Ich sah sie davongehen. In irgendeinem Winkel meines Hirns betete ich oder hoffte doch, dass Kyrre den Plan aufgeben würde, mit dessen Hilfe er die *Huldra* von uns fortlocken wollte, aber ich wusste, es war zu spät. Er hatte sich entschlossen, dies durchzuziehen, beide hatten das – und mit einem Mal stellte ich sie mir zusammen vor, drüben in seinem Haus, nur wenige hundert Meter den Strand hinunter, sie beide mit einer Tasse Kaffee am Küchentisch, wo Kyrre und ich so oft gesessen hatten, inmitten von Zahnrädern und Zündkerzen, in einem Mief aus Motoröl und Terpentin und wie sie darauf warteten, dass einer von ihnen den entscheidenden Zug machte. Ein schreckliches Bild – ich fragte mich, was Kyrre sich nur dabei gedacht hatte, die *Huldra* in sein Haus einzuladen, wusste doch niemand besser als er selbst, dass sie weder aufgehalten noch besiegt werden konnte.

Sie gingen langsam, Seite an Seite, unterhielten sich nicht, schauten sich nicht einmal an – und doch sahen sie einen Moment lang, kurz bevor sie verschwanden, nicht wie Fremde aus, die sich gerade kennengelernt hatten, sondern wie Verwandte, wie Familienmitglieder, die, ob sie einander nun mochten oder nicht, durch Blutsbande und Geschichte auf immer verbunden waren. Dieser Eindruck hielt einige Sekunden vor, nicht länger, nur, bis sie um die erste Wegbiegung verschwanden, doch ließ er sich nicht leugnen.

Eine Weile starrte ich dann ins Leere, starrte Blätter und Luft an, die Birken fahler nun, hier und da von goldenen Flecken und Streifen gezeichnet, das Licht am Wegende schal und wenig überzeugend, als wäre etwas, was jahrelang dort gestanden hatte, ein hoher Baum oder behauener Stein, über Nacht herausgerissen worden, um eine Kluft zu hinterlassen, wo Masse hätte sein sollen. Ich wartete lang – mehrere Minuten, will mir scheinen, doch lässt sich das im Nachhinein schwer sagen – und während all der Zeit war ich bereit zu glauben, dass das, was ich gerade miterlebt hatte, nie geschehen war oder sich doch wieder umkehren ließe. Dann aber wandte ich mich ab, weil ich ins Haus gehen wollte, nicht so sehr mit dem Gefühl, versagt, als dem, allzu leicht aufgegeben zu haben. Ich stand noch am Gartentor, nur wenige Schritte vor der Haustür, fühlte mich aber plötzlich seltsam ungeschützt und – so lächerlich dies klingen mag – als drohte mir Gefahr. Es kostete mich eine beträchtliche Anstrengung, dieser Angst nicht nachzugeben, diesem Gefühl der Vorahnung, das sich von einem Atemzug zum nächsten in blinde, kopflose Panik verwandelte.

Ich war schon fast im Haus, fast in Sicherheit, als ich den Schrei hörte. Es war ein Laut, wie ich dergleichen nie gehört hatte, ein Schrei, ein Kreischen, ein wildes, angstdurchsetztes Brüllen, das einen schrecklichen Augenblick lang direkt neben mir ausgestoßen zu werden schien, ehe ich es einordnen konnte und begriff, dass es vom Weg kam, aus der Richtung, die Kyrre und Maia vor wenigen Minuten eingeschlagen hatten. Es war ein unvermittelter, schriller Schrei, der letzte Schrei von etwas, das man erst gefangen und dann niedergeschlagen hatte, ein Schrei, erschreckend in seiner Endgültigkeit, und doch hätte ich nicht zu sagen gewusst, ob er von einem Mädchen stammte, einem alten Mann oder einem Tier, das irgendein Raubvieh gerissen hatte, unten auf der Weide oder irgendwo in den Wäldern. Mädchen, Mann oder Tier, und doch weder das eine noch das andere – in den alten Geschichten wäre es gewiss der Schrei von nichts Lebendigem gewesen, sondern das jenseitige Kreischen einer Harpyie, einer Kelpie, das widerhallte in der stillen Luft eines Nachmittags, der sich dank einer Logik, der kein Sterblicher zu folgen vermochte, als verfluchter Nachmittag erwies.

* * *

Ich versuche mir einzureden, dass ich an irgendeinem anderen Tag mit Vernunft auf das Gehörte reagiert hätte. Als das Kreischen verklang – was keine akkurate Beschreibung für das Gefühl ist, das ich hatte, dieses Gefühl, dass sich in der Ferne etwas verlor, nicht verhallte, sondern in kilometerweitem Umkreis vom Land absorbiert wurde, von den Birken, Wiesen, der weißen Luft über dem Fjord, so gründlich absorbiert, dass es niemals wieder verschwinden würde –, als dieser schreckliche Schrei also vom Gewebe der Welt aufgesogen wurde, hätte ich versuchen sollen, es als irgendein natürliches Vorkommnis abzutun. Ein Wild, das im fernen Gras geschlagen wurde, irgendein Raubtier, das sich einen Vogel oder Hasen holte, oder ein Geräusch, wie es fremde Schiffe manchmal machen, wenn sie aus dem Kanal ins offene Meer gesteuert werden. Ich hätte mir sagen können, dass unten auf der Straße nach Brensholmen ein Reifen geplatzt war oder dass weiter oben am Strand ein Meeresvogel einen Schrei ausgestoßen hatte. Oft genug hatte ich hier schon Geräusche gehört, die ich nicht erklären konnte, ein seltsames Heulen im Wind in den frühen Morgenstunden der *Midnattsol,* ein schrilles Jammern über dem Schnee in der dunklen Zeit, Vogelrufe, wo es keine Vögel geben konnte, Tiergeräusche im Wald, wenn ich in mittäglicher Dunkelheit unterwegs war und mir vorstellte, wie der Vielfraß aus dem fernen Norden herabkam und dem Licht meiner Taschenlampe folgte. Hier ist kein Laut unwahrscheinlich, aber *dieser* Laut war unmöglich, und als er verklang, als er mir ebenso gewiss in Haut und Knochen drang wie in das Land um mich her, wusste ich, er kam von irgendwo auf dem Weg zwischen unserem Haus und dem von Kyrre Opdahl. Er ließ mich zusammenfahren, dieser Schrei, und in jenen Momenten, in dem er verging, hielt er mich noch immer gefangen, doch nur diesen Moment lang, kaum aber war der vorbei, rannte ich blindlings darauf zu, rannte durch das Gartentor und über den Weg zum Tatort, an dem wer weiß welches Verbrechen begangen worden war, in Rufweite des Hauses, in dem Mutter fraglos vor einer Leinwand stand und letzte Pinselstriche an einem Bild anbrachte, das sie niemals hätte beginnen sollen, und so absurd es heute auch klingt, sah ich sie wie in einer Vision vor mir in dem, was Maia ihr nettes Atelier genannt hatte, sah sie das fertige Porträt anlächeln, froh, eingefangen zu haben, was sie einfangen wollte, in einem ebenso mädchenhaften wie unmenschlichen Antlitz. Sie hielt kaum eine Sekunde vor, diese flüchtige Vision, doch war sie ebenso eindringlich wie der Schrei – den Mutter vermutlich nicht einmal gehört hatte, arbeitete sie doch auf der anderen Hausseite und hatte gewiss so wie stets, wenn ihre Arbeit sie faszinierte, alles um sich herum vergessen.

Der Weg zu Kyrres Haus ist steil und uneben, trotzdem dürfte es nicht lang gedauert haben, bis ich die Stelle erreichte, von der jener Schrei aufgestiegen war – und obwohl ich dort niemanden sah, auch keinen unmittelbaren Beweis für Gewalt oder Leid fand, wusste ich, dass es sich um den Ort des Geschehens handelte. Nicht um den Ort, an dem sich Kyrre und Maia befanden, an dem sie aber hätten sein sollen. Wo sie *gewesen* waren, eben noch, als dieser Schrei die Luft durchschnitt. Es gab nichts, was mich an diesem Ort hielt, zumindest nichts, was sich auf den ersten Blick erkennen ließe, als ich über den Weg darauf zulief, doch wusste ich genau, dass sie nicht weitergegangen waren. Dies war der Ort, an dem sie, aus welchem Grund auch immer, stehen geblieben waren, und hier war es auch, wo sie verschwunden sein mussten.

Nur gab es hier nichts, zumindest konnte ich nichts entdecken. Doch wenn sie hier gehalten hatten, wenn sie nicht weitergegangen waren, dann, so wollte es die Vernunft, *mussten* sie noch hier sein, und wenn sie es nicht mehr waren, *mussten* sie verschwunden sein. Sie konnten sich unmöglich in Luft aufgelöst haben – was mich verwirrte, denn das war nun wirklich unmöglich.

Das verwirrte mich, das und der Geruch. Erst fiel er mir nicht auf, aber dann roch ich ihn überall, stark, dunkel, überwältigend fast und nur für einen Augenblick so intensiv, dass mir schwindlig wurde und ich mich vornüberbeugen musste, Hände auf den Knien, Kopf gesenkt, nicht gerade nach Atem ringend, aber plötzlich benommen von diesem dunklen Wasser-und-Rauch-Gemenge, fast wie der Geruch, der, wenn man ein offenes Feuer löscht, vom nassen, an einigen Stellen noch qualmenden Holz aufsteigt, ein kalter, düsterer Geruch, der mich – ich weiß nicht, wie ich es nennen soll – nicht gerade traurig machte, aber doch enttäuscht fühlen ließ. Enttäuscht in einem extremen, physischen Maß. Oder entsetzt – ja, das ist vermutlich das richtige Wort. Entsetzt bis tief in die Magengrube, bis aufs Knochenmark. Entsetzen in der Kehle, in Mund und Nase, Entsetzen, das ewig zu dauern schien, das bereits da gewesen war, auf dem Weg gewartet hatte, den ich schon hunderte Male gegangen war, hin zu Kyrres Haus, um in seiner Küche zu sitzen und starken Kaffee zu trinken, während er mir gegenüberhockte, an irgendeinem Außenbordmotor arbeitete und Geschichten aus alter Zeit erzählte, und ich glaube – obwohl es keinen Beweis dafür gab, dass etwas Schreckliches geschehen war, von diesem schwarzen, rauchigen Geruch einmal abgesehen, der zwischen den Birken hing –, ich glaube, in diesem Moment habe ich zum ersten Mal gewusst, dass er fort war. Wenn ich zurückdenke, begreife ich, dass ich es von Anfang an gewusst habe. Ich wusste es, noch ehe ich diesen Geruch wahrnahm und die Flecken sah.

Anfangs habe ich sie nicht bemerkt. Ich nahm sie erst wahr, als ich mich vornüberbeugte, mit geschlossenen Augen, und versuchte, wieder zu Atem zu kommen, um dann, als ich mich kräftig genug fühlte, die Augen erneut aufzuschlagen. Da habe ich die ersten, fetten, schwarzen Flecken im Gras vor meinen Füßen entdeckt. Als ich den Kopf hob und wieder normal zu atmen begann, sah ich sie dann überall: im Gras, auf dem Sand, auf den Blättern an den Bäumen – schwarze, tintige Flecken, die wie Ruß oder Staub aussahen, nur als ich die Hand ausstreckte und mit der Fingerspitze über ein gelb gewordenes Birkenblatt strich, fühlte sich der Fleck ölig an. Ölig wie etwas Lebendiges. Wie Überreste, die man im Wald findet, nachdem nachts etwas, ein Tier, dort gewesen ist und seine Beute verschlungen oder nur halb aufgefressen hat. Ich zog die Hand zurück und schaute mich um. Die Flecken waren überall, dick, schwarz, umweht vom dunklen, rauchigen Geruch, der mich an dieser Wegbiegung halten ließ, auf halber Strecke zwischen unserem Haus und dem von Kyrre.

Einen Moment lang stand ich da, starrte in die Gegend; wieder drang mir der Geruch zu Kopf, doch dann eilte ich weiter, weil ich wusste, dass es sinnlos war, weil ich wusste, dass ich nachsehen musste, denn nichts von alldem hier lieferte eine Erklärung für das Vorgefallene. Nichts ergab einen Sinn. Ich wusste, Kyrre und Maia hatten genau an dieser Stelle haltgemacht, wusste, dass der Geruch und die schwarzen Flecken etwas mit dem zu tun hatten, was dann geschehen war, aber ich wusste ebenso, wie lächerlich sich das anhörte. Wie ein verirrter Hund rannte ich mehrere Meter weiter, rannte, ging, rannte wieder, den Kopf vorgereckt, um zu erspähen, was ich vielleicht noch gerade eben sah, ehe es entschlüpfte, und mit einem Mal war mir, als wäre all dies nur ein enormer, durchtriebener Zaubertrick, als hätte sich die ganze Welt verschworen, mich zu täuschen, ich aber könnte den Trick durchschauen, wenn ich nur den richtigen Schlüssel fand.

Also rannte ich, ging und rannte wieder bis zu Kyrres Haus, doch sobald ich da war, packte mich die Angst. Jetzt, da ich mich nicht länger am Ort des Geschehens aufhielt, glaubte ich, an der Wegbiegung etwas übersehen zu haben, weshalb ich sofort zurückmusste, ehe es zu spät war. Es gab da etwas, was ich nicht verstanden hatte, etwas, was mir entgangen war, vielleicht auch etwas, was ich gesehen hatte, was aber tatsächlich gar nicht da gewesen war. Also musste ich den Weg zurücklaufen und mich dem stellen, was mir diesen Trick spielte, es oder ihn zu fassen bekommen, durchschauen, die richtige Erklärung finden. Noch ehe ich zu Kyrres Haus kam und durchs Küchenfenster schaute, wusste ich, da war niemand, und ich begriff, ich hatte mir in meiner Eile den Trick an der Wegbiegung selbst gespielt, mich selbst hereingelegt, also lief ich zurück, rannte in panischer Hast und auch den Tränen nahe, nicht weil ich wusste, dass Kyrre fort war, sondern weil ich mich selbst hereingelegt hatte und es mich ärgerte, da ich nicht wusste, wie das passieren konnte. Es war wie in der Schule, wenn man sich mit einer schwierigen Gleichung abmüht und keine Lösung findet: Man versucht es immer und immer wieder, aber wenn man nicht weiterkommt, dann spürt man irgendwann diese unglaubliche Wut in sich aufsteigen. Genau das habe ich in jenem Moment gefühlt, die gleiche Wut.

Ich kam wieder an die Stelle, an der ich die schwarzen Flecken im Gras gesehen hatte – und da begann es ganz unerwartet zu regnen. Es war ein für den hohen Norden typischer Regen, der wie aus dem Nichts kommt und tagelang ohne Unterbrechung anhält. Riesige, kalte Tropfen, plötzlich und tintenschwarz, laut auf dem Dach, kalt für Hände und Gesicht, chaotisch unter den Bäumen, flutet dieser Regen durch die Äste, prallt von Blättern ab, wäscht alles sauber, wäscht die letzte Wärme fort, jeden Makel, jede Spur von dem, was einen ganzen Sommer lang war. Ich stand da, unfähig, mich zu rühren, und sah zu, wie die schwarzen Flecken von den Blättern gespült wurden. Ich konnte mich nicht bewegen. Ich war immer noch wütend, fürchtete mich jetzt aber auch, da ich wusste, bei dem, was mit Kyrre und der *Huldra* passiert war, handelte es sich um keinen Trick. Lange stand ich da, wohl mehrere Minuten, und dann, als ich mich gerade entschloss, zum Haus zurückzugehen, vernahm ich rechts im Birkenwald ein Geräusch. Ein leises Rascheln, so als würde jemand aus dem Wald auf mich zukommen. Ich drehte mich um. Ich erwartete eine Person – vermutlich habe ich geglaubt, es sei Kyrre Opdahl, denn ich machte mehrere Schritte auf dieses Geräusch zu, suchte zwischen den Bäumen und rechnete damit, eine menschliche Gestalt unter den Birken auftauchen zu sehen. Aber ich sah niemanden. Ich konnte das Geräusch noch hören – ein leiser, gruseliger Laut –, doch war da nichts zu sehen. Zumindest zu Beginn nicht. Ich war fünf, sechs Schritte in den Birkenwald vorgedrungen, bestimmt nicht weiter, bloß suchte ich auf Augenhöhe, suchte nach einem Menschen, und erst als ich das Geräusch erneut hörte – ein leises, klägliches Schnüffeln wie von einem Hund, der in ein Loch will, in dem etwas versteckt ist –, senkte ich den Blick. Und da, in zehn, zwölf Metern, sah ich, was ich für ein Tier hielt. Ich sage, ich *hielt* es für ein Tier, da es am Boden kauerte, die Schnauze rot von Blut, und es hatte etwas im Maul – Haare, Knochen, die Reste von etwas, das es gejagt und getötet hatte –, nur hätte ich nicht sagen können, was für ein Tier es war. Jedenfalls glich es bestimmt nichts, was ich schon einmal auf den Wiesen gesehen hätte. Trotzdem war es ein Tier, daran konnte kein Zweifel bestehen. Kein Mensch, sondern ein Tier, und als es mich entdeckte oder meinen Geruch bemerkte, blickte es auf, die Augen dunkel, glänzend, den Kadaver immer noch zwischen den Zähnen. Es sah mich an, woraufhin mir einen Moment lang war, als würde es mich kennen. Es sah auf und gab ein leises, heiseres Geräusch von sich, und auch wenn ich nicht wusste, was für eine Art Tier es war, konnte ich den Kopf sehen, das Gesicht – oder nein, was ich sah, war kein Gesicht, sondern ein *Gesichtsausdruck.* Ein Ausdruck von – was? Triumph? Ich denke, das war's: Triumph. Es sah mich an, und es machte dieses leise, heisere Geräusch – dann drehte es sich um und lief durch das hohe Gras davon, rannte so schnell, dass ich nichts mehr erkennen konnte, nur ein paar flüchtige, vermutlich ungenaue Einzelheiten. Ich glaube, es war schwarz oder dunkelbraun, groß wie ein großer Hund, aber es war kein Hund, da bin ich mir sicher, und ich bin mir beinahe ebenso sicher, dass es auf dieser Insel nicht heimisch, sondern von irgendwoher eingewandert war. Vielleicht handelte es sich um ein unerlaubtes Haustier, entflohen aus irgendeinem der Gebäude entlang der Küste, vielleicht hatte es sich aus der hohen Tundra hierher verirrt, doch was immer es auch war, ich kann jedenfalls mit Sicherheit sagen, dass es kein Mensch war. Ich ging dahin, wo ich es zuerst gesehen hatte. Seltsamerweise hatte ich keine Angst, fühlte mich nur benommen – vielleicht stand ich unter Schock –, und als ich zu der Stelle kam, fand ich gar nichts. Keine Knochen, kein verfilztes Haar, nichts Totes mit aufgerissener Kehle oder ausgepickten Augen. Da war gar nichts, nicht einmal ein Tropfen Blut. Das Tier hatte mitgenommen, was es getötet hatte – und obwohl es in diesem Augenblick schien, als wäre diese Vision nur ein Zufall gewesen, und obwohl mir nicht einmal der Gedanke kam, dass es zwischen diesem Tier und dem, was ich zuvor gesehen hatte, einen Zusammenhang gab, wurde mir mit einem Mal schlecht vor Angst, denn ich wusste, etwas Fürchterliches war passiert. Was es war oder wem es widerfahren war, wusste ich nicht, doch sah ich mich plötzlich selbst, allein im Wald, und ich spürte, etwas beobachtete mich noch immer, ob das Tier oder was anderes, das hätte ich nicht zu sagen gewusst. Etwas aber beobachtete mich, meinen Geruch noch in der Nase, und jeden Augenblick würde es angreifen.

Mir war damals nicht bewusst, wieso ich plötzlich rannte. An eine entsprechende Entscheidung kann ich mich zumindest nicht erinnern – hätte ich drüber nachgedacht, hätte ich gewusst, dass es falsch war, denn während ich wie ein aufgescheuchtes Wild durch den Wald preschte, fühlte ich meinen Sinnen etwas entgleiten, und dann war alles dunkel, nicht schwarz, sondern dämmrig, wie durch Rauchglas wahrgenommen, und ich rannte blindlings dahin, in äußerster Panik, unfähig zu denken und unfähig innezuhalten. Ich rannte aus dem Wald, über den Weg nach Hause und fürchtete unentwegt, am Gartentor oder auf halbem Weg zum Haus würde etwas auftauchen und mich in einer einzigen, hellen, triumphierenden Bewegung verschlingen. Eigentlich war ich sogar fest davon überzeugt, dass es kommen würde, und ich wusste, ich rannte ihm direkt in die Arme, trotzdem konnte ich nicht aufhören zu rennen. Ich nahm nichts wahr, bis ich das Gartentor erreichte, und dann sah ich die Tür – sie stand offen, was mich schockierte, da ich mich daran nicht erinnern konnte, und ich fürchtete, was mich verfolgte, sei schon im Haus, wartete auf mich, Gestank im Flur, auf der Treppe, aber selbst dann hörte ich nicht auf zu rennen. Ich hielt erst an, als ich am Haus war, verzweifelt mit dem Riegel kämpfte, die Tür hinter mir schloss – und dann brach ich auf dem Boden zusammen, alles wurde weiß, dann dunkel, und als ich endlich begriff, dass ich in Sicherheit war, als mir klar wurde, dass ich entkommen war – war da nichts mehr.

Es ist neun Uhr. Seit dem frühen Morgen arbeite ich, zeichne eine neue Karte von dem Weg, der von unserem Haus zu Kyrres Haus führt, eine unendlich detailreiche Karte: Jeder Baum, jeder Fels, jeder Fleck Wildblumen ist markiert, so wie man an einem Tatort Gegenstände markiert, alles voller Möglichkeiten, jeder Schatten, jede Senke im Gras, jeder gefallene Zweig randvoll mit einer Bedeutung, die sich noch beweisen muss. Seit jenem Tag sind zehn Jahre vergangen, und ich versuche immer noch, eine faktische Grundlage für das zu finden, was ich gesehen habe, denn wenn ich zurückblicke, glaube ich nicht, dass so ganz stimmt, was ich erzähle. Wie könnte es auch? Was an jenem Tag geschah, war nicht möglich. Entscheidend ist nicht, dass ich mich daran ebenso deutlich erinnere – ebenso *wahrhaftig* – wie an alles andere; was dort draußen auf dem menschenleeren Weg geschah, bleibt etwas Unmögliches. Nichts, was ich mir sagen könnte, wird daran etwas ändern.

Nach meiner Vision an jenem Tag war ich lange krank. Mutter fand mich im Flur, gleich am Fuß der Treppe, und sie sah, dass irgendwas Schreckliches passiert sein musste. Ich war nicht bewusstlos, reagierte aber auch nicht, als sie mich fragte, was denn vorgefallen sei. Deshalb wusste sie nicht, dass Kyrre und das Mädchen verschwunden waren. Sie wusste nur, dass ich sehr krank war, zog mir daher meine nassen Sachen aus und trug mich die Treppe hinauf ins Bett. Ich kann mich daran nicht erinnern – ich kann mich an vieles nicht erinnern, was nach diesem Morgen geschah –, doch dies hat sie mir erzählt, als es mir wieder besser ging, und ich habe keinen Grund, daran zu zweifeln. Sie sagte, ich hätte in jener Nacht hohes Fieber bekommen, und sie hätte mich nicht bewegen können, etwas zu essen. Ich zitterte und konnte lange nicht reden, aber ich trank, als sie mir Wasser brachte, was sie für ein gutes Zeichen hielt.

Hin und wieder hätte ich auch geschlafen, was noch besser gewesen sei. Mutter hat schon immer an die heilende Kraft des Schlafes geglaubt. Es gab Zeiten, da schlief sie vierundzwanzig Stunden lang, auch sechsunddreißig Stunden und länger. Träume heilen uns, sagt sie. Ohne Träume wären wir alle verrückt. In Krisenmomenten, als es wirklich schlecht um mich stand, sagte sie, habe sie bei mir gesessen, während ich schlief, und sie habe gesehen, wie meine Augen sich bewegten, was bedeutete, dass ich träumte, und auch wenn ich im Schlaf um mich schlug und manchmal aufschrie, habe sie mich schlafen lassen. Träume, sagt sie, sind die Geschichten, die wir uns erzählen, um unserer Welt einen Sinn zu geben. Der einzige Unterschied zwischen den Verrückten und den geistig Gesunden sei, dass die Verrückten nicht gut genug träumten.

Zweifellos hat sie recht, und was immer auch sonst nicht stimmen mag, sie hat mich allein und ohne fremde Hilfe durch den Irrsinn der nächsten Zeit gebracht, nur gibt es bis auf den heutigen Tag keine Geschichte, die mir verständlich machen kann, was ich damals gesehen habe. Ich kann mir zwar das eine oder andere über die Vorfälle jenes Sommers erzählen, ich kann auf übliche Weise gewisse Aussagen über das treffen, was meines Wissens richtig ist, aber das sind bloße Tatsachen, und auch wenn jede Geschichte Faktisches enthält oder dies doch zumindest behauptet, ist das, was ich mir selbst an faktisch Wahrem erzählen kann, vollkommen belanglos. Ich kann sagen, dass Martin Crosbies Leiche nie gefunden wurde; ich kann sagen, dass, als sein Wagen verschwand, alle angenommen haben, er habe die Insel verlassen – alle jedenfalls, die es überhaupt interessierte. Ich kann sagen, dass Ryvold nie nach Kvaløya zurückgekehrt ist, aber geschrieben hat, und später, irgendwann im darauffolgenden Frühjahr, wenn ich mich recht erinnere, hat er Mutter das Manuskript eines Buches geschickt, das später nicht nur in Norwegen, sondern auch in mehreren anderen Ländern veröffentlicht wurde. Ein Buch über die alten Geschichten, natürlich, allerdings enthält es auch eine Reihe persönlicher Erinnerungen und Überlegungen, und ich habe es sorgfältig gelesen, um herauszufinden was es über sein Denken verraten mochte, doch obwohl er darin Fragen der Kunst und die Narziss-Geschichte streift und ein langer Abschnitt von seiner Zeit im Norden handelt, hat er Mutter nicht einmal erwähnt. Damals überraschte mich das, doch war ich auch froh, dass er Mutter aus seiner Geschichte herausgehalten hat. Es gibt schon zu viele Geschichten über sie, und keine davon stimmt – nicht einmal die von Frank Verne.

Nachdem Ryvold gegangen war, blieben die Freier nach und nach fort – und Mutter wurde nun doch noch zu jener Einsiedlerin, die sie in den Geschichten schon immer gewesen ist. Sie malt noch, und der Mann von Fløgstadt fährt weiterhin mit ihren Bildern übers Land, macht unterwegs bei seiner Schwester in Mo I Rana Rast, und obwohl ihre Bilder düsterer geworden sind – zumindest in den Augen mancher Kritiker, während ich darin das Gegenteil von Dunkelheit sehe –, verkaufen sie sich noch immer gut. Inzwischen habe ich auch entschieden, was *ich* mit meinem Leben anfangen will. Es hat eine Weile gedauert, nur wusste ich nach diesem Sommer, dass ich an diesen Ort gehöre; und ich hege auch nicht die Absicht, von hier fortzugehen oder mich je von der Arbeit ablenken zu lassen, die ich mir gewählt habe. Ich freue mich außerdem, sagen zu können, dass Kate Thompson mir nie wieder Geschenke geschickt hat, auch wenn ich gestehen muss, dass ich mich manchmal ertappe, wie ich an sie denke. Anfangs fand ich es seltsam, dass ich an Kate dachte und nicht an Arild Frederiksen, aber ihn habe ich ja nie kennengelernt; anders als eine Figur in einem Buch hat er für mich nie existiert.

Es dauerte eine Weile, bis Mutter sich damit abfand, dass Kyrre Opdahl einfach vom Antlitz der Erde verschwunden war. Anfangs, als ich noch krank im Bett lag, hatte sie sich gefragt, warum er nicht ans Telefon ging, und ich glaube, einmal schaute sie auf der Suche nach ihm sogar in seinem Haus am Ufer vorbei. Dann aber, als offensichtlich wurde, dass er verschwunden blieb, schien sie sich gesagt zu haben, dass er bestimmt einen Freund besuchte. Vielleicht war er wieder nach Narvik gefahren oder irgendwohin in den Norden. Die Erklärung klang nicht besonders plausibel, aber sie hatte genug mit mir zu tun, und ich glaube, Mutter wollte sich nicht um noch mehr kümmern müssen. Soweit ich weiß, hat sie nicht einmal gemerkt, dass Maia auch verschwunden blieb. Bestimmt hat sie angenommen, das fremde Mädchen sei einfach auf und davon – schließlich war sie ja doch eine ziemliche Herumtreiberin –, und vermutlich hat Mutter sich darüber gefreut; wenn sie es auch nie recht verstand, begriff sie doch bald, dass Maias Anwesenheit in unserem Haus einer der Hauptgründe für das war, was sie im Nachhinein stets nur meine *Krise* nannte. *Nervenzusammenbruch* hat sie nie gesagt, dabei wäre das gewiss der Schluss gewesen, den manch anderer gezogen hätte, wäre denn in den folgenden Wochen außer ihr noch jemand im Haus gewesen, der mich in meinen Zustand gesehen hätte. Doch da *war* weiter niemand. Während meiner Krankheit hat Mutter zu keinem Zeitpunkt, auch nicht am ersten Tag, als sie mich fand, daran gedacht, einen Arzt zu rufen. Lieber pflegte sie mich selbst, Tag für Tag, bis es mir so gut ging, dass ich wieder reden konnte. Und auch dann, als der langsame Erholungsprozess einsetzte, hat sie mich nie gefragt, was eigentlich geschehen war. Sie wollte nicht wissen, was ich gesehen hatte – und falls doch, erlaubte sie es sich nicht, jene Fragen zu stellen, die sie gewiss umtrieben. Ich weiß noch, wie sehr mich das schockierte, später, als ich aufstehen und wieder alltäglichen Verrichtungen nachgehen konnte. Wie konnte sie es sich versagen, diese Fragen zu stellen? War es, weil sie fürchtete, noch einmal das Entsetzen heraufzubeschwören, das sie in meinem Gesicht gesehen hatte? Oder lag es nur an ihrer gewohnten Diskretion? Ich vermag es nicht zu sagen. Ich weiß nur, hätte sie ihrer Neugierde doch nachgegeben, wäre ich nicht in der Lage gewesen, ihr irgendwas zu erzählen. Ich konnte keine Geschichte, keine Erklärung anbieten, weder ihr noch mir, zumindest keine, die bei hellem Tageslicht besehen irgendeinen Sinn ergeben hätte. Dennoch war ich mir stets einer Kluft bewusst, eines dunklen, sauberen Spalts im Gewebe der Welt, von dem ich vermutete, dass Mutter und darauf alle anderen ihn jeden Moment wahrnehmen würden. Vielleicht habe ich auch deshalb nichts gesagt, da mir die Kluft zu offensichtlich schien. Ich erzählte nichts von dem, was ich gesehen hatte – vielmehr, was ich nicht gesehen hatte, sondern mir aus Vorfällen und Spuren zusammenreimte, die im Regen verloren gingen oder viel zu absurd sind, um wiederholt werden zu können. Außerdem, welche Beweise hätte ich denn selbst vor dem Regen schon für tatsächlich geschehenes Unheil gehabt? Ein paar Flecken Staub oder Schmiere, ein Schrei, vielleicht von einem Tier, einem Vogel, und die Ahnung eines einsamen Teenagers, dass irgendwas nicht stimmte. Ich kann mich nicht erinnern, mich je bewusst entschieden zu haben, nicht mit dem herauszurücken, was ich wusste, was mich wiederum im Nachhinein nicht sonderlich überrascht. Ich glaube, eigentlich habe ich überhaupt nichts entschieden. Ich habe nur gewartet. Darauf, dass der Spalt im Universum so sichtbar wurde, dass er sich selbst verriet, vielleicht auch darauf, dass jemand einen echten Beweis fand – eine Leiche oder irgendein Anzeichen von Gewalt draußen im Wald –, dabei wusste ich schon damals tief drinnen, dass es nie einen schlüssigen Beweis für irgendwas geben würde. Was geschehen war, gehörte zu Kyrres Welt, zur Welt der Geschichten und tödlichen Magie, und jeder Versuch, jemandem zu erzählen, was in jener Welt geschehen war, würde ihn nur davon überzeugen, dass der alte Mann mir mit seinem Unsinn den Kopf verdreht hatte. Man würde für mich nur Spott oder Mitleid übrig haben, für ein hysterisches Mädchen, das im Birkenwald gerissenes Wild fand und in Panik ausbrach. Manchmal versuchte ich mir einzureden, dass ich genau das war, denn was sich ereignet hatte, was ich fast, aber nicht ganz gesehen hatte, war schlicht unmöglich, weshalb es eine andere Erklärung dafür geben musste, auch wenn ich sie mir nicht denken konnte, etwas, das die Welt, wie ich sie kannte, mit der Welt versöhnte, von der Kyrre stets überzeugt gewesen war, dass es sie dort draußen gab, die ich aber immer nur für eine seiner Geschichten gehalten hatte.

* * *

Es ist neun Uhr, und ich arbeite seit einigen Stunden – für mich nunmehr der normale Tagesablauf. Ich stehe früh auf, mache mir eine Tasse Kaffee und gehe nach oben in das, was einmal unser Gästezimmer war, jetzt aber mein Arbeitsraum ist. Ich nenne es nicht Atelier, weil ich es nicht dafür halte. Ich bin keine Künstlerin wie Mutter: Ich bin Kartenmacherin. Womit ich nicht abstreiten will, dass meine Karten in Galerien gezeigt werden oder dass Leute sie kaufen, nur sind sie in meinen Augen keine Kunst. Ich finde, man kann sie benutzen, wenn auch nicht auf die übliche Weise: Mit ihrer Hilfe kann man nicht von einem zum anderen Ende der Insel finden – nicht, wenn man nicht *sehr, sehr* langsam geht –, bei ihrem Maßstab verlöre man sich nämlich eher im Detail, als dass man seinen Weg nach Hause fände. Auch hinsichtlich der Zeit unterscheiden sie sich von anderen Karten. Natürlich hat jede Karte nur eine zeitlich begrenzte Gültigkeit: Straßen werden verlegt, Gebäude eingerissen, und was einmal Wald oder Weide war, ist jetzt ein Supermarkt oder ein Parkplatz. Karten liefern uns Schnappschüsse von Orten, Bilder, die Wochen oder Jahrhunderte gültig bleiben, je nachdem, wie detailliert sie sind, doch nichts an ihnen ist wirklich von Dauer, und es gibt Zeiten, in denen das, was sie auslassen, entscheidend ist.

Meine Karten aber lassen nichts aus, sie sind so detailliert, dass sie sofort veralten, zumindest als Hilfsmittel der Orientierung, und in dieser Hinsicht verstehe ich sie gern als einen Kommentar dazu, wie achtlos wir die Welt sehen. Seit acht Jahren fertige ich sie jetzt auf verschiedenste Weise an: Ich begann mit der Insel und arbeitete mich von Kyrres *Hytte* nach außen vor, Meter um Meter, ein unendlich präzises Kartografieren von jedem Gegenstand, den ich fand, jedem Stein und Kiesel, jedem Vogelnest, auf der Suche – Quadratzentimeter um Quadratzentimeter, Koordinate um Koordinate – nach dem ungesehenen, angrenzenden Raum, in dem sich Geschichten entfalten. Die Andeutung, Ungesehenes ließe sich auf Karten markieren, klingt gewiss seltsam, aber genau das versuche ich, nicht als Fantasie, sondern als Erfindung, Erfindung im eigentlichen Wortsinn, soll heißen: Finden, was dort ist, das Gesehene und Ungesehene offenbaren, das Positive und Negative, Form und Schatten, den Schleier und das Verschleierte. Manches kann nur im Negativen gesehen werden, manches wird sichtbar nur durch die Störungen, die es hervorruft. Den genauen Ort etwa von Kyrre Opdahl oder der *Huldra* kann ich nur durch das rückschließen, was nicht auf der Karte ist, auf der sie selbst auch nicht vorkommen. Niemand sonst weiß dies, aber das ist nicht entscheidend. Die Leute kaufen die Karten, um sie sich an eine Wand zu hängen, als wären es Bilder; aber auch wenn sie es nicht wissen, ahnen sie doch, dass sie etwas kaufen, das man gegebenenfalls gebrauchen könnte. Und genau darauf zielen meine Karten ab: Sie versuchen, ein Gespür für die Welt jenseits des uns so trügerisch Vertrauten zu geben. Nicht um sich orientieren zu können, sondern um zu sehen. Denn es gibt zwei Arten, die Welt zu sehen, zwei Arten des Sehens. Die erste ist die, die wir von Kindesbeinen an lernen, die Art, bei der wir sehen, was wir sehen sollen, und durch die wir uns hinsichtlich der Welt einig werden, indem wir suchen und finden, was, wie uns gesagt wurde, immer schon da war. Doch es gibt noch eine andere Art, und auf die bin ich aus. Es ist die Art, wie wir sehen, wenn wir uns allein in die Welt hinauswagen, gleich einem Jungen in einer alten Geschichte, der aufs Feld geht oder an den Strand. Ist er daheim, sieht er, was er sehen soll, aber sobald er die Sicherheit des Hofes oder der Dorfschule verlässt, ist alles anders. Er versucht, weiterhin zu sehen, was er zu sehen erwartet, aber irgendwas kriecht vom Rand her in sein Blickfeld, und er beginnt zu ahnen, dass hier draußen einfach *alles* die *Huldra* sein kann. Was er weiß, jedes trügerische Detail seines Zuhauses, zerfließt und lässt ihn in einer Welt zurück, die zu seltsam ist, um sie bezeugen zu können. Die Welt der *Huldra* – die reale Welt –, die Hof und Dorfschule so angestrengt zu verbergen suchen.

Ich habe mit Mutter nie darüber geredet – vielmehr habe ich ihr nie erzählt, was ich versuche –, aber selbst wenn sie nicht weiß, was ich schaffen will, scheint sie sich doch für mich zu freuen. Ich bin nun ihresgleichen, weniger in ihren Augen als in dem, was sie für meine eigene Einschätzung hält, und das bedeutet einen großen Unterschied in der Art und Weise unseres Zusammenlebens. Wir sind uns nun gleich, nicht, weil ich jetzt weiß, was ich mit meinem Leben anfangen will, sondern weil mir ein ungeheures Privileg eingeräumt wurde. Mir wurde gestattet, etwas zu sehen, das nie geschehen sein konnte, und dieses Ereignis bleibt mir wie ein unsichtbarer Gefährte oder eine Narbe. Wir sind uns nun auf eine Weise gleich, auf die es nicht im Mindesten ankommt, denn ich habe das Gewebe der Welt durchschaut, auf das sich alle geeinigt haben. Weshalb ich mich verpflichtet sah, noch einmal mit Messungen und Bleistiftnotizen von vorn zu beginnen, mit Farbflächen auf dem feinsten Papier, das für Geld zu haben ist – und diese einfache, fesselnde Aufgabe gestattet Mutter ein für alle Mal, sich nicht mehr um mich sorgen zu müssen. Früher wäre ich nie auf den Gedanken gekommen, aber heute verstehe ich, dass sie sich große Sorgen um mich gemacht hat, als sie nicht wusste, was ich mit meinem Leben anfangen werde – nicht, weil es für sie wichtig gewesen wäre, sondern weil sie wusste, wie wichtig es *mir* war. Nun spürt sie, dass sie loslassen kann – vielleicht spüren wir das beide –, denn sie wusste schon immer, dass ich etwas *brauchte*, um nicht allein ihre Tochter zu sein.

Ich will hier allerdings keinen großspurigen Anspruch auf Glück und Erfüllung erheben. Ich will nicht einmal behaupten, ich hätte ein glückliches Leben, zumindest nicht so, wie man es landläufig versteht. Eigentlich gibt es für mich außerhalb meiner Arbeit kein Leben. Ich brauche nicht, was andere Menschen zu brauchen scheinen, und mir hat nie gefehlt, was ich nie haben wollte; nur einmal in der Woche gehe ich den Weg durch den Birkenwald bis dahin, wo Kyrre und Maia verschwunden sind, dann folge ich der Brensholmener Straße zu der Stelle, an der Kyrres Weg zum Strand abbiegt. Als Kyrre noch in seinem Haus wohnte, war es nie verschlossen – er habe nichts, was sich zu stehlen lohne, hat er stets behauptet, was streng genommen nicht ganz stimmte –, und ich lasse es so, wie er es hinterließ. Falls er je zurückkommt, wird es sein, wie es immer war: die Küche mit all dem Krempel, die alten Töpfe und Pfannen, das Gästezimmer voller Maschinenteile und alten Uhren, der breite, vom Flur abgehende Alkoven, in dem wie in einer geheimen Trollkinderbücherei nur Regale sind. Einmal in der Woche gehe ich hin und mache sauber, aber ich räume nicht auf und verrücke nur, was verrückt werden muss, wenn ich Staub wische oder mit dem Staubsauger hantiere, und hinterher stelle ich alles wieder so hin, wie es war.

Gewöhnlich gehe ich am Mittwoch gleich nach dem Frühstück. Ich gehe ins Haus und brüh mir einen Kaffee auf – stark, so wie er ihn mochte –, dann mache ich ein bisschen sauber und sehe nach, ob alles in Ordnung ist. Ich arbeite ein, zwei Stunden – viel ist nicht zu tun, und ich halte mich ran. Manchmal sind kleinere Reparaturen zu erledigen, und gelegentlich, wenn ich in sentimentaler Stimmung bin, hole ich Kyrres alte Bücher und Alben vor, blättere sie durch und versuche zu erraten, wer auf den Fotos und Zeitungsausschnitten wer ist, vielmehr wer wer sein *könnte*. Meist zeigen sie Vorfälle aus der Region oder Familientreffen, aber manchmal berichten die Zeitungen auch von alten Geschichten, von Geheimnisvollem, das die Menschen hier vor dreißig oder fünfzig Jahre eine Weile rätseln ließ, ehe sie es gegen Ende des Sommers dann wieder vergaßen. Eine Weile sitze ich so da, schaue mir die Fotos an und versuche zu erraten, welcher der jungen Männer Kyrre sein könnte und wer unter den Umstehenden wohl ein Verwandter war, wer vielleicht seine Geliebte. Heute bedaure ich, dass ich ihm nicht mehr Fragen nach den Bildern gestellt habe. Wer war wer, wann und wo wurden sie aufgenommen, zu welcher Gelegenheit? Ich schätze, ich habe Kyrre einfach für selbstverständlich gehalten, doch wenn ich zurückdenke, wird mir klar, dass ich mich auch damals schon nach einer Antwort auf all die Fragen sehnte, nur wusste ich nicht, wie ich sie stellen sollte.

Er fehlt mir, natürlich, auch wenn ich immer noch nicht ganz davon überzeugt bin, dass er fort ist. Hin und wieder drehe ich mich um oder blicke von einem der Bildbände auf und erwarte halb, ihn durch die Tür kommen oder in seinem großen, knarrenden Sessel sitzen zu sehen, umgeben von Zahn- und Schwungrädern. Manchmal geht mir auch ein Gedanke durch den Kopf, und ich kann beinahe hören, wie er ihm nachlauscht. »*Akkurat*«, sagt er dann auf seine typische Art. Zumindest war sie für ihn typisch, als er noch lebte. Ich bin nicht ganz davon überzeugt, dass er fort ist, glaube aber auch nicht, dass er noch lebt, und ich weiß, sollte ich ihn je wiedersehen, werde ich etwas anderes sehen als einen Menschen – was seltsam ist, da ich eigentlich nicht an Geister glaube. Ich weiß, er ist tot, ich bin mir da ziemlich sicher, und ich glaube nicht, dass die Toten wiederkehren, um uns heimzusuchen, dennoch rechne ich damit, ihn eines Tages zu sehen, daheim und wohlbehütet im eigenen Haus. Ein schöner Gedanke, zumindest für mich. Ich stelle mir auch gern vor, dass es da etwas gibt, an dem er gearbeitet hat, eine Arbeit, die er noch beenden muss, und ich stelle mir ebenso gern vor, dass ich da bin, wenn er zurückkommt, hergelockt vom Kaffeegeruch und einem letzten Versprechen, das noch erfüllt werden muss. Ich denke, ich werde ihn hier sehen, in diesem Haus – und ich schätze, sollten die Toten tatsächlich je zurückkehren, dann bevorzugt an einen Ort wie diesen: Hingeduckt und von der Straße zurückgesetzt, inmitten eines eigenen kleinen Baumbestandes, ist Kyrres Haus nahezu unsichtbar, und obwohl ich mein Leben lang immer wieder zwischen diesem und unserem Haus hin- und hergelaufen bin, ist mir nie zuvor aufgefallen, wie einsam Kyrre doch lebte. Einsam – und sicher.

Ich gehe auch zur *Hytte* und gebe mir größte Mühe, sie instand zu halten. Nur bin ich nicht gern dort. Warum genau, kann ich eigentlich gar nicht sagen, aber ich fühle mich da unwohl. Lächerlich, ich weiß, aber mir ist immer, als würde ich beobachtet. So wie ich manchmal im Wald oder dann, wenn ich am helllichten Tag am Strand spazieren gehe, niemanden sehe, aber auch das Gefühl nicht abschütteln kann, dass ich beobachtet werde. Das ist nur natürlich, gewiss – man ist dort ziemlich ungeschützt, und ich weiß, wenn ich vor dem Haus auf dem Rasen am Ufer sitze, kann mich jeder Passagier auf den großen Schiffen sehen, die den Fjord queren, so wie ich auch nur zu gut weiß, dass ich vom Treppenabsatz vor meinem Zimmer zu sehen bin. Allerdings ist da niemand mehr, der spioniert. Mutter hat sich wie stets in ihr Atelier verzogen, weshalb man das Haus ohne mich auch für leer halten könnte. Manchmal, wenn ich im alten Sessel aus Ulmenholz sitze und über das Wasser schaue oder den Strand entlang, dann kommt es mir vor, als wäre die ganze Welt leer. Leer bis auf mich und die Geister, die ich mir zur Unterhaltung gesucht habe, doch lasse ich mich nicht oft von Geistern unterhalten. Gewiss gibt es Momente, in denen ich halb damit rechne, Kyrre in seinem alten Pick-up den Weg hinauffahren zu sehen, und wenn ich nicht aufpasse, kann ich mir sogar vorstellen, dass Maia jeden Augenblick zurückkehrt, über die Wiese geht und nach einem weiteren Jungen Ausschau hält, den sie ertränken will. Meist aber meide ich solche Gedanken, da ich mir, ehrlich gesagt, nicht sicher bin, wen ich zu Gesicht bekommen werde. Oder wen ich *hoffe* zu Gesicht zu bekommen. Im Sommer, wenn die Nächte weiß sind und lang, gehe ich wohl mal hin und lese eine Weile, so wie es Kyrres Gäste gern getan haben, liege in der Mitternachtssonne im Liegestuhl um drei Uhr früh mit einem Buch und einer Tasse Kaffee. Wenn ich das mache, lese ich, um die Geister zu bannen, lese alte Mythen und Sagen, Märchen und Geschichten voll warnender Beispiele. Allerdings brauchen die Geister auch einen Ort, an dem sie sein dürfen, und wenn man ihnen kein Heim im Wind schafft, wenn man sie nicht sicher bettet am Rand des Meeres oder im *Es war einmal,* dann drängen sie zurück in diese Welt, verwandelt in Geister und Ungeheuer, verärgert, vernachlässigt und darauf aus, Schaden anzurichten. Ich bin heute ebenso wenig eine Gläubige, wie ich es je war, zumindest nicht so, wie man sich dies gewöhnlich vorstellt. Ich muss nur wissen, wo alles ist, um dann, wenn ich mir sicher bin, ein wenig Platz fürs Geheimnisvolle zu schaffen. Ein besseres Wort dafür habe ich nicht, und letzten Endes ist es kein schlechtes Wort.

Ich bin nicht verrückt – immerhin weiß ich genug, um über derlei Dinge nicht mit den Lebenden zu reden –, und ich glaube auch nicht wie Kyrre an die alten Zeiten, doch gewöhne ich mich daran, dass es in meinem Haus Schatten in allen Deckenfalten gibt, dass ein unmerklicher Schauder über das Wasser in jedem Glas, über die Sahne in jeder Schüssel auf dem Tisch huscht – und an manchen Tagen zeigen sich winzige, fast unendlich kleine Schlupflöcher der Verheerung im Gefüge der Welt, die sich ausdehnen und mich erfassen, wo immer ich auch gerade bin. Da ich das weiß, verbringe ich den größten Teil meiner Zeit damit, Karten anzufertigen, so gut ich eben kann, Karten von der Welt zwischen dem einen und dem anderen Moment, und ich setze mir die unmögliche Aufgabe, zwischen den Schattierungen und Bleistiftmarkierungen einen kalten Winkel auf Wiese oder Fjord zu finden, in dem der alte Bieggaålmaj oder sonst ein ruheloser, hungriger Gott sie einsammelt, einen nach dem anderen, Mats und Harald, Martin Crosbie und Kyrre Opdahl, das Mädchen Maia und die *Huldra,* zu der es wurde, um sie in den Falten der Winde zu bergen, wo sie nur die aufmerksamsten Geschichtenerzähler finden.

Dank

Ich möchte mich beim Scottish Arts Council und den Creative Scotland Awards für ihre unschätzbare Unterstützung bei der Recherche zu diesem Roman bedanken.

Dank schulde ich insbesondere auch Dag Andersson und Harald Gaski für ihren Rat, ihre Geschichten und Vorschläge, von denen so manches in dieses Buch einfloss, und all meinen Freunden im Norden für ihre enorme Großherzigkeit, überwältigende Gastfreundschaft und stille Ermutigung.

Tusen takk!

Der Übersetzer dankt dem Deutschen Übersetzerfonds sowie dem Ministerium für Wissenschaft, Forschung und Kultur des Landes Brandenburg, durch die seine Arbeit an diesem Text gefördert wurde.

»John Burnside ist einer der größten Schriftsteller, und *Lügen über meinen Vater* sein vielleicht stärkstes Werk.«
FAZ

Der Vater war ein Nichts. Als Säugling auf einer Türschwelle abgelegt. Zeitlebens erfindet sich John Burnsides Vater in unzähligen Lügen eine Herkunft. Er ist brutal, ein schwerer Trinker, ein Tyrann. Seine Verachtung zerstört alles, die Mutter, die Familie, John. Dieser hat als junger Mann massive Suchtprobleme und erkennt schließlich in den eigenen Exzessen den Vater. Erst die Welt der Literatur eröffnet ihm eine Perspektive.

Nur einem Autor vom Kaliber John Burnsides kann es gelingen, eine solche autobiographische Geschichte in Literatur zu überführen. Ein radikal wahrer Blick in die menschlichen Abgründe und zugleich eine Feier der Sprache.

PENGUIN VERLAG